所轄魂

目次

装幀／鈴木俊文
（ムシカゴグラフィクス）

第一章

1

「親父、ホウ酸団子《だんご》ってどうつくるんだっけ」

六月最初の日曜日、久しぶりにかかってきた一人息子の俊史《としふみ》からの電話は唐突な質問で始まった。

「それは捜査で必要なことなのか」

葛木《かつらぎ》邦彦《くにひこ》は当惑しながら問い返した。この日はとくに事件も抱えておらず、のんびり本でも読んで一日を過ごすつもりで、午前十時過ぎに起き出して、朝昼兼用の食事を済ませたところだった。

俊史は電話の向こうで屈託なく笑った。

「ホウ酸団子殺人事件が起きたわけじゃないんだよ。最近わが家にゴキブリ一家が住み着いて、なんとか駆除したいんだけど、なにを試してもうまくいかない。粘着タイプのゴキブリ取りも燻煙《くんえん》式の殺虫剤も効果が一時的でね。それで親父がホウ酸団子をつくって家のあちこちに置いたら、ゴキブリがいなくなったのを思い出したんだよ」

俊史は今年四月の人事異動で警視庁捜査一課の管理官に着任した。二十六歳で階級は警視。定年を七年後に控えていまだ警部補の父親からはすでに見上げる地位にいる。

国家公務員採用Ⅰ種試験に合格し、入った役所がこともあろうに警察庁。着任時点ですでに警部補で、その翌年には警部に昇進した。ノンキャリアの葛木が警部補に昇進したのは三十も半ばを過ぎたときだった。

日本の官僚機構のなかで、キャリアとノンキャリアの出世のスピードは新幹線と各駅停車ほどにも違う。警察もむろん例外ではない。そんなことは百も承知のつもりだったが、出世街道を突き進むわが息子の韋駄天《いだてん》ぶりを目《ま》の当たりにして、親として素直に喜ぶ気持ちよりも、この国の官僚社会に根を張るキャリアシステムへの不信感を改めて抱かざるを得なかった。

そんな思いをうっかり口にしたら、親が息子に嫉妬《しっと》するなんて見苦しいと妻に叱《しか》られたものだった。そうではないのだと言い返そうとしたが、見苦しさの上塗りをするようなものなので、そのまま腹に仕舞い込んだ。

「あれはかなり効くぞ。おれもいろいろ試したんだが、けっきょくそこに行き着いた。小さい子供やペットがいると危ないが、おまえの家はいまのところ大丈夫だな。由梨子《ゆりこ》さんは元気なのか」

「ああ、元気だよ。きょうは休日出勤で、家にはいないけど」

うっかり口にした子供の話が厭味《いやみ》に聞こえなかったかと気になったが、こだわりのない調子で俊史は答えた。俊史の妻の由梨子は大学時代の後輩で一歳年下。やはり国家公務員採用Ⅰ種試験合格組だが、幸いそちらは文部科学省に入省してくれた。息子夫婦に揃って警察庁のキャリアコースを歩まれた日には、親父の権威など粉みじんに砕《くだ》け散る。

二人は学生時[illegible]優先の暮らしぶりだ。こちらからとくに話[illegible]考えのようで、たまに会ったときの二人の口ぶりから[illegible]というニュアンスさえ伝わってくる。

二年前に先立った妻は、二人が早く結婚し、孫が生ま[illegible]彼らの婚礼に妻を立ち会わせられなかったことが、葛木にとって、そしておそらく俊史にとって[illegible]心残りだ。

「そうか。ホウ酸団子なんて、作り方は簡単だよ。薬局へ行ってホウ酸を買ってくる。あとはぜんぶ台所にある材料で用が足りるんだ――」

玉ねぎ一個をすりおろし、そこにホウ酸二〇〇グラムと小麦粉半カップ、牛乳と砂糖を大匙《おおさじ》一杯、水少々を加えて、耳たぶくらいの硬さに捏《こ》ねる。それをクッキーくらいのサイズに分け、天日で乾燥させる。完成品をゴキブリの通り道に置けば、半年から一年ほどは効果が続く――。

「そんなふうに説明されると、なんか美味《うま》そうな気がしてくるな」

俊史はとぼけた感想を漏らす。世間の目から見れば鳶《とんび》が鷹《たか》を生んだというところだろうが、親の目から見れば子供のころからおっとりしていて、生き馬の目を抜くような官僚社会でうまくやっていけるものか、いまも心もとないところがある。

俊史が最難関の国立大学を目指したのも、国家公務員のI種試験に挑戦したのも、ただ自分の持てる力を試したいという一途《いちず》な思いからだったようで、計算ずくで世の中を有利に渡ろうという思惑とはおそらく無縁だった。葛木も妻もそれを強《し》いたわけではなかった。普通の大学を卒業して、普通のサラリーマンになってくれればそれでいいと思っていた。

とくに学業優秀でもなかった自分がそんな息子を授《さず》かった天の配剤には感謝するしかないが、人間には自《おの》ずと適性がある。日本の警察機構の頂点をなす警察庁という組織が、自分たちからみれば雲の上の世界であると同時に、権謀術数渦巻く百鬼夜行の世界だということも、長年警察で飯を食ってきた葛木には自明といっていい。

自分の息子がそういう仕事に就《つ》くとは思いもしなかったから、生来の人の好さを素直に美質と受け止めて、それを矯正《きょうせい》しようとは考えなかった。

なにごとにも脇の甘い性格が災いして、小学生のときにいじめに遭《あ》ったこともある。俊史はそのことを親にも教師にも黙っていた。自分をいじめるグループのなかに幼稚園のころからの友達が何人かいた。そうしないと彼らもいじめられる側に回る。それでやむなくグループに入っているのだと俊史は考えたらしい。

親や教師に言えば彼らも罰を受ける。それまで培《つちか》ってきた友情をそんなことで壊したくない。自分が黙っていればいずれわかり合えるときがくる――。そんな思いから俊史は執拗《しつよう》ないじめを笑って受け流し、それがいじめをさらにエスカレートさせた。

ある日、俊史の忘れ物がひどくなったと妻が学校に呼ばれて注意を受けた。しかしランドセルの中身は妻が登校前にいつもチェックしていて、家に忘れたとは考えにくい。息子に問い質《ただ》すとしぶしぶ真相を打ち明けた。教科書や図工用の画材をいじめグループの子供たちが隠してしまっていたらしい。

教師にお灸《きゅう》をすえられていじめはいったん収まったかにみえたが、その後もより隠微《いんび》なかたちで続いていたようで、さすがに俊史もふさぎ込む日が多くなった。学校に申し入れても、いじめの事実は確認できないとのことだった。厄介《やっかい》ごとにはとかく蓋《ふた》をしたがる教育現場の無気力に葛木は歯嚙《はが》みをしたが、話し合っても埒《らち》が明かないと諦《あきら》めて、教育委員会に申し出て、近隣の別の小学校に転校させた。

俊史は本来の明るさを取り戻した。転校をきっかけに、前の学校でいじめグループに入っていたかつての仲良したちともよりが戻ったようだった。自分を裏切った仲間をこだわりもなく受け容れた息子の人の好さに葛木は半ば呆《あき》れ、そこに大物の片鱗《へんりん》さえ感じたものだった。

幸いその後はいじめに遭うこともなく、中学、高校と非行に走るようなこともなかった。そんな体験が俊史になんのトラウマも残さなかったとは思えないが、自分のなかでどう折り合いをつけたのか、親の目から見る限り、俊史はごく平凡な少年として成長していった。

学校の成績も中学生までは中の上くらいで、とくに非凡だったわけではない。それでも同じ年ごろの自分と比べればまだ優秀なほうだったから、親がそれ以上欲をかくこともないと考えて、とくに発《はっ》破《ぱ》をかけるでもなく、本人のやりたいようにやらせていた。

小学校高学年からは合気道に熱を入れ、中学二年で三級に昇級した。それも親が勧めたわけではなく、たまたま近所に出来た道場を覗《のぞ》いて興味を持ち、自分から進んで入門したものだった。

一つのことに興味を持つとほかには目もくれなくなるところがあって、鉄道模型づくりや切手収集に血道を上げた時期もあった。一方で周囲の子供たちが夢中になっていたテレビゲームには興味を持たない。変わった子供といえばそうなのだろうが、世間に迷惑をかけるわけではないから、親がとやかく口を挟むことでもない。

刑事という職業は家庭との両立が難しい。事件が起きれば休日も夜も関係なく呼び出され、帳場《ちょうば》（捜査本部）が立てばまともに家に帰れない日が長期間続く。俊史のことはけっきょくすべて妻任せで、父親としての役割をどれだけ果たせたかと思えば、心の負い目はいまも消えない。

そしてときおり不安に思う。自分は息子のことをどれだけ知っているのかと。彼が思春期を迎えたころ、葛木も刑事として脂《あぶら》の乗った時期だった。差し向かいでじっくり悩みを聞いたり、一緒に映画を見たり買い物をしたりということもなかった。

母子家庭のようなそんな境遇を定められた宿命のように受け止めて、俊史は父親に不満をぶつけるでもなく、ほんのすれ違いのような触れ合いの際にも、はにかんだような笑《え》みに親愛の情を滲《にじ》ませていた。僕は父さんを許しているよとでもいうように。決して憎んでなんかいないよとでもいうように。

「おれは食ったことがないから、美味いかどうかわからない。ゴキブリの味覚というのがどういうものか知らないしな」

俊史の力の抜けたリアクションに生真面目《きまじめ》に応じている自分が可笑《おか》しいが、そういう不器用さが葛木の持って生まれた性分でもある。

「あいつら人間と同じものを食っているわけだから、たぶん味覚も一緒だよ。砂糖の代わりにハチミツを入れるとかバターを少々加えるとか、ひと工夫してやると食いつきがいいかもしれないね」

俊史も調子を合わせる。妻の生前、息子とこんな他愛のないやりとりをすることはめったになかった。そんな会話ができるようになって、自分の息子が意外にユーモアを好み、人の気持ちを和《なご》ませる才に長《た》けていたことを改めて知った。

2

二年前、妻はくも膜下出血でこの世を去った。そのころ葛木は警視庁捜査一課の殺人犯捜査係主任を務めていた。

失って初めてわかる大切なものがある。自分の周りに空気があるように、足の下に安心して踏みしめられる大地があるように、あって当たり前だったものを失って、そのとき葛木は途方にくれるばかりだった。自分のそれまでの人生が、妻の存在によって辛《かろ》うじてリアリティを保っていた蜃気楼《しんきろう》のようなものだったことをとことん思い知らされた。

葬儀を終えてから一ヵ月の有給休暇をとった。奉職して以来、初めての長期休暇だった。帳場明けの自宅待機でも、なにかにかこつけて出勤しては、やらずもがなの書類仕事で時間を潰《つぶ》していた。それまでの葛木は、することのない状態に身を置くと、亡霊にでもなったように自分の存在の希薄さを感じたものだった。

しかしそのとき味わった喪失感は、仕事という代償物で埋められるようなものではなかった。刑事という職業がひたすら疎《うと》ましかった。前触れもなくやってきて言葉も交《か》わせなかった妻との離別が、すべて自分が選んだ人生に起因するもののように思えてならない。

妻と息子にとって自分は何者だったのかと自問した。刑事という仕事を天職と信じてやってきた。仕事以外のことに費《つい》やす時間はすべて無駄ごとと見做《みな》して生きてきた。妻と息子に愛情を感じないわけではなかったが、そういう思いは胸の奥にたたみ込んでおくのが男の甲斐性《かいしょう》だと勝手に決めていた。

本当はとうに崩壊して当たり前の家庭だったのだ。それを救ってくれたのは底知れない寛大さで自分を許してくれた妻だった。その妻の幸福など一度も顧《かえり》みず、自分がどれほどの幸福を妻から与えられていたかに考え及ぶこともなかった。

自分が懸命に築き上げ、世の中を少しでもまっとうにできたと自負していた人生が、波に洗われる砂の城のように崩れ去った。生きる気力は萎《な》えていた。命をささげてもいいとさえ思っていた刑事という仕事が、夢の残骸《ざんがい》のように葛木の未来を塞《ふさ》いでいた。

何度も辞表を書いては破った。いったんなにもかも放り出して人生をやり直したいのは山々だったが、警察という職場しか知らない葛木に、そんな選択はどう考えても無理だった。ひとり家に閉じこもり、自分を責めながら悶々とする日々が続いた。そのとき葛木を救ってくれたのが、俊史の一言だった。

「母さんは父さんのことを恨《うら》んでなんかいなかった。父さんが刑事としていい仕事をしてくれることが母さんの幸せなんだって、いつも言ってたよ。おれにしたって、子供の頃から寂しいなんて感じなかった。親父の仕事がおれのプライドだったから。親父はいつもかっこいい背中を見せてくれていたから」

俊史自身も母親を失った。その悲しみはむろんあったはずだった。そのころすでに家を出て都心の官舎で暮らしていたが、休みがとれればいつも実家に帰ってきて、母親との水入らずの時間を過ごしていたようだった。

彼が葛木ほど深刻な痛手を受けなかったのは、自分にはなかった妻との心の絆《きずな》のせいではないかと思い至った。それがどういうものなのか、どういう強さや温《ぬく》もりをもつものなのか、葛木には実感としてわからない。それは自分と妻の関係のように、どちらかが一方的に、しかも無自覚に依存するようなものではなかったのだろう。

葛木はそこから疎外《そがい》されていたわけではなく、自分から背を向けていた。そのことに寂しいものを感じながらも、俊史のそんなさりげない言葉にすがるしかなかった。だからといって俊史の言うように、これまでどおり自信を持って自分の背中を見せて生きる気には到底《とうてい》なれない。

まもなく出庁した葛木は、上司に所轄の刑事課への異動を願い出た。それは事実上の敗北宣言だった。

警視庁捜査一課という花形部署は、望んで得られるポジションではない。所轄で実績を積み上げるのはもちろんのこと、それが本庁の実力者の目に留《と》まり、抜擢《ばってき》を受けるのが条件だ。

それはけっきょく運でしかない。努力もし、素質もある刑事は所轄にいくらでもいるが、めでたくお眼鏡《めがね》にかなう者はごくまれだ。だから捜査一課から所轄への逆コースを希望する者などまずいない。同じ刑事といっても、本庁と所轄では仕事の内容が違う。殺人や強盗のような凶悪事件は所轄ではそう頻繁《ひんぱん》に発生しない。所轄の刑事の普段の仕事は内勤の事務職といった性格が強いのだ。

だからといってそれが楽というわけではない。デスクワークと外回りの捜査の掛け持ちで、むしろ本庁の刑事より日常の仕事はきついといえるだろう。

しかし仕事の要領さえ間違えなければ、おおむね定時の出退勤が可能だし、一般のサラリーマンのように土日祝日に休みがとれる機会も多い。刑事という職務に全身全霊を捧げる気力を失い、かといって別の商売に鞍替《くらが》えする器用さも持ち合わせていない葛木としては、それが唯一可能な折衷案《せっちゅうあん》だった。

上司は葛木の心中を理解したのかもしれないし、もはや本庁では使い物にならないとあっさり匙を投げたのかもしれない。それほどの慰留も受けずに一ヵ月ほどで異動が内示された。

行き先は江東区の東部を管轄する城東警察署で、所属は刑事・組織犯罪対策課——。刑事課と薬物や銃器、暴力団の取り締まりを行う組織犯罪対策課を統合したもので、小規模な所轄ではよくある形態だ。

所轄では係長を拝命することになった。名目的には強行犯捜査担当ということになるが、その種の事案がないときは他分野の仕事のサポートに回らざるを得ないから、事実上はなんでも屋というほうが当たっている。

異動してからきょうまで管内で帳場が立つような凶悪事件は発生していないが、今年、俊史が本庁捜査一課の管理官に着任したとき、葛木はちょっとした危惧《きぐ》を覚えた。

それまで俊史は地方警察本部勤務を二度経験している。最初が群馬県警で、次が神奈川県警だった。キャリアは現場と警察庁のあいだを行き来しながら出世していくものだが、上の役所の人間も、葛木が警視庁にいることを考慮してそういう人事を行っているのかと思っていたら、なんと今度の出向先は警視庁の捜査一課だと聞いて慌《あわ》てた。

本庁と所轄で所属は別だといっても、城東署管内で凶悪事件が起きれば、すぐさま署内に帳場が立って、本庁から捜査一課のチームが出張ってくる。俊史の率《ひき》いる班が外れてくれればいいが、ほかの班が出払っていれば否応《いやおう》なしだ。そのときは所轄の刑事も俊史の配下に入るわけで、葛木もむろん例外ではない。

所轄の刑事と本庁の管理官の身分の差は圧倒的だ。俊史の下につくのが沽券《こけん》に関わるというわけではない。しかし俊史にしても自分にしても、周囲の人間にしても、なにかとやりにくいだろう。親父としては息子の仕事をぜひ成功させてやりたいが、そんな気持ちが空回りすれば、逆に捜査に支障をきたすこともある。そもそもそうした現場で、本庁側と所轄側になんの軋《きし》みも生じないことがまれなのだ。

かつて捜査一課の管理官は叩き上げのノンキャリアと相場が決まっていたが、最近はキャリアにも経験を積ませて警察全体の捜査能力向上を図るというお題目のもと、俊史のような若手キャリアが現場に送り込まれるようになってきた。

捜査本部長は本庁刑事部長が務め、捜査一課長と所轄の署長が副本部長というのが決まりだが、実質的な現場のトップは管理官で、経験の浅いキャリアの場合、捜査員の気持ちをまとめきれないことがある。

ただでさえ本庁捜査一課の風下に置かれる所轄の刑事たちからみれば、そんなキャリア管理官の醜態《しゅうたい》は楽しい余興《よきょう》にもなりかねない。幸いまだ見習い期間ということで、ベテラン管理官の補佐役として強盗殺人事件の帳場に出張ったくらいで、ひとり針の筵《むしろ》に座らされるような目には遭っていないらしい。

しかしそんなモラトリアムはいつまでも続かない。次は俊史にとって抜き差しならない勝負の場になるかもしれない。それを引き受ける所轄が城東署ではないことをできれば願いたい。

「仕事はいまは暇なのか」

訊《き》くと俊史は暢気《のんき》に答える。

「ああ、やっと見習い期間が終わって、先週から特命捜査対策室を受け持つようになったんだ。暇というわけじゃないけど、帳場を抱えるような部署じゃないから、いまのところは公休もとりやすい」

それを聞いて葛木は胸をなで下した。特命捜査対策室は去年新設された部署で、未解決事件の継続捜査や失踪事件の捜査を担当する。

未解決事件の継続捜査は特別捜査第一、第二係も担当するが、そちらは殺人班の遊軍という性格もあり、必要があれば通常の殺人事件の帳場にも出向く。特命捜査対策室はＤＮＡ鑑定など科学捜査の手法に重点を置いて過去の事件の洗い直しを進める専門チームで、自ら帳場に出向くようなことは少ない。上層部の人間も、経験に乏《とぼ》しい若手キャリアを配転後まもなく現場に出すのは無理だとわかっているらしい。

「最新の捜査手法を身につけるにはいい部署じゃないか」

葛木はそう応じたが、俊史はなにやら不満のようだ。

「しかし現場でしか鍛えられない勘みたいなものもあるんだろう。内勤の事務屋みたいなことをやっていたら、そういうところはいつまで経《た》っても身につかないと思うけど」

「おまえの場合はキャリアなんだから、そのへんはあまり重要じゃないんだよ。どうせ一課にいるのも一年か二年だろう。現場の勘なんて、そんな短期間に身につくもんじゃないんだから」

「でもね。本当のことを言うと、おれは今回の出向、楽しみにしてたんだよ。親父と一緒に仕事ができるかもしれないと思って」

自分が内心惧《おそ》れていることを楽しみにしていたと息子に言われて、葛木は複雑な思いだった。

高校に入って自分から国立大学への進学を口にしはじめたのは、安給料であくせく働く親父の負担を軽くしてやろうという思いからだっただろう。なにごとも一度決めると妥協しない性格なうえに、もともとそういう素質があったのか、本気で勉強を始めてみたら成績はするすると伸び始め、第一志望の大学に浪人せずに合格した。

国家公務員採用I種試験にもすんなり合格し、ほかの省庁へも行けたというのに、俊史はあえて警察庁を選んだ。その選択に葛木は戸惑ったが、真意をじっくり聞くこともしなかった。聞いたからといって止《や》めさせるわけにはいかなかっただろうし、反対する論拠もたぶん見出せなかっただろう。

財務省へ行こうが外務省へ行こうが、そこが官僚たちの熾烈《しれつ》な椅子とりゲームの場であることに変わりはない。その点は警察庁も同様だ。わが息子がそんなタフな競争社会を勝ち抜けるのか、父親としては心もとない思いもあるが、挫折したとしてもそれを責める気はさらさらない。むしろ勝ち抜いた連中のほうにこそ、人間性の面で問題があると感じることがしばしばある。

公権力を背景に人の犯した罪を暴き立てる警察官のような仕事は、知らず知らずのうちに心のなにかを狂わせる。自分が刑事という職業に過剰な思いを抱き、家庭人としての自覚をすべて切り捨てるような人生を歩んでしまったのにも、そんな特殊な部分が作用していたような気がしてならない。

正義の遂行という大義、そのために国家から託された公権力、それに加えて一般社会から隔絶された警察という特殊社会のなかで、自分は別格の存在だという思い上がりがいつのまにやら染みついてしまう。

葛木の場合のように家庭や周囲の人々との結びつきを壊し、やがては自《みずか》ら破滅の道をたどってしまうこともあるだろう。あるいは自分が法やモラルから超越した特別な人間だと錯覚し、警察権力を打ち出の小槌《こづち》のような利権と見做し、私利私欲の追求に邁進《まいしん》する輩《やから》もいる。

順風満帆の人生を歩みだしたばかりの俊史に小言めいたことを言うのは気が引けるから、そういう話はしないことにしているが、彼が過ちを犯しそうになったとき、歯止めになれるのは自分だけだと葛木はすでに心に決めている。

「おれは一介の兵卒で、おまえは行く行く組織のトップに立つかもしれない上級将校だ。もうすでに身分は大きく違っているんだから、おれから学ぶことなんてとくにないと思うがな」

葛木は明るい調子で言った。自分を卑下《ひげ》するわけでもなく、ただ素朴な実感として、あるいは、これから自分が経験したのとはまったく次元の異なるストレスに晒《さら》されるかもしれない息子への応援の意味を込めて。

「親父みたいな刑事がいるから、この国の警察はまともに機能しているんだよ。おれだって、自分の選んだ職場がきれいごとばかりで成り立っているわけじゃないことくらい知ってるよ――」

俊史はしみじみとした口調で続けた。

「業界との癒着《ゆちゃく》やら裏金やら、マスコミが取り上げる悪い評判のすべてが根も葉もない噂というわけじゃない。でもそれを含めて、親父が愛した職場だから、おれは大事に生きたいんだよ。そういう悪いことをする連中がいるなら、糾《ただ》せるのは内部にいるおれたちだけだ。それができないなら、キャリアなんていい大学を出ただけの月給泥棒に過ぎない。学歴があろうがなかろうが泥棒は泥棒だ。おれは泥棒になるために警察庁に奉職したわけじゃないからね」

まだ二十六歳の俊史の語る言葉がすとんと胸に落ちる。自分が同じ年ごろのとき、そんな立派な言葉が吐けたかと我が身を顧《かえり》みる。一方でそんな気概が空転して、あらぬ火の粉《こ》が降りかからねばいいがと心配になる。そして自分も普通の親父になったのかと妙な感慨が湧《わ》いてくる。

「おれが言うのもなんだが、大事なのは公私のバランスのとれた人生を送ることだ。仕事も大事だが、なにはさておき由梨子さんとの生活を大切にしろ。母さんとおまえに寂しい思いをさせて、おれに残ったのはいまどきの子供が見向きもしないような警視総監賞や部長賞のメダルの山と、老い先短い人生だけだった」

「そんなこと言わないでくれよ。そっちは知らなくても、親父は子供のころからおれの心のヒーローだったんだから。警視庁捜査一課の刑事なんてみんなテレビドラマでしか知らないけど、おれの場合は自分の親父がそうだったんだから」

葛木は面映《おもは》ゆい思いで問いかけた。

「それでおまえは警察庁を選んだのか」

「学生時代ははっきり決めてはいなかったけどね。国家公務員試験を受けることにしたとき、自然にそういう考えに傾いたんだ。自分でもうまく説明がつかないけど、たぶん親父が生きてきた世界の空気が吸いたかったんだよ」

「悪い空気だとわかっていたんだろう」

「そういう空気を好む悪癖が遺伝したのかもしれないね」

俊史は屈託なく笑った。我が息子ながらなかなかの神経だと感心した。こんなふうに息子との会話を楽しめるようになったのは所轄に移ってからだった。

捜査一課時代は殺人や強盗傷害といった殺伐《さつばつ》とした事件ばかりを追っていた。しかし所轄で扱う事件の大半は、事件というより住民からの苦情や相談ごとに近い性質のものだ。そんな地域との接触を通じて、葛木は長いあいだ忘れていた普通の市民の感覚を思い出していた。

それは同時に普通の父親の感覚でもあった。そんな人としての普通の感覚を、俊史には今後も忘れて欲しくない。そんな思いを込めて葛木は言った。

「じゃあ、きょうはゴキブリの一斉取り締まり作戦に総力を結集するわけだな」

「ああ、あいつら由梨子の天敵でね。我が家の平和のためには、なんとしてでも撲滅《ぼくめつ》しないと」

「そのうち由梨子さんと一緒に遊びに来いよ。おれも近ごろ料理の腕を上げて、ホウ酸団子以外にもレパートリーが増えたから」

「ああ、ぜひそうするよ。おふくろの三回忌以来会っていないからね。親父のほうはいまは暇なのか」

「細かい仕事が立て込んでいて暇というわけじゃないんだが、公休を消化するのに支障が出るほどじゃない」

「おれのほうもいまのところは現場に出張ることもなさそうだから、由梨子のスケジュールが合えば来週か再来週には遊びに行けると思うよ」

「じゃあ楽しみにしているよ。由梨子さんによろしく言っといてくれ」

そんな言葉で通話を終えて、伸びやかな気分でソファーに横になり、きのう帰りに買ってきた小説を読み出した。警察物のミステリーには食指が動かず、選んだのは中国を舞台にした歴史小説だった。

以前は家でこんな時間を過ごそうとすると、理由もなく不安に駆られたものだった。それまで人生の目的だった刑事という仕事が、いまでは人生の手段に変わっている。そこに至るのは簡単ではなかった。長年にわたって慢性化した仕事中毒という病気は根深く癒《いや》し難いものだった。

大きな事件を担当する機会もなく、日々雑務に追われる所轄での勤務は軽度の鬱《うつ》状態をもたらした。自分という存在が無意味に思え、一方で刑事という職業も意味のあるものには感じられない。ときおり自殺という観念さえ頭をよぎるようになり、思い余って精神科のクリニックを受診した。幸い処方された抗鬱剤が効いてそれ以上の悪化は免れた。

いま仕事は人生の傍《かたわ》らに然るべき位置を占め、ただ生きることそれ自体にささやかな喜びを感じられるようになっている。妻の生前にそんな人生の在り方に気づいていたらという悔《く》いは消えない。いまなら二人で人生の果実を分かち合えたのにという思いが脳裡を離れることはない。

それでもかつては仕事を隠れ蓑《みの》に人生のあらゆる難題から逃避していた自分が、そんな魂の囁《ささや》きに虚心に耳を傾けていられる――。それだけでも葛木にとっては成長というべきものだった。

3

そのまま読書にふけり、気がつくと午後二時を過ぎていた。

小腹が空いたので、夜までのつなぎに簡単な食事でもつくろうと台所に向かいかけたとき、ソファーテーブルの上で携帯が鳴り出した。

手にとってディスプレイを覗くと、強行犯捜査係の山井清昭《やまいきよあき》巡査からの着信だ。山井はこの日は当直で朝から署につめている。なにか事件でも起きたかと、慌てて耳に当てる。

「葛木だ」

「お休みのところすみません。至急、出張《でば》っていただけますか」

山井は緊張を帯びた声で応じる。昨年、地域課から異動してきた新人で、歳《とし》は二十八歳。気働きがあり素質もあると葛木はみているが、まだ捜査本部級の重大事案は未経験だ。

「事件か」

「そうです。死体が出ました。二十代とみられる女性です。横十間川親水《よこじっけんがわしんすい》公園内に放置されているのを、付近を通りかかった通行人が発見して一一〇番通報してきました。いま機捜が初動で動いていいます。検視はまだですが、絞殺の可能性が高いようです」

「わかった。うちの班は全員現地集合だ。急いで招集をかけてくれ。おれもこれから直行する。詳しい場所を教えてくれ」

「ボート乗り場横手の木立《こだち》のなかです。すでに現場確保のシートやテープが張ってあるそうですから、すぐにわかると思います」

横十間川親水公園は、江東区内を南北に流れる運河――横十間川の周辺を埋め立ててつくられた区立公園で、川の両岸に総延長二キロに近い細長い緑地帯が続く。水上アスレチック施設やボート乗り場、遊歩道などが整備され、近隣の仙台堀川《せんだいほりがわ》公園とともに、区内のみならず周辺地域から足を運ぶ人も多いレジャースポットになっている。

ボート乗り場があるのは南砂一丁目のあたりで、江戸川区一之江《いちのえ》の自宅からなら車で十五分もかからない。タクシーを呼ぶのも気忙《きぜわ》しいのでマイカーで行くことにして、部屋着のジャージを背広に着替え、食事は諦めて家を飛び出した。

殺人事件なら城東署に帳場が立つ。俊史とあんな話をした直後で、微妙な符合のようなものを感じたが、まさかそれはないだろうと思い直す。

新大橋通りを西に向かい、新船堀橋で荒川を渡り、西大島で左折して明治通りに入る。日曜日の午後で車はやや多いが、渋滞というほどではない。進開橋《しんかいばし》を渡って右折し、川沿いに小名木川《おなぎがわ》に沿って進み、クローバー橋が見えたところで左折して、親水公園の緑地を右に見ながら横十間川沿いにしばらく南下すると、ボート乗り場に続く遊歩道が見えてきた。

すでに所轄のパトカーや機捜の覆面《ふくめん》パトカーが集まっている。現場の木立には青いビニールシートや立ち入り規制の蛍光《けいこう》テープが張り巡らされ、所轄の鑑識チームが現場写真の撮影や遺留物の採取に立ち働いている。本庁の鑑識はまだのようだ。

パトカーの横に車を停め、現場に向かうと、先着していた山井が気づいて駆け寄ってきた。

「ご苦労様です。うちの捜査員とは連絡がとれました。全員まもなく到着します。課長もこれから臨《りん》場《じょう》するそうです」

葛木は頷《うなず》いて問いかけた。

「やはり殺しか」

「首にあざがあり、ほかには目だった外傷がありません。着衣は乱れておらず、暴行致死の可能性は薄いと思われます」

「だとしたら物盗りか」

「そちらの可能性はあります。遺体の周囲にも近辺にも、バッグその他の持ち物が見当たりません」

「身元は？」

「確認できていません」

「年齢は二十代くらいと言っていたな」

「私が遠目から見た感じでもそのくらいでした」

「日数は経っていそうか」

「まだ腐乱はしていないようです。これも検視待ちですが、犯行時刻は昨晩といったところかと」

鑑識作業が終わるまでは刑事も現場に踏み込めない。それでも山井は抜け目なく観察していたのだろう。死体が転がる現場は初めてのはずで、当人は落ち着いたところをみせているつもりのようだが、内心の興奮は隠せない。

「機捜のボスは？」

「あちらです」

山井が指差した覆面パトカーのなかに、警察無線のマイクを手になにやらまくし立てている見知った顔がある。

第一機動捜査隊城東分駐所小隊長の上尾孝信《あげおたかのぶ》。葛木が富坂警察署の刑事課に所属していたときの同僚で、年齢も同じで、階級も同じ警部補だ。

葛木はその後本庁捜査一課に移り、上尾は本庁捜査三課を経て、三年前に機動捜査隊に配属された。管轄が城東署の管内と重なっているため、葛木がこちらに来てから仕事で何度か付き合っている。

歩み寄ってサイドウィンドウをこつこつ叩くと、上尾はマイクをホルダーに戻し、ウィンドウを下げて顔を覗かせた。

「おう、葛木。早かったな。きょうは休みだったんだろう」

「事件を起こす連中には休日も祝日もないからな。どんな按配《あんばい》だ」

「いまうちの連中が聞き込みをしている。近くに高層マンションがいくつもあるから、住人が怪しい物音を聞いたり、不審な人間を目撃したりしているかもしれん」

「日中の犯行ということはなさそうだな。きょうは日曜日で、このあたりは人出も多いから」

葛木は周囲に目をやった。蛍光テープの規制線の向こうにはすでに人だかりができていて、地域課の制服警官が野次馬に目を光らせている。ボート乗り場には順番待ちの行列ができている。わずかに傾きだした陽光を受けて、横十間川の水面が眩《まぶ》しくきらめいている。

久しぶりに臨場した殺しの現場で、本庁捜査一課時代とは事件とのあいだの距離感が微妙に違うのを感じた。当時は必ずあったあの高揚《こうよう》した気分が欠けている。

死体が出ないと始まらない殺人捜査がひどく因果な仕事にみえてくる。失われてしまった命は取り戻せない。地を這《は》うような捜査の果てになんとか犯人を検挙しても、新しい事件は次々起こる。犯罪の抑止という点からみて、そんな努力に果たしてどれほどの意味があるのかと——。

殺人捜査こそ刑事警察の華という考えにかつてはなんの疑いも抱かなかった。けっきょくそれは殺された人間をだしに、自分の功名心を満足させることでしかなかったのではないか——。そんな疑念が湧いてくる。

「たぶん夜間の犯行だろう。検視の結果が出るまではなんとも言えないが、そもそもここで殺されたのかどうかもわからんしな」

言いながら上尾はパトカーから降りてくる。葛木は問いかけた。

「そんな印象があるのか」

「現場へは鑑識より早く到着したからな。そのときざっと眺《なが》めたかぎりでは、周囲の叢《くさむら》がほとんど荒れていなかった。いくら女でも絞殺されたのなら抵抗はしたはずだ。持ち物がなにも見つからなかった点も不審だな。もちろん犯人が持ち去ったとみるのが妥当だろうが」

「着衣の乱れがなかったとも聞いたが」

「ああ、性的暴行が目的だとは考えにくい。しかし動機が物盗りだとしたら、わざわざ絞殺するというのが解《げ》せない。暗い夜道なら単なる引ったくりで用は足りる」

かつて盗犯が専門の三課にいた上尾の指摘は信用できる。しかしどこか別の場所で殺害してここに遺棄したとしたら、その動機も理解しにくい。犯行を隠すのが目的なら、もっと発見されにくい場所を選ぶだろう。休日に人の集まりやすい公園の、しかもボート乗り場のすぐ近くとなると、どうぞ発見してくださいと言わんばかりだ。

「背後にややこしい事情のある犯行なら、逆にそこから糸口が摑《つか》めるかもしれん。マル害（被害者）の身元が判明すれば、敷鑑《しきかん》（交友関係や縁故）からホシにたどり着ける。行きずりの犯行だとするとむしろ厄介だな」

葛木が漏らした感想に上尾は頷いた。

「犯人を特定できるような遺留物があれば別だが、それがなければ目撃証言に頼るしかないからな。目撃者が出てこないとしたらお宮入りになりかねない」

「そうならないことを願いたいよ。未解決の事件というのは払えない借金のようで、いつまでも気持ちが落ち着かないからな」

「しかしあんたには、これまでお宮入りになった事件が一つもないという立派な記録があるじゃないか。おれなんか三課にいたときは、未解決事件のファイルの重みで慢性の腰痛に悩まされていたよ」

上尾は白髪《しらが》の増えた角刈りの頭を叩いた。たしかに葛木が捜査に携《たずさ》わった事件で、迷宮入り事件はまだ一つもない。かつてはそれを自慢げに口にすることもあったが、いまは格別興味もない。たまたまそういう事件に当たらなかっただけで、けっきょくは巡り合わせに過ぎない。

盗犯担当の三課に未解決事件が多いのは、事件の発生件数とマンパワーの関係によるものだ。殺人事件のように捜査本部が立つわけでもなく、少人数のチームでこつこつ捜査をするしかないうえに、毎日何十件と事件は起きる。被害届の処理だけで忙殺されているのが実態といっていいほどだ。

「運がよかったという以上の意味はないよ。まあ、その運が途切れないようにはしたいもんだが」

気のない調子で応じると、感慨深げに上尾が言う。

「所轄へ来てから枯れたね、あんた。昔みたいにぎらぎらしたところがなくなった」

ちくりと刺さる痛みを感じて言葉に詰まると、上尾は慌てたように言い添えた。

「いやいや、悪い意味で言ったんじゃないよ。むしろ一皮剝《む》けたような気がしてね。刑事だって不死身じゃない。どこかでギアチェンジしないと、そのうちエンジンが焼けちまうからね」

「上手に歳をとったという意味なら嬉《うれ》しいよ。いま思えば若気の至りの勇み足がいくらでもあった。周りに迷惑をかけていたんじゃないかと、思い出しては冷や汗をかいてるよ」

率直な思いで葛木が応じると、上尾は穏やかに言った。

「おれだってそうだよ。定年まで指折り数える歳になって、この商売のコツがやっとわかってきた。焼きが回ったと言われようがなんだろうが、大事なのは自分を見失わないことだ。自分が見えていない人間に他人の心はわからない。つまり犯人の心もわからない。あんたにこんなこと言っても釈迦《しゃか》に説法だろうがね」

葛木は心に温かいものが伝わるのを感じながら頷いた。

「いやいや、そんな説法をもっと若いころに聞いていたら、おれももう少しましな人生を歩んでいたかもしれないよ」

「なに、人生なんてこれからだ。いくらこっちが仕事と心中する気でいても、定年が来ればおっぽり出される。しかしそこで燃え尽きちまうんじゃ人間に生まれた甲斐がない」

気負いのない口調で上尾は言う。その理屈には同感だ。上尾にも血気盛んな時代があった。妻子に逃げられたといってやけ酒に付き合わされたこともある。

離婚の危機はなんとか乗り越えて、いまは家庭は円満らしいが、刑事という商売の宿業《しゅくごう》とはやはり無縁ではなかった。だから妻の死が葛木の心に残した思いを上尾はわかっている。そんな気持ちからの応援の言葉だと葛木は受けとめた。

「それで、あんたには似合わない優秀な息子はどうしてる」

上尾が訊いてくる。事実は言われたとおりなので、苦笑《にがわら》いしながら葛木は答えた。

「今年から本庁捜査一課の管理官だ」

「本当か。それじゃあんたもそのうち顎《あご》で使われるようになりかねないな」

上尾は当惑したように首をかしげる。やむなく担当しているのが帳場に出張ることのない特命捜査対策室だと説明してやった。上尾は舌打ちする。

「しかし大したもんだよ。うちの息子は来年三流大学を卒業する予定でね。しかしこの就職氷河期だ。雇ってくれる会社がなきゃ警察にでも入れるしかない。親子二代の警察官となればあんたのところと一緒だが、内実は愛宕山と富士山くらいの開きがあるな」

「そこまで出世して欲しいと頼んだ覚えはないんだが、親の心、子知らずとはこのことだよ」

葛木としてはそれが掛け値なしの思いだが、当事者以外には理解しがたい話だともわかっている。

案の定、上尾は鼻を鳴らした。

「おれに言わせりゃ贅沢《ぜいたく》な悩みだな。まあ、隣の芝生は青く見えるというからな」

立ち話をしているあいだに、強行犯捜査係の部下たちが次々到着した。

課長の大原直隆《おおはらなおたか》も姿を見せたところで、上尾と配下の機捜隊員を交えて初動捜査の手順を打ち合わせる。

4

機捜の隊員たちはいまのところ近辺のマンションをざっと回っただけだが、どこもオートロック式で、エントランスからインターフォン越しに在宅していた何軒かから話を聞けただけだという。

ゆうべからきょうにかけて、悲鳴のような声や人が争うような物音を聞かなかったか、あるいは現場付近に挙動不審な人間がいるのを見なかったかと訊《たず》ねたが、一様に心当たりはないという返事だったらしい。

最近のマンションは遮音性《しゃおん》が高いから、ベランダにでも出ていない限り外の物音は聞こえない。夜間にベランダから外を眺めている暇人もそうはいないだろうから、有力な証言を得るのは難しそうだが、現場周辺にあるのはマンションと都営住宅と区立の中学校くらいで、一般の民家がほとんどない。これから機捜とチームを組んで集中的に聞き込みに回るしかないだろうという結論にまずは落ち着いた。

一一〇番通報してきた住民は、定年退職した元区役所職員で、現場付近は日ごろの散歩コースだった。勤務していたのが土木課で、公園の造成にも関わったことから、ゴミが投棄されていたり植物が荒らされていないかとついプロの目で観察してしまう癖があり、たまたま植え込みの陰からわずかに覗いた衣服の一部が目に留まって、近づいてみたら女性の遺体だったという。

打ち合わせのあいだに本庁の鑑識チームと検視官が到着し、現場はいっそう慌ただしくなった。しかし本来なら先乗りで臨場するはずの捜査一課の刑事の姿が見えない。大原も不審な様子だ。

「母屋《おもや》（本庁）に連絡したら、帳場が立つのは間違いないから準備を進めてくれって言われてね。いま副署長が陣頭指揮して設営に取りかかっているんだが、来るのがどの班なのか、まだ連絡がないんだよ」

捜査本部の設置は本庁刑事部長の専権事項で、所轄は言われるままに動くしかない。大きな事件だと二、三百名の本部態勢を敷くことになるが、今回の事件は多くて百名前後だろう。

それでも本部を設置される所轄にとっては大変な負担になる。本庁から出張ってくる一課の捜査員に加え、担当部署の捜査員はもちろん、地域課や交通課からも動員し、近隣の所轄や機動捜査隊からも応援の人員を受け容れる。

初動から数週間、ときには一ヵ月余り、捜査員たちが本部に寝泊まりする場合が多いが、その分の布団も用意しなければならないし、食事や酒やつまみも用意する。コピー代や事務用品代も所轄持ちで、捜査が長引けば年間予算のかなりの部分が吹き飛んでしまう。

警察内部ではキャリアとノンキャリアのあいだのヒエラルキーの違いは圧倒的だが、本庁と所轄の格の違いもそれに劣らない。やってくるのがどの班なのか、現場のボスの管理官は誰なのか、事前に情報を集めておくのは、あらぬ摩擦を回避する上でも所轄にとっては重要だ。それだけの負担を背負わされた挙句、本庁捜査一課の威光を振りかざし、傍若無人《ぼうじやくぶじん》な態度をとられた日には所轄側の士気にも関わることになる。

「殺人事件だというのは子供が見てもわかるじゃないですか。行きずりの殺しとみて馬鹿にしてるんじゃないですか」

主任の池田誠《いけだまこと》巡査部長が苦々しげに言う。強行犯捜査で十数年飯を食ってきたベテランだが、本庁勤務はまだ一度もない。経験した帳場も多いから、本庁捜査一課のエリート意識にはことのほか敏感なようで、葛木が異動した当初は、ことあるごとに楯突《たてつ》いてきた。

やむなくある晩、飲みに誘って、本庁の刑事への批判をじっくり聞いてやった。葛木が思い当たることも多かった。そういう点を率直に認め、自分が所轄への異動を希望した理由も包み隠さず説明した。かえって反発されるかもしれないと覚悟の上だったが、その話は池田の心の琴線《きんせん》に触れるところがあったらしい。

じつは自分も仕事にかまけて娘の死に目に会えなかったと、池田は神妙な口ぶりで打ち明けた。十年前、五歳の娘が風邪をこじらせてなかなか熱が引かないと妻から連絡を受けたとき、池田はある殺人事件の帳場にいたという。

妻の話を聞くと、どうもただの風邪とはいえない症状で、嘔吐《おうと》や下痢がひどいらしい。やむなく係長に事情を話し、その日は帰宅しようとしたところ、傍らにいた本庁の刑事に一喝された。たかが娘の風邪で帳場を抜け出すとはなにごとか。そんな甘えた根性だから所轄の刑事は捜査の足を引っ張るしか能がないのだと——。

係長もその剣幕に押されて反論できなかった。やむなく妻に事情を話し、一晩様子を見て、容態が変わらないようなら朝一番で病院に連れて行くようにと言っておいた。

その夜遅く、妻が悲痛な声で電話を寄越した。娘があらぬうわ言を言い出して、突然起き上がり、どこかへ歩き出そうとする。どうも意識障害が出ているらしい。

池田はすぐに救急車を呼ぶようにと妻に言った。二十分ほどして病院に着いた妻から連絡があった。娘は重篤《じゅうとく》なインフルエンザ脳症で、今夜が峠だと言われたらしい。

慌てて帳場を飛び出した。途中、件《くだん》の本庁刑事と出くわした。すれ違いざま胸倉を摑み、顎に一発パンチを見舞ってやった。タクシーを飛ばして病院に着いたとき、娘はすでに息を引き取っていた。

池田は減給三ヵ月の処分を受けた。当時、そろそろ本庁捜査一課へという声もちらほら出ていたらしいが、以後はまったく沙汰《さた》止みになった——。

「そのときのことはいまも後悔していませんよ。定年まで所轄の回りでかまいません。思い上がりが背広を着ているような連中に媚《こび》を売ってとり立てられたって、死んだ娘は帰らない」

そんな話をした翌日から、池田とは気持ちが通い合うようになり、以来、腹心として新米係長を支えてくれた。歳は葛木より六歳若いが、いまは役職の上下を超えた盟友といっていい間柄だ。

「ここのところ世間を騒がせる事件が続いているからな。本庁の連中も手いっぱいなんだろう」

投げやりな口調で大原が言う。先週は大田区内でバラバラ死体が見つかった。その数日前には北区のコンビニで強盗致死事件が起きている。先月は府中で変質者によるものとみられる連続死体遺棄事件が起きており、いずれも犯人の目星がついていない。

「警視庁管内に立っている帳場はいま十五、六はあるでしょう。こっちに回す手がないなら、いっそのことうちだけでやらせてくれればいいんですがね」

池田が舌打ちする。葛木も所轄時代には経験したことだが、帳場が立つということは、所轄にとっては城を明け渡すに等しい。経費の持ち出しもさることながら、捜査の主導権は本庁の連中が握り、所轄の刑事たちは大きな組織の歯車でしかなくなる。捜査の進展について肝心な情報は教えてもらえず、下っ端の刑事は聞き込みの際の道案内役兼ドライバー程度の役回りしか与えられないこともある。

捜査一課時代にはそんな所轄の刑事の思いを忘れ、自分も不遜な態度で彼らと接していたこともある。再び所轄に戻ったいま、池田たちの思いが二重の意味で心に応《こた》える。

「検視が終わったようですよ」

上尾が現場を見やる。青いビニールシートがめくられて、収納袋に収められた遺体が運び出される。鑑識の車両の傍らには遺体搬送車が待機している。こちらに歩み寄ってきた検視官に大原が問いかける。

「どんな状況です？」

「絞殺で間違いないね。死亡推定時刻は昨夜の午後十一時から午前一時といったところだな。外傷は抵抗した際にできたと思われる手足の軽微な打撲くらいで、ほとんどきれいな死体と言っていい。年齢は二十歳から三十歳のあいだ。たぶんその真ん中あたりだと思うよ」

「身元の特定に繋《つな》がりそうな身体特徴は？」

「身長が一メートル六十五センチで、女としては高い方だ。遺体は裸足だったが、ハイヒールを履《は》いたらかなり目立つだろう。顔に損傷はないし腐敗もしていないから、写真から起こせば精度の高い似顔絵ができるんじゃないか」

「そうですか。鑑識作業が済んだらさっそく手配しましょう」

「検視の所見はあとでファックスするよ。解剖は必要ないと思うが、これから医師に見てもらって正式な死体検案書を作成する。ほかのことは鑑識に訊いてくれ。おれは死体が専門だから」

検視官はそういって遺体搬送車のほうに歩み去った。

「ほぼこちらの想像どおりということか。死亡推定時刻が夜中となると、目撃証言を得るのは難しいな」

上尾が嘆息する。葛木は言った。

「靴を履いていなかった——。ということは別の場所で殺害されて、そのあとここに遺棄された可能性が浮上する。だとしたらマル害の身元の確認を優先すべきかもしれないな」

「つまり偶発的な事件じゃないとみるわけですね」

池田が興味津々の顔で身を乗り出す。葛木は頷いた。それは願望でもあった。行きずりの犯行だとしたら、ひたすら目撃者を探しての消耗戦《しょうもうせん》になりやすい。不審な人間を見たという者が出たら出たで、その信憑性《しんぴょうせい》も必ずしも高いとはいえない。ガセネタに引きずり回されて貴重な人員と時間を浪費することもしばしばある。

しかし被害者と縁故のある人間の犯行なら、ある程度見通しをつけたうえで捜査を進められる。いずれにせよそのあたりの判断は鑑識の結果待ちだ。

「厄介なヤマにならなきゃいいんだがな」

ため息混じりに大原が言う。このあたりに所轄と本庁の温度差を感じる。それは本庁と比べて所轄の士気が低いからでも、プロ意識を欠いているからでもない。

殺人捜査のプロ集団である本庁捜査一課にとっては、殺しがまさに飯の種で、そこでの実績で刑事としての勝負が決まる。しかし所轄の刑事にとって殺人事件は椿事《ちんじ》とでもいうべきで、本来の飯の種は強盗や窃盗、脅迫、恐喝、詐欺などといった捜査本部事案とは程遠《ほどとお》い犯罪だ。

日本の警察の検挙率は三〇パーセント前後で、世界的に見ても極端に低いといわれる。ところが殺人に限ると九〇パーセント以上に達している。

それは日本の警察が殺人事件にどれほど人や予算を投入しているかの現れに過ぎず、それ以外の犯罪に携わる部門の能力が劣るからではないというのが、いまの葛木の偽らざる感想だ。

人も予算も足りない状態で、所轄は殺し以外のありとあらゆる犯罪捜査に忙殺されている。はっきり言えば捜査以前の段階の被害届の受理や調書の作成で手いっぱいで、実際に捜査に着手できる案件はそのほんの一部に過ぎない。

それでも市民から怠慢だと言われれば反論の余地はないが、限られた条件のなかでいい仕事をしたいと願っている警察官は所轄にだっていくらでもいる。帳場が立てばそういう仕事を放り出し、本庁から来るエリート集団に顎で使われることになる。その結果、所轄単位の検挙率はますます下がり、本庁の連中はそこにまた無能のレッテルを貼ってくる。

捜査本部が設置されることは所轄にとって名誉なことだと錯覚している人間が本庁には少なくないが、名誉どころか迷惑だというのが所轄サイドの本音なのだ。

「母屋のお偉方がぐずぐずしているあいだに、初動捜査を進めちまえばいいんですよ。先にポイントを押さえれば、こっちが主導権を握れます。でかい面して号令をかけるだけの能無しどもに負けちゃいられませんよ」

池田は意気軒昂《いきけんこう》なところをみせる。そのとき胸のポケットで携帯が鳴り出した。取り出してディスプレイを覗くと、俊史からの着信だった。ホウ酸団子の件で疑問でもあるのかと、通話ボタンを押して耳に当てる。

「おれだ。なにか用か」

「ああ、親父。立て込んでいるときに申しわけない。もうじきそっちに発令書が届くと思うけど、先に知らせておいたほうがいいと思ってね」

俊史の声がどこか高ぶっている。厭な予感を抱いて問い返した。

「発令書ってどういうことだ」

「刑事部長名の捜査本部開設発令書に決まっているだろう。それを見て驚かすより、先に教えておいたほうがいいと思って」

「まさかおまえが？」

「ああ、管理官としてそっちの帳場に出張ることになったんだ」

「この事案は特命捜査対策室の守備範囲じゃないだろう」

「乗り込むのは対策室じゃなくて、待機番の殺人班だよ。ところが担当管理官がきのう自宅で階段から落ちて、背骨を痛めて入院しちゃったらしくてね。ほかの管理官はみんな帳場をいくつも掛け持ちしてるから、けっきょく動けるのがおれしかいないんだよ――」

押し黙ってただ俊史の言葉に耳を傾ける葛木に周囲の視線が集まった。頭の芯が疼《うず》きだす。言葉にしがたい圧力が両肩にずしりとのしかかる。心のなかで思わず愚痴《ぐち》る。なにも俊史の管理官としての初陣《ういじん》がこのヤマでなくてもいいだろう。

第二章

1

機捜と葛木たち刑事課の捜査員全員で現場周辺での聞き込みを行い、城東署に戻ったときは午後八時を過ぎていた。

死亡推定時刻の昨夜午後十一時から午前一時に、不審な人物を目撃したり人の声や物音を聞いたという証言はやはり得られなかった。

地下鉄東西線で大手町まで十分足らずの城東地区は、近年再開発が進み、南砂町《みなみすなまち》駅周辺には大規模商業施設や高層マンションが立ち並ぶ。横十間川親水公園に面した現場周辺にも高層マンションが林立するが、一般の民家はほとんどなく、こちらは商業地区から外れているため商店も極めて少ない。

深夜営業のコンビニやファミレスでもあれば深夜でも店を訪れる人や従業員がいる。それは犯罪の抑止にも繋がるし、犯罪を目撃する可能性を高めもするのだが、ほぼ半径二〇〇メートル以内にそういう施設がないこの一帯は、深夜になれば人通りは絶え、奥まった路上や公園の敷地内はほぼ無人地帯と化す。

日曜日ということで買い物や行楽に出かけているのか、マンションは日中は在宅する家が限られたため、帰宅する時刻を見計らって改めて聞き込みに回ったが、けっきょく事件の解明に繋がる新たな証言は得られなかった。

いまどきのマンションはオートロックシステムで外部から遮断され、同じ棟に入居する住民同士の付き合いも疎遠《そえん》だ。そこに暮らす夥《おびただ》しい人々にとって、歩いて五分もかからない場所に遺棄された死体も、新聞やテレビで報道される死体遺棄事件も、心理面での距離はほとんど変わらないだろう。

遺体のあった木立は下草と落ち葉に覆《おお》われていて、犯人のものと見られる足跡は発見できなかった。木立の前の通路には無数の足跡があったが、そのほとんどは日中に公園を訪れた人々のもののはずで、犯人の特定には結びつかない。

決め手になるような遺留品も出てこなかった。微小な繊維屑や毛髪は採取されたが、場所は不特定多数の人々が行き来する屋外で、風で飛ばされて木立に落ちたとも考えられ、犯人のものだと断定することは難しい。

死因はやはり絞殺だという結論だったが、遺体の喉《のど》の周辺からは指紋が採取されなかった。絞殺したのちに拭《ふ》きとったのか、手袋などをして犯行に及んだのかはわからないが、その点からは沈着冷静な犯人像が窺《うかが》えた。

遺体の服装は白地に花柄のワンピースで、ありきたりの普段着といった装いだ。自宅や隣近所を歩くような雰囲気で、通勤の途中で事件に遭遇したようには思えない。

地域課の職員を動員して近隣一帯をくまなく捜索したが、履物も含めて被害者のものと見られる遺留品は出てこなかった。若い女性が裸足で深夜の公園まで歩いてきたとは考えにくい。どこか別の場所で殺害され、なんらかの手段で現場まで運ばれてきたと考えるのが妥当だろうと、葛木たちの考えは落ち着いた。

犯行が行われた場所は遺棄現場と比較的近いのではないかと葛木の直感は囁いていた。都心と至近距離にある江東区の一角に、深夜、ほとんど人気《ひとけ》の絶える場所があることを遠隔地の人間はまず知らない。つまり土地鑑のある人間の可能性が極めて高い。

困難な捜査になりそうな気がした。行きずりの犯行ではないとしたら、被害者の近親者や友人、あるいは仕事関係の付き合いのある人間に的を絞れるが、現場に物証が乏しかったことや目撃者がいなかった点は、その場合でも証拠固めの点で厳しい条件になるだろう。

身も蓋もない話になるが、遺体に性的暴行を受けた形跡もなく、損壊の痕《あと》もなく、連続性もないとなると、世間の耳目はなかなか集まらない。

日本全国での殺人事件の認知件数は、未遂などを含め年間千件を優に超す。そんななかにすぐに埋没してしまいそうな今回のような地味な事件の場合、逆に迷宮入りの可能性も高いのだ。事件はほどなく人々の記憶から消え、犯人に繋がる情報は時とともに集まりにくくなる。

署内の講堂の入口には「横十間川親水公園殺人死体遺棄事件特別捜査本部」と模造紙に筆書きされた看板がしつらえてある。本庁の動きが悪いので、扱いも通常の捜査本部かと思っていたら「特別」が付いている。

講堂内にはスチールテーブルや折りたたみ椅子が整然と並べられ、警察無線や臨時電話、ファックス、庁内LAN用のパソコン端末などが用意されている。

一段高い演壇上には本部のトップが居並ぶテーブルと椅子が置いてある。あすの開設初日には、特別捜査本部長の山本《やまもと》豊《ゆたか》本庁刑事部長、それぞれ副本部長を務める渋井《しぶい》和夫《かずお》捜査一課長と西村《にしむら》保《たもつ》城東警察署長、そこに担当管理官として着任する俊史が勢揃いすることになる。

刑事部長が担当する特捜本部長は名目的なもので、よほどの大事件でもない限り陣頭指揮をとることはない。雛壇《ひなだん》から檄《げき》を飛ばして、席を暖めるまもなく立ち去っていくのが通例だ。

一課長も同様で、捜査一課が扱うすべての帳場の副本部長を兼務しているわけだから、一ヵ所にそう長居はできない。初動捜査の状況を聞き、おおまかな捜査方針を決めるくらいで、あとはよほどの事態の急変がない限り現場に姿を見せることはない。

副本部長を務める所轄の署長も現場では名目的な存在で、自ら捜査の指揮をとることはない。つまりこの特捜本部では、実質的な指揮官が俊史なのだ。

もちろんその下には捜査一課殺人班の係長がいて、現場の捜査を主導するかたちだが、管理官はただその上にあぐらをかいていればいいだけの甘い職掌《しょくしょう》ではない。現場と本庁上層部のあいだに立って、ときには一課長とも談判し、あるいは捜査員に発破をかけたりねぎらったりと、いわば捜査本部のマネージャーとしての役割を果たす。

現場から人望が得られず、本部に厭戦《えんせん》気分をもたらしていたずらに捜査を長引かせたり、捜査方針を混乱させたりする者もいる。成功裡に捜査を終了しても、手柄は現場の捜査員のもので、担当管理官が脚光を浴びるようなことはない。報われることの少ない黒子役ともいえるが、一方で失敗すれば全責任を負わされかねないリスクの大きいポジションでもある。

今回の事件が特別捜査本部扱いになったことは葛木にも意外だった。

事件を特捜扱いにするか、通常の捜査本部扱いにするか、あるいは本部を設置しないかを判断し、刑事部長に具申するのは庶務担当管理官で、その直轄下にある強行犯捜査第一係と第二係は捜査一課の総司令部の役割を果たす。

葛木たちが周辺マンションで聞き込みをしていた最中に、庶務担当管理官が強行犯捜査第二係の主任を伴って臨場し、課長の大原から事情を聞いていったらしい。

庶務担当管理官は捜査一課の最古参の管理官で、そこから捜査一課長に昇進するケースも多い。現在の管理官も殺人捜査一筋でやってきた叩き上げで、切れ者という評価は課内で高い。自ら現場に臨場して、これは厄介な事件だと判断したのだろう。

その考えには葛木も賛成だが、息子が担当管理官として着任することを思えば気持ちは複雑だ。所轄の係長に過ぎない自分は俊史をあからさまにサポートできる立場にない。本庁からやってくる殺人班の係長との相性もあるだろう。

出張ってくるのがどの班なのか、葛木はまだ聞いていないが、そのボスの何人かは過去に仕事で付き合っていて気心も知れている。しかしほかの面々とは本庁時代にもほとんど付き合いがない。

同じ大部屋にデスクを持っていても、班が違えばライバル意識むき出しというのが本庁捜査一課という特殊社会の実態だ。部下が他班の刑事と口を利いただけで不快感を示す係長もいるほどだ。

それぞれの性格にも癖があり、温厚篤実《とくじつ》を看板に調整役に徹するタイプもいれば、出世のためなら平気で部下をこき使い、踏み台にする悪代官タイプもいる。上司に楯突くのが現場のボスの甲斐性と勘違いし、意固地な反骨精神を振り回して、現場を壊すしか能がないタイプもいる。そういう面での俊史との相性も気がかりで、なかなか事件のほうに思考を集中できない。

本部の設営に駆り出されていた警務課の職員たちがそろそろ帰り支度を始めている。労をねぎらいながら並んだテーブルの一角に腰を下ろした。

集まったのは上尾とその配下の機捜隊員五名、葛木を筆頭に強行犯捜査係六名。そこに刑事課長の大原が加わった。あすの朝には一回目の捜査会議がある。初動捜査の結果を報告するのは強行犯捜査係長の葛木の仕事で、その準備のための臨時会議というわけだ。

講堂の片隅には本部への差し入れの缶ビールやつまみのダンボール箱が早手回しに積んである。課長の了解のもとにビールとつまみを失敬し、全員でプルタブを起こし、お疲れ様の乾杯をした。冷えていないビールでも疲れた体には良薬のようで、みぞおちのあたりがじんと温まり、脳内の血流もいくらかよくなった。

機捜のメンバーからも、葛木の部下たちからも、捜査中にすでに聞いていた以上の材料は出てこない。話を聞きながらノートにメモした内容を読み上げた。そこにあす届く鑑識の結果を加えれば、とりあえず初動の報告として遺漏《いろう》はないだろうと太鼓判《たいこばん》を押してから、大原がおもむろに切り出した。

「問題は、本庁側の布陣だな、葛木さん」

俊史が管理官としてやってくることは、すでに連絡を受けて知っているらしい。葛木としてはあまり触れたくない話題だが、あすからは一課の殺人班や近隣の所轄からの応援の人員が出張ってくる。そういう話題を内輪で話せる機会はいましかない。

「妙な巡り合わせになって済みません。無事に任務が務まるものか、私も気にしてるところなんです」

「そういう意味で言ったんじゃないんだよ。本庁からくる管理官にもいろいろいるわけで、おれも相性の悪いのに出っくわして現場を壊されたことは何度かある。ベテランだからって人格や能力に優れている保証はないし、若いからうまくいかないと決めつける理由もない。管理官があんたの息子さんだからって、こっちがやる仕事は変わらないんだしね」

大原は親身な口調で言う。葛木の複雑な思いに気づいているのだろう。言われてみればそのとおりで、むしろ自分が意識過剰になっているような気もしてくる。葛木が知る俊史の性格を考えれば、権柄《けんぺい》ずくで自分のやり方を押し付けたがる叩き上げの管理官よりも、むしろいい働きをしないとも限らない。

「だったらなにが問題なんで？」

「出張ってくるのは殺人犯捜査第十三係だそうだ」

「十三係？」

大原が頭を悩ます理由がわかった。殺人犯捜査係の末尾のナンバーを付されたその班は、「鬼の十三係」とも「壊しの十三係」とも呼ばれ、良くも悪くも苛烈《かれつ》な捜査手法で異彩を放つ。過去に難事件をいくつも解決し、切れ者集団として名を馳せる一方で、その傍若無人な態度と人使いの荒さで、所轄の刑事たちのあいだではすこぶる悪名が高い。

彼らが乗り込んできた所轄では、本部をたたんだあとに現場の捜査員たちにトラウマが残り、職場が荒廃するという話をよく耳にした。捜査の過程で本部内の人間関係に亀裂が生まれ、結果的に迷宮入りにしてしまった事件も少なくないと聞いている。本部に参加した捜査員から自殺者が出たという噂もあった。

その十三係を率いる山岡宗男《やまおかむねお》という係長と、葛木が所属した九係の係長は、犬猿の仲というほどそりが合わなかった。現場の捜査員を立てることで意欲を起こさせ、自分は調整役に徹するというスタイルで長年やってきた彼を、山岡がのろまで腑抜《ふぬ》けだと評しているという噂が耳に入ってからのことで、以来、葛木たち九係の刑事たちは、ことあるごとにボスの口から山岡のやり方への批判を聞かされた。

それで洗脳されたわけではないが、ただでさえ捜査一課のエリート臭に所轄の捜査員は辟易《へきえき》しているというのに、彼らのそんな態度がさらに不信や嫌悪を掻《か》きたてるとしたら、警視庁の殺人捜査全般に悪影響を及ぼすことになる。配下で働いたことは一度もないが、そんな思いで葛木も山岡を見てきたのは間違いない。上尾も池田も苦虫を噛み潰したような顔で聞いている。

「課長は山岡さんと組むのは初めてですか」

葛木の問いに、大原は首を横に振る。

「だいぶ昔、別の所轄で一緒だったことがある。手柄を立てるためだったらなんでもやる男だった。刑事としての執念や馬力には脱帽もしたが、同僚や配下の人間を消耗品のように扱うところがあった。ほかの刑事が仕込んだネタを横取りして自分の手柄に結びつけることもよくあった」

九係の係長から聞かされたのも概《おおむ》ねそんな話だった。事件の困難さへの予感とはまた別の暗雲が心のなかに立ち込める。そういう海千山千を温和で人が好いだけが取り得の我が息子が果たしてうまくコントロールできるものか。いやそもそも自分自身がそういう男の率いる班と手を組んで、無事にこのヤマを解決することができるものか、葛木としても心もとない。上尾が身を乗り出す。

「おれも付き合ったことがあるんだよ。管内で起きた強盗殺人事件で初動を担当したんだが、本庁から出張ってきたのがあの人の班だった。こちらが足を棒にして聞き込んだなけなしのネタを屑だと抜かしやがってね。居合わせた所轄の課長が止めてくれなかったら、その場で殴り倒していたところだよ。あすの捜査会議にはおれも出るから、顔を合わせないわけにはいかないな。それを思うと憂鬱だよ」

上尾はいかにも苦そうにビールを飲み干した。

「そういうふざけたことをされたら、私が代わりに殴り倒してやりますよ」

本庁の刑事にパンチを見舞った前科のある池田が言う。大原が慌てて宥《なだ》めにかかる。

「まあ、最初から構えて接することはないだろう。こちらは愚直に刑事としての本分を尽くすだけだ。もし不愉快なことがあったらなんでも言ってくれ。相手は本庁の係長でも、おれはかつての同僚だ。言うべきことはきちんと言うから」

不安げに会話に聞き入る強行犯捜査係の刑事たちを勇気づけるように、大原は落ち着いた調子で請け合った。

2

捜査本部が立ち上がれば、最初の数週間は所轄の柔剣道場に泊まり込んで、まともに家に帰れない日が続く。ゆっくり家で寝られるのは今夜くらいだからと大原が言うので、午後十時過ぎには全員が帰宅した。

葛木は自宅に戻って一風呂浴びてから、ノートパソコンを立ち上げ、あすの捜査会議用の報告書を書き始めた。あらためて文章に書き起こすと、特筆すべき材料がほとんどない。実際、この手の事件の初動の成果はそういうもので、手がかりがないのが逆に手がかりなのだと開き直るしかないのだが、これではあす乗り込んでくる山岡になにを言われるかわからない。

犯人に繋がりそうな物証がこれだけ少なく、被害者の身元を特定できる遺留物もないということは、やはり周到な計画性をもった犯行を思わせる。しかしそこにも矛盾は残る。公園の木立のなかに遺体を遺棄したとしたら、その目的は行きずりの犯行を装うことにあると普通は考える。だとしたら犯人はなぜ遺体に靴《くつ》やサンダルを履かせなかったのか。

持ち物がなにもなかったのは盗犯を装うためだとも説明できるが、もしそうなら履物についてはお粗末過ぎる。そこに重要なポイントが隠れていると考えざるを得ない。

人が裸足でいる場所といえば普通は室内だ。殺害されたのはやはり公園の木立のなかではなく、当人の自宅もしくは誰かの家だということになる。自宅ではないとしたら、普段着で出かけて気軽に上がり込むような付き合いのある家ということだろう。

いま鑑識が遺体から似顔絵の作成を進めている最中で、あすの捜査会議までには届く手はずになっている。それをもとにポスターやチラシを作製して、現場周辺や最寄の駅に張り出し、あるいはそれを持って再度近隣のマンションで聞き込みを進めることになる。そこで遺体の身元が特定できれば捜査の網は絞られるが、ポスターやチラシの印刷には超特急でも数日はかかるだろう。

もう一つの手がかりは被害者の家族や友人からの失踪届けだが、いまのところ警視庁管内はもちろん、全国の警察本部に照会しても該当《がいとう》しそうなものは出ていない。単身者の場合、周囲が失踪に気づくまでにかなりの時間が経過する。これから出てくる可能性はもちろん否定しないが、孤立化の進むいまの世の中では、届けすら出ないこともあるだろう。

警視庁管内で見つかる身元不明遺体は毎年三百体以上。その後身元が判明するのは全体の四割程度でしかない。明らかに殺人と看做されても、身元不明で未解決に終わる事件は少なくない。

バラバラ死体でもない腐乱死体でもない、死後まもないまだきれいな状態の遺体を発見されやすい公園の木立に放置した――。それは被害者の身元が簡単に特定されないことを計算に入れた行為だという気がして仕方がない。

身元がわからなければ足を頼りの人海戦術で聞き込みに奔走《ほんそう》するしかないが、何ヵ月にも及ぶ苦労の末になんの成果もなく捜査が打ち切られ、継続扱い、つまり迷宮入りのファイルに収まることにでもなれば、その徒労感は筆舌に尽くしがたいだろう。

主観や情に左右されない客観捜査ということがよく言われるが、刑事にとって被害者への思い入れは困難な捜査活動に従事する上でのエネルギーの源だ。その被害者が身元不明の遺体では、なかなかそれが生まれない。一度本部に厭戦気分が蔓延《まんえん》すると、立て直すのは困難だ。

一見単純そうに見えるこのヤマを、あえて特捜扱いにした庶務担当管理官の見識には鋭いものがある。そんな事情も考慮に入れて、一気に人員を投入し、スピード勝負で決着をつけるのが正解だと見極めているわけだろう。

山岡に難癖をつけられることのないように、聞き込みや遺留品捜索の状況を詳細に書き連ね、捜査に抜かりがなかったことを強調し、なんとか報告書を纏《まと》め上げたところへ、卓上の電話が鳴り出した。受話器を耳に当てると、俊史の張り切った声が流れてきた。

「親父、帰っていたのか?」

「ああ、あすからしばらく本部で寝泊まりすることになるからな。今夜くらいは家で英気を養っておかないと」

「それで、捜査の進捗《しんちょく》状況は?」

俊史はさっそく訊いてくる。所轄の担当係長とのあいだにホットラインがあるという点は、ほかの管理官と比べて多少は有利な条件だろう。せめてその程度の役には立てないと、親父をやっている甲斐がない。

「そちらには報告が行っていないのか」

「手元にあるのは所轄からの初動の情報と、鑑識から回ってきた暫定的な報告くらいだ」

所轄からの情報といってもまだ事件の概要程度のはずで、鑑識からも収集した遺留物のリストくらいしか上がっていない。本格的な分析はいま徹夜でやっているところで、すべての情報が出揃うのはあすの捜査会議を待たなければならない。

「おれのほうも把握しているのはその程度だな。しかし特捜本部というのは荷が重くないか」

老婆心とはわかっていても、ついそんな質問をしてしまう。

「庶務担当管理官とは話をしたんだよ。少ない人員でだらだらやるより、ある程度の規模で一気に行くほうが効率がいいという考えだ。一課もいまはあちこちに帳場が立って、ほとんど手いっぱいの状態で、一つのヤマをできるだけ短期に消化していかないと、そのうち使える駒《こま》がなくなるという危機感があるようだ」

「所帯が大きければ、人心の掌握にも苦労するぞ」

「その点でも特捜のほうが権威があるから、統制がとり易《やす》いという話だったよ」

怖いもの知らずというべきか、親父が知る以上に胆《きも》が太いのか、俊史の声に臆する気配はまるでない。気になることを訊いてみた。

「こちらに出張ってくるのは十三係だと聞いているが」

「ああ、係長は山岡警部だ。親父、よく知ってるんだろう」

「現場で付き合ったことはないから、よく知っているというほどでもないが、どういう評判の人間かはわかってる」

「仕事のできる人だという話だけど」

俊史は屈託がない。山岡の芳《かんば》しくない噂はまだ耳に入っていないらしい。そういうデリケートな点について自分が先入観を与えていいのかどうか、葛木はしばし迷った。しかしどう対処するかは俊史が決めることで、なにかあったときに戸惑わないように、それを耳に入れてやることは義務でもあると思い直した。

「たしかにできるかもしれないが、いろいろ問題もあると聞いている――」

主観的な表現はなるべく抑えて、知っている限りの噂を聞かせてやると、俊史は怖気《おじけ》づく様子もなく言った。

「だったら、そういう無茶なやり方から親父たちを守るのがおれの仕事だな。困ったことがあったらどんどん言ってくれよ。おれはその山岡という人を監督する立場にあるわけだから」

癖のある人間だからと注意を促《うなが》したつもりだったが、自分の伝え方が悪かったのか、俊史は逆に意欲を覗かせる。

「もう顔合わせは済ませたのか」

「いや、まだなんだ。おれのほうから打ち合わせをしたいと連絡を入れたんだけど、時間がとれないという話だった」

俊史はとくに気にはしていない様子だが、本部開設をあすに控えて、担当管理官との打ち合わせを拒否した点に葛木は不安を覚えずにはいられない。山岡は俊史を舐《な》めてかかっている。初めから蚊帳《かや》の外に置いて、帳場の主導権を掌握しようとしているとしか思えない。

「おれのほうの心配はともかく、一癖も二癖もある男だから気をつけたほうがいいぞ。下手に足をすくわれたら経歴の汚点になる。おまえも十分わかっていると思うが、キャリアの世界は減点主義だ。特段の手柄は必要ないが、失敗すれば確実に出世に響くと聞いている」

「たしかにそうかもしれないけど、怖気づいてちゃなにもできないと思うんだ。おれは出世だけを目的に警察官僚になったわけじゃないからね。自分で納得できる仕事ができるなら、出世は二の次でかまわない。親父だってそうだろう。仕事は手を抜いて昇任試験に血道を上げていれば、いまごろ警視か警視正になっていてもおかしくない。でもそういうことには目もくれず現場一筋にやってきた。そんな親父を、おれはいまでも尊敬してるんだから」

思いの込もった口調で俊史は言った。

3

翌日、城東署四階の講堂は百名を超す私服の捜査員で溢《あふ》れ返っていた。

雛壇に居並ぶのは特捜本部長の本庁刑事部長、副本部長の捜査一課長と城東署長、そして担当管理官の俊史だった。

普通の親の感覚でいえば息子の晴れ舞台ということになるのだろうが、葛木にとってはやはり気持ちが落ち着かない。長い警察官人生を通じて公と私の区別はつけてきたつもりだが、今回のようなケースとなれば、親としての情は抑えがたい。なんとか無事に事件を解決して、息子に花を持たせてやりたい。それが葛木の心を占める唯一の思いといってよいほどだった。

しかし犯罪捜査は水物だ。目論見《もくろみ》どおり進展することはまずあり得ない。推理小説のように名探偵が一人で捜査を進めるなら臨機応変の対応も容易だが、百人を超す大所帯の特捜本部となればその舵《かじ》取《と》りは難しい。

意見や立場が違えば派閥も生まれる。それを仕切る管理官に要求されるのは、指導力というより政治力だ。その対象は山岡とその配下の十三係の面々だけではない。

副本部長を務める署長にしてもノンキャリアからの昇進組で、警察庁採用のキャリアだとはいえ、まだ嘴《くちばし》の黄色い若造の立場を尊重してくれるとは限らない。

雛壇の末席に座る俊史にとくに気後れする様子はないが、最前列に席を占める十三係の強面《こわもて》たちや近隣の所轄からの応援捜査員たちの態度には、あからさまな好奇心と冷笑のようなものが感じられた。

自分が意識過剰になっているせいだろうと思い直すが、まだ大学生の気配が抜けない俊史が特捜本部の雛壇にいる光景は客観的にみても奇異だった。俊史が赤の他人なら、自分も冷ややかな好奇心とともにその言動を見守っているはずだった。

あらかたの席が埋まったところで刑事部長が立ち上がり、特捜本部開設の第一声を発した。

「本日はご苦労さん。現在警視庁は十数件の捜査本部を抱え、とくに本庁捜査一課は人員の面で手いっぱいの状況にある。当本部が担当する事案は一見簡単そうで、じつは手ごわい。長引けば新たな事件の捜査に人員が割《さ》けなくなり、捜査活動全般に支障が出る。そういうわけで本事案は、特別捜査本部態勢で一気呵成《いっきかせい》の解決を目指すことにした――」

訓示はまだ続きそうだが、話の内容は昨夜俊史から聞いていたのと大差ない。とはいえ刑事部長が自らその点を強調している以上、本庁からの強いバックアップも期待できる。

早期解決を再三にわたって強調し、刑事部長は五分ほどで訓示を終えた。常時十数件の本部長を兼任する役職だ。スピーチの要領もよくわきまえている。

それに倣《なら》うように、捜査一課長と署長が切り詰めた訓示を述べて、三役揃い踏みが終わると、刑事部長と一課長はそのまま席を立った。会場がわずかにどよめきかけたとき、若い張りのある声が響いた。

「担当管理官の葛木です。それではこれから捜査会議に入ります。事件の概要はすでに周知のことと思いますが、初動の捜査状況について、所轄の強行犯捜査担当者より報告を受けたいと思います。葛木警部補、よろしくお願いします」

自分の親馬鹿ぶりを心の片隅で笑いながら、それでも葛木は息子の第一声を心地よく聞いた。物怖《ものお》じするところのない、それでいて居丈高《いたけだか》でもない、好感の持てる語り口だ。

葛木が立ち上がると、会場内の視線がいっせいに集まった。同じ姓を持つ管理官と所轄の係長の関係を、かなりの人間が知っているはずだ。知らないにしても同姓ということで、なにがしかの好奇心は抱いたはずだった。

おまけに俊史と葛木は顔立ちがよく似ている。息子は母親似が多いとよく言われるが、俊史の場合は例外のようだ。一昨年妻が亡くなったとき、写真を整理していて、いまの俊史と同じ年ごろの自分の写真を発見し、その瓜二つぶりに我ながら驚いたものだった。

いずれ二人の関係は捜査本部全体に知れ渡るだろう。隠し立てしても仕方がないし、それがマイナスに働くと決め付けることもない。俊史はみるからに自然体でこの場に臨んでいる。親父の自分がじたばたすれば、かえって俊史を物笑いの種にしかねない。

警務課の職員からマイクロフォンを手渡され、昨夜用意した報告書を手に、葛木は初動捜査の状況を語りだした。報告書はすでに人数分コピーして、鑑識から届いた正式なレポートとともに捜査員全員の手元に渡っている。

書き言葉だけではニュアンスが伝わらない部分を補足しながら、報告書の内容に沿って語り終え、なにかご質問はと問いかけると、十三係の面々がたむろする前方の席から声が上がった。

「第一発見者はきちんと洗ったの？　アリバイはちゃんと押さえたの？」

第一発見者をまず疑えとよくいうが、実際の殺人捜査の現場でその格言が当たるような例はほとんどない。定石《じょうせき》どおりの言いがかりをつけてきたなと内心で舌打ちしながら、葛木は落ち着いた口調で応じた。

「昨夜は家族と一緒に自宅にいたそうです。証言に辻褄《つじつま》の合わないところもなく、心証としてクロの可能性は考えられませんでした」

「家族といたんじゃアリバイは成立しないじゃない。しょっ引いて話を聞いたの?」

こちらを振り向きもせずに男は続ける。氏名と身分を告げるのが常識だろうとどやしつけたいところだが、それではこちらが壊し屋になりかねない。

「機捜が現場で事情聴取しています。初動の段階では周辺での聞き込みが急務だったため、それ以上の聴取はしておりません。後日あらためて話を聞くことはあるかもしれませんが、それはあくまで発見時の状況に関する話で、容疑者としてリストアップする必要はないと考えています」

「甘いよなあ。そういうことをやってるから、所轄は無能だって言われるんだよ。とにかく一遍しょっ引いて締め上げてみたらどうなのよ。それでシロならご免なさいで放免すればいいじゃない。そうやっていちいち市民に遠慮していたら、凶悪犯をいい気にさせるだけでしょう」

「鬼」の名声に違《たが》わぬ傲慢《ごうまん》極まりない理屈だが、会場のあちこちで頷いている者もいるから始末が悪い。今度は隣の男が声を上げる。

「周辺のマンションで聞き込みしたっていうけどさ。ちゃんと玄関先まで出向いたの」

「いえ、どこもオートロックだったものですから、インターフォン越しのやりとりです」

「ちょっと、それって手抜きじゃないの。住人のなかに犯人がいるかもしれないわけでしょう。話を聞くついでにきちっと面をとるのが、こういう場合の常識だと思うけど」

たとえ相手が刑事でも、いまどきのマンションの住人はおいそれとは顔を見せない。うしろ暗いところがとくになくても、警察というだけで毛嫌いする市民も多い。現場の捜査を経験している刑事にとってはむしろそれが常識で、これも難癖をつけるためだけの屁理屈だ。

「そのために住民と押し問答をして無駄な時間を費やすより、たとえインターフォン越しでも、より広範囲に聞き込みをすることが初動の基本だと考えたものですから。おっしゃるような立ち入ったかたちでの聞き込みは、本部が開設されてから人員を投入してやればいいわけで」

冷静に応じたつもりだが、覚えず口調が鋭くなっている。挑発に乗ればこちらの負けだと反省し、一つ深呼吸して気持ちを落ち着ける。

「でも、けっきょくなんの成果も出なかった。初動の不手際で事件が長期化したら、あなた責任をとってくれるわけ?」

男は嘲《あざけ》るように問いかける。温厚な上尾が殴りたくなったという気持ちがよくわかる。腹の底から湧いてくる怒りのやり場に困っていると、雛壇の上から声がかかった。

「ここはそういう議論をする場じゃないでしょう。捜査が緒についたばかりの段階で、責任うんぬんを言う状況じゃない。そう思いませんか、山岡係長?」

ざわついていた会場が静まり返る。毅然《きぜん》とした俊史の態度に驚いた。先ほどまでの心配は馬鹿な親父の杞憂《きゆう》だったかもしれないと思わず我が身を顧みる。

「管理官殿のおっしゃるとおりだ。おまえら、そのくらいにしておけよ」

山岡が声をかける。言葉のうえだけは俊史を立てているが、その厭味な調子には若輩の上司への不快感が滲んでいる。俊史は落ち着いてそれを受け流し、会場を見渡して促した。

「ほかに質問は?」

応援部隊の捜査員が立ち上がり、氏名と所属と階級を告げて問いかける。現場周辺の環境や住民構成などについての質問だ。他地域から来た捜査員にとっては当然必要な情報で、十三係の面々と比べればはるかにまともだ。

葛木が丁寧に答えると、さらに次々と手が挙がる。いずれも今後の捜査の方向に関するまともな質問だった。十三係の連中は鳴りを潜《ひそ》めている。その静けさが薄気味悪いが、議事はとりあえず円滑に進行し、新米管理官の威信は辛うじて保てたかたちだった。

4

捜査会議はとりあえず無難に終了し、担当分けが行われ、捜査員の組み合わせが決められた。殺人を含む強行犯捜査の場合、通常は捜査員は敷鑑、地取り、ナシ割りの三つの分野に振り分けられる。

敷鑑とは被害者の人間関係から犯行の動機がある人間を洗い出す仕事だが、この事案ではまず被害者の身元の確認が喫緊の課題だ。しかしそれに結びつく遺留品や証言が出ていない現状では、失踪届からの洗い出しやポスターやチラシの配布による情報集め以外に当面やることがないから、人員配置の優先度は低い。

地取りは現場周辺の住宅や店舗、オフィスなどを軒並み聞き込みして回り、不審者の目撃証言、争う声や物音などの情報を集める仕事で、地図を細かく区分けして担当者を振り分け、一軒も漏らさず当たっていく地道な捜査だ。今回は聞き込みから被害者の身元特定に繋がる情報を集める必要もあり、現状ではもっとも重点的に人員を投入すべき分野になる。

ナシ割りは遺留品や凶器を手掛かりに犯人を割り出す仕事で、今回のように物証が極めて少ないケースでは優先度はやや低い。いま鑑識が現場で採取された微小な糸屑や毛髪、粉末状の物質などを分析している最中だ。そこから新たな物証が出てくれば別だが、当面は予備的な人員を若干振り分けるだけになる。

そういうわけで、捜査会議では地取りに最大の人員を投入することに決まり、人員が割り振られた。捜査一課の時代は葛木もこういうとき、所轄の刑事とコンビを組んで外回りに出たものだが、いまは所轄の強行犯捜査係長という立場上、本部に常駐し、外回りの捜査員からの情報を集約し、指示を出す役回りに徹することになる。

デスクに張り付くのは本庁側が俊史と山岡、所轄側は大原と葛木、それに事務的なサポートを担当する二名の警務課職員だ。副本部長の署長は用がなければ署長室に引っ込んでいる。

あとは鑑識から新たな遺留物の情報が入るのに備えてナシ割り担当の捜査員が若干名、似顔絵のポスターやチラシの手配、被害者に繋がりそうな失踪者の情報を収集するために敷鑑担当の捜査員がこちらも若干名居残る程度で、残りの全員が地取りの部隊に編入され、靴の底を減らしに出払っている。

慣れないデスク番は手持ち無沙汰で、山岡と一日じゅう顔を突き合わせるのはさぞや気詰まりだろうと心配していたら、署活系無線や携帯による捜査員からの連絡は引きも切らず、退屈している暇もない。

山岡は山岡で配下の刑事たちから入る連絡に対応するのに忙しい。十三係の刑事十名は、それぞれ所轄の刑事とペアを組んでいる。どちらか一方が入れれば済むはずなのに、そちらはそちら、こちらはこちらで連絡を入れてくる。

しかし自分に入った連絡の内容を山岡は腹に仕舞っておくだけで、葛木や大原や俊史に報告しようという気はまるでない。こちらは逐一律儀に報告するから、本部が掌握している情報に偏《かたよ》りが出ないかと心配になってくる。

俊史は管理官という立場を十分意識しているようで、葛木との会話は事務的なやりとりに終始して、全体の捜査状況の掌握に集中している。

葛木のもとに入ってくる連絡は、土地に不案内な他の所轄の応援部隊からの問い合わせや定時の状況報告が大半で、目ぼしい報告はまだ出てきていない。

十三係の鬼刑事からの指摘を受けるまでもなく、捜査員たちはマンションの住人を粘《ねば》り強く説得し、可能な限り戸口まで赴《おもむ》くようにはしているようだが、そのために聞き込みはなかなかはかどらず、報告する声にも次第に疲労感が滲みだす。

その苦労は葛木にはよくわかる。刑事といっても人の子だ。押し売りを追い払うように露骨に門前払いを食わされたり、交通違反の切符を切られたのを根にもって、あらぬ警察批判をまくし立てられたりすれば気持ちが落ち込むのは当然だ。それでも平身低頭して、なんとか心を開かせるのが刑事の甲斐性というものなのだ。

突破口になる情報が出てくるまではこういう状況が続くだろう。地を這う虫のような地道な捜査に堪《た》えて初めて犯人検挙という美酒にありつける。刑事警察の華と看做される殺人捜査の現場といえども、そんな事情は変わらない。

5

デスクの横のホワイトボードには現場周辺の地図が貼られ、定規で引かれた区分けのラインが、捜査員たちの受け持ち地域を示している。

戸建て住宅の多い地域ならラインは碁盤目のようになるが、大規模マンションが集中するこの一帯では区割りをマンション単位にするしかない。そのためラインは歪《ゆが》んだ幾何《きか》学模様になっている。

聞き込みが終わった区割りはマーカーで塗り潰す。しかし午後二時を過ぎたいまもほとんどが白地のままだ。それは地域特性によるもので、一棟に数百戸から大きなもので千数百戸という大規模マンションの聞き込みが一日で済むはずがない。

とくに動きが遅いわけではないことは捜査員の報告からわかっているが、それでもいつまでも変化のない地図を眺めていると、無用の苛立《いらだ》ちが募ってくる。

この日は夏日で陽射《ひざ》しが強く、外回りの苦労は並大抵ではないだろう。エアコンの効いた室内にいられるだけでも贅沢なのはわかっているが、本部詰めが初体験の葛木にすれば、汗を掻き足を棒にして聞き込みをしているほうが、まだしも気持ちが落ち着くというものだ。

午前中は頻繁だった捜査員たちからの連絡も、午後に入って少なくなった。サボっているわけではない。自分の経験からいっても、聞き込みの成果が少ないときは、本部への連絡も億劫《おっくう》になるものだ。応援要員が不案内な地理に慣れて、いちいち問い合わせる必要がなくなったせいもあるだろう。

こういう役回りに慣れている大原はのんびり渋茶を啜《すす》っている。山岡にしても悠然としたものだが、帳場に不慣れな俊史は父親同様落ち着きがない。

本庁の強行犯捜査第二係からは、捜査の進捗に関する問い合わせが頻繁に入ってきているようだ。ときには庶務担当管理官直々の問い合わせもあるようだが、毎度のようにまだ結果が出ていないという報告を繰り返す。俊史にすれば針の筵に座る気分だろう。

こういう状況がこれから何週間も続くかもしれない。自分が外回りをやっていたとき、疲れた足を引きずって帰ってくると、とくに体力を使うこともない本部詰めの連中がやけに憔悴《しょうすい》してみえて、それを不思議に思ったものだった。同じ立場に置かれるとその理由がよくわかる。管理する側の人間には別の意味での精神的なタフネスが要求されるのだ。

最初から管理者の立場におかれた俊史には試練の場といえるだろう。初日のこの日はまだいいのだ。これから経過する一日一日が、鉛の重しが積み重なるように心にのしかかってくる。自分の足で動き回れるならそれが気持ちのはけ口になる。しかし本部で朗報を待つしかない立場ではそれもない。

その点では山岡にしても同様だろう。「鬼」とも「壊し屋」とも呼ばれる苛烈な性格の片鱗はまだみせていないが、捜査の現場を担う殺人犯捜査係の長として、背負い込む重圧は並大抵ではないはずだ。そのやり方を誉《ほ》めそやす気はないが、そこに自分もかつては搦《から》めとられていた刑事という職業のようなものを感じ、葛木も心に響きあうものがある。

「みなさん、ちょっとご相談を」

俊史が声をかけた。けさの会議では溌剌《はつらつ》としていたその顔にうっすら疲労の色が貼りついている。葛木は声の方向に顔を向けた。山岡も億劫そうに椅子を動かす。愛用の湯呑みに手ずから茶を淹《い》れていた大原も急いでテーブルに戻ってくる。

「いまはほとんどの人員を地取りに振り向けていますが――」

俊史が切り出すと、山岡は不快そうに顔を歪めた。その捜査方針は捜査会議で山岡が強く主張したものだ。もちろん葛木の考えでも現状ではそれが妥当で、山岡のごり押しという印象はとくにない。

「なにか問題でも？」

山岡が棘《とげ》のある口調で問いかける。軽く咳《せき》払いをして俊史は続けた。

「捜査開始一日目からこんなことを言うのは早計かもしれませんが、現場周辺の地域的特性からいって、事件解明に繋がる目撃証言を得るのは難しいと思うんです」

話がまずい方向に向かいそうな気がして、葛木は身を硬くした。案の定、山岡は射るような視線を俊史に向ける。

「捜査の基本は現場にありということをおわかりじゃないようだ。事件現場周辺での聞き込みは宝の山なんです。一見無駄な努力のようでも、たった一つの証言で状況が逆転することがある。そこをおろそかにすれば刑事捜査の基本が崩れる」

「しかし第一に事件が起きた時間帯、第二に被害者があの現場以外の場所で殺害されたかもしれない点を考えると、有効な目撃証言が得られる可能性は低いのでは？　そのうえ一帯の住民のほとんどが遮音性の高い高層マンション暮らしです」

俊史は捜査方針の変更を提案したいらしい。

「それで？」

山岡は鼻を鳴らして問いかける。青臭いキャリア管理官に現場を牛耳られるのは真っ平だという気分が滲んでいる。

「被害者の身元特定にもう少し力を入れませんか。ポスターや立て看板を大量につくり、江東区内に限らず都内全域に配布する。さらにいま地取りで動いている人員の一部を割いて、都内主要駅でチラシを配り、情報提供の呼びかけを行うんです」

「もちろんいずれはやりますよ。しかしいま最優先すべきは現場です。それをおろそかにして失敗した事例はいくらでもある。特捜本部の態勢をとっているからといって手勢はせいぜい百名ちょっとで、いまそれを分散させたら、虻蜂《あぶはち》とらずの結果になりかねない」

山岡はあくまで自説にこだわる。どちらの言い分が正しいか、判断するのは難しい。というより葛木に言わせれば、刑事捜査に王道はない。すべては結果でしか評価されない。

教科書どおりの捜査をしたからといって、結果がついてくる保証はない。奇策を使って成功することもあるが、失敗すれば馬鹿をやったと笑われる。そういう意味で捜査方針の決定には、絶えずギャンブルの要素が付きまとう。俊史の言うことも間違ってはいない。というより結果が出ればそれは正しい。しかしその保証はどこにもない。

むしろ重要なのは、一つの捜査方針に全員の意志が結集することなのだ。そこで食い違いが起きれば本部は一つにまとまらない。不満分子はサボタージュに走り、あるいは自分たちが得た情報を仕舞い込む。抜け駆けや足の引っ張り合いが組織の力を殺《そ》いでゆく。

「葛木警部補はどう考えますか」

唐突に俊史が話を振ってきた。内心に焦りがあるのは葛木も俊史と同様だが、いまの捜査方針が間違っているとまで断言する勇気はない。

山岡は小馬鹿にしたような薄笑いを浮かべて葛木に視線を向ける。自分は蚊帳の外という顔で大原は茶を啜る。

ここは俊史の顔を立ててやりたいところだが、山岡に自説を曲げさせるのは難しい。管理官と本庁殺人犯のボスが対立すれば、本部態勢に亀裂が入るのは間違いない。こんなことになるのなら、俊史が一課の管理官に着任したとき、機会をつくって心得を伝授しておくべきだった。そんな後悔を抱きながら、葛木はやむなく口を開いた。

「遺体が別の場所で殺害されたのちに遺棄されたとすれば、被害者が現場周辺の住人ではない可能性が高まります。きょうの地取り捜査では、捜査員は被害者の似顔絵を持って回っていますが、それに対する反応がいまも出ない。そこに着目すれば管理官の考えにも理がありますね」

俊史は瞳を輝かせた。山岡は薄い唇をへの字に曲げた。ここで自分が壊し屋になるわけにはいかないと、葛木は針に糸を通すような細心さで言葉を続けた。

「しかし捜査活動が始まってまだ一日も経っていない。朝令暮改は捜査指揮への不信の元になります。それに高層マンションが林立するこの一帯は見た目以上の人口密集地域で、百人近い捜査員を動員しても、まだ全体の十分の一も聞き込みができていない。山岡係長のおっしゃるとおり、そこにはまだ貴重な宝が埋まっているかもしれません」

「もうしばらく現状維持でと?」

俊史は落胆したように訊いてくる。親父の複雑な心境を理解してくれというように、葛木は大きくゆっくり頷いた。

「少なくともあと一週間は人員を地取りに集中すべきでしょう。なにか出てくるかもしれません。それでだめなら配置を少し変えてみるということでは?」

双方を立てるということは、どちらにも不満を与えることでもある。山岡は不快感を丸出しにする。

「マル害（被害者）もホシもこの近辺の人間とみて間違いない。聞き込んでいけば必ず答えが出るんだよ。いま人員を分散させるのは愚の骨頂だ。うちの人手を使うまでもなく、ポスターや看板は各所轄に依頼すれば配布してくれる。駅でチラシを撒《ま》いたってそのままゴミ箱に直行するだけで、そういうのはだいたい迷宮入りになった事件で使う手だ。まだ生きている事件の場合は総力を挙げて聞き込みというのが鉄則なんだ。長年刑事をやってて、そのくらいのこともわからんのか」

矛先を葛木に向けているのは、若輩とはいえ管理官という立場の俊史への遠慮かもしれないが、その言い分が俊史の提案への強烈な反駁《はんばく》なのは明らかだ。

傍観するつもりかと思っていた大原がやおら割って入る。

「まあ、そこはおれたちだけで決められることじゃないからね。やり方を変えるにしても一課長の判断を仰がなきゃならないから、あすから一気に態勢を組み直すというわけにはいかない。かといってこのまま成果もなしに地取りに総力を結集していたら、おれたちが無能呼ばわりされるのは間違いない」

「おれたちが無能だって？」

山岡が突っかかる。大原の言葉の本意からすれば言いがかりだが、そこは計算の上の威嚇《いかく》だろう。

「このまま行けばという話だよ。辣腕《らつわん》で名高いあんたの班が出張ってきているんだから、そうそうドジは踏まないと思うがね――」

階級は同じ警部で、年齢は大原のほうがやや上だ。かつて同じ所轄で仕事をしたことがあるというから、その性格の表も裏も知っているのだろう。本庁捜査一課の威光に気後れする様子もなく、軽くいなして大原は俊史に顔を向けた。

「ここは署長と相談なんですが、ポスターを貼ったりチラシを撒いたりということなら、うちの地域課や交通課の連中にもできます。毎日警邏《けいら》で回っているわけだから、本部の人員を割かなくても、区内だけならくまなくカバーできる。都内全域とまではいきませんが、やらないよりはずっとましでしょう」

俊史は身を乗り出した。

「それはいい。いつから始められますか」

「たぶん、あすからでもできるでしょう。ポスターやチラシはいま印刷業者に手配していますが、当座必要な分なら署内のコピー機で間に合いますから」

大原が請け合うと、山岡は面白くなさそうにそっぽを向いた。そこは所轄の裁量でやれることだから、山岡が文句をつけるいわれはない。

大原はさっそく警察電話の受話器をとった。

「署長、大原です。お仕事中恐れ入ります。じつはいま管理官と相談をしておりまして――」

ここまでのやりとりを手短に伝え、いま自分が提案した考えを説明し、大原は相手の話にしばし聞き入る。俊史は期待もあらわにそれを見守る。丁重に礼を言い、受話器を置いて大原は俊史に向き直った。

「署長もそれはいい考えだと応じてくれました。やはりうちに帳場が立った以上、面目をかけても早期解決を図りたいというのが署長の考えのようでして」

そうしないと所轄の予算が食い潰されるというのが本音のはずだが、そこは如才なく大原は言い繕《つくろ》う。

「それでいいですか、山岡さん」

俊史は確認する。吐いて捨てるように山岡は応じる。

「勝手にやったらいいでしょう。私の裁量の範囲じゃありませんから」

山岡も内心は穏やかではないだろう。もしそちらのほうから情報が出てきたら、本部の主力は敷鑑捜査にシフトする。現場周辺に宝が埋まっているという自分の読みが外れるわけで、「鬼の十三係」の名声に傷がつく。一方の俊史にすれば、狙いどおりの線ではないものの、本部の人員を割かずに目的の半ばは達成される。空振りに終わっても痛手は少ない。俊史は得意げな表情で訊いてくる。

「葛木警部補からなにか意見は？」

「制服警官に本部の助っ人を頼むというのは、奇策ですが、いいアイデアだと思います」

葛木は感情を抑えて応じた。ここは息子の判定勝ちだろう。山岡を決定的に追い詰めなかったのも、反撃の芽を摘んでおく意味で悪くない。大原の機転の賜物《たまもの》だった。

6

午後八時を過ぎると、地取りの捜査員が三々五々本部へ戻ってきた。

本部デスクに次々と捜査日報が積み上がる。捜査員たちの汗の結晶だ。一枚でもないがしろにはできない。徹夜してでもすべてに目を通し、翌朝の捜査会議に向けた状況分析をすることになる。

さしたる成果もなく帰ってきた捜査員の顔には一様に疲労の色が貼りついている。書類箱に溜《た》まった日報を一束手にとってざっと目を通す。自分も書き慣れているから、乱れた手書きの一行一行に捜査員の苦労が読みとれる。

やはりこちらの想像どおりで、実際の聞き込みよりも、戸口を開けてもらうまでの交渉にだれもが時間を費やしている。オートロックのマンションなら、一軒と話がついてなかに入れば、ほかの居住者の戸口にもそのまま出向ける理屈だが、実際にはじかに戸口のチャイムを鳴らすと極端に警戒されるらしい。そんな理由で一軒聞き込みするたびにエントランスへ戻り、ふたたびオートロックの外から交渉せざるを得ないケースも多いようだ。

城東署へ移って以来、葛木も大規模マンションの住民への聞き込みをしたことが何度かある。そのときも同じような難しさを感じたものだった。

いずれも小さな事件で軒数も少なくて済んだから、今回の捜査員の苦労とは比べられないが、天に向かってそそり立つ高層マンションでの地取り捜査には、「地べたを這い回る」と形容されたかつてのそれとはまた別の困難さがあるということだ。

池田が十三係の若手刑事と連れ立って戻ってきた。デスクに日報を届けに来たのは池田のほうで、相方の刑事は十三係の連中がたむろする一角で、缶ビールを手になにやら話し込んでいる。

池田が山岡に気づかれないように目配せする。葛木は機転を利かせ、小用を理由に席を立った。トイレでしばらく待っていると池田がやってきた。ほかに人がいないのを確認し、連れションを装って便器のまえに立つと、池田はさっそく切り出した。

「聞きしに勝る屑ですよ、あの野郎」

「なにかあったのか」

「聞き込みに応じるのを渋る住民に恫喝《どうかつ》をかけるんですよ。そういうことを言ってると容疑者のリストに入れる。そうなれば署に呼びつけて話を訊くことになるから、いま応じたほうが利口だと」

「困ったやり方だな。それじゃ脅迫だ」

「私もそう言ってやったんですがね。蛙《かえる》の面《つら》に小便ですよ。警察に協力しない市民は犯罪者と同列の悪党で、そういう連中の口を割らせるのに遠慮なんかしていられないと言い放って、まったく悪びれるところがない」

「ほとんど容疑者の取り調べですよ。あとで署に苦情が殺到しなきゃいいんですがね」

「いや、殺到してくれたほうがまだましだ。それを理由に連中の横暴を抑えられるから。それよりそういう噂が広がって、警察への不信が噴出したら、これから先の捜査活動にも悪影響が出る」

「ほかの連中も似たり寄ったりでしょう。刑事というのが権力を背負った特権階級だと思い上がってる。それが態度に滲み出ているから、一緒にいるだけで虫唾《むしず》が走りますよ」

「まだパンチは見舞っていないんだろうな」

「寸前まではいってますが、いまのところ抑えてます。時間の問題だと思いますがね」

池田は苦味走った笑みを浮かべるが、それをやられたら帳場が崩壊する。葛木は慌てて言った。

「それはまずいぞ。おれのほうでなんとかするから、くれぐれも自重してくれよ」

「わかってますよ。でもね、こっちは地元から信頼されてなんぼの商売です。自分たちが手柄を上げられれば、所轄なんてどうなってもいいと言うんじゃ、協力してやっていこうという気がなくなります。そう感じているのはおれだけじゃないですよ。本庁の屑野郎と組んでいるうちの捜査員は、たぶん全員そう思ってます」

そんな話を聞けば、葛木も一発ことを構えてやりたい気にもなるが、それでは俊史の初舞台を台無しにしかねない。かといって放置すれば捜査の行方に暗雲が立ち込める。「鬼」のほうだけならまだいいが、「壊し屋」の本領を発揮されたら目も当てられない。

必ず自分がなんとかするから、とにかく腹に仕舞っておいてくれと懇願《こんがん》するように言って本部に戻ると、こんどは大原が歩み寄って耳打ちする。

「連中、さっそくやってくれてるようだな。いま警務課長から電話をもらったよ。地元の住民から苦情が殺到しているそうだ」

「十三係の連中のことでしょう」

苦い口調でそう応じると、大原は驚いたような顔をした。

「知ってたのか」

「いま池田から聞きました。今度の帳場、どうも無事に済みそうにありませんね」

腸《はらわた》が煮えくり返る思いで、葛木は雑談に興じる十三係の一団に目を向けた。

第三章

1

　十三係の総勢は係長の山岡を除いて十名。そのほとんどが城東署の捜査員とコンビを組んで地取り捜査に加わっているが、外回りの本部捜査員全体のなかでは一割程度の比率に過ぎない。

　それ以外は城東署の刑事と近隣の所轄や機捜からの応援要員による混成チームで、そちらは住民から苦情が殺到するような強引な聞き込みはしていないはずだ。その点からしても、十三係の面々の傍若無人ぶりは想像に難くない。

　山岡とことを構えるまえに苦情の実態を把握しようと、葛木は大原と連れ立って警務課へ赴いた。デスクでは課長の井川《いかわ》が受話器を耳に当て、平身低頭という様子でなにやら釈明している。周囲の職員もお手上げだという顔で葛木たちに視線を向けてくる。

「おっしゃるとおり、たしかに行き過ぎがあったようです。私のほうから本部にしっかりと話を伝えますので、なんとかこの場は穏便《おんびん》に。地元のみなさんに愛されての警察ですから、今後もぜひ友好な関係をというのが私どもの考えでして。必ず善処いたしますので、なにとぞよろしくお願いします。それでは失礼致します」

井川は額《ひたい》の汗を拭きながら受話器を置いて、葛木たちを振り向いた。

「現場に近いマンションの自治会長からだよ。防犯協会の副会長もやってもらってるんだがね。あすからも強引な捜査が続くなら、今後は警察の防犯活動には協力できないとえらい剣幕《けんまく》だよ」

防犯協会の会員というのは警察に協力的な人物になってもらうのが通例で、自治会長がもともと警察に反感を抱いていたわけではないだろう。それをそこまで激高させたとなると、池田の話も大袈裟《おおげさ》ではないことになる。葛木も渋い口調で応じた。

「うちの捜査員からも報告を受けています。脅迫まがいの強引な聞き込みをしているそうなんです」

「こんど来たのはなにかと評判が悪い連中のようだな、本庁に頼んで代えてもらうわけにはいかないのかね」

それが無理なのは先刻承知のはずだが、井川はないものねだりの愚痴を言う。

「母屋が勝手に決めることだから、運が悪かったと思って諦めるしかないだろう。ボスの山岡とは知らない仲じゃないから、おれのほうから言ってはみるがね」

そういう大原もさして自信があるふうではない。井川は頭を抱え込む。

「それで捜査が行き詰まって帳場が長引くと、会計課長に頭を下げて、今期の予算を組み直さなきゃいけなくなる。普通の帳場でも持て余すのに今回は特捜だからな。そこまで大盤振る舞いしてもらっても、こっちは嬉しいことなんかなにもない」

井川にすれば、そこはやるせない思いだろう。本部の開設期間が長引けば、それだけ経費がかさむことになる。だからといって本庁は臨時予算を組んでくれたりはしない。そのぶんは所轄が経費削減で乗り切るしかないわけで、通常の事件の捜査費からレクリエーション費まで署員の反感を買いながら大鉈《おおなた》を振るうという、損な役回りが井川に回ってくる。

「あんたの息子さんがうまく仕切ってくれればいいんだが、すこし荷が重いかな、葛木さん」

井川は突然葛木に話を振ってくる。けさの捜査会議の様子を思えば、山岡を筆頭に十三係の面々が俊史を舐めていることはわかっている。仕切るどころか体よく仕切られてしまいかねない状況だ。だからといってそこまで露骨に言われると、葛木も心穏やかではいられない。

「たしかに若輩《じゃくはい》で、力及ばないところもあるかもしれません。しかし職務にかける熱意は人一倍です。私のほうから話してみます」

大原が慌てて割って入る。

「本部が立ち上がって一日目で、管理官と本庁一課の連中が対立するような局面をつくるとかえって現場が混乱する。そのまえにおれが山岡と腹を割って話してみるよ。これは捜査方針や態勢のシフトといった本部運営の根幹に関わる話じゃない。警察官としての礼儀作法の問題で、正面切ってあげつらえば山岡も体面に傷がつく。穏便に話せば通じないこともないだろうから」

大原の助け船に葛木は内心ほっとした。大原にもそうする理由がある。所轄側の現場のボスとして、山岡に言うべきことも言えないようでは部下に示しがつかないわけだろう。

「その話、署長にはもう上げてあるのか」

大原が訊くと、井川は苦い表情で首を振る。

「交通安全協会の会合で留守なんだよ。どうせ言っても波風立てずに穏便にという話で終わりだろうがね。火中の栗はまず拾ってくれないよ」

ノンキャリアの場合はせいぜい出世しても所轄の署長が終着点というケースが大半で、そつなく椅子を温めて円満に退職することしか考えない人間がほとんどだ。ここの署長も来春にはめでたく定年で、その後の天下り先が気になるらしく、顔は本庁のほうしか向いていない。井川はそのことを言っている。近くでそれを聞いている警務課員も、さもありなんという顔で頷いている。そういう歯に衣《きぬ》着せぬ物言いが井川の持ち味だ。

「まあ、そんなところだな。おれたちがいい按配《あんばい》にやるしかないだろう」

目算があるのかないのか、大原は暢気な調子で話を引き取った。

警務課の大部屋を出て本部のある講堂へ向かいながら、大原が忠告する。

「あんたの息子さん、きょうの提案にしてもなかなか気骨があるが、相手は一筋縄でいくタマじゃない。状況は知らせるにしても、くれぐれも山岡には嚙みつかないように言ってくれよ」

葛木もそこは似た思いだ。

「そうします。これから山岡さんと話をするなら、私もご一緒しますよ。連中に部下をこけにされて黙ってはいられません。私も最近までは本庁にいた人間ですから、山岡さんもそうむげにはあしらえないでしょう」

「そりゃ心強いが、くれぐれも短気は起こさないでくれよ。山岡だって現場の苦労は知っている人間だから、話せばわかってくれると思うんだよ」

大原は慎重な口ぶりだが、真綿で包んだバットのような人物で、当たりは柔らかくても意外に骨っぽい。かつては落としの名手として名を馳《は》せたとも聞いている。

講堂の並びの会議室の前を通りかかったとき、なかから俊史の声が聞こえてきた。

「警察は市民のためにある。その警察が市民に恐怖を与えるような捜査活動をするのは本末転倒だとは思いませんか、山岡さん」

葛木は立ち止まった。大原も気がついたようで、思わず二人で顔を見合わせる。

「一日も早く犯人を挙げたい気持ちはわかります。しかし住民のほとんどは善良な人たちです。多少非協力的だからといって、犯罪者扱いするような言動は警察への不信感を強めるだけじゃないですか」

居丈高に叱責《しっせき》する口調ではないが、言っていることは非の打ちどころのない正論だ。しかしその手の正論が、かえって相手の反発を招くことも少なくない。今度は山岡の声が聞こえてきた。

「お言葉ですが、犯人を検挙できてこその警察じゃないですか。いくら愛される警察を気取ったところで、手ぬるい捜査で凶悪犯が世の中にのさばるようなら、警察への批判は逆に高まります。ときには悪役に徹してでも、犯罪は割に合わないことを悪党どもに教えてやることが、本当の意味で市民生活の安全に結びつく。私はそういう信念できょうまで刑事をやってきた。それが間違いだというのなら、いますぐ警察手帳を返納しなきゃなりません」

案の定、俊史の青臭い正論が山岡のプライドをいたく刺激したようだった。強引な理屈ではあるが、その言い分にも理がないわけではない。

いかにもまずいというように顔をしかめて、大原がドアノブに手をかける。葛木はそれを押しとどめた。この局面を息子がどう乗り切るか、突然興味が湧いてきた。そんな気持ちが伝わったのか、大原もドアの脇に立ってなかの会話に耳をそばだてる。

「捜査手法はほかにもあるでしょう。聞き込みにしたって、意を尽くして説得すれば、それがひいては自分たちの生活の安全を守ることにも繋がると市民はわかってくれるはずです。そういう努力を怠《おこた》らないことが、市民の税金で養われている警察の責務でもあるんじゃないですか」

俊史はひるまず押してゆく。すでに親馬鹿と化しているのか、切れのいいその正論が耳に心地よい。大原が「やるな」と言うように目配せする。葛木は軽く頷いてまた耳を傾けた。応じる山岡の声には不快感があらわだ。

「管理官は現実をわかっておられない。自分は凶悪犯だと札をつけて歩く犯罪者はいないんです。みんな善良な市民面をして生きている。周りの人間が善人だと思っていた人間が、じつは人殺しだったという事例のほうが多いんです」

「だったらあらゆる人々を犯罪予備軍と看做せというんですか。それが民主国家の警察の正しい在《あ》り方だと言うんですか」

「我々はいたずらに強圧的な聞き込みをやってるわけじゃない。そういうことへの反応から、犯人だという心証が得られることもある。それを端緒《たんしょ》に検挙に至ったケースはいくらでもあるんです」

山岡の声に苛立ちが滲む。手強《てごわ》い相手だと感じているらしい。むろん俊史に引く気配はない。

「たまたまそういう事例があったからって、それを普遍的な真実のように言うのは論理の飛躍じゃないですか」

「我々には長年現場でやってきた経験があり、いくつもの難事件を解決してきた自負もある。殺人捜査は結果がすべてです。世間の注目が集まるから、失敗すれば警察の威信に瑕《きず》がつく。それがひいては地域の治安を脅《おびや》かす。そういう覚悟で我々はやっている。管理官のように刑事捜査の経験の浅い方はどうしても理想論に走りがちだが、泥を被《かぶ》ってでも犯人を追い詰めるというのが、我々殺人刑事の真骨頂なんです」

山岡は居丈高に言い放つ。それだけ聞けば立派なものだが、現実には泥を被るのはこちらのほうだ。帳場が閉じたら事件解決の手柄を土産に山岡たちは本庁へ帰る。失った信頼を取り戻すために悪戦苦闘するのは残された所轄の捜査員なのだ。むしろ経験の浅い俊史のほうが、そのあたりの事情をわきまえている。

「本庁捜査一課だけで殺人捜査ができますか。所轄の協力がなければ無理でしょう。所轄にとって地域との良好な関係は貴重な財産ですよ。あとで所轄にツケを回すような捜査手法は、結果的に警視庁全体の捜査能力を弱体化させる。そうは思いませんか、山岡さん」

管理官という立場なら、命令一つで山岡を従わせることは出来るはずだが、俊史はあくまで理詰めの説得を試みる。本部態勢に亀裂を生じさせない配慮としてそれは正しいが、山岡を始めとする十三係の面々に果たして通用するものなのか。むしろ俊史はのっぴきならないところへ踏み込んでしまったのではないかと不安になる。

「どうしてもと仰《おっしゃ》るんなら、はっきり命令してくださいよ、管理官。職務規定上、あなたの指示に我々は従わざるを得ないわけだから。ただしそれで捜査が膠着《こうちゃく》しても私の責任じゃないですよ」

山岡はあからさまに面従腹背《めんじゅうふくはい》の姿勢を匂わせる。俊史は危険な敵をつくってしまったようだが、それが葛木には小気味よい。毅然とした口調で俊史は言った。

「では今後は聞き込みに際し、市民を威圧するような言動は厳に慎むよう徹底してください。これは管理官の職権による捜査指揮です」

「わかりましたよ。部下にはよく言っときます。キャリアの腰掛け管理官は気楽なもんだ。せいぜい二年も椅子を温めて、上の役所へ戻れば警視正様ですか。それじゃおれたち叩き上げはやっちゃいられませんよ」

山岡の捨て台詞《ぜりふ》は不穏なものを感じさせた。大原が「まずいぞ」というように首を振る。それが耳に入らなかったかのように、俊史は屈託なく応じる。

「じゃあ、よろしくお願いします。早期解決がこの帳場の重要な使命です。そのためには本部のチームワークが欠かせません。これからも本庁側と所轄側、双方しっかり意思疎通を図りながら、事件解決に向けて頑張りましょう」

二人が立ち上がる気配がしたので、葛木と大原は慌ててその場を離れた。講堂に戻って素知らぬ顔でしばらく待つと、俊史と山岡が帰ってきた。

「いま山岡さんときょうの捜査結果について情報交換していてね。さて日報も出揃ったようだから、そろそろ総括会議を始めましょうか」

デスクに積み上がった日報の束に目をやりながら俊史が言う。山岡はぶすくれた顔で定位置に腰を落ち着けた。本部デスクをサポートする総務課の職員が、それぞれの席に夕食兼夜食の弁当と飲み物を用意してくれている。

講堂にはほとんどの捜査員が戻っていて、すでに弁当を広げている。ビールを開けている者もいるが、その顔や背中には一様に疲労が貼り付いている。

彼らはきょうはもう上がりだが、葛木たち本部スタッフの仕事はこれからだ。日報を読み込み、捜査結果を分析し、捜査の方向に修正を加え、あす朝の捜査会議で提示する捜査方針を検討する。

必要なら戻っている捜査員を呼び出して質問もする。寝ているところを叩き起こす場合もある。そんなこともあるから、本部立ち上がり後の一、二週間は全員泊まり込みということになる。

2

会議を終えたときは午前一時を過ぎていた。事件解明の鍵になりそうな証言はなかったが、それはとくべつ珍しくはない。初日に目ぼしい成果が出るくらいなら、そもそも大規模な帳場を立ち上げる必要もない。突破口が見えるまでは、ひたすら忍耐することが刑事の仕事と言っていい。

俊史も山岡も十三係の捜査員の行状には触れなかったから、葛木も大原も口にはしなかった。二人のあいだで話はついたわけで、山岡の体面もあるだろうから、とりあえずは今後の動きに注視するしかない。

山岡は会議を仕切る俊史にとくに横車を押すでもなく、淡々と意見を述べただけだった。例の捨て台詞は不気味だが、まずは俊史の主導権を認めざるを得ないと腹を括《くく》ったようだった。

一日中エアコンの効いた本部に詰めたせいか体調がすっきりしないので、屋上に出て夜風に当たっていると、近くに人の気配がして、振り向くと俊史が立っていた。

「親父も疲れたんじゃないの。デスク詰めは初めてなんだろう」

「おれは下働きだからそれほどでもないよ。おまえこそ重い責任を背負って大変な一日だっただろう」

「けっこうタフな仕事だってわかったよ。でもまだ初日が終わったばかりだ。本当の勝負はこれからだ」

「そうだな。短期勝負といっても一週間やそこらでは片付かない。大事なのはなにより体調管理だな」

「お互いにね。ところで十三係の強引な聞き込みのことは知っている？」

俊史のほうから切り出されたから、話さないわけにはいかなくなった。葛木は頷いた。

「うちの部下から報告を受けた。そのあと警務課長とも話をしたよ。連中が回ったマンションの住人から苦情が殺到したそうだ」

「なんだ、知ってたのか。どうして教えてくれなかったんだ」

「報告しようと思ったら、おまえが山岡さんと話をしているのが耳に入ってな――」

隠しても仕方がないので、葛木はそのときの経緯を語ってやった。

「立ち聞きしてたのか。まあ、いいや。説明する手間が省けたから――」

俊史は気を悪くした様子もなく先を続けた。彼のほうは、デスクに届いた日報をざっと読み流しているうちに、たまたま十三係の行状についての苦情が記載されたものが目に留《と》まったらしい。

書いたのは十三係とコンビを組んでいる所轄の捜査員で、俊史はさっそく本人から事情を聞いた。ほかの捜査員からも同様の話が出てきたので、由々《ゆゆ》しい事態だと判断し、山岡を呼び出して先ほどの談判に及んだのだという。

「おれの言ったこと、間違ってなかったかな。山岡さんの言い分もわかるような気がするんだよ。犯人逮捕だけを至上命題と考えればね。しかしそのためならなんでもやっていいという話なら、警察は市民の敵に成り下がってしまう」

「間違っちゃいないよ。いいことを言うもんだと課長も感心して聞いていた。所轄の捜査員の立場をよくわかってくれて、おれも正直嬉しかったよ」

「それならよかった。青臭い理屈を押しとおして、本部に軋みが生じるんじゃないかと心配してたんだけどね」

「青臭いだなんだと卑下することはない。正しいと思うことは堂々と主張したらいい。それが若さの特権だ。経験がないことが弱みだとは言えないだろう。山岡さんのように古い考えが染みついて、自己満足に陥《おちい》っている人間はいくらでもいる。おれも自戒すべきところがあるが、そういう連中が牛耳る組織に風穴を開けるのは、おまえのような若いキャリアだけができる仕事だよ」

「そう言ってもらえると自信が持てるよ。本当を言うと、きょうはプレッシャーがきつかった。刑事捜査の素人のおれが、親父や山岡さんのようなこの道一筋のベテラン刑事をリードしていけるものか、ずっと不安を感じてたんだ。初めて現場を預かることになってきのうはけっこう舞い上がってたけど、実際に本部に出張ってみると、これは大変な場所に来ちゃったなと思ってね」

俊史のそんな言葉に葛木はむしろ安堵を覚えた。大きな組織には思わぬ落し穴がつきまとう。調子に乗って突っ走っていると、突然煮え湯を飲まされるようなことがしばしばある。まだ若いころ、葛木自身もそんな経験をしたことが何度かあった。いまの俊史のポジションにいて不安を覚えるのはむしろ当然で、そうでなければ鈍感ということだ。

「そうだな。気を緩《ゆる》めちゃいけない。日が経つにつれて帳場全体にかかるプレッシャーも大きくなる。そうなると組織全体が地雷原に変わってしまう。うっかり踏んだら一巻の終わりというような状態がいつまでも続くことになる。おまえがいま不安を感じているのなら、それは危険を避けるための地雷探知機だ。その感覚をおろそかに考えないことだ」

俊史が属するキャリアの世界について、葛木が語ってやれることはほとんどない。しかし特捜本部という現場についてならアドバイスしてやれることが多少はある。たまたま同じ帳場に居合わせるのは願ってもない幸運かもしれない。あるいは草葉の陰で見守る妻の計らいかと、奇妙な感慨を葛木は覚える。

「ああ、今度の件にしても、あれで一件落着とはいかないかもしれないね。おれみたいな若造が自分の上にいることに、山岡さんが不快感をもっているのははっきりわかった。おれは招かれざる客なんだ。それはあの人にとってだけじゃないかもしれない」

俊史は唇を噛み締めた。そんなことはないと言ってやりたいが、そこは中《あた》らずといえども遠からずだ。不快感とは言わないまでも、一般の警察官にとってキャリアというのは別の世界の人間だ。

日本の全警察官に占めるキャリアの割合はせいぜいコンマ数パーセントといった程度で、現場の警察官が接する機会はほとんどない。山岡のように露骨に反感を示す者もなかにはいるが、大方は彼らの存在に無関心で、同じ警察社会に属する者としての連帯意識もとくにない。

「まあな。しかしキャリアだろうがノンキャリアだろうが同じ生身の人間だ。犯罪を憎む気持ちに変わりはない。こうして帳場が立った以上、いまは犯人検挙という目標に向かって一丸となって進むしかない。そんななかで、立場を超えた気持ちの通い合いもそのうち自然に生まれてくるものなんだ」

噛んで含めるように葛木は言った。捜査本部はそもそも寄り合い所帯で、同じ所轄でも地域や交通といった他部署から動員される者もいる。近隣の所轄や機捜からの応援要員もいる。そこに本庁捜査一課からの人員も加わるから、当初は無数の派閥の集合体のようなものなのだ。

トップが一つ舵取りを間違えれば、いがみ合いや小競《こぜ》り合い、足の引っ張り合いで収拾がつかなくなることもある。しかし捜査の行方が見えてきて、本部内での各自の立ち位置が定まり出すと、事件解決に向けた熱気がある種の化学作用を起こしでもするように、ばらけていた気持ちが不思議に通いだすことがある。犯人逮捕の一報で捜査本部が沸《わ》き立つときの一体感は、病みつきになるような高揚を感じさせるものなのだ――。

そんな話を聞かせると、俊史は感慨深げに頷いた。

「官僚とかキャリアというと、なにか現実離れした無味乾燥な職業のような印象をもたれがちだけど、本当に血の通った仕事が出来るかどうかは本人の気持ちしだいだと思うんだ。魂を込めて仕事に当たれば、世の中を少しでもいい方向に動かす力のある職業なんじゃないのかな。それは親父のようなノンキャリアの警察官にだって、ほかのいろいろな職業の人にだって当然いえるわけだけど、おれたちの場合、そういう力が少しは強いんじゃないのかな」

「行状の芳しくない連中ばかりがマスコミに取り上げられるもんだから、キャリアというと世間の目は冷ややかになりがちだが、そこはおまえの言うとおりだよ。警察という世界一つとったって、おれなんかの力じゃどうしようもない悪弊がはびこっている。それを変えていくだけで、この世の中も少しはましな方向へ進んでいく。それが出来るのはおまえのような立場の人間だ。おれは大いに期待しているよ」

「そうだよね。おれは出世なんか本当はどうでもいいんだよ。それが自己目的になったら本末転倒だから。でも出世によって得られる実行力もあるわけで、それが世の中をよくするために役立つのなら、そのためにおれは上を目指す。でも出世のために不本意な妥協をしなきゃいけないなら、いつでも職を辞す覚悟はある」

俊史はきっぱりと言った。葛木はその肩に優しく手をかけた。

「そんなふうに自分を追い詰めなくてもいいだろう。大事なのは自分がごく普通の人間だという自覚をいつも失わないことだ。おれが犯した過《あやま》ちはそこだった。刑事という職業を特別なものと思い込み、おまえや母さんを置き去りにして、一人で勝手に人生を突っ走ってきた。おまえたちにも迷惑をかけたけど、おれが失ったものも計り知れない」

「おれもおふくろもべつに親父を恨んだりはしていなかった。でも言っていることはなんとなくわかるような気がするよ。たとえそれが正義を追い求めての行為でも、人の心への共感を失っちゃ駄目なんだ。目的が正しければなにをやっても許されるというわけじゃない。普通の人間の感覚って、そういうことなんだろう」

「そういうことだよ。十三係の連中が忘れているのはそこなんだ。むろん連中だけを責められない。刑事という商売をやっているとどうしても陥りやすい罠《わな》なんだ」

「難しい仕事だね。妥協のない捜査と人としての優しさを両立させるのは」

俊史はため息を吐く。夜風が心地よく頬を撫《な》でるのを感じながら、穏やかな調子で葛木は言った。

「それほど難しいことじゃない。自分のなかの善意の火を絶やさないように、いつも心がけていればいい。犯人を追い詰めることも、けっきょくは世の中をより善い方向に向かわせるためなんだから。人を愛する心は誰もが生まれつき持っているもんだとおれは思う。ただ悲しいかな、人間はときどきそれを見失ってしまうんだ」

「きょうはそういう話が聞けてよかったよ。自分は人が好いだけの役立たずなんじゃないかってときどき思うことがあったけど、自信を持っていいんだね」

俊史が言う。葛木はその肩に置いた手に力を込めた。

「ああ、おまえはおれの自慢の息子だ。自信を持って自分の道を進め」

3

朝八時からの捜査会議は、十三係からの挑発的な質問もなく、議事は順調に進行した。多忙な一課長はきょうは姿を見せず、副本部長を務める署長は出席したが、議事にはとくに口を挟まず、おざなりな激励の言葉をかけただけで署長室へ戻っていった。

議事進行を担当した俊史は、所轄の地域課と交通課の協力を得て、きょうから区内各所でポスターの掲示とチラシの配布を行うプランを報告したが、それによって本部の態勢が変わることもないので、とくに反対する意見は出なかった。

鑑識からは、遺留物の分析結果についての新しい報告があった。

現場で採取された毛髪は四人の異なる人物のもので、そのうちの何本かは被害者の毛髪と特定された。別の人物のものと見られる毛髪のうち二人分は脱落してから一ヵ月以上経っており、事件とは関係ないと考えられる。比較的最近のものとみられるのは、男性一人の毛髪で、血液型はＡＢ型だった。

それが犯人の毛髪だと断定することはまだできないが、目撃証言等から容疑者が浮上してきた場合には、重要な物証としての意味を帯びてくる。

もう一つはごく微細な金属の粒子で、材質は鋼《はがね》。切削《せっさく》や研磨《けんま》加工で飛び散って、衣服や皮膚に付着していたものが現場に落ちたと考えられるという。そうだとすれば犯人は金属加工業従事者という線で絞り込める可能性があるが、被害者の衣服や肌からは同じような粒子が検出されておらず、犯人に由来するものと断定するのは難しい。本部としては毛髪と同じく、容疑者が浮かんだ場合の補強証拠とするのが妥当だという考えに落ち着き、当面は現態勢のまま聞き込み中心の捜査を進めることになった。

聞き込みの方法について、俊史はくれぐれも人権に配慮し、強引なやりかたは慎むようにと訓示はしたが、あくまで一般論にとどまるもので、あえて十三係を名指しはしなかった。ここでいたずらに叱責めいたことを口にすれば山岡の面子《メンツ》を潰すことになる。とりあえずは彼らの自発性に任せようというのが俊史の腹のようで、そこは賢明な判断というべきだった。

昨晩は成果のない聞き込みでどこか消沈していた捜査員たちも、一夜明ければ活力を取り戻していた。現場の刑事のいちばん大事な資質は忍耐力で、出口の見えないトンネルを進むような捜査でも、力を抜かずに打ち込むことが事件解決への唯一の道だ。実際に頭の切れる刑事よりも、愚直に事実をかき集め、証拠を積み上げていくタイプの刑事のほうがいい結果を出すことが多いものなのだ。

会議は三十分ほどで終了し、捜査員たちはいっせいに聞き込みに出かけていった。葛木たちは本部デスクに張り付いて、ひたすら朗報を待つだけの一日を過ごすことになる。

「きょうも夏日になるそうだな。降られるよりはましかもしれないが、外歩きの連中には応えるな」

自前の湯飲みにペットボトルから麦茶を注ぎながら大原が言う。

「甘いな、あんたたち。ぐずぐずしてると七月、八月になっちまう。そうなりゃ夏日どころの騒ぎじゃない。熱射病で殉職者が出るかもしれないよ」

山岡が口を挟む。本人は軽口を叩いているつもりのようだが、厭味にしか聞こえないのはやはり人柄のなせる業《わざ》だろう。あっさりそれを聞き流し、大原は俊史に語りかける。

「例の件、地域課と交通課の長に話を通しておきました。どちらも協力にはやぶさかじゃないとのことでした。さっそくチラシとポスターを用意して、午後には配布できるように手配します。応援の連中も土地の雰囲気に慣れたでしょうから、聞き込みもきのうよりは捗《はかど》ると思います。所轄と本庁のコンビもお互い気心が知れてくるころですから、意思疎通もスムーズにいくと思いますよ」

最後の一言は山岡への厭味の返礼のようにも聞こえる。俊史は気さくに応じた。

「それはありがとうございます。早期解決のためには、出来ることはなんでもやっておかないと。ぐずぐずしていると山岡さんの言うように夏の盛りに入ってしまいますからね。きょうはいい成果が出るような気がします」

「そうですよ。うちの署の連中は気合いが入っていますから」

大原も調子を合わせる。きのうの俊史と山岡のやりとりを聞いて、彼も溜飲《りゅういん》が下がるところがあったのだろう。山岡はぶすっとした顔で新聞を広げる。

捜査員たちが出払って一時間もしたころ、葛木の携帯に池田から連絡が入った。署活系《しょかつけい》無線を使わないのは、葛木の耳にだけ入れたい内密の話ということだろう。通話ボタンを押して耳に当てると、当惑気味の池田の声が流れてきた。

「係長。いったいどういう魔法を使ったんですか。十三係の相棒、きょうはえらく紳士的ですよ。これなら生命保険の勧誘だってやれそうだ。ほかの連中とも連絡を取り合ったんですが、そっちも似たような様子なんだそうですよ」

「べつに魔法なんか使っちゃいないよ。管理官がゆうべ山岡係長と話し合ったそうなんだ。山岡さんも所轄側の事情を快《こころよ》く理解してくれたそうだから、その意向を受けてやりかたを変えてきたんだろう」

楽しげに言いながら視線を向けると、俊史は小さく微笑《ほほえ》んでＯＫの指サインを送ってくる。山岡は苦虫を噛み潰したような顔で渋茶を啜る。

「そうなんですか。いや、やるもんですね、息子さん、いや葛木管理官——」

池田は驚いたように言う。その報告には葛木自身も驚いていた。多少の変化があるものとは期待していたが、十三係の面々がそこまで豹変するとは思ってもいなかった。勘ぐればその裏にはなにかありそうで、かえって不安を感じるところだが、疑心暗鬼は精神の衛生に悪い。

「まあ、とりあえずはそういうことだから、いい方向で捜査を進めてくれよ。いまは住民からの情報だけが頼りだ。事件は新聞やテレビで報道されているわけだから、住民も人ごとだとは言っていられないだろう。地域の安全に繋がることだからと意を尽くして説得すれば、快く協力してくれる人も出てくるさ」

「それが、もうずいぶん出てきているんです。要するに高飛車に出て得することはないってことですよ。いまのところ主導権はうちが握っているようですね」

池田はどこか誇らしげだ。今回のことで俊史を頼れるボスと感じて、気持ちを一つにして守《も》り立ててくれればと願いながら、葛木は応じた。

「まずは突破口となる証言を得ることだな。身元もわからない、犯人も見つからないじゃ、被害者だって成仏できない。いまは辛抱のときだが、おれたちの手で必ず事件を解決してやろう」

「そうですよ。十三係の鼻持ちならない連中とは骨っぽさが違うところを見せつけてやりますよ」

池田は電話の向こうで見得《みえ》を切った。

4

それから三日間、捜査員たちの聞き込みは続いたが、突破口になるような情報はまだ出てこない。区内各所でのポスター掲示やチラシ配布に対しては、よく似た女性を知っているという十件余りの通報があったが、確認をとるとどれも本人の生存が確認された。

きのうは本庁捜査一課長も顔を見せ、俊史を始めとする本部デスクと意見を交換していったが、現状を打開するような画期的な考えもとくに聞かれず、現態勢での捜査を遺漏なく続けるようにとの指示があっただけだった。

本部内には重苦しい気配が漂いだしている。捜査の初期段階でのこの程度の膠着状態はとくに珍しくはない。しかし何度経験しても不思議にそれに慣れることがない。わかっていても強烈なプレッシャーに襲われるのがこの時期なのだ。

十三係はまだ現場では紳士的な態度を保っているが、捜査会議の場ではやり方が甘いという批判を公然と口にする者も出始めた。

俊史は忍耐強く説得に努め、大原も援護する立場から意見を述べた。署長も地元での評判が悪くては退職後の天下りにも差し障ると心配してか、そんな意見に対してはたしなめる側に回ってくれる。

地取り中心の捜査態勢を主張したのは山岡だから、差し出がましい口も利きづらいようで、いまは狸《たぬき》寝入りを決め込んでる。いずれにせよここは捜査員たちの努力に期待するしかない局面で、朗報を待つだけが仕事というのが本部デスクの状況だった。

予期せぬ方向に事態が動きだしたのは、その日の午後四時少し前だった。

基幹系無線のスピーカーから流れてくる音声に、葛木の耳は釘《くぎ》づけになった。

「通信指令本部より各移動へ緊急指令。江東区新砂三丁目の東京湾マリーナで、係留中のクルーザーのデッキ上に女性の死体があるとの通報あり。機捜および所轄のパトカーは至急現場に向かわれたし。繰り返す。江東区新砂三丁目の東京湾マリーナで――」

「まずいな。うちのショバだよ。死体一つでも手いっぱいなところに」

大原が舌打ちする。葛木は心に響くものを感じながら言った。

「遺体の発見場所が気に入りませんね。こっちのヤマは親水公園のボート乗り場付近の木立。こんどはマリーナですよ。どっちも水に縁がある」

「たしかに共通するな。こいつはひょっとして――」

大原の顔に緊張が走る。東京湾マリーナは砂町北運河に面した民間のマリーナで、近くにある夢の島マリーナとともに、東京湾での水上レジャーのベースとして大きな位置を占める。

「こっちのヤマと関連ありとみるのかね、葛木さん?」

山岡が椅子から立ち上がる。新たな被害者が出たことは悲しむべきことだが、もし二つの死体に関連性があるとするなら、そこから事件解明への突破口が開けるかもしれない。

「わかりません。しかしその可能性はあります。我々はこれから現場に向かいます。管理官と山岡さんはどうしますか」

俊史は即座に反応する。

「もちろん臨場しないと――。山岡さんも同行してもらえますか」

「当然ですよ。私もこれは一つのヤマのような気がします」

山岡は気合いの入った顔で頷いた。大原は複雑な表情だ。

「不謹慎な話かもしれないが、ここはできればそうあって欲しいね。これで二つの捜査本部を抱えることになったら、うちは完全にパンクするよ」

今度は署活系無線が鳴り出した。

「こちら城東十一号。ただいま現場に到着。遺体は比較的若い女性で、暴行された形跡はありません。喉のあたりに青痣《あおあざ》があり、絞殺の可能性が高いと思われます。着衣は白のブラウスに紺のスカート。足は裸足で、付近に履物はありません。本人のものと見られる遺留品も見当たりません」

足は裸足――。慄《おのの》くものを感じながら葛木はマイクを取った。

「こちらは強行犯捜査の葛木。通報者はだれだ?」

パトカーの警官が答える。

「マリーナの職員です。定時の巡回中に、係留してあったクルーザーの防水シートの下から衣服の一部が覗いたため、確認したところ女性の遺体があったとのことです」

「我々もこれから臨場する。通報者には現場で待機してもらってくれ。現状確保もしっかり頼む。機捜はまだか?」

「いま到着したところです。第一陣は小隊長の上尾さんです」

「だったら現場を眺めたところで、おれに連絡を寄越すように言ってくれ」

「了解しました。状況に変化があればまたご連絡します――」

応答する声が終わるのを待たずに葛木は携帯を取り出して池田を呼び出した。無線だと捜査員全員の耳に入り、現場が浮き足立つ惧れがある。

「池田です。なにかありましたか」

「死体が出た。女で、歳は若いそうだ。絞殺らしい。靴もサンダルも履いていない」

「なんですって？　場所は？」

「東京湾マリーナ。係留中のクルーザーのデッキの上だ」

「同一犯の仕業ですか」

「可能性が高い。とりあえずうちの連中に招集をかけて、現地へ集合してくれないか。タクシーを使ってかまわん。おれたちは先乗りしているから」

「了解しました。十三係の相棒たちは？」

「山岡さんも臨場するから、一緒に来てもらったほうがいいだろう。それじゃよろしく頼む」

通話を切ってから確認すると、山岡もそれでいいと言う。大原は警察電話で所轄の鑑識に出動の指示を出している。葛木はデスク番の職員に声をかけた。

「至急パトカーを二台手配してくれ。おれたちは玄関で待っているから」

職員は慌てて受話器を取り上げ、地域課の配車担当者を呼び出す。葛木は俊史たちに声をかけた。

「さあ、行きましょうか。鑑識が来るまえに現場の状況を頭に入れておいたほうが段取りがいいですから」

5

二台のパトカーに分乗し、葛木たちは現場に向かった。

城東署は北砂二丁目にあり、新砂三丁目までなら十分もかからない。サイレンを鳴らして現場に向かう車のなかで、葛木は山岡に状況を説明した。

「どちらも水辺というのは、やはり偶然の一致じゃないな」

山岡は入れ込んだ表情で言う。葛木は頷いた。

「江東区は江戸時代に運河が発達した町で、いまも区内のほとんどの水路が繋がっています。最初の遺体発見現場の横十間川もそんな運河の一つで、今回の現場のある砂町北運河にも繋がっています」

「遺体の運搬手段として、舟のようなものを想定していいわけだな」

山岡は膝《ひざ》を叩いた。

「大いに考えられます。小さなボートの類《たぐい》でしょう。深夜に誰にも気づかれずに運搬したということなら、手漕《てこ》ぎのタイプだと思います。カヌーとかカヤック、ゴムボートといった――」

「女だといっても死体は運ぶには重い。しかし最初の現場に至る遊歩道にはタイヤ跡はなかった。そもそも一般車両は入れない場所だった。しかしその手の小舟を使えば――」

「そうです。最初の現場にはボート乗り場の桟橋《さんばし》があります。こんどの場合は係留中のクルーザーの上。どちらも水路を使って遺体を運搬するのに最適な場所です」

「だとしたら、聞き込みの方向を再検討する必要があるな」

山岡が言う。葛木も同感だ。

「運河沿いには民家やマンションがいくらでもあります。運河に沿って道路も走っています。深夜に不審な小舟が通航しているのを目撃した住民が出てくるかもしれません」

「同一犯によるものならという前提だがな。しかしその可能性も極めて高い」

山岡は意欲を漲《みなぎ》らせる。捜査手法で考えに隔《へだ》たりはあっても、刑事としての情熱は人一倍なのだ。犯人逮捕という目標に向かう気持ちが同じなら、多少の齟齬《そご》は克服できる。葛木はわずかに見えてきた展望に安堵した。

そのときポケットで携帯が鳴った。応答すると上尾の高ぶった声が聞こえてきた。

「こいつは間違いなく連続犯だよ」

「連続犯？」

葛木は問い返した。上尾は確信ある口調で応じる。

「手口はほとんど同じだ。最初の遺体発見からきょうで六日目で、同一日時に殺害されたとしたら相当腐乱していないとおかしいだろう。しかし見たところ遺体は前回同様きれいなものだ。殺されたのはせいぜい昨晩だろう。つまり日時をおいての連続した犯行ということだ」

葛木は穏やかではないものを感じた。殺害の手段に猟奇的な要素はなく、性的暴行の形跡もなかったから、最初の事件のときは単発的な犯行だろうと頭から決め付けていた。しかし同一の手口による連続犯だとしたら、これからさらに新しい被害者が出ることも考えられる。

「そうだとしたら大ごとだな」

葛木は思わず呻《うめ》いた。上尾もため息混じりに言う。

「いやいや、おたくの息子さん、着任早々とんでもないヤマにぶち当たったのかもしれないな」

上尾との通話を終えてその内容をかいつまんで伝えると、山岡の顔にもただならぬ緊張が走った。

「連続犯となるといよいよ尻に火がつくな。一刻一秒を争う捜査になる。本部の陣容も見直さなきゃならんだろう」

マリーナに到着すると、管理事務所前に所轄のパトカーと赤色灯を出した機捜の覆面パトカーが何台か先着していた。鑑識はまだ到着していない。

事務所前に停車して車外に出ると、俊史たちの乗るパトカーも続いて停車した。待機していた警官の案内で現場に向かいながら、俊史と大原に上尾から聞いた話を伝えた。俊史は表情をこわばらせた。

「だったら次の犯行を未然に防がないと、なんのための特捜本部かわからない。気合いを入れて取り組まないと」

「まさかこういう展開になるとはな。うちの署長も定年退職の花道をどえらい事件で飾ることになったもんだよ」

大原の冗談めかした口ぶりにも困惑の色は隠せない。

現場は事務所前から栈橋を二〇メートルほど進んだところで、周囲には先着した警官の手で蛍光テープが張られている。鑑識が到着すればさらにシートで覆われてしまうが、いち早く臨場したお陰で現場の状況を目で確認できる。

葛木たちが到着したのに気づいて、上尾が歩み寄ってくる。

「日中は人目につくし、夜間に出入りする場合はゲートでチェックされる。運河を使って運んできた可能性が高いな」

上尾も葛木たちと同じことを考えているようだ。

遺体は遠目でもまだ腐乱していないとわかる。着衣の乱れもとくにない。遺体の周囲に被害者の持ち物らしいものもなく、横十間川親水公園の現場を場所を変えて再現したような既視感に襲われる。

「どちらも裸足というのが気にくわないな。そうせざるを得ない事情があったのか、それとも犯人から我々へのなにかのメッセージなのか――」

苦々しげに山岡が言う。横十間川のときはその点が被害者の身元解明への糸口だと考えられたが、犯人がなんらかの意図でそうしているのなら、そこにこだわり過ぎるとあらぬ方向にミスリードされる。

まもなく所轄の鑑識が車両を連ねて到着した。遺体の周囲にはまたたくまに青のビニールシートが張られ、現場写真の撮影が始まり、物証採取のための資材が車から運び込まれる。

邪魔は出来ないので管理事務所前に戻ると、通報したマリーナの職員が警官に伴われて待機していた。その場で事情を聴取したが、オーナーは現在外国に行っているということで、クルーザーもここ二週間ほど係留されたままだという。

遺体発見時の状況説明に矛盾はなく、業務上の点検作業で現場を訪れたという話にも不自然なところはとくにない。山岡も納得せざるを得ない様子で、十三係が金科玉条としているらしい「第一発見者を疑え」の格言も、ここでは無用のようだった。

6

十五分もしないうちに強行犯捜査係の刑事たちと、彼らとコンビを組んでいた十三係の連中が合流した。地域課からの応援要員の手も借りて周辺一帯を捜索したが、事件に結びつくような遺留物は見つからなかった。

やがて本庁の鑑識も到着し、続いて本庁捜査一課の庶務担当管理官と強行犯捜査第二係の主任も臨場した。

事件の扱いをどうするかは基本的に彼らの判断で決まる。葛木たちの考えを庶務担当管理官も理解した。その旨を捜査一課長に具申《ぐしん》して、最終的には刑事部長の判断を仰《あお》ぐことになるが、同一犯による連続犯行の可能性はきわめて高く、現在の特捜本部扱いになるのは間違いないというのが庶務担当管理官の結論だった。

その場合、いまの陣容では当然パワー不足で、応援要員をさらに増強する必要がある。俊史の荷が重くなるのは間違いないが、庶務担当管理官の口から別のベテラン管理官と交代させるような意向は聞かれなかった。よほど人手が払底《ふってい》しているのか、それとも彼なりに俊史の力を買ってのことなのか、そのあたりは葛木にもわからない。

庶務担当管理官らが帰ったところで、大原は葛木に耳打ちする。

「なんとか早期に決着をつけないと、とんでもないことになるよ。大所帯の帳場を抱えて署の予算が食い潰されるだけじゃない。連続犯という話になると、住民の不安が高じて警察への風当たりがますます強くなる。第三、第四の犯行が続くようなら目も当てられない」

そのプレッシャーは葛木の肩にもすでにのしかかっている。どんな事案でも早期解決を目指すのは当然だが、普通の殺人事件ならいまは時効が撤廃され、事実上のタイムリミットはなくなった。しかしさらなる犯行が予想される事態となれば、一刻一秒もおろそかにできない。一時間、いや一分の遅れが犯人に次の犯行のための猶予を与えることになる。

「もう甘い姿勢じゃやってけませんよ、管理官」

俊史に視線を向けて、釘を刺すように山岡が言う。これで主導権は奪還したとでも言いたげだ。気負いを隠さずに俊史は応じる。

「もちろんです。地域住民の生命の安全を保証できないなら、警察が存在する意味はありません。だからこそこれまで以上に市民の協力が必要です。警察への不信感を煽《あお》るような行動は厳に慎まなければいけません」

うまく切り返したものだと感心したが、この場はとりあえずそれで済んでも、これからプレッシャーが高まるなかで、十三係の暴走を抑えていけるのか、葛木は不安を禁じえない。しかし大原は余裕をみせる。

「なんにせよ、これで犯人の姿がおぼろげにでも見えてきたわけで、力の入れどころを間違えなければ必ず検挙できるさ。本庁もさらに頭数を増やしてくれるはずだから、人海戦術で聞き込みに動けば、その存在感が犯人に対する抑止力になる。なべてものごとは悲観的に考えるだけじゃ駄目なんだよ」

先ほどとは打って変わった楽観的な見解は、俊史に対するエールと受けとるべきだろう。

「いずれにしても早急に本部態勢を見直すべきでしょう。初動捜査は機捜に任せて、捜査員を本部に招集し、これから臨時捜査会議を開こうと思いますが、なにかご意見は？」

毅然とした口調で俊史が問いかける。山岡も大原も頷いた。葛木ももちろん異存はない。

7

帰りのパトカーには葛木と俊史が同乗した。こういう状況になれば親馬鹿とみられることを恥ずかしがってもいられない。周囲を気にせずアドバイスができるのはいまくらいしかない。

パトカーが走り出すと俊史はさっそく訊いてきた。

「連続殺人事件というのを親父は担当したことあるか」

「十二年前にあったな。連続強姦殺人事件で、殺されたのは三人だ。二件目で連続性があることに気づいたのは今回と同様だったが、三件目の犯行を防げなかったのがいまも痛恨の極みだよ」

「プレッシャーは相当なものだったんじゃないのか」

「ああ、自分たちがヘマをすれば人の命が失われる。普通の殺しとは本質的にそこが違う」

「本部の結束に乱れはなかったか」

「三件目の犯行が起きたときは大いに乱れたな。責任のなすりあい、足の引っ張り合い、誹謗中傷《ひぼうちゅうしょう》――。人間のろくでもない面がすべて噴き出す有様だった」

「それでも犯人を検挙して、四件目は防げたわけだろう」

「そのときおれは本庁から出張っていたんだが、捜査本部という寄り合い所帯を統率するのがどれだけ難しいか、身に沁《し》みて感じたよ」

「具体的に教えてくれないか」

「捜査がスムーズにいっているときは、所轄や応援部隊の連中はよく言うことを聞いてくれる。本庁捜査一課の威光にはそれなりの効果があるからな。しかしひとたび捜査が行き詰まれば、そんなものは消し飛んでしまう。本庁にいるからといってとくべつ捜査技術に長けているわけじゃない。殺人専門だから、せいぜい場慣れしているという程度のものなんだ」

「そんな状況で、親父たちはどうしたの？」

「完全に浮いてしまった。管理官は責任を放棄して現場に下駄を預けっぱなし。所轄の連中は自分たちの判断で勝手に動き出す。応援の連中はなにをしたらいいかわからないから、適当な口実で外に出て油を売っているだけだった。こっちも捜査面では彼らと五十歩百歩の知恵しか出ないから、リーダーシップを発揮しようとしても空回りするだけだった」

「親父たちはそこをどうやって切り抜けたわけ？」

「切り抜けるもなにもない。犯人を突き止めたのは所轄の連中だった。おれたちが見落としていたところを彼らは着実に押さえていた。連中はそれをおれたちには教えなかった。しかし向こうも攻めあぐんでいた。状況証拠は積み上げていたが、逮捕状が請求できるだけの説得材料を欠いていたんだ」

「それじゃ宝の持ち腐れだ」

「そういうわけだ。そんな話を小耳に挟んで、おれは所轄の連中に頭を下げた。手柄の持ち逃げはしない、所轄の功績は上にしっかりアピールする、これ以上被害者を出さないためにお互い協力できないかと。彼らはわかってくれた。こちらは書類の書き方は手馴《てな》れているから、おれが疎明《そめい》資料をきっちりつくって、係長に逮捕状を請求してもらった。ぎりぎりの線だったが、それでなんとか逮捕状が取得できた。容疑者が逮捕されたのは四件目の犯行の直前だった。所轄の力を見くびっちゃいけない。本庁捜査一課といってもしょせんは裸の王様だ。そのことにおれはそのとき否応なく気づかされた」

葛木の言葉を嚙み締めるように頷いてから、自信に満ちた声で俊史は言った。

「わかった。おれは信じるよ。親父たちの力を、所轄の力を――」

第四章

1

本庁サイドの反応は早かった。

臨場《りんじょう》した庶務担当管理官の報告を受け、刑事部の上層部はすぐに二つの事件を同一犯によるものと判断し、本部の名称も「横十間川親水公園殺人死体遺棄事件特別捜査本部」から「江東区内連続殺人死体遺棄事件特別捜査本部」に改められた。

本部の人員もさらに五十名余りの増員が決定し、すでに各所轄や機捜に新たな動員の指令が出ている。

事態を重く見て、管内十数ヵ所の帳場の副本部長を兼任する渋井捜査一課長も理事官を伴って飛んできて、午後八時に予定されている全体会議のまえに本部の幹部スタッフとの情報交換を行った。

鑑識と検視の結果はすでに大まかな報告が来ているが、状況は横十間川のときとほとんど変わりなかった。

死亡推定時刻は昨夜の午後十時から午前一時のあいだ。死因は絞殺。首の周囲には指紋はなく、手袋を使用したか、絞殺後に入念に拭《ふ》き取ったものと考えられた。

遺体の身元を特定できるような所持品は今回もなく、周辺の捜索でも手がかりになりそうな遺留物は出てこなかった。

死体があったクルーザーからは複数の指紋が採取されたが、いずれも施錠《せじょう》されていたキャビンやコックピットにあったもので、日数も経過しており、犯人のものとは考えにくい。

遺体の周辺にも指紋はなかったが、なにか作業をした形跡のある乱れた靴跡《くつあと》が見つかった。履物《はきもの》はデッキシューズで、比較的新しいことから、犯人のものの可能性が高い。重要なのは同じ足跡が船外にはなかった点で、陸上からクルーザーに至る唯一のルートである桟橋《さんばし》上でそれが発見されなかったことは、遺体が水上から運び込まれた明らかな証拠と考えられた。毛髪その他の微細な遺留物はいま分析中で、結果が出るのはあすになるという。

現場での聞き込みでは、今回も目撃証言は得られなかった。マリーナは二十四時間入出艇可能だが、係留中のクルーザーに陸上からアプローチするとしたら、夜間は警備員の詰所《つめしょ》でチェックを受けなければならない。前夜の死亡推定時刻から施設の開業時間まで、ゲートを出入りした者はいなかったという。

日中はクルーザーのオーナーやマリーナの職員の目があるから不審な動きがあれば気づくはずだが、とりあえず話が聞けた職員やオーナーたちは、遺体のあったクルーザーの艇上に不審な人物がいるのを見てはいないとのことだった。そのクルーザーのオーナーは、すでに確認したとおり外国に出かけていて留守だという。

むろんこの日の開業時間から遺体発見までの時間にマリーナにいたすべての人間に当たる必要はあるが、それはあすからの仕事になる。

遺体の搬送に船が使われたのではないかという葛木《かつらぎ》たちの見解には一課長も賛同した。

「運んだのは深夜だ。移動経路が街なかを通っている運河なら、目撃者がいた可能性が高い。深夜に不審なボートが運河を行き来してるのを見れば、誰でも記憶に残るだろう。想定できる艇種は？」

「第二の現場ならクルーザーの類《たぐい》も航行できますが、横十間川親水公園の場合、現場に達するには途中に水門や暗渠《あんきょ》があって、ごく小型のボートじゃないと入り込めません」

大原が説明する。渋井は頷いた。

「やはり手漕ぎのボートか。親水公園の貸しボートが使われたようなことは？」

「営業時間外は係留して施錠してあるとのことで、無断で誰かに使われた形跡はないそうです」

「やはり個人所有のカヌーとかカヤックですよ。その手のボートが往来できる区内の運河をリストアップして捜査員を重点配備しましょう。対象は運河を見下ろせるビルやマンションや一般家屋。近隣の住民が運河沿いの道を通行中に目撃している可能性もあります。現場に近いところから始めて、段階的に範囲を広げていくということでは」

傍《かたわ》らから理事官が提案すると、一課長はにべもなく首を振った。

「そんな悠長なことはしていられないだろう。重要なのは次の犯行の抑止だ。周辺の所轄や機捜からさらに人を動員してローラー作戦を仕掛けるんだ。警察が運河を使った死体の搬送に着目していることを犯人に知らしめる。それは犯行を抑止する力になる」

「ご趣旨はわかりますが、一課長——」

山岡が口を挟む。

「それが本当に犯行の抑止に結びつくものか。運河が重要なのは二つの事案の死体の搬送という点においてだけです。我々がそこに着目していると知れば、ホシはその虚を突いた別の手段を使ってくるかもしれません。そうなるとむしろ逆効果では──」

その指摘は鋭いところを突いている。しかし一課長は不快感を隠さない。

「つまりこちらの動きを秘匿《ひとく》して犯人を泳がせろというのか。第三の犯行を誘導した上で犯人を捕捉すべきだという考えなのか」

「しかし答えははっきり出るでしょう。夜中にボートで川を移動しているやつがホシだということです」

「さらにもう一人犠牲者が出てもかまわないというわけか」

「犯人がもう一度死体の搬送に運河を利用すれば、最悪の場合でもそこで逮捕できる可能性は高いでしょう。聞き込みはなるべく目立たないように進める。そして夜間を中心に区内の運河の要所に密《ひそ》かに捜査員を張り込ませるんです。運河に着目していることに感づかれれば、その裏をかくやり方でさらに犯行を続けさせることになりかねない」

山岡の話しぶりは淀《よど》みない。葛木は内心頷かざるを得ない。いかにも冷徹に聞こえるが、たしかに犯人を捕捉する可能性はいちばん高い。屋外での暴行殺人のようなケースなら、地域一帯で捜査員のプレゼンスを強調すれば抑止力に繋がるかもしれないが、このケースでは殺害現場が屋内である可能性が高い。つまり殺害そのものを抑止する効果はあまり期待できないことになる。

「難しいところだな。あんたの思惑どおりに犯人を検挙した場合は、取りも直さず死体がもう一つ増えることになる。マスコミの非難は必至だな」

渋井は困惑を隠さない。捜査一課長は殺人捜査で実績を積んだノンキャリアの定席《じょうせき》だ。渋井も数多くの難事件を手がけてきたエース級で、殺人捜査の勘どころは人並み以上に心得ている。それでも捜査一課長という要職を占めるいま、犯人検挙という至上命題とは別のところで神経を使わざるを得ない事情もあるだろう。

「そのまえに犯人を検挙する手立てを尽くすのは当然です。しかしその態勢なら、第四、第五の犯行は防げます。いわば保険です」

山岡は引こうとしない。葛木には渋井の思いもわかる。捜査員の存在を前面に押し出せば、多少なりとも運河を使った死体搬送への抑止が働くことは間違いない。その方法がとれないことで犯人が次の犯行を思い留《とど》まる可能性もなくはない。そんな葛木の考えを代弁するように大原が割って入る。

「ここで警察が本気だという姿勢を見せることで、十分抑止になると思うんだがな。むしろ警察がのろまな動きをしていると侮《あなど》られたら、逆に新たな犯行を誘発しかねない。こういう事件の場合、ただ犯人を捕まえりゃいいってわけじゃない。避けなきゃいけないのは死人の数を増やすことだ」

「街じゅうに警察官を溢《あふ》れ返らせて、その裏をかくように別の死体がどこかから出てきたらどうする。運河ルートを封じてしまえば、すべてが振り出しに戻ることになるんだぞ」

山岡は吐き捨てる。渋井とともに副本部長を務める署長の西村が慌てて反論する。

「署長としての立場から言えば、打つべき手も打たずに死体の数を増やしたという批判が出るのは困る。警察がきちんと仕事をしているということは地域住民の目に見えるかたちで示したい。そういう信頼関係があってこその地域警察だ。そうは思わないかね、一課長？」

地元での評判を気にする我が身可愛さの発言ととれなくもないが、いまは所轄に身を置く葛木としても共鳴できる。やはり次の犯行を防ぐために、打てる手は確実に打っておくのが常道だろう。

「搬送手段としてボートを使った可能性は重要な糸口です。それなら死体を運んでいるところを現行犯逮捕しなくても、ホシにたどり着く道筋はいろいろあるでしょう――」

葛木は慎重に切り出した。

「使ったのがカヌーやカヤックなら、そういうスポーツを好む人間は、クラブに参加したり、互いに情報交換したりといった横の繋がりがある。ボートを取り扱っている店にも同好の士が集まるでしょう。そんな方向を当たっていけば、現場周辺の居住者で、その種のボートを所有している人間を絞り込めるかもしれない。しかしそこは時間との勝負です。まずは警察が運河に着目している点を強調することで、第三の犯行を抑止するという考えは有効だと思います」

大原がここぞとばかりに身を乗り出す。

「作戦としてはその両面だね。捜査員を大量動員して不審なボートの目撃証言を聞き込んでいく。同時にいま葛木係長が言った方向からの絞り込みも進めていく。きのうまでの状況から考えれば、それだけでも大きな前進じゃないですか」

「葛木管理官、きみはどう考える？」

ここまでのやりとりに黙って耳を傾けていた俊史《としふみ》に渋井が声をかける。捜査経験ゼロの新米管理官の意見など、一課長は聞く耳を持たないのではないかと心配していたが、どうやら杞憂のようだった。ここで現場指揮官の顔を立てなければ帳場の秩序が保てない。捜査一課長ともなれば、そういうことをきちっと理解しているということだろう。

俊史は生真面目な表情で口を開いた。しかしその言葉は葛木の予想を裏切るものだった。

「大原警部の意見に賛成です。あすから人員が増えるとはいえ、殺人死体遺棄事件を二つ抱えての捜査はマンパワーの点でやはり厳しいと思います。次の犯行の抑止という面にばかり目を向けて、プレゼンスを強調するためだけに大量の人員を投入すれば、ほかの面での捜査が手薄になるでしょう。むしろいま葛木警部補が言ったボート関係のルートでの聞き込みや、足跡からのナシ割り捜査に重点的に人員を投入すべきじゃないでしょうか」

「犯人を泳がすという考えに賛成なわけか」

渋井が確認する。俊史は迷いのない表情で頷いた。

「山岡警部がおっしゃったように、あくまで保険という考えです。第三の犯行が行われる前に犯人を突き止めるように力を尽くすのは当然です。しかしたとえあってはならないことでも、最悪の事態には備えるべきです。山岡さんの案なら、第四、第五の犯行に対しては確実性の高い予防策になると思います」

「その保険を使わずに犯人を検挙できると思うのか」

渋井は試すような口調で聞いてくる。俊史はきっぱりと言った。

「これ以上死体を出さない——。それは妥協できない一線です。そのために必要なのは、正攻法の捜査に全力を投入し、出来るだけ早く犯人を検挙することじゃないでしょうか。そのために我々はこうして帳場を立てて、大勢の捜査員を動員しています。その貴重なマンパワーを、次の犯行の抑止という名目だけで浪費するのが殺人捜査の在《あ》り方として正しいのかどうか——」

そこまで言って、俊史は慌てて頭を下げた。

「済みません。私のような若輩が口幅ったいことを申し上げまして」

渋井は鷹揚《おうよう》な調子で言った。

「いやいや、いいんだよ。意見を聞いたのはおれだから。忌憚《きたん》のないところを聞けてむしろよかった。どうもあんたの言うことのほうが正論のようだな。いまから第三の犠牲者が出ることを心配して腰が引けていたら、逆に第四、第五の犠牲者まで出しかねない。そういうことでいいかね、山岡君？」

付け足しのような調子で確認されて、山岡は不貞腐《ふてくさ》れたような顔で頷いた。

「けっこうだと思います。ほかの皆さんが反対じゃなければ」

厭味たっぷりの山岡の言葉に大原と葛木も頷いた。泣く子も黙る捜査一課長に対する俊史の大胆な物言いには驚いたが、言っていることには納得できる。もともと山岡とこちらの考えに大きな齟齬《そご》があったわけではない。力点の置き方が違っただけともいえる。

ところがそこが山岡の人徳《い》のなせる業《わざ》で、相手の面子に爪を立てるような言葉遣いをするから、必要以上に反発を感じる。俊史の率直な物言いが両者の溝をうまく埋めたかたちになった。

俊史にしても山岡に媚《こび》を売ったわけではないはずだ。思うところがたまたま山岡と一致したわけだろう。相手が親父だろうが一課長だろうが、遠慮なく意見を表明するところはむしろ頼もしい。いわゆる「空気が読めない」ところがなきにしもあらずだが、空気を読むことに長《た》けた連中ばかりが集まったら、捜査本部は自分の意志で物事が決められない鰯《いわし》の魚群に成り下がる。

頭のてっぺんを軽く叩いて大原が言う。

「管理官のおっしゃるとおりですよ。たしかに我々は腰が引けていた。第三の犯行を未然に防ぐ最善の方法は、やはり全力でホシをとっ捕まえることです。それが刑事警察の王道で、数を頼んで犯行を抑止するなんてのは警備警察のやり方です」

急に変わった話向きに困惑したように、署長が渋井に向き直る。

「しかし一課長。第三の犯行が行われるまえに犯人を検挙できる保証はない。警察はやるべきことはやりましたという市民へのアピールも大事だと思うんだが」

「署長の心配もわかるがね。管理官に言われておれも考えを改めたよ。大原君の言うとおり、刑事警察の原点はホシをとっ捕まえることだ。それが警察の仕事ぶりを市民にアピールすることだ。いくら捜査員を街に溢れ返らせても、それで犯人を取り逃がしたんじゃ刑事警察の面目は丸つぶれだ」

渋井は目を細めて俊史の顔を見やる。その案を最初に主張したのが山岡だということは忘れてしまったのか、少なくとも俊史の発言を好意的に受け止めたことは明らかで、それがまた葛木の親馬鹿心理をくすぐった。

2

全体会議の前に捜査一課長が直々に記者発表を行った。事前に打ち合わせたとおり、運河を利用して死体が搬送された可能性については、こちらからあえて言及はしなかった。

どちらも遺体があったのが水辺で、そこになにか関連はないのかと質問する記者もいたが、そこは渋井も食わせ者で、それもあらゆる可能性のなかの一つだが、いまはそこを一つ一つ潰《つぶ》している段階で、確定的なことはまだ言えないと煙に巻いた。

公表したのはごく表面的な事実関係だけで、遺留物や遺体の状況などの詳細については曖昧《あいまい》な表現にとどめておいた。捜査の初期段階の記者発表は概ねそういうもので、報道関係者もさして期待はしていないから、批判めいた質問もとくに出なかった。

問題は捜査員からのリークだ。記者たちは情報ソースとしてむしろそちらに期待する。主だった捜査員には夜討ち朝駆けを厭《いと》わない。本部開設直後の数週間、大半の捜査員が帳場のある所轄で寝泊まりする習慣には、そういうかたちでのリークを防ぐ意味もある。

いずれにしてもあすからは百五十名を超す大所帯になるわけで、いくら緘口令《かんこうれい》をしいてもその点については保証の限りではない。この日の全体会議では、今回の事件を横十間川の事件と同一犯によるものと認め、ついては新たに人員が増強され、その配置も大幅に変更されることだけを捜査員たちに伝え、踏み込んだ捜査方針は、あす届く詳細な鑑識結果を受けて策定することにして、とりあえずお開きにした。

多忙な渋井は会議が終わると忙《せわ》しなく別の帳場へ向かっていった。俊史を筆頭に、山岡、大原、葛木のデスクスタッフは、所轄チームのリーダー格で、昔でいえばデカ長にあたる池田《いけだ》と、あすから小隊を率いて本部に加わることになった機捜の上尾を加えて、人員再配置の検討に入った。

運河沿いの家屋やビル、マンションの聞き込みを行う要員と、一般人に変装して区内の運河の要所で張り込む要員、カヌーやカヤックの販売店や愛好家の組織から犯人を絞り込む要員については、できるだけ口の堅い人間を選ぶ必要があるという考えで全員が一致した。

とくに運河の張り込みについては特命部隊とし、その任務は他の捜査員たちにも明かさない。本部内に情報の壁をつくることに俊史は気が進まないようだったが、今回のケースではそれはやむを得ないとなんとか説得した。

実際、情報コントロールの難しい大きな帳場ではよくあることなのだ。葛木も所轄の平刑事時代に、本筋とはかけ離れたマスコミ向けのダミーのような捜査をやらされて、解決してみれば本命は秘密の特命部隊が追っていたことが判明し、悔しい思いをしたことがある。

横十間川の現場周辺に配置していた地取り要員の約半数を新しい事件に移し、マリーナとその周辺での地取り部隊、足跡から靴の流通ルートとカヌーやカヤックの愛好家ルートを追うナシ割り部隊、さらに運河の張り込み部隊を割り振ると、さすがに大所帯の本部でも人手は十分とはいえない。

あす増員される五十人を加えても足りないほどだが、これでも多数の帳場を抱える本庁としては大盤振る舞いで、そう贅沢《ぜいたく》も言ってはいられない。なんとか大まかな布陣を決め、あす朝の会議で発表する捜査方針をまとめ上げ、ようやく会議を終えたときはすでに深夜になっていた。

会議のあとで夜風に当たるのがこのところの葛木の習慣で、きょうも一人屋上で夜空を眺めていると、頃合《ころあい》を見計らったように俊史がやってきた。夜風に当たるというのは、いまや俊史と親子の会話を交わす口実になりつつあるようだった。

「きょうもおれ、出しゃばりすぎたかな」

俊史が訊《き》いてくる。葛木は素っ気なく応じた。

「親父の考えを頭ごなしに否定されるとは思ってもみなかったな」

「気を悪くした?」

不安げな表情で俊史は顔を覗き込む。葛木は穏やかに笑みを返した。

「冗談だよ。本音を言えば一本やられた。おまえの言うとおり、どうやらおれも腰が引けていたようだ」

「一課長に失礼じゃなかったかな」

「いまさら気にするんなら、最初から黙ってりゃいい。このまえの山岡との差しの話にしてもそうだが、そういうおまえの率直なやり方がおれは好きだよ。空気なんか読む必要はない。自分が信じることをきっちり主張して、せいぜい現場を慌てさせてくれ。そういう人間がいてこそ帳場は活気づく」

「そういってもらえると嬉しいけど」

「じつは一課長が帰り際に、おまえのことでおれに小言を言ってな」

「どんなことを？」

葛木はまだ話していなかったそのときのことを聞かせてやった。

「どうしておまえを警察庁のキャリアなんかにしたんだって」

俊史は顔を曇らせた。

「やっぱりおれは警察官に向いていないとみられたわけか」

「そうじゃないんだよ。普通の警察官として入庁していたら、桜田門の看板を背負うような立派なデカになったはずだ。キャリアじゃ刑事にはなれない。それじゃ宝の持ち腐れだってね」

「本当なの？」

俊史の顔が綻《ほころ》んだ。葛木は笑って問いかけた。

「おまえ、どこであういう立派な理屈を覚えたんだ。本職の刑事のおれだって、穴があったら入りたいくらいだったぞ」

「たぶん親父の背中が教えてくれたんだよ。おれが好きだった刑事としての親父の背中が――」

俊史はにっこり笑って葛木の背中を優しく撫でた。

3

「この帳場もやっと佳境《かきょう》に入ってきたね。やるべきことが見えてくると、こっちも気合いが入ってくるもんですよ」

愛用の湯呑みに渋茶を注ぎながら大原が言う。

「ええ、犯人を絞り込む道筋が何本か出てきましたね。見通しさえつけば、あとは一歩一歩確実に捜査を進めていけばいい」

そう応じる俊史の表情にも、きのうまでは見られなかった余裕がある。

朝九時からの全体会議をつい先ほど終えたところだった。東京湾マリーナでの事件を受けて、本部長を務める刑事部長も発破をかけに飛んできた。捜査一課長ももちろん出席し、彼らの挨拶《あいさつ》からも、管内のほかの難事件と遜色《そんしょく》のない重要事案と認識していることが窺えた。

捜査本部に新たに加わった人員は、五十名の予定が六十名余りに膨れ上がり、椅子の準備が足りず、講堂の壁に沿って立見席もできていた。ゆうべ頭を捻《ひね》ってつくった新たな人員配置案を会議の前に報告すると、一課長はとくに異論もなく承認した。

鑑識からは現場で採取した遺留物に関する分析結果の報告があった。遺体の周辺から採取された足跡から、靴の種類とメーカーが特定されたのは朗報だった。

当初の見立てどおり履物はデッキシューズで、大手メーカー製の量産品だった。最近はファッション性が注目されて街中でも履かれることが多いとのことで、流通ルートから購入者を絞り込むのは容易《たやす》くはなさそうだった。

毛髪も何本か見つかった。そのうち一本は男性のもので、血液型はＡＢ型。横十間川親水公園にあったものと同じで、ホシが同一犯と推定できる強い根拠となる。現在ＤＮＡ鑑定を進めており、結果は一両日中に出るという。前回と同様、被害者に該当しそうな失踪届はまだ出ていない。

「江東区というのは、運河が鉄道や道路に並ぶ交通網になっているといってもいいいな」

デスクスタッフ用の大机に広げた江東区の地図を眺めて山岡が唸《うな》る。

「昔はまさにそうだった。北十間川、横十間川、小名木川《おなぎがわ》、大横川《おおよこがわ》――。みんな江戸市内と周辺地域を結ぶ水運のために掘削された運河でね。ベネチアほどじゃないが、いまだって小舟が一艘あれば区内のあちこちへ移動できる。都心にこれだけ近い場所で、昔の運河がこんなに残っている土地はこのあたりくらいじゃないのかね」

蘊蓄《うんちく》を傾ける大原に俊史が問いかける。

「区内の運河でカヌーやカヤックを漕ぐような人っているんですか」

「いないことはないね。水質は近ごろはいくらかましになったけど、高度成長期にはほとんどどぶ川だったから、そのイメージがいまも残っていて、大挙して人が押し寄せるようなことはないけどね。しかし世間には物好きがいるから、小名木川なんかでたまに目にすることはありますよ。あと区内の中学や高校にカヌー部があって、練習してるのをときどき見かけます」

「つまり区内の運河でカヌーやカヤックを漕いでいる人を見かけるのは、そう珍しいわけでもないんですね」

「昼間ならね。しかし犯人が死体を運んだのは夜です。そういう時間に真っ暗な運河でカヌー遊びをする酔狂《すいきょう》な人間はそうはいないんじゃないですか」

大原は自信ありげに言うが、俊史は誤認逮捕を惧れているのだろう。葛木もそこまでは気が回らなかったが、世間に物好きが多いという理屈なら、夜中にカヌーを漕ぐ物好きがいないとも限らない。時間勝負の今回の捜査では、誤認逮捕は危険な落し穴だ。そこで費やす無駄な時間が命取りになりかねないし、容疑者逮捕のニュースが流れでもすれば、運河ルートからの真犯人捕捉の可能性も断たれることになる。

「心配はいらないよ、管理官。運河でボートを漕ぐこと自体は犯罪じゃないんだから、張り込みを担当する連中には、見つけしだいしょっ引くなんて乱暴なことはやるなと言ってある。ボートのなかから死体が出たら話は別だがね」

山岡が言う。きのう俊史が味方についてくれた返礼のつもりか、口ぶりにいつもの棘《とげ》がない。夜中にボートを漕いでいる人間が犯人だと決め付けたあのときの発言も言葉の綾《あや》だと言うことか。山岡にしても、自ら主張して仕掛けた罠《わな》をあっさり露見させるわけにはいかないはずで、そこは信用してもよさそうだ。

「山岡さんがそうお考えなら心配はないですね。しかし我々にしてもデスクに張り付いているだけじゃ芸がない。どうでしょう。区内の運河を自分の目で見て回っては」

俊史が唐突に提案すると、大原が身を乗り出す。

「そりゃいいかも知れないね。所轄の人間は土地鑑があるけど、本庁のお二方は馴染《なじ》みがないでしょう。自分の目で見て勘を働かせれば、新しい発見があるかもしれません」

「いい考えですよ。江東区内の帳場は前に経験したことがありますが、運河がどう走っているかまでは目にしていない。実際に現地に出向けば、地図からだけじゃ得られない情報も入ってくるでしょう」

そう応じて山岡も頷いた。言われてみれば葛木も、とくに関心を持って区内の運河を見て回ったことはない。運河と橋が多いことから、区が「水彩都市」というキャッチフレーズを使っているくらいは知っているが、せいぜい橋を渡るときに透明度の低い川面《かわも》を目にするくらいだ。かつて重要な交通機関だった水運も、いまは市民の暮らしとほとんど関わりがない。

人々が関心を持たないということは、犯罪者から見れば一種の死角だ。自分が所属する警察署の管内に、そういう空間が縦横に走っている事実をこれまで気にも留《と》めずにやってきた。

「だったら善は急げだ。覆面パトカーを二台、用意してもらえますか」

俊史はデスク担当の職員に自ら指示を出す。

管理官には公用車が与えられている。複数の帳場を兼務することが多く、移動の便宜を考えてのことだが、兼務する帳場を持たない俊史はそれを辞退している。公用車には専属の運転手がつくが、担当するのは現場の刑事で、ただでさえ足りない捜査員をそんな理由でラインから外すのは不合理だというのが彼の言い分だ。

足が必要なら所轄のパトカーを使えばいいし、いまは俊史も所轄で寝泊まりしているから、電車のない深夜に帰宅したり、突発事で自宅から駆けつけるようなこともない。

ノンキャリアの管理官にとって公用車はステータスシンボルだ。あえて辞退すれば職場の秩序を乱す行為とも受けとられかねない。しかし俊史にすればそういうことは関心の対象外で、それが周囲に波風を立てると言われても心外に思うだけだろう。

これ見よがしに公用車でご帰館遊ばす大方の管理官を見慣れた現場の刑事たちは、所轄の柔剣道場で寝泊まりする俊史の変人ぶりを、むしろ好意的な目で見ているようだった。

4

二台の覆面パトカーに分乗して城東署を出たのが午前十時過ぎ。区内の運河を一巡しても、昼飯の時刻には戻れるだろうというのが大原の見当だった。

大原はさっさと山岡と同じ車に乗り込んで、俊史と葛木はもう一台に同乗した。いまのところ俊史と山岡のあいだに不穏な気配はないが、大原としてはここまでの俊史の突発的な言動に不安を覚えてもいるのだろう。あるいは葛木と俊史に帳場では交わしにくい親子の会話をじっくりさせてやろうという気遣いかもしれない。

地元の地理に詳しい大原が先導し、葛木たちのパトカーはそれを追いかけることにした。

城東署を出て、明治通りを北へ向かう。北十間川から順に南下するつもりらしい。車内には警察無線の音声が途切れなく流れている。後部席で小声で話せば会話はその音声に紛《まぎ》れて運転する地域課の巡査には届かないから、立ち入った会話もある程度はできる。

こちらの本部に関係するような交信はいまのところない。本庁や捜査員からの連絡はデスク担当の職員が取り次いでくれる。なにか起きたらそのままパトカーで直行できるから、本部で油を売っているよりはましな環境ともいえる。

南部の臨海地帯にある豊洲《とよす》運河や砂町《すなまち》運河のように、戦後の埋め立てに伴って生まれた大運河を除けば、区内の運河は、東西に流れる北十間川と小名木川、それらと交差しながら南北に流れる横十間川と大横川、小名木川から分かれて南下し、途中で西に方向を転じる仙台堀川が代表的だ。

北十間川は東の旧中川と西の隅田川を結び、亀戸三丁目までは江東区と墨田区の区界をなしている。そこから西は墨田区内を流れる。小名木川も旧中川と隅田川を結び、こちらは全流域が江東区内に含まれる。

江東区の全面積の三割がゼロメートル地帯のため、区内の運河の水位は接続する河川よりも一メートル低く保たれている、このため小名木川の西端には扇橋閘門《おうぎばしこうもん》があり、通行する船のために水位を調節している。パナマ運河と同じ方式で、誰でも無料で利用できるが、稼働時間は日中に限られ、夜間にそこを通過して隅田川とのあいだを行き来はできない。

運河の一部は暗渠になっているが、地下を通っているというだけで、小型のボートならくぐれる場所もある。耳学問で得たそんな知識を聞かせてやると、俊史は俄然《がぜん》興味を示した。

「推理小説的な興味かもしれないけど、事件全体が水の上で起きているような気もするね。暗渠って、トンネルみたいなところなんだろ」

「おれもそれを考えた。暗渠のなかなら、被害者が声を出しても外には聞こえない」

「としたら、深夜、女性を乗せてボートを漕いでいる人間を見つければいい。うまくすれば犯行前に検挙できるかもしれない」

「ただ?」

「たしかにね。ボートに乗るのにわざわざ裸足になる理由はないからね。ただ――」

「しかし腑に落ちないのは、二件ともマル害が靴やサンダルを履いていなかった点だよ」

「犯人にはあえてそうする理由があったんじゃないのかな」

俊史はこだわりをみせる。葛木も一度は考えてみた。それが犯人からのメッセージではないかと。しかし死体を裸足で放置することに、けっきょく特別な意味は見出せなかった。

「たとえばどういう理由だと思う?」

葛木は訊いてみた。ここのところの俊史の意表を突く言動に、つい期待する心理が働いた。

「たとえば――」

俊史は思案するように窓外に視線を投げる。

「靴フェティシズムってのがあるじゃない。略して靴フェチ」

「ああ、あるらしいな。おれには理解できない趣味だがな」

「そういう動機だと考えると説明がつく点もある。被害者の女性は絞殺されただけで、性的暴行を受けた形跡がないこととか」

「興味があったのは履物で、女性の体には興味がなかったということだな。たしかに説明はつきやすい。しかしそういう連中が犯す犯罪はせいぜい窃盗だ。盗むのが異性の靴というだけで、やることは下着泥棒と変わらない」

「うん。たしかに靴を手に入れるだけならあえて殺人を犯すことはないと思うけど、そういう異常な性癖はいろんなバリエーションをもつというか、より大きな刺激を求めて変な方向にエスカレートすることがあるって本で読んだけど」

妙な話題に薀蓄を傾ける俊史に、よもやという思いをふと抱いたが、屈託なく語るその表情をみれば、心にやましいものがあるとも思えない。

「殺した女から奪った靴にしか興味がなくなるわけか」

「そういうこともあるかもしれない。じつは捜査一課に配属になってから欧米のプロファイリング関係の本を読み漁《あさ》ってね。日本じゃまだ本格的には導入されていないみたいだから。まだ生半可《なまはんか》な知識で、本気で捜査に応用しようなんて思っちゃいないけど」

俊史なりに心に期すものがあったのだろう。プロファイリングがどういうものか、大まかなところは葛木も知っている。犯行の手口や現場の状況をもとに犯人像を推論する手法で、葛木たちのような一般の刑事も経験に即した犯人像の推定は行うが、いわゆるプロファイリングは、プロファイラーと呼ばれる専門家が、行動科学の知見を駆使した理論的な方法で行うものだ。

しかしそれが必ずしも的中するとは限らない。外れていたときは捜査を大きくミスリードし、多大な時間と費用がそれに費やされ、挙句の果ては迷宮入りにもなりかねない。国籍や人種といった要素で絞り込めば、暗黙のうちに差別的な視点が含まれて、冤罪であった場合には、捜査機関がこうむる痛手は極めて大きい。

心理学の専門家などと称する人々が、マスコミ受けする事件の犯人像を面白おかしく推測してみせるテレビ番組がよくあるが、いつも苦々しい思いでそれを観《み》ていた。しかしいまの俊史の指摘に関して言えば、葛木も心に触れるものを感じていた。

一度目の事件は単発の犯行と見ていたし、現場の状況に猟奇的な要素がなかったから、遺体が裸足だった点についても、室内で殺害されたせいだと考えていた。二度目の事件も裸足だったのをみて不穏なものを感じはしたが、靴フェチという考えにまでは至らなかった。その点は山岡にしても渋井にしても同様だ。それが本筋だという確信には至らないが、ここまでの捜査の盲点だったのは間違いない。

「確認してみる必要はありそうだな。周辺地域で起きた靴泥棒の事件を当たってみようか。逮捕歴のある人物がいたら、事情聴取するなり捜査員を張りつけるなり、打つべき手は打っておくべきだろう」

「ああ、いまのところ思いつきに過ぎないけど、引っかかるものを感じたら、そのつど潰しておいたほうがいいと思うんだ。そう手間のかかる仕事じゃないだろうし」

「とりあえず周辺の所轄に問い合わせてみればいい。靴泥棒だけなら微罪だから、立件されなかった事件もあるかもしれない。そういう話は本庁には上がっていないから、所轄にじかに聞くほうが話が早いし情報も正確だ」

「もしそういう線だと、行きずり的な犯行の可能性が高いから、敷鑑から犯人にたどり着くのは難しいね」

「そもそもどちらも被害者の身元がわからない。その手の変質者の犯行という線は、やはり頭に入れておかないとな」

「おれも多少は役に立てたかな」

茶目っ気を覗かせて俊史が言う。

「ああ、その釣り糸の先に思わぬ大魚が潜んでいるかもしれないな。平刑事なら警視総監賞ものだが、警視クラスにはそんなものは出ないから、そこは残念なところだがな」

殺人捜査の現場で不謹慎だとは感じながらも、葛木はどこか楽しい気分で応じた。我が息子とこんなかたちで事件の筋読みをすることになろうとは、この帳場が立ち上がるまでは思ってもみなかった。親馬鹿の贔屓目《ひいきめ》とは自覚しながらも、キャリアにしたのは宝の持ち腐れだという一課長の言葉があながち社交辞令でもないような気がしてくる。

5

亀戸駅前を過ぎ、蔵前橋《くらまえばし》通りを突っ切って福神橋《ふくじんばし》に出る。その下を流れるのが北十間川で、川を渡れば墨田区だ。

生まれ育ったのは近隣の江戸川区一之江だが、灯台下暗しの言葉どおり、人は意外に周辺の地理に疎《うと》いもので、俊史はこの運河を見るのは初めてだという。

明治通りはここで浅草通りと接続する。周囲には橋を見下ろすように高層マンションが立ち並ぶ。

夜間に航行する不審なボートを目撃するにはベストのロケーションだ。

大原と山岡の乗ったパトカーが橋のたもとに停車する。こちらのドライバーも指示するまでもなくその後ろに停車した。

川の水は緑がかっていて川底は見えないが、悪臭はないしゴミは浮いていない。

橋の歩道を墨田区方向にぶらぶら歩く大原たちに追いついて、葛木は声をかけた。

「思っていたよりきれいじゃないですか。これなら荒川や江戸川の水と変わらない」

大原が振り向いて応じる。

「いまはハゼなんかも釣れるそうだ。釣りをしている人間を見かけることもあるんだが」

両側の護岸の緑地帯に目を向けても、きょうはとくに人の姿は見えない。

「ハゼがいるくらいならカヌーを漕ぐ人間がいてもおかしくない。そういう人を見つけて当たってみれば、同好の士の噂も聞けるんじゃないかね。好んで夜間に舟を漕ぐ変人がいるとか」

欄干《らんかん》から身を乗り出して、川面を覗き込みながら山岡が言う。

「同好の士となると、例えばこんなことも考えられるんじゃないですか――」

葛木は俊史と交わした先ほどの話を切り出した。

「管理官は面白い着想をするね。いや、その点はおれも考えあぐねていたんですよ。二件目も裸足となるとなにか意味ありげな気がしてね」

山岡は俊史に好意的な視線を向ける。きのうから変に一目置いているようなのが気味悪い。

「山岡さんはどう考えますか」

俊史も親しみを滲ませる。管理官と一課の係長が角《つの》突き合せるよりはるかにましだが、当初の予想を裏切る成り行きに、葛木はどうも気分が落ち着かない。

「当たってみる価値はありそうだね。というより、いまここで見逃して、じつは当たりだったらとんでもない失態だ。さっそくうちの者にやらせますよ」

山岡は鷹揚に答え、その場で携帯を取り出した。呼び出したのは敷鑑を担当する十三係のスタッフらしい。気心の知れた調子で指示を出す。

「ここ最近起きた靴泥棒のヤマを洗い出してくれ。とりあえず周辺の所轄の盗犯担当部署だ。未解決の事案も全部だ。管理官が気にしているのは靴フェチの線なんだよ。まんざらあり得ない話じゃないから、一応そこはチェックを入れておかないとな。ああ、よろしく頼む。おれたちは昼過ぎには帰るから、緊急じゃなければ報告はそのときでいい」

携帯を閉じて山岡は俊史に言った。

「なあに、このヤマは難しいようで意外に簡単に片付きますよ。断定とまではいきませんけど、ホシは女の靴にこだわりがあるらしい。それが靴フェチと呼べる類のものなら、必ずなにか犯歴があるはずです。そういう連中は性懲《しょうこ》りもないから、警察に多少お灸《きゅう》をすえられても止《や》められない。頭のなかで妄想がどんどんエスカレートして、それがとんでもない犯罪に発展することもある。猟奇殺人の犯人てのは、だいたいがそのまえに猫やら鳥やら小動物を虐待した前歴があるもんです」

「ホシがそういう変質的な性向を持っているとしたら、艇上で殺害した可能性もありますね」

俊史は問いかける。山岡は頷いた。

「ホシが靴フェチだとしたらね。二つの遺体が裸足だった理由の説明がそれでつく。室内で殺されたからだと考えていましたが、その見立ては変えざるを得ないでしょう」

どこまで賛同しているのかはわからないが、山岡は心にもない言葉で人の気を引くような性格ではない。とりあえず俊史は狷介《けんかい》極まりない鬼刑事のツボを捉《とら》えたということだろう。

「その線で当たりなら、第三の犯行は未然に防げるな。運河の要所で夜っぴて張り込みをさせて、女連れのボートを見つければ、犯行のまえにホシを検挙できる」

大原の声が弾む。山岡は小鼻を膨らませる。

「そういうことだな。葛木管理官とおれの提案が正解だったことになる」

「だったら今夜からシフトを変えないと。運河で張り込む特命部隊を増員して、水も漏らさぬ態勢をつくるべきでしょう」

気負い込んだ調子で俊史が言う。大原も山岡もいかにもというように頷いている。

そんな三人の張り切りぶりに、葛木は不安を感じないでもない。筋読みに力点を置いた捜査は外れたときのリスクが大きい。さりげない口調に葛木はそんな思いを滲ませた。

「あらゆる可能性の一つということだから、ほかの筋もおろそかにはできないけどな」

俊史がすかさず反応する。

「もちろんだよ。しかし二件目の事件で遺体の遺棄が水上ルートからなのはまず確実になったわけだから、横十間川の現場周辺で運河を見下ろせないマンションは聞き込みをしても意味がない。それなら対象が絞れるから、そちらの人員を運河の監視に投入するのは問題ない」

「管理官に同感だな、葛木さん。第三の犯行のまえにホシをとっ捕まえるというのがそもそものうの会議の骨子だった。そのチャンスが目の前にぶら下がっているというのに、手を拱《こまぬ》いているわけにはいかんだろう」

山岡が身を乗り出す。大原も負けてはいられないというように口を出す。

「だとしたらここで油を売ってはいられない。とりあえず横十間川と小名木川の近辺を一回りして本部に戻ろう。捜査員からの報告も入るだろうし、本庁とも相談しないとまずいだろう。場合によっては出払っている捜査員を呼び戻して、布陣を組み直さにゃいかん。それでいいですか、管理官？」

「そうしましょう。ゆうべは人員の配置を考えるだけでもえらく時間がかかりましたから、今夜からの張り込みに間に合わせるには、いまから作業を始めないと」

俊史は大きく頷いて、停まっているパトカーに向かって踵《きびす》を返した。

6

署に帰ったときはまだ午前十一時前だった。

デスクに戻ると敷鑑担当の十三係の主任が歩み寄ってきた。

「携帯に電話を入れようかと思ったんですが、すぐお帰りだとのことだったので――」

倉橋《くらはし》という主任は傍らの葛木たちを意識してか、一瞬口ごもる。構わないから続けろというように山岡は顎《あご》をしゃくる。

「周辺の所轄をすべて当たりました。下着泥棒は数えるのが面倒なほどいるんですが、靴泥棒というのがなかなかいないんです。足元の城東署にも訊いてみたんですが、やはりそういう事案はないそうで――」

倉橋は勿体《もったい》をつけた口ぶりだが、妙な光を帯びた目がなにか当たりがあったと告げている。

「それで範囲を広げてみたんです。そしたらいたんですよ。千葉県警の市川署管内で、今年の二月に窃盗で捕まったのが」

「盗品は靴なんだな」

山岡が問いかけると、倉橋はポケットから手帳を取り出した。

「市内のスポーツクラブの女性用ロッカールームに忍び込んだようです。大きなボストンバッグに女物の下足を山ほど詰め込んでクラブを出ようとしたところを、従業員に見咎《みとが》められて御用となったそうで。初犯だったんで略式起訴で済んだとのことです。名前は幸田正徳《こうだまさのり》、年齢は二十八歳、独身で、出身は栃木県だそうです」

「住所や勤め先は把握できたのか」

「問題はそこなんですよ――」

倉橋は大袈裟に眉をつり上げる。なにごとにつけ芝居がかったところがあって、葛木にすれば気に入らないタイプだが、山岡は懐刀《ふところがたな》のように重用している。

「市川署で確認してくれたんですが、先月の六日に勤め先を辞めて、その直後に、住んでいた市川市内のアパートも引き払っているらしいんです」

「勤めていたところは？」

「アウトドアスポーツ用品の店です。カヌーやカヤックのような水上スポーツ用品も扱っているそうでして。それでこちらから店に電話を入れてみたんですよ。どうも幸田はカヌーとカヤックの売り場を担当していたようなんです」

デスクの周りが色めきたった。俊史がガッツポーズをつくる。山岡も喜色を浮かべている。

「偶然の一致とは思えないな。間違いなくそいつが本ボシだ。すぐに居場所を確認するんだ。市内なら住民票を調べればわかるだろう。市外への転出なら住民票の除票を調べればいい」

「ええ、それで係長の帰りを待ってたんです。市役所に問い合わせるために身上調査照会書を書いてもらおうと思って」

「ああ、いますぐ書いてやる。市川なら近いから、昼飯を食ったらすぐ動けるだろう。ついでに勤めていたスポーツショップや住んでいたアパートにも足を運んでみてくれ」

「問題は住民票をちゃんと移動しているかだな。わけありで引っ越したとしたら、そういうのは元のままにしておくかもしれないからな」

大原が首をかしげる。夜逃げなどの場合、債権者に居場所を把握されないように住民票を移動しないことがよくあるらしい。独身なら子供の転校というような事情もないから、しばらくは移動しなくても不自由はない。

「そうなると厄介だな。敷鑑をたどって居場所を突き止めることになるが、いずれにせよ、まずは市役所をあたるべきだろう」

山岡は書類箱から身上調査照会書の書式を引き抜いて、その場で記入し始める。ものの五分で書き終えて、署名捺印をして倉橋に手渡した。

「急いでくれ。次の犯行におよぶ前に身柄を押さえるんだ。ここまで尻尾を捉まえて、第三の犯行を許したら、おれたちは世間の笑いものだ」

このヤマはもうもらったとでもいうように山岡は自信を覗かせる。俊史はさっそく警察電話で本庁の庶務担当管理官に状況を報告している。その声にも若々しい気負いが溢れている。大原はそれが勝利の美酒でもあるかのように、手ずから淹《い》れた渋茶を美味そうに啜っている。

倉橋は身上調査照会書を背広の内ポケットに突っ込んで、所轄の若い相棒に声をかけ、走るように帳場を飛び出した。こちらの話が耳に入ったのか、わずかに居残っているナシ割りや地取り部隊の連絡要員もどよめいている。

突然訪れたそんな慌ただしい雰囲気に、葛木はどこか上滑りなものを感じていた。このまま一気に犯人逮捕ということなら、それが最良の結果なのは間違いない。しかし果たしてこの事件はそれほど簡単なものなのか。

想像もしていなかった山岡と俊史の蜜月《みつげつ》状態に嫉妬でもしているのかとわが身を顧みるものの、どうもそうではなさそうだ。本能に近い直感が、この先にはまだ何層もの壁が立ちはだかっているはずだと囁き続ける。

自分が悲観主義者だと感じたことはない。たとえ自分を騙《だま》してでも、ものごとは楽観的に解釈するほうがいい結果を生むというのが捜査の現場での葛木の信条だ。しかしこの事件はそうした楽観の余地を与えない、なにか嫌なものを感じさせるのだ。

息子が管理官として着任したことで、意識過剰になっていることはわかっている。それを避けようとしてもおそらく無理だし、自分にそういう努力を課すことがそもそも意識過剰そのものだ。だから普段の現場とは違う心の反応もことさら構えず受け容れてきた。

しかしいま感じている落ち着きの悪さは、そんなこととは別のように思える。犯人は単なる靴フェチの変質者なのか。二つの事案のやり口には間違いなく警察へのメッセージがあった。

水辺への死体の遺棄、靴のない死体——。犯人は警察にわざわざヒントを与えている。それは警察へのある種の挑発とも受けとれる。どういう理由でそんな行動をとるのか。そこに葛木は慄きを覚えざるを得ない。そのうえこれは済んでしまった犯罪ではない。犯人はいまもどこかで次の獲物に狙いを定め、牙を剝《む》いて襲いかかろうとしているかもしれないのだ。

そのときポケットで携帯が鳴った。運河沿いのマンションの聞き込みをしている山井からだった。その方面の地取りは秘匿捜査にしてあるから、管内の誰でも聞ける署活系無線は使わないように決めである。

「係長、有力な目撃証言がとれました」

押し殺したような山井の声には、緊張とも困惑ともとれる気配がある。

「ボートを見たという証言だな」

確認すると、山井は続けた。

「クローバー橋の近くのマンションの住民の証言です。会社を終えて同僚と何軒かはしごして、半蔵門線の住吉《すみよし》駅を下車したのが午前零時を過ぎたころで、駅から自宅まで歩いて帰ったそうなんです。クローバー橋の上で酔い覚ましに夜風に当たっていたら、橋の真下を漕いでいく細身のボートを見かけたとのことです」

クローバー橋とは、小名木川と横十間川の交差地点にX字状に架けられた徒歩と自転車専用の橋で、横十間川親水公園にほど近い。携帯を握る手が汗ばんだ。

「乗っていたのは男と女の二人じゃないのか?」

「そうです。どうしておわかりで?」

山井は当惑する。艇上が殺害現場かもしれないという話は、聞き込みをしている捜査員たちの頭にはまだ入っていない。ボートはあくまで死体の搬送手段だと山井も考えていたはずだ。

「理由はあとで説明するよ。先を続けてくれ」

葛木は促した。山井は語りだした。

「ボートには二人分の座席があって、女が前、男が後ろの席に座っていたそうです。漕いでいたのは男のほうで、女は水上タクシーの客といった感じで周囲の景色を眺めていたようです。二人の声もかすかに聞こえたそうですが、会話の内容まではわからなかった。それでも楽しげな様子で、そういう風流なデートがいまは流行《はや》りなのかと思いながら見ていたそうです」

「二人の服装は？」

「男のほうはTシャツにジーンズで、そこに救命胴衣を着けていたそうです。女のほうは花柄のワンピースで、やはり救命胴衣を着けていたようです」

「靴は？」

「履いていたようです。街なかを歩くような華奢《きゃしゃ》な感じの靴で、衣服といい靴といい、そういう小舟で川遊びをするような服装じゃないと感じたそうです。あの、ひょっとしてマル害は舟の上で――」

山井が慌てて問い返す。葛木は落ち着いて応じた。

「そう考える必要があるかもしれない。花柄のワンピースということなら、乗っていた女性は、最初に発見されたマル害だな」

「いや、そうではなさそうです」

「そうではない？」

「目撃したのは四日前なんだそうです」

「四日前――」

葛木は不快な慄きを覚えた。最初の死体が発見されてからきょうで七日目で、死亡推定時刻から、殺害されたのは八日前ということになる。第二の死体が見つかったのはきのうで、こちらも死亡推定時刻からみて殺害されたのは二日前ということになる。

四日前に不審なボートで運河を航行していた男女――。もし殺害現場が艇上だという推理が正しいとしたら、いまも発見されていないもう一つの死体が区内のどこかに遺棄されている可能性がある――。

ついいましがたまで感じていた漠とした不安が唐突に現実のものになったような気がして、葛木は心が凍りつくような恐怖を禁じえなかった。

第五章

1

「頭が痛い事態だな――」

　葛木の報告を受けて、大原は呻いた。

「第三の被害者がいて、死体が遺棄されている可能性がある。しかしそれを探すとなると」

「鳴り物入りの大捜索になりますよ」

　葛木も困惑を隠せない。そうなれば警察が運河に注目しているというサインを犯人に送ることになる。夜間に運河上を移動する犯人を捕捉するというせっかくの隠密作戦が通用しなくなる。山岡が渋い表情で割って入る。

「目撃されたボートの女性が殺害されているというのは、まだ想像にすぎない。その件に関しては静観するしかないだろう。身も蓋もない言い方だが、すでに死体になっているのなら、いまさら騒いでも手遅れだ。目撃されたボートが事件と無関係だった可能性もある」

冷徹だが反論の余地のない見解だ。大原も異を唱えない。

「たしかにそうだな。いま重要なことは、一刻も早く犯人を検挙し、これ以上被害者が出るのを防ぐことだ。憶測だけで浮き足立ってはいられない」

「しかし目撃されたそのボート、犯人のものである可能性は高いでしょう。形とか色とかがわかれば、大きな手がかりになるかもしれない」

俊史が言う。葛木は頷いた。

「いま山井がこっちに向かっている。目撃者が記憶している範囲で、かなり詳しく話を聞き取ったようだ。ボートの形は絵にしてもらったそうだ」

「それはいい。犯人特定の糸口になるかもしれない」

高揚した口ぶりで俊史が応じる。なにごとにも前向きに反応するのはいい資質だが、ここでいたずらに手を広げることは、捜査員たちのあいだに混乱を招くことにもなりかねない。葛木は慎重に応じた。

「もちろん大きな材料だが、まだ犯人のものと決まったわけじゃない。いまは幸田正徳という男の消息を追うことに全力を注ぐべきだろう。居場所がわかればガサ入れができる。似たようなボートを所有していた場合、有力な決め手になる」

「そういうボートってのはでかいんだろう。自分の家に置いておけるようなものなのか」

大原が首をかしげると、俊史が即座に応じる。

「インターネットで調べたんですが、折り畳み式とか空気で膨らませるタイプとかがあって、キャリングバッグに入れて一人で持ち運びできるそうです」

「だとしたら、運河から離れたところに住んでいても、往来に不自由はないわけだね」

大原は唸る。犯人の居場所は運河の近くだろうと葛木も思い込んでいたが、どうやら間違いのようだ。それなら、陸上は徒歩でも車でも自転車でも移動できる。一人で持ち運べる大きさに畳めるなら、人に見られて怪しまれることもない。

「だったら、まさに神出鬼没だな。やはりこちらとしては、夜中に運河を漕いでいるところを押さえる以外に決め手はなさそうだな」

山岡はあくまで既定の路線にこだわりを見せる。新情報に接しても簡単にぶれないところはいかにも修羅場を潜《くぐ》り抜けたベテランらしい。大原も腕を組んで嘆息する。

「たしかにな。幸田にしてもプンプン臭《にお》うが、ホシと断定できる材料はまだ出ていない。ガサ入れの令状だってとれるかどうか微妙なところだ」

そんなやりとりを聞きながら、俊史はかすかに苛立ちを滲ませる。

「このまま犯人を泳がせるのが最善の方法でしょうか。行きずりの女性を言葉巧みに誘ってボートに乗せ、運河上で絞殺するという手口だとしたら、そのことを公表することで、被害に遭う可能性のある女性に注意を喚起できる。それが次の犯行の阻止に繋がるかもしれない」

「犯人が目的を達する場所が、どうしてもボートの上じゃなければならないというところまでは断言できない。しかし可能性は極めて高い。区内の運河の張り込みは今夜から始まります。犯人が動けばそこで検挙できる。いまここでアナウンスすればそのチャンスを潰すことになる。その結果、犯人が別の殺害方法に転じないとも限らない。そうなったらすべては振り出しです。その点については一課長も了解しているわけじゃないですか」

諫《いさ》めるように山岡が言う。葛木もその考えに分があるとは感じるが、俊史の考えがあながち的外れというわけでもない。こちらの皮算用どおりにことが進むとは限らない。もし犯人のボートを見逃して、その結果、新たな被害者が出ることになれば、警察は非難の矢面《やおもて》に立たされる。現場指揮官としてその責任を一身に負うのは俊史なのだ。

けっきょくは賭けだとしか言いようがない。どんな選択にもリスクは付き物だ。いまここで決まったばかりの方針を覆《くつがえ》すことで、新たに生じるリスクもある。山岡が指摘した点はもちろんのこと、上層部の判断のぶれが現場の捜査員の心理に与えるマイナスは無視できない。それは警察官人生の大半を現場一筋にやってきた葛木が、いやというほど感じてきたことなのだ。

上に立つ人間がひとたび自信のなさを露呈すれば、下の人間は進むべき方向を見失う。士気は低下し、疑心暗鬼と面従腹背の気分が蔓延する。面子のためだけに誤った方針に固執するタイプも別の意味で問題だが、葛木が見てきた優れた上司たちは、自分の判断への内心の不安をおくびにも出さず、自信に満ちた態度で現場をリードしたものだった。

葛木も捜査一課で主任を拝命し、所轄に移ってからは係長という役職に就いて、そんな上司たちの胸の裡《うち》が多少はわかるようになってきた。上司の一挙手一投足はいわば部隊の旗印だ。旗幟《きし》鮮明な捜査指揮こそが現場に活気を与える。岩盤を掘削《くっさく》するドリルのようなぶれのない捜査活動があってはじめて、事件の真相という鉱脈に辿り着くことができる。

それがわかっているからこそ、彼らは自分が犯すかもしれないミスへの不安を素知らぬ顔で腹の奥に仕舞い込んでいた。もし過ちがあればすべて自分が責任を負う覚悟で――。

そういう荷を背負うには俊史はまだ若すぎるかもしれない。だからといって逃げることは許されない。この国の官僚社会特有のキャリアシステムのゆえとはいえ、その道を選んだのは俊史自身なのだから。

「山岡さんの仰るとおりじゃないかな、管理官――」

葛木はきっぱりと言った。

「我々に与えられた使命は、これ以上被害者を出さないことと、一刻も早く犯人を検挙することだ。現在の態勢がそのための最善の道筋なんじゃないのかね」

「本当に最善だろうか？　すべてがこちらの思いどおりに進むだろうか。予期しない結果が飛び出すようなことはないだろうか」

俊史はなお不安を隠さない。今度は別の不安が葛木の心に湧き起こる。ここまでいくつかの難しい局面で、俊史はまずまずいい判断をしてきた。ときに山岡をやり込めさえしたし、いまでは意思疎通《そつう》もスムーズにいっているようだ。

しかしそれだけのことで現在の職務をまっとうできそうだと楽観視していたのは、親の欲目にすぎなかったのではないか。しょせんは二十六歳の若者だ。百六十名を優に超す帳場の仕切りは頭の回転だけでできるものではないはずだ。覚えず強い口調で葛木は言った。

「なにが起きるかわからない。だからこそしっかり筋を通すことが、こういう局面では重要だ。いったん最善だと思う方向に動き出したら、そこに軸足をしっかり置いて、多少の状況の変化には動揺しない。ときには馬鹿になることも現場のリーダーにとっては必要だよ」

特捜本部が開設されて以来、ほかの人間がいる前で、親としての感情を露《あら》わにしたことはなかった。他人行儀な敬語すら使っていたが、いまは遠慮が消えている。そんな二人の距離の変化に気づいたように、山岡と大原は黙って成り行きを見つめている。

「ああ、そうだね。ここでいちばん浮き足立っちゃいけないのがおれなんだ――」

俊史はばつが悪そうに頭を掻いてから、気持ちを立て直すように姿勢を正した。

「クローバー橋からの目撃証言については、山井巡査が戻ってきたら詳しく話を聞いて、もう一度検討しましょう。市川に飛んだ倉橋主任も幸田正徳に関する情報を集めてくるでしょうから、それとも合わせて、あすからの態勢を考えたいと思います。運河の要所での張り込みは予定どおり今夜から始めます。それでいいですか」

俊史の問いかけに大原も山岡も頷いた。葛木もむろん異存はない。

2

山井は応援要員の若い刑事と連れ立って、まもなく本部に戻ってきた。

「酔っていたというわりにはなかなか記憶力のいい目撃者で――」

山井はショルダーバッグから大学ノートを取り出した。

「これがその人が描いてくれたものです」

山井が開いたページには、上から見下ろしたアングルでボートのイラストが描かれている。記憶力もいいのだろうが、職業が工業デザイン関係ということで、スケッチはお手のもののようだった。

着色まではしていないが、引き出し線を使って各部分の色が記入してある。コピーしたものにマーカーで色を塗れば実物に近いイメージが摑《つか》めるだろう。艇全体は黄色で、舳先《へさき》と艫《とも》の青のストライプがアクセントになっているようだ。

柳の葉のような細身の形状だが、舷側や舳先や艫が丸みを帯びて厚みもある。前後に背もたれの付いた二つの座席があり、前に女、後ろに男がいるのは先ほど電話で聞いたとおりだ。漕いでいるのは男のほうで、公園の貸しボートのような二本で一対のタイプではなく、長い一本の棒の両端に水を掻くためのへらのようなものが付いている。

「主にカヤックで使うダブルブレード・パドルだね。ボートのほうは、形状から見てインフレータブルカヤックだよ」

その分野の知識がすでに頭に入っているらしい俊史が言う。大原が問い返す。

「インフレータブルっていうと、さっき言っていた空気で膨らますタイプかね」

「そうです。軽量で持ち運びに便利だから、最近人気があるようです」

「ここまでに把握した事実関係からすれば、我々の見立てがそう外れているとは思えない。カヌーだかカヤックだか知らないが、ボートを使った殺害と死体搬送の手口に警察が気づいていないとまだ犯人は見ているはずで、現場を押さえてとっ捕まえるには絶好のチャンスだ。もし幸田の居どころが判明したら、ぴったり張り付いて行動を監視する。幸田が犯行を企《くわだ》てている様子があれば、即刻身柄を拘束する。そのときは別件でもなんでもでっち上げればいい」

事件は落着目前だとでも言いたげに山岡は気炎を上げる。その胸の奥までは推《お》し量《はか》れないが、いまの見立てにまったく不安を感じていないとしたら鈍感としか言いようがない。おそらく山岡なりに失敗のリスクは計算に入れているはずで、それを微塵《みじん》も表に出さないところに、葛木は刑事としての気骨を感じた。これまで耳にしてきた山岡にまつわるさまざまな悪評には、誤解や妬《ねた》みによる中傷も含まれているのではないかという気がしてくる。

「このヤマ、意外に早くけりがつくかもしれないぞ」

その勢いに拍車をかけるように大原が言う。彼もまたそのあたりの呼吸は心得ている。山岡の考えに諸手を挙げて賛成というわけではないだろう。片や本庁捜査一課の係長、片や所轄の万年課長。年齢も階級も同格だが、警視庁内での格の違いは歴然だ。細かいところを突ついて揚げ足を取りたい気分にもなるだろう。しかし小異を捨てて大同に就くことが、ここでどれほど重要かを大原もまたわきまえている。

「ええ、ここは一気呵成に行きたいもんですよ」

葛木も調子を合わせた。探そうとすれば不安の種はいくらでも出てくるが、あえて口にしたそんな言葉で自己暗示にでもかかったように不思議に気分が前向きになる。そんな雰囲気に背中を押されたように、俊史の顔にも自信のようなものが滲んでいる。

風を摑む——。そんな言葉で表現したいような瞬間が捜査の現場にときおり訪れることがある。いまがそのときのように葛木には思えた。

3

倉橋は午後二時過ぎに戻ってきた。昼食もとらずに動き回ってくれたようだった。

幸田はいまも市内の旧住所に住民登録したままらしい。居住していたアパートに出向いてみたが、住民票に記載されていた部屋にはすでに別の人間が入居しており、もちろん幸田とは一面識もないという話だった。

悪い予感が当たったかたちだが、それはもともと織り込み済みだった。被疑者はそう簡単に尻尾を摑ませてはくれない。むしろそういう不審な部分があることが、読みが外れてはいないという自信に繋がることになる。

勤めていたスポーツ用品店でも、退職して以降の幸田の所在は把握していないという。カヌーやカヤックの売り場担当だったという話に事件との強い繋がりを感じていたが、その点は肩透かしを食わされたようだった。たまたま人がいないために配置されただけで、幸田の水との縁は高校生のとき水泳部に所属していた程度らしい。

客からの込み入った問い合わせにはアウトドアスポーツ全般に明るい店長が応じ、幸田はカタログの文句を丸暗記した程度の説明しかできなかったという。個人的にカヌーやカヤックを所有しているような話も聞いたことはなく、早い話が店としても辞められて困るような人材ではなかったようだった。メモを眺めながら倉橋は先を続けた。

「同僚ともほとんど付き合いがなく、知人が店を訪れたこともないそうです。勤めていたのはほぼ一年で、そこに来る前は都内のディスカウントストアでアルバイトをしていたとのことです。採用時の履歴書によれば、大学は卒業していますが、定職に就いたことは一度もないようで、短期の臨時雇用で食い繋ぐような生活をしていたものとみられます」

「大学を卒業したころは就職氷河期は終わっていただろう。一時的に好景気に沸いていた時期だ。就職しなかったのはたぶん本人の意志だろうな」

同じくらいの歳《とし》の息子がいる大原が訳知り顔で言う。そちらは新卒で中堅の建設会社に就職し、営業職で頑張っているという自慢話はうんざりするほど聞かされた。

「靴泥棒で捕まったことは、店の人間は知っているのか」

山岡の問いに、倉橋は首を振る。

「知らなかったそうです。逮捕されてすぐ罪状を認めて、翌日には略式命令が出て、罰金を払って釈放されたようです。処分が決まった以上、警察も人権面に配慮してそういう事実を敢《あ》えて店には知らせなかったとのことで――」

店長はその話を聞いて驚いたが、勤めていたあいだは、店の金や商品に手をつけたり、客に悪さをしたりということはなかったという。意欲的ではなかったが、人当たりはよく、素行面でも問題はなく、正社員として雇おうかと思っていた矢先に辞めてしまったらしい。

「今回の事件との関係は、店長にはまだ喋《しゃべ》っていないんだろうな」

山岡が確認する。当然だというように倉橋は応じる。

「都内で起きた窃盗事件の容疑だと言っておきました。カヌーやカヤックのことで突っ込んだ質問をしたときは、店長も不思議そうな顔をしましたが、刑事捜査というのは本筋とは関係ない背景からもヒントが見つかるものだと言って、その辺は誤魔化《ごまか》しておきました」

「カヌーやカヤックのマニアじゃないとしたら、同好の士から得られる情報も限られるな」

大原が唸る。倉橋は頷く。

「そうでしょうね。店長の話だと、急流下りのような場合を除けばとくに難しい技術は要しないそうで、流れの静かな川なら、独習でも十分マスターできるという話でした」

「だったら例の目撃証言が重要だな。あの絵を見せれば、そういう店の人間ならメーカーや商品名を特定できるだろう。近隣一帯の店で、最近、それを買った人間がいたかどうか聞き込めば、かなり絞り込んでいけるはずだ」

大原が身を乗り出す。葛木は頷いた。

「たしかに。店長の話が事実なら、幸田がカヤックを入手したのはごく最近だと推定できる。それを趣味にしている人間がどれくらいいるか知りませんが、そう大量に売れる商品でもないでしょう。扱う店も多いとは思えない」

俊史が指摘する。

「ところが通販という手があるんだよ。インターネットを検索すると、カヌーやカヤックを専門に扱っている店は全国にある」

「通販ならむしろ都合がいいでしょう。しらみ潰しに当たっていけば、送付先やクレジットカードの情報から氏名や住所を特定できる。普通の店だと、現金で買った場合は個人に関する情報は摑めない」

倉橋が身を乗り出すと、山岡はあっさり吐き捨てる。

「間抜けなことを言うなよ。そいつにも脳味噌はついているだろう。犯行目的で買ったとしたら、そう簡単に尻尾は出さない。偽名で借りられる私設私書箱ってのがある。業者には利用者の本人確認が義務付けられているが、まともに守っていないところはいくらでもあるし、証明書類を偽造する手もある」

「だとしても、該当しそうな商品の購入者がいたらとことん調べ上げるしかないね。私書箱サービス業者だって、利用者との連絡用に携帯の番号くらいは聞いているだろうから、そこから絞り込むことはできるだろう」

とりなすように大原が言うが、山岡はにべもない。

「飛ばしの携帯を使われたらどうにもならないだろう。それより生まれは栃木だといったな」

山岡の口の利き方には慣れているようで、倉橋は表情一つ変えずに応じる。

「本籍地は宇都宮市です。そこが実家の住所とみて間違いないでしょう」

「いま二十八歳というと、両親は健在じゃないのか」

「おそらくそうでしょう。電話で所在を問い合わせる手もありますが」

「ただし身分と目的を隠してな。息子が警察の捜査の対象になっていると知ったら、親としては逃がしてやりたい気持ちが働くだろう。むしろ宇都宮へ捜査員を出張らせて張り込むほうがいいかもしれん。臨時雇用じゃ失業保険も出ないだろう。金を無心に実家に出向く可能性もなくはない」

山岡の提案に俊史も頷いた。

「そこは当然押さえるべきですね。幸田の顔写真は手に入りますか」

「もちろんです。略式起訴されたんなら、顔写真も指紋も犯歴データベースに記録されていますから。閲覧して印刷しておきます。本人が現れれば同定するのは簡単ですよ」

「あとは徹底して尾行すればいいだろう。それで住処《すみか》も判明するし、行動パターンも把握できる」

「つまり当面は幸田の所在確認と、江東区内および隣接する墨田区内の運河の張り込みを徹底するということだ。だったらもう一度態勢を組み直す必要がありますね」

俊史がまとめに入る。山岡は頷いた。

「本庁のお偉方と相談しなくちゃいけませんが、とりあえず横十間川親水公園と東京湾マリーナ周辺での聞き込み要員は大幅に削減していい。あすからはその分を幸田の所在確認に振り向けましょう。通販を含めて、ここ一、二ヵ月のあいだに目撃されたのと同じカヤックを購入した人間をリストアップして身元を当たる。宇都宮の実家の張り込みにも人員を割《さ》かないといけない。運河の張り込みにもさらに投入していいかもしれない」

「二人目の被害者が出てしまったのは残念ですが、これでやっと状況が動き出しましたね」

自らを奮い立たせるように俊史は言う。あるいはすでにもう一人被害者が出ているのかもしれない。

しかしそれをいま考えていても、捜査効率の面からはロスでしかない。死んだ人間は救えない。一刻も早く犯人を検挙し、さらなる被害者が出る可能性を除去することこそが、本部に課せられた現在の使命だ。

しかしそう自分に言い聞かせても、葛木の心はやはり晴れない。クローバー橋で目撃されたカヤックの漕ぎ手が犯人なら、どこかに遺棄され腐乱が始まっている遺体があるかもしれない。それが思わぬかたちで発見されたとき、本部にかかる重圧はさらに大きなものになるだろう。そんな慄きを腹の底に押し込んで、葛木も明るい口調で声をかけた。

「ああ、ここからが勝負どころだよ。どうする、管理官。帳場に籠《こ》もっているだけじゃ勘も鈍《にぶ》る。おれは今夜の張り込みに付き合うことにする。あすは朝が早いから丸々一晩とはいかないが、最前線の張り詰めた空気は、刑事捜査に携わる人間にとって最高の眠気覚ましだぞ」

打てば響くように俊史は応じた。

「いいね。おれも同じことを考えていたんだよ。足手まといにならないように気をつけなくちゃいけないけど」

4

俊史はここまでの状況と、本部デスクとしての考えを本庁サイドに伝えた。電話を受けた側近の理事官は、別の帳場に出張っている捜査一課長に取り次いでくれた。

ほどなく渋井一課長自ら電話を寄越し、俊史が説明した当面の考えを了承した。大田区内のバラバラ殺人事件が切迫した局面を迎え、きょうは身動きが取れないが、あすの朝は時間をつくってこちらに出向くとのことで、詳細な段取りについてはそのとき話し合うことになった。

多忙が理由の大半だろうとは想像がつくが、一課長が俊史を筆頭とする現場デスクの判断を尊重し、大きな裁量権を与えてくれているのは葛木にとっても喜ばしいことだった。

区内および隣接する墨田区内の運河で張り込む要員は三十名。それを三人一組のチームに分け、北十間川、横十間川、小名木川、竪川《たてかわ》、仙台堀川、大横川、平久川《へいきゅうがわ》の要所に配備する。

張り込みのポイントは川面が広範囲に見渡せる橋の上や、いまは運航を停止している水上バスの発着場、運河に面した公園や緑地など合わせて十ヵ所。人の命がかかっていることを考えればそれでも十分とはいえないが、本部全体での人員の割り振りと、犯人に察知されない秘匿捜査だという点を考えれば、それが限界というところだ。

幸いなのは、区内に運河が多いといっても、道路と比べればはるかに少ないことだ。ましてや夜間に航行する船舶やボートはほとんどない。犯人が動けば見逃す惧れはないはずだ。

マスコミにすっぱ抜かれてはまずいので、隠密行動を徹底する。大挙して出動すれば本部に張り付いている記者に感づかれる。捜査員たちは通常の聞き込み要員とともに本部を出て、夜に備えて自宅や交番の仮眠室で体を休め、黄昏時《たそがれどき》の午後七時前に直接現場に集合する。

犯人のものとおぼしいボートを見つけたとき、停船指示に従わず逃走を図ることも考えられる。そんなときのために自動膨張式の高速ゴムボート三艘を用意して、いざというときは迅速に出動できるよう警察車両に積んで待機させてある。

葛木も午後六時三十分を過ぎたころに本部を出た。同行するのは俊史と山岡。大原は緊急連絡に対応するため本部に居残った。

三人とも自宅に戻る時間はないので、デスク担当の職員に用意してもらったカジュアルウェアに着替え、用心のために署の裏口から外に出て、待機していた覆面パトカーに乗り込んだ。

向かったのは四日前にカヤックが目撃されたクローバー橋。小名木川と横十間川の交差地点で、今回の張り込み地点のなかでも要衝というべきポイントだ。

歩行者と自転車専用のため、橋にほど近い江東区スポーツ会館の駐車場にパトカーを停めた。追尾に入る場合に備えてドライバーの巡査は車内で待機させ、夕涼みの散歩をする市民を装って徒歩で橋上に向かう。

沈みかけた夕陽が小名木川の川面を黄金色《こがねいろ》にきらめかせ、西の空は夕映えに赤く染まっている。広々した舗道は、帰宅する勤め人や買い物に出かける主婦、犬を連れて散歩する老人や子供が行きかい、いまはそこそこの人通りだ。

X字形の橋が交差する中央部分に立つと、南北に流れる横十間川と東西に流れる小名木川が一望できる。江東区のほぼ真ん中に位置するこの特徴的な橋は、区内を走る運河網のへそともいえる。小名木川は川幅も広く、どちらへ向かうにも便利なルートで、犯人が通過する可能性がいちばん高い。

先着していた張り込み担当の捜査員の姿が見える。一人はジーンズにTシャツ、一人はポロシャツにチノパン、もう一人は着古したサマージャケットにスラックスという出で立ちで、とくべつ凝《こ》った変装ではないが、警察官らしい匂いはさりげなく消している。

葛木たちが来ることは伝えてあるから、こちらがいるのに気づいているはずだが、互いに距離を置いて、素知らぬ顔で川面を眺めている。葛木たちも視線を逸《そ》らせて適当に散らばった。

欄干にもたれて川面を見下ろしていると、運河を吹き渡る風が頬に心地よい。周囲の高層マンションの窓からはすでに明かりが漏れている。

近年急速に進んだ都市開発のおかげで区内の多くの地域に往時の下町の面影はなく、街の景観は首都圏でも珍しいほど近代的だが、一方で水と緑が豊かな環境が、コンクリートで固められた街並みの冷たいイメージを中和させている。

古い東京へのノスタルジーを捨てられるなら、むしろ住み心地のいい街といえるだろう。老後、夫婦二人きりになったら、江戸川区の自宅を手放してこのあたりのマンションに越してくるのもいいなと亡き妻と話したことがある。

俊史はすでに独立し、一人暮らしの身の葛木にとって、小ぶりとはいえ一戸建ての現在の家は持て余す。城東署への異動を契機にそんな考えを実行に移してもよかったのだが、けっきょく妻の思い出がそこここに残る自宅を手放す決断はつきかねた。

橋上を行きかう人々の表情はのどかだ。この平和な市民生活の背後で、いまも次の標的を狙っている殺人者がいる。その最初の被害者が発見された横十間川親水公園はここから目と鼻の先だ。二人目も含め被害者の身元はいまも特定できない。四日前にカヤックでこの橋の下を通過したというカップルのことをまた想起する。

もし乗っていた男が犯人で、そのときも犯行に及んでいたとしたら、そして新たな死体がまた運河沿いの水辺で発見されたら、犯行に運河を利用したことにマスコミが気づくのは時間の問題だ。そのとき捜査は一気に暗礁に乗り上げるだろう。

警察が無策だったと非難されれば、本部も捜査の経緯を明らかにせざるを得なくなる。その事実をマスコミが報道すれば、秘匿捜査による犯人検挙という肝心の作戦は有効性を失うことになる。

その遺体もまた靴を履《は》いていないとしたら、そこにもマスコミは注目するだろう。幸田正徳の線についても感づかれないとは限らない。そうなった場合の混乱は想像を絶するものになるはずだ。そのとき帳場をどうまとめていけばいいのか――。最初の檜舞台《ひのきぶたい》で俊史に味噌をつけさせたくないのが偽らざる思いだが、いまは葛木にも妙案は浮かばない。

犯人の動機にも不穏なものを感じる。果たして靴フェティシズムという変質的な性向によるものだけか。間違いなく言えるのは、犯人が警察にヒントを与え続けているということだ。運河沿いの水辺への死体遺棄、性的暴行の形跡のない絞殺という手口、そしていずれの遺体も靴を履いていなかった――。

そこに警察への挑戦という意味があるような気がしてならない。もし幸田が真犯人だとしても、変質的な性向は必ずしも事件の本筋ではなく、背後にさらに隠れた動機があるのではないか――。そう考え出すと、果たして幸田が犯人なのかという疑念さえも頭をよぎりはじめる。

女性の靴を盗んだ前科があること、近隣の市川市に住んでおり、勤め先のスポーツ用品店でカヌーやカヤックの売り場を担当していたこと、つい一ヵ月前にその勤め先を辞めており、アパートも引き払っていまは行方不明だということ――。

それらは幸田への嫌疑を裏づける心証としては十分でも、それ以上ではない。幸田がクロだという直感を葛木も抱いてはいるが、それを証明できる証拠が今後の捜査で出てくるのか。

容疑不十分で幸田の検挙に至らなければ、事件全体がいったん水面下に沈む。警察が運河に着目していることがマスコミの報道で公になれば、次の犯行への抑止力にはなるだろうが、犯人が手口を変える危険性までは消えない。

本庁一課時代は一下士官として前線を走り回るだけだった。捜査方針の決定にしても、その結果としての毀誉褒貶《きよほうへん》にしても、直接責任を負う立場にはいなかった。

今回の帳場では本部デスクの末席に名を連ね、そのうえ俊史が現場トップの管理官。息子が背負う重責がそのまま自分の肩にものしかかる。さきほどは俊史に発破をかけたが、一人であれこれ考え始めれば、やはり不安の虫が蠢《うごめ》きだす。

まだまだ修行が足りないと我が身を顧みながら、五メートルほど離れて欄干に身をもたせている俊史に視線を向ける。その気配を感じたように俊史もこちらを振り向いた。その目にいまは迷いが感じられないのが救いだった。

5

午後八時を過ぎて、橋上を行き交う人の数も減ってきた。

欄干に設置された白色灯がX字形の橋のラインを運河上に浮き立たせ、周囲の高層マンションの窓の光が列をなして中空に伸び上がる。小名木川の川面は黒い帯のように橋の下を流れ、そこを航行するボートのようなものはまだ一艘も見ない。

十分ほど前に本部の大原と連絡をとったが、いまのところ新しい動きはないという。倉橋は敷鑑担当のチームを動員して、カヌーやカヤックを扱う都内のスポーツ用品店と、インターネット通販で同様の商品を扱う全国の店舗や企業をリストアップしているとのことだった。

目撃されたカヤックのイラストを、幸田が勤めていたスポーツ用品店にファックスしてみたところ、店長は即座にメーカーと製品名を特定したという。

アメリカのアウトドア用品メーカーのもので、値段が手ごろで性能もよいことから、日本でも最近人気が出ている製品らしい。とはいっても愛好者の人口は多くはなく、その店でも月に数個売れればいいほうだという。その方面から犯人への手がかりを摑むのはそう困難ではなさそうだと倉橋は意気込んでいるようだ。

大原は本部の捜査員全員の出身地を調べ上げ、近隣署から動員された宇都宮出身の捜査員を一人ピックアップしたらしい。幸田の実家の張り込みチームは四名。リーダーは今回の増員で新たに本部に加わった機捜の上尾に任せることにして、山岡の了解もとってある。

かつて捜査三課に所属した上尾は張り込み捜査に慣れている。盗犯専門の三課の場合、犯行時や故買《こばい》の現場での現行犯逮捕が捜査の基本になるからだ。

チームは上尾の配下の機捜隊員を中心にする予定だが、全員が栃木方面に縁がなく、できれば土地鑑のある捜査員を一人加えたかった。大原はいい人選をしてくれたことになる。

窃盗事件を扱った市川署に問い合わせると、取り調べを担当した捜査員が対応し、捜査メモに残っていた栃木の実家の住所と電話番号を教えてくれた。

住所は倉橋が入手した幸田の住民票の本籍地と同一で、両親とも健在のようだった。父親は宇都宮市役所に勤める公務員で、母親は無職、つまり主婦ということだろう。取り調べの際の話によると、幸田はここ五年ほど実家には帰っていなかったらしいが、そのときは略式命令による罰金数十万円が工面《くめん》できず、実家に電話を入れて送金してもらっていたという。

だとすれば両親との関係は悪くなさそうだ。職を失っている現在、懐は寒いはずだから、金の無心に実家を訪れるかもしれない。いまはそれが唯一の敷鑑だ。張り込む意味は十分ある。本人が現れなくても、近隣での聞き込みで新たな糸口が出てくるかもしれない。

状況によっては両親からじかに話を聞いてもいいが、いまはまだ控えようというのが葛木たちの一致した考えだ。うかつに接触して警戒心を抱かせて、それが幸田に伝われば、せっかくの手がかりを失いかねない。被疑者の両親に協力を依頼して、息子の逃走を幇助《ほうじょ》させてしまった苦い経験が葛木にもある。犯人蔵匿の罪は親族には適用されない。

いずれにしてもここまでの本部の動きはまずまずといっていい。できれば三つ目の死体は出て欲しくないが、敷鑑とナシ割りの両面から犯人に迫る段取りは固まった。あとは時間との勝負だが、前途に少しは希望が見えてきた。

そんな状況を報告すると、俊史は落ち着いた口調で応じた。

「まだ楽観しちゃいけないと思うけど、いまのところいい方向に向かっているような気がするね。親父や山岡さんや大原さんがしっかりサポートしてくれるんで、おれのほうは大船に乗った気持ちだよ」

6

そのときポケットのなかで携帯が鳴った。耳に当てると切迫した大原の声が流れてきた。

「いま柳島橋《やなぎしまばし》のチームから連絡が入った。北十間川から横十間川に向かっているボートが見つかったそうだ」

「ボートのタイプは?」

「四日前に目撃されたのと同じモデルのようだ」

「乗っているのは二人ですか？」

慌《あわ》てて問い返す。大原も高ぶった声で応じる。

「ああ、暗いので服装や年恰好《としかっこう》ははっきりわからなかったが、男と女なのは間違いないそうだ。橋の上から停船するように声をかけたが、聞こえなかったのか無視したのか、そのまま小名木川方向へ向かったらしい。あんたたちがいるのはその先だな」

「そうです。ここまでは二キロくらいでしょう。柳島橋の連中は追尾に入ったんですか」

「これから車で追うそうだ。そこまで運河は一本道だから、見失う心配はないだろう。途中の錦糸橋《きんしばし》の近くに水上バス乗り場の跡地がある。そこへ先回りして、もういちど停船を呼びかけるように指示しておいた」

「我々も向かいますか」

「いや、そこで停まらなかったらクローバー橋まで進んでしまう。その先、小名木川を右へ行くか左へ行くかわからない。とりあえずそのまま待機していてくれんかな」

「わかりました。場合によっては水上で捕捉する必要がありますね」

「ああ、ゴムボートを積んだ車両をそちらへ向かわせた。エンジン付きだから、行方を見失わない限り捕捉は十分可能だろう」

「了解しました。錦糸橋付近で停船したら、急いでそちらに向かいます。同乗している女性は無事なんですね」

「無事なようだ。四日前の目撃証言とは違って、今度は二人で漕いでいるらしい」

「二人で漕いでいる？」

その言葉に葛木は違和感を覚えた。しかし考え込んでいる暇はない。いったん通話を終えて、俊史と山岡と三人の張り込み要員を招き寄せ、かいつまんで事情を説明した。

「ここからなら猿江恩賜《さるえおんし》公園のあたりまで見通せる。運河は一帯を縦横に走っているといっても、選べるルートは限られる。そいつが犯人ならすでに袋の鼠だよ」

山岡がほくそ笑む。それで一件落着なら言うことはないが、葛木の頭にはそう都合のいい結末が浮かばない。もしそのボートが犯人のものなら、検挙以前に同乗している女性の救出という難題が待っている。殺害の手口から見て凶器を携行している可能性は少ないが、高速ボートで追い詰めるようなことになれば、捨て鉢《ばち》になってどんな行動に出るかわからない。

一方で犯人とは無関係な可能性もある。なにかの行き違いで騒ぎが大きくなれば、隠密行動による犯人検挙作戦が頓挫《とんざ》する。慎重かつ柔軟な対応が要求されるところだ。

「でもまだ午後八時を過ぎたばかりで、これまでの二件の死亡推定時刻からすると早すぎるんじゃない」

俊史も首をかしげる。横十間川と東京湾マリーナの死体の死亡推定時刻はいずれも夜半前後。犯人が敢えて時間厳守するとは思えないが、それでもいまの時刻、橋上や運河沿いの道路は、行き来する通行人の数が多い。人を殺害するには目立ちすぎる時間帯だ。

「二人で漕いでいるというのも、目撃証言と矛盾するような気がするけど」

俊史が付け加える。それは葛木も感じたことだった。

「しかし橋の上から呼びかけても停船しなかったわけでしょう。そのうえ乗っているボートも同じタイプ。この時間でも、殺害に適した人目につかない場所はあるはずだ」

山岡は自信を崩さない。いずれにせよ議論していても始まらない。いま言えるのは、艇上の男が犯人であるにせよそうでないにせよ、ここが極めてリスキーな局面だということだ。これほど早く動きが出るとは思わなかったから、ある意味で虚を突かれたところもあるだろう。むろんそれは失敗の言い訳にならない。

横十間川の川面に遠いサイレンの音が響く。覚えず緊張が走る。山岡が毒づいた。

「大馬鹿が。あれほどサイレンは鳴らすなと言ったのに」

カヤックのスピードはたかが知れているうえに、選べるルートは運河しかない。パトカーで追尾するにしてもとくに慌てる必要はないから、いたずらに犯人を刺激しないように、捜査員にはサイレン厳禁を申し渡してあった。

彼らも浮き足立っているのだろう。殺人捜査が本業の刑事は現在進行形の事件に慣れていない。扱う事件のほとんどがすでに行われてしまった犯罪だからだ。葛木は堪《たま》らず携帯無線機を取り出した。

「こちら本部の葛木。ボートを追尾中のパトカー。サイレンを止めろ」

慌てふためいた声が応答する。

「こちら三班の木村。うっかりして申しわけありません。いま止めました」

サイレンの音がぴたりと止んだ。木村は隣接する深川署からの応援要員で、城東署の管内にも土地鑑がある。若いが気働きがあり、捜査会議でも痒《かゆ》いところに手が届くような提案をよくしてくる。葛木は問いかけた。

「カヤックの二人に不審に思われた様子はないか」

「ありません。対象が自分たちだとは気づいていないようです。いま追い越しました。とくに慌てた様子もなく、同じペースで進んでいます。水上バス乗り場へ先回りして、そこで再度停船を試みます」

その答えに安堵して、葛木は嚙《か》んで含めるように言った。

「逃走を図らない限りはくれぐれも穏便にな。停船に応じたら携帯に連絡をくれ。すぐにそちらに向かうから。おれたちが着くまでは世間話でもして引き止めておいてくれ」

「了解しました」

木村は律儀《りちぎ》な口調で応じる。通話を終えて俊史たちを振り向き、葛木は話の内容を伝えた。

「空振りかもしれないな」

山岡が口惜しそうに言う。サイレンに反応しないと聞いて見込みが違ったようだった。俊史にも三人の捜査員にも弛緩《しかん》した気配が漂う。内心では同様な思いを抱きながら葛木は言った。

「まだわかりませんよ。こちらの動きを見越してのポーカーフェイスかもしれない。同乗している女性にまだ手を下していないなら、なんとでも言い逃れはできますから」

7

落ち着きの悪い気分で連絡を待った。木村から着信があったのは五分ほどしてからだった。

「どうだった?」

問いかけると木村は拍子抜けしたような声で応じた。

「いま停船に応じてもらいました。水上バス乗場にカヤックを係留したところです。すぐおいでになりますか」

「ああ、もちろんだ。それで、あんたの感触はどうだ？」

「どうも外れのようです」

「というと？」

「男性のほうは幸田正徳じゃありません」

「顔を確認したんだな」

力が抜けるのを感じながら、葛木は問い返した。幸田の顔写真は犯歴データベースから取得してコピーしたものを、運河の張り込みチーム全員に渡してある。

「ええ、年恰好もまるで違います。向こうは二十八でしょう。こちらは四十代の半ばです。そのうえ同乗しているのは見たところ中学生くらいの女の子で、顔立ちがどことなく似ていますから、親子じゃないかと思うんです」

葛木はさらに問いかけた。

「質問には応じてくれそうか」

「警察手帳を出しても嫌悪感を示したりはしません。被疑者扱いはせず、穏やかに捜査協力を依頼すれば、とりたてて角も立たないかと思います」

木村の言い方には、その男が犯人ではないという心証が強く滲んでいる。むろん幸田が真犯人だという見立てが間違っている可能性もゼロではないから、顔や年齢が違うというだけで安易に結論は下せない。

「とにかくおれたちが着くまで機嫌を損じないように場を繋いでくれ。ここからなら五分もかからないだろう」

そう応じて通話を終えて、手短に段取りを決める。現場へ向かうのは葛木と俊史と山岡の三人。もともとの張り込み要員三人はここに残って監視を続けることにする。木村たちが押さえた二人がシロだとしたら、本物の犯人のボートがここを通過する可能性があるからだ。

三人の捜査員にあとを託して、葛木たちはスポーツ会館方面に走った。先ほどの無線のやりとりを聞いていたのだろう。運転担当の巡査は気を利かせて駐車場から覆面パトカーを出し、橋のたもとで待機してくれていた。こちらが乗り込んだとたんに向こうから確認してくる。

「錦糸橋のたもとの水上バス乗り場ですね」

「そうだ。サイレンは鳴らさなくていいぞ」

答えると、巡査は黙って勢いよくアクセルを踏み込んだ。葛木は大原に電話を入れて、こちらの状況を伝えた。大原のほうも別の捜査員から一報を受けていたようだった。

「どうも犯人じゃなさそうだな。紛らわしいことをしてくれるもんだ。いずれにせよ、くれぐれも慎重に対応してくれよ。こっちが運河で網を張っていることが世間に知れたら、これからの作戦が台無しだからな」

「もちろんです。私や山岡さんが話してみて、犯人じゃないという心証が得られれば、それ以上突っ込む理由はないですから。先ほどはやむなく使いましたが、まだしばらく無線の封止は続けますので、のちほど携帯で連絡を入れます」

そう言って通話を終えると、助手席に乗り込んだ俊史が振り返る。

「デリケートな事情聴取になりそうだね」

「まあ、難しく考えることもないだろう。おれの感触だとまずシロだ。四方山《よもやま》話《ばなし》を装って感触を探れば、ほぼ間違いのない答えが出るさ」

葛木が自信を持って応じると、負けじと山岡も身を乗り出す。

「私や葛木さんくらいの古狸になると、悪党かそうでないかは匂いでわかるもんなんです。判断するのにそう手間はかかりませんよ」

妙に親密な態度に出られて気色が悪いが、たしかにここは刑事としての勘に頼るしかない。根掘り葉掘り質問をすればこちらの意図が相手に伝わる。それが口コミで広がれば、今後の捜査に支障が出てくる。

「じゃあ二人に任せることにして、おれはじっくり見学させてもらうよ」

俊史は恬淡《てんたん》としたものだ。空振りになりそうなのが残念だが、それでかえって肩の力が抜けたともいえる。むしろいいリハーサルになったと考えるべきだろう。

パトカーは扇橋二丁目で右折して、四ツ目通りを北へ向かう。錦糸町駅前で右折して京葉道路を少し走り、松代橋《まつしろばし》を渡り、さらに左折して総武線のガードをくぐった横十間川のほとりにある小公園のような船着場が、かつての水上バス乗り場だ。

路肩にパトカーを停め、川岸から張り出した船着場へ向かうと、その一角の四阿《あずまや》に一群の人影が見える。歩み寄ると、木村が顔を向け声をかけてきた。

「ご苦労様です。こちらは区内在住の山浦さん。それからお嬢さんの博美さん。山浦さんは大学時代にカヤックの選手だったそうです。お嬢さんは小学六年生で、来年入学する予定の区内の中学にボートクラブがあり、ぜひそこに入りたいので、いまお父さんからトレーニングを受けているところなんだそうです」

短い時間によくそこまで聞きだしたものだと感心する。木村は刑事に似合わない童顔で、人懐《ひとなつ》っこく微笑んだ顔が、自然に相手の警戒心を解いてしまうようなところがある。大方の捜査員が苦労していたマンションでの聞き込みでも、いちばん成績がよかったのが木村だった。

葛木は名刺を差し出して山浦に挨拶した。

「お楽しみのところ邪魔立てして申しわけありません。じつは最近、運河沿いの倉庫から小舟を使って物を盗み出す窃盗事件が多発しておりまして。犯行が夜間なものですから、こういう時間に趣味でボートを漕いでいらっしゃる方なら、ひょっとして不審な舟を目撃されてるんじゃないかと思いまして」

とっさにでっち上げた話に、山浦はとくに不審を抱くこともなく乗ってきた。

「そうなんですか。突然警察の方に呼び止められて、びっくりしたんですよ。私たちに疑いを持っているわけじゃないんですね」

「もちろんです。小舟といっても盗品を輸送するわけですから、犯人が使っているのはもう少し大きくて荷物も詰めるタイプです。しかしよく出来ているものですね。空気で膨らますわけですか」

葛木は興味深げな調子で言って、係留してあるカヤックに目を向けた。舳先と艫にブルーのストライプがあり、全体は黄色。赤い背もたれのついたシートが二つある。四日前に目撃されたカヤックと同じタイプだが、市川のスポーツ店の店主が言ったように、たぶん人気のある商品なのだろう。山浦は嬉しそうな顔で応じる。

「私が現役のころはこういうのはなかったんですが、いまは便利になりましたよ。畳むとリュックサックくらいのバッグに収まって、重さは二〇キロ足らずですから。背中に背負ってどこにでも持ち運べるんです」

「週に何回くらい、トレーニングをされるんですか」

「二回くらいですか。私の勤め先が小売関係で、日曜や祝日に休めないんです。私が休みの日は娘は学校で、けっきょく一緒に付き合えるのがこういう夜の時間になってしまいましてね。たしかに怪しいといえば怪しいですね」

山浦は笑う。刑事に対してこれほど警戒心のない人間も珍しい。そのあたりからもシロの印象が強まった。

「夜間にボートを漕ぐ人は多いんですか」

「最近増えていますね。やってみると病みつきになるんですよ。川から見る夜景というのが意外にきれいでね。最近は北十間川から見上げる夕暮れの東京スカイツリーが絶景です」

考えてもみなかったが、たしかに夜の運河クルーズは魅力的だろう。黄昏時には夕焼けの空、夜の帳《とばり》が下りれば街並みの汚い部分は闇に沈み、見えるのは月や星、ビルやマンションの窓の明かりだけ。夜の運河で舟遊びするマニアを一概に変人と見るのは誤りかもしれない。

「怪しいモーターボートを見かけたことはありませんか」

話の成り行き上、かたちだけ質問すると、山浦は首をかしげた。

「日中はどうかわかりませんが、夜は一度も見かけませんね。私たちのようにカヌーやカヤックを楽しんでいる人にはたまに出会いますけど」

「あのねえ、女の人を乗せてデートしてる人もいるよ。このあいだ見かけたよね」

面白いことを思い出したというように娘が父親の背中を指で突つく。覚えず興味を引かれて、葛木は問いかけた。

「それはいつ?」

「えーと、五日前かな。でも夜の十二時を過ぎていたから、本当は四日前だね」

娘は父に確認する。山浦が慌てて付け加える。

「いつもはこのくらいの時間なんですが、その夜は蒸《む》し暑くて。そのうえ翌日、大きなイベントを控えていて、神経が高ぶって寝つかれなかったんです。それでカヤックでも漕いで夜風に当たろうと出かけようとしたら、娘も一緒に来ると言い出しましてね」

「それはどんなタイプのボートでしたか」

「二人乗りのカヤックですよ。うちのと同じモデル。人気があるようで、最近よく見かけるんです」

「場所はどこですか」

「大横川と仙台堀川の合流点です。木場《きば》公園や豊住《とよすみ》公園、仙台堀川公園に囲まれて、緑が豊かで気に入っている場所なんです。私たちは合流点を突っ切って大横川を南下したんですが、そのカヤックは仙台堀川公園のほうに向かいました。それで不思議に思ったんですよ」

「というと？」

「その方向に進むと、すぐ先に豊住魚釣場があって、仙台堀川は暗渠になってその下をくぐっているんです。暗渠というと昼間でもあまり通りたくない場所ですから、深夜ともなるとなおさらね」

「あのね。きっとそういう場所でエッチするんだよ。暗くて誰にも見られないから」

そういって娘はくすくす笑う。父親はその頭を軽く小突いた。

「小学生がそんなことを想像していると、大きくなって不良になるぞ」

「そんなことないよ。そういうのって人間にとって自然なことだって、先生も言ってたもん」

娘はけろっと言い返す。そのとき、葛木の頭のなかで小さな稲妻がひらめいた。慌てて娘に問いかける。

「その女の人は花柄のワンピースを着てなかった？」

「うん。その上にライフジャケットを着けてたけどね。きれいな人だったよ。パドルで漕いでいたのは男の人だけだったから、えーと、ベニスの運河を走ってる舟ってなんだっけ？」

「ゴンドラ？」

「そう、ゴンドラのお客さんみたいな感じだった」

娘は屈託のない表情で言った。同日の似たような時刻に、小名木川にかかるクローバー橋と、大横川と仙台堀川の交点で、同じカヤックが目撃されていた。二つの地点は運河伝いに繋がっており、距離はわずか二キロほど。そして目撃されたカヤックが向かったのは、暗渠のある仙台堀川公園方面――。

暗い暗渠の水面に浮かぶ花柄のワンピースを着た女性の死体が、唐突に葛木の脳裏に浮かび上がる。もちろんその足は靴を履いていない。

第六章

1

「いよいよ難しい局面になってきたな」

　本部へ戻ってきた葛木たちを迎えて、大原は困惑を隠さない。山浦親子の目撃証言は、クローバー橋からのそれ以上に本部にとってプレッシャーとなるものだった。

　仙台堀川は、親子が不審なカヤックと遭遇した大横川との交差地点から東へ延びて、途中で横十間川と交差して、さらに東に進んでから北に転じて小名木川に合流する。

　そのほぼ全体が仙台堀川公園として造成されており、そのうちカヤックのような小型ボートが航行できるのは横十間川との交差地点までだが、横十間川もその全体が親水公園になっていて、そちらは小名木川に接続する手前の水門橋まで、ほぼ全域が小型ボートで航行可能だ。

　大横川との交差地点から四〇〇メートルほどで仙台堀川は豊住魚釣場の暗渠をくぐるが、カヤックなら通過はできる。つまり両運河を合わせ総延長二キロ弱の流域が捜索の対象になる。

山浦親子の目撃証言は、その流域のどこかに第三の死体が存在することを示唆するが、捜査員を大動員して捜索を行うとなれば、否が応でも人目につき、運河上での犯人検挙というここまでの作戦に支障をきたす。

「苦しい状況だが、いましばらく我慢するしかないだろう」

山岡は苦い口ぶりだ。運河上での捕捉作戦が事件解決への最短の道だという認識は葛木にしても変わらない。第三の死体が発見されたとしても、これまでの二体と同様に犯人に繋がる物証が出なければ、単に身元不明の死体がもう一つ増えるだけなのだ。

犯人逮捕という命題を基準に天秤にかければ、山岡の言うとおりここは我慢のしどころだ。それは東京湾マリーナで第二の死体が発見されて以来、すでに議論を尽くしてきたことだ。

しかし人の情となると話は別だ。この季節、四日前に殺害された遺体がどういう状態かは、殺人担当の刑事ならすぐに想像がつく。

「きょうも日中は蒸したからな」

大原もそこを気にしているようだ。死体が出ない殺人事件というのはとくに珍しくはないのだが、そんな場合の刑事の願いは、一刻も早くホトケを見つけ、それを手がかりにホシを挙げ、被害者を成仏させてやりたいというその一事だ。

「四日前に殺害されたとしたら、腐敗は相当進んでいるでしょうね」

出来れば口にしたくないことを俊史がわざわざ訊いてくる。葛木が躊躇《ちゅうちょ》していると、やむを得ないというように大原が口を開く。

「春や秋なら腐敗が始まるのは四十八時間後くらいからだけど、この季節だともっと早いでしょう」

「だとしたら、かなり進行しているわけですね」

俊史は表情を曇らせる。殺人刑事を何十年やっても腐乱死体に慣れることはない。死後四日も経過すれば腹部は膨満《ぼうまん》し蛆《うじ》も湧《わ》く。俊史はまだそういう現場に遭遇したことがない。ここまでの二つの遺体は、いずれも死後二十四時間以内のきれいなものだった。

「できれば仕事は検視官に任せて、こちらはなるべく近寄らずに済ませたいところですよ」

大原は投げやりに言うが、現場写真は大伸ばしして帳場に貼り出される。現物を見るよりましとはいっても、捜査が終わるまではそれと毎日付き合わされる。

帳場が置かれている講堂は捜査員が弁当や店屋物を食う場所でもある。なかには無頓着な刑事もいるが、酸鼻《さんび》を極める惨殺死体と時間の経過した腐乱死体は、大方の捜査員にとってはできれば敬遠したいタイプのホトケなのだ。

「我慢するといっても、わかっていて放置したとなるとあとでマスコミに叩かれるぞ。運河での検挙に成功していれば体面も保てるが、それも空振りだったら目も当てられない」

大原は山岡に向き直る。その指摘にも頷ける。そんな事実が明らかになれば、遺族は黙っていないだろう。民事訴訟で慰謝料を請求される惧れもなくはない。

「秘匿捜査で動いてみるのはどうですか。人数はなるべく絞り込み、服装も私服で。犬の散歩を装えば、警察犬も使えるんじゃないですか」

俊史の唐突な提案に、山岡は苛立ちを隠さない。

「そういう問題じゃないんですよ。ホシをとっ捕まえる前に死体が出ちまうのが困るんです。同じような場所で同じような死体が三つも出たら、事件と運河の繋がりにマスコミだって感づきます。運河上での犯行の可能性が大々的に報じられれば、ホシは犯行を手控える。幸田の線が当たりならいいが、それだって磐石とは言いがたい。そっちが空振りだとしたら、このまま迷宮入りになりかねない」

俊史も簡単に退こうとはしない。

「しかし次の犯行は抑止できるでしょう。そうなれば余裕を持って捜査を進められる。幸田の線もじっくり洗えるし、被害者の身元に関する情報もこれから出てくるかもしれない」

「運河や河川がある土地は江東区だけじゃない。別の場所で犯行を継続されたらどうします。あるいは手口を変えてくる可能性だってある。そっちのほうがはるかに危険じゃないですか。その点は管理官にも十分ご理解いただいてると思ってたんですが」

ここまで同志だと信じていた俊史に裏切られたという思いでもあるのか、山岡は不快感丸出しだ。

「しかし状況は変わりました。すでに腐乱が始まっているとしたら、もう周囲に悪臭が漂っているんじゃないですか。あえて捜索しなくても、誰かが偶然見つけてしまうかもしれない」

俊史は山岡の理屈の弱点を突いてゆく。厳しい判断が要求される局面だが、妙に自信がありそうなその口ぶりからすると、ここでの方向転換は状況の変化に動揺してのものではなさそうだ。「鬼」の異名をとる本庁殺人班の辣腕係長相手に、現状を自分なりに解釈し、是々非々の態度を貫いているとしたら、我が息子ながら見上げた腹の据え方だ。

「だから言ってるじゃないですか。ここは我慢のしどころだと。いくら秘匿捜査だと言ったって、親水公園は古い運河の川幅しかない狭い場所です。そこに捜査員が大挙して乗り込んで、藪《やぶ》やら植え込みを探し回ったらだれでも不審がりますよ。噂が立てばマスコミが察知する。どうしてわざわざそんなことをして、ホシに手の内を教える必要があるんです」

山岡は不快感を募らせる。仲を取り持つように大原が割って入る。

「たしかに判断が難しいところだが、警察という商売もある種のお役所仕事なわけで、マスコミやら世間とも辻褄を合わせにゃいかんこともある。そこをないがしろにすると逆にあらぬ圧力をかけられて、捜査の障害になることもある」

「マスコミを怖がってアリバイづくりの捜索をして、すべてぶち壊しにしようというわけか」

山岡はにべもなく吐き捨てる。温厚な大原が気色《けしき》ばむ。

「そこまで極端な議論はしていないだろう。手札はほかにもいろいろある。むしろこっちが運河に目を光らせていることを積極的にアピールして、当面犯人の動きを封じ込めるというのも一つの考えだ。そのあいだに幸田の調べを進めればいいし、そろそろマル害の情報も出てくるかもしれん。第三の死体から犯人に繋がる物証が出ないとも限らない。これまでの二体の着衣や第二の現場のデッキシューズの足跡を手がかりにナシ割りの連中も動いている。そっちの線にだって希望はある」

雰囲気が剣呑《けんのん》になってきた。せっかくいいかたちだったチームワークをぶち壊しにするのは忍びない。葛木はとりなすように切り出した。

「山岡さんのおっしゃることはわかります。現に目撃者がいたわけですから、犯人がもう一度犯行に及べば、その場で検挙できる確率は高いでしょう。しかし管理官と大原課長の考えにも頷けます。対マスコミという政治的な判断も必要です。あすは一課長がこちらに出向くわけですから、そこで判断を仰いでは」

山浦親子の目撃証言については、本部に戻る途中すでに俊史が理事官に報告しておいた。一課長の耳にも伝わっているはずだが、向こうからはまだ返事はこない。

正直なところ葛木も判断に迷う。山岡がこだわる水上捕捉作戦なら、犯人が動けば事件は電撃的に解決する。しかしそのために第三の死体を探しもせず、腐乱するに任せるという選択には良心の呵《か》責《しゃく》が伴う。目的のためには手段を選ばなくていいのなら、警察も商売相手の犯罪者も大同小異になりかねない。

「一課長は十指に余る帳場を掛け持ちする身だ。現場の意思統一ができていなければ、向こうだって困るだろう」

山岡には彼なりのプライドがあるのだろう。若輩の管理官の俊史はむろんのこと、所轄の万年課長の大原も、その配下の係長にすぎない葛木も、内心では十把一《じっぱ》からげに見下して、事実上の指揮官を任じているのはこれまでの態度から察しがつく。その帳場がまともな方針を打ち出せず、課長に判断を一任するのは沽券に関わるということらしい。

なにごとも極端に走るきらいはあるが、捜査への熱意なら折り紙つきで、経験も知識も群を抜く。きょうまで同じ帳場で付き合ってきて、そんな山岡の力量を葛木も率直に認めるようになった。しかしその強引さに引きずられてばかりでは、俊史をトップにいただくデスクの機能が形骸化する。かといってこのまま議論を続ければ、双方意地の張り合いで、帳場が機能不全に陥りかねない。葛木は穏やかに言った。

「ホシを挙げたい気持ちにおいては、我々デスクのあいだに一糸の乱れもないはずですよ」

「当たり前だろう。そのための帳場なんだから」

山岡は鼻を鳴らすが、さすがに一騎当千の勢いはない。彼とて自分の考えに絶対の自信はないはずだ。そこに付け入るように葛木は言った。

「運河上での犯行という見立てに関しては、何度も議論してきました。そのメリットとデメリットについては答えが出ています。いまさら蒸し返しても時間の浪費です。しかしきょうの目撃証言で前提条件がだいぶ変わった。一課長に相談するのはむしろ当然で、そういう高度な判断をするために副本部長の要職にあるわけですから」

「一課長の判断だって、常に正しいとは限らんぞ」

山岡はきわどい言葉を口にする。現場のプロとしての自負が骨の髄まで沁《し》み込んでいる様子だが、一課長にしても葛木や山岡をはるかに凌《しの》ぐ殺人捜査のベテランだ。そんな人物にお伺いを立てることに、葛木自身は抵抗がない。

「たしかにそうだね。この場で結論を出すにはデリケートすぎる問題かもしれないね」

そんな葛木の思いを察したように俊史が言う。振り上げた拳《こぶし》の置き場に困ってでもいたように、大原も葛木の提案に乗ってきた。

「そういうことだな。こちらがどう方針をまとめようが、上の決裁を仰がにゃならん点では変わりないからな」

一課長は山岡の考えには同調しないはずだと読んででもいるように、大原は余裕の笑みを覗かせる。さすがの山岡も異論を挟みにくそうで、黙って口をへの字に曲げている。

とりあえず衝突が回避できて葛木は胸を撫で下ろした。犯人検挙もさることながら、帳場の掌握は俊史に課せられた最大の任務だ。彼がリーダーシップを失えば帳場全体が迷走する。親馬鹿といわれようがなんだろうが、無様な息子の姿は見たくない。

2

捜査員たちは大半が本部に戻り、デスクの書類箱には捜査日報の山ができている。

運河での監視は継続しているが、怪しいカヤックを発見したという連絡はない。地取りやナシ割りの捜査員からも目ぼしい報告は入っていない。いずれにせよ新しい動きはあす一課長と話し合ってからになる。それまでは既定方針どおり、監視要員からの報告を待つだけだ。

いつもは葛木たちも柔剣道場に寝泊まりしているが、緊急の連絡に即応できるように、今夜からはデスクの周りに布団を敷いて交代で仮眠をとることにした。まずは歳の順で大原と山岡に寝てもらい、葛木と俊史は日報の点検に取りかかった。

大きなネタを拾ったときは捜査員は本部に直接連絡を入れてくるから、捜査日報などなくてもよさそうなものだが、それが意外に役に立つ。

報告するまでもないような雑感も書き込んであるから、精読すれば足を棒にして歩く前線の刑事たちの心のうちが読みとれる。捜査員が気にかけなかった些細《ささい》なことが、葛木たちから見れば重要な事実だったりもする。なにより現場全体が俯瞰《ふかん》できるのはいいことで、それは今回デスクに座って初めて知ったことだった。

時刻は午後十一時を過ぎて、大原と山岡はすでに鼾《いびき》を掻いている。差し入れのビールで小宴会を開いていた連中ももういない。朝の捜査会議ではいかにも手狭にみえる講堂が、いまはひたすらだだっ広く感じられる。手元の日報に目を落としながら、俊史が話しかけてくる。

「帳場を仕切るというのはプレッシャーのかかる仕事だね」

「ああ。なにかアドバイスでもしてやれればいいんだが、おれも初めての経験だ。あっちの二人は場数を踏んでいるから、任せられるところは任せておけばいい。ただし肝心なところでは慎重に手綱を引かないとな。とくに本庁の旦那《だんな》のほうだが」

高鼾を掻く山岡に葛木は視線を向けた。俊史は困惑したように頭を掻いた。

「そのときそのときの判断を大事にしているつもりだけど、ついものの言い方がストレートになっちゃうんだ。さっきは親父が助け舟を出してくれて助かった。人の上に立つというのは神経を使うもんだね」

「俊史の場合はとくにそうだな。年功序列で上にいるわけじゃないからな」

「そうなんだ。キャリアの威光を振りかざす気はもともとなかったんだけど、じつはいまになって思い知らされてるんだよ。現場に出るとキャリアなんてなんの力もないってことを」

「おまえの歳でこれだけの大所帯を指揮しているんだから、それは間違いなく力だろう」

「そういう力のことじゃなくて、一個の人間としての力量だよ。そういうのって、経験でしか培《つちか》えないものだと思うんだ。キャリアシステムのすべてが悪いとは言わないけど、少なくともおれみたいな場違いな人間がこういうポジションに就いてしまうような仕組みは、やはり一種の弊害だと思う」

　さっきは山岡を相手に意気軒昂だったが、内心はうらはらなところがあるようだ。自分のことをシステムの弊害だとまで言う俊史の弱気に葛木は戸惑った。

「ここまで立派に指揮してきたじゃないか。自信を失うようなことはまだ起きていないだろう」

「おれは親父たちベテランが担《かつ》ぐお神輿《みこし》に乗っているだけで、現場を掌握してるなんて偉そうなことはとても言えないよ」

「なあ、俊史。その考え方は間違ってるぞ。お神輿に乗るのは恥ずかしいことじゃない。キャリアであろうとなかろうと、管理職というのはそういうものだ。下の人間にすればお神輿に上手に乗ってくれるのがいい上司で、暴れて足並みを乱すのが困った上司だ」

「心配なのは、おれが悪いお神輿乗りになっていないかということだよ」

「もっと自信を持っていい。おれが心配していたのは山岡の旦那とのあいだに面倒が起きることだったが、きょうまでうまくやってきた。いろいろ言われてはいるが、あの人が優秀なデカなのは間違いない。おまえもストレートにものを言いすぎるきらいはあるが、そこに私心がないことも十分伝わっているはずだ」

「正直言って、自分の判断に自信が持てないんだよ。さっきはあんなふうに言ったけど、やはり山岡さんの考えが正しいような気もしてね」

「自分の判断に一〇〇パーセント自信を持てることなんかありえない。おれにしたって、昔もそうだし、いまもそうだ。不安は神ならぬ人間に必ず付きまとうもので、逃げることも克服することもできない。唯一できるのはそれに堪《た》え続けることだけだ」

「堪え続けること？」

「責任が重くなるほど不安も大きくなる。そこから逃れようと姑息《こそく》な知恵を積み重ねていくと、しだいに現実から遊離して、頭でっかちの自己中心主義に陥る。自分の判断はすべて正しいと思い込み、他人の声に耳を傾けない。そうなったら手に負えない。おれはそういう人間を大勢見てきた」

「そうならないためには？」

「不安から目を逸らさず、ただ堪え続けることだ。不安こそが現実の手触りで、その感触を忘れたら、人間はひたすら虚構の世界を生きることになる」

「自信がないのは、必ずしも悪いことじゃないんだね」

「そうだよ。それが本来の人間の反応だ。おれだって、じつは四六時中不安に堪えている。山岡さんも大原さんも同じだろう。自分の信じる道を進むというのはそういうことなんだ」

「シンプルだけど難しいね」

「しかし人としての喜びもそこからしか生まれない。不安のない人生なんてのは、空疎《くうそ》で虚《むな》しい観念の産物にすぎないんだよ」

自ら噛み締めるように葛木は言った。学問や知識では息子の後塵《こうじん》を拝しているが、人生という時間を経ることでしか得られない知恵だったら、まだ与えられるだけのストックがあることに小さな喜びを感じながら。

3

渋井一課長は、翌日の朝七時にやってきた。

あちこちの帳場を回るだけでも押せ押せなところへ、やらずもがなの会議がいくつも重なり、そこにマスコミの夜討ち朝駆けが加わって、昨夜も睡眠時間は四時間足らずだとぼやく。

日本の刑事警察機構最大の組織の一枚看板を率いる立場となると、激務も半端ではないらしい。署長の西村も朝早くから引っ張り出され、署長室での早朝会議が始まった。

クローバー橋と大横川での目撃証言、とくに大横川と仙台堀川の交差地点でのそれは、捜査の対象が二つの公園の広範囲にわたることを示唆し、遺体の捜索にはかなりの人員を投入せざるをえないこと、その場合、運河での犯人捕捉に支障が出ることを俊史は改めて指摘した。

「我々が運河を犯行現場だとみていることを、犯人はまだ知らないと確信できるのか」

渋井の問いに、俊史はいかにも慎重な答えを返した。

「確信とまでは言い切れませんが、運河の監視は昨晩が最初のうえに、一般市民に不審がられる行動は極力避けています。もちろんマスコミにも感づかれてはいないと思います」

「その作戦に継続する価値があるのはよくわかる。思惑どおり犯人をとっ捕まえられれば最短距離で事件解決だ。しかし腐乱が進む死体があるのを知って捜索もしなかったとなると、人道面から非難を浴びるのは必至だな」

さすがの渋井も思い悩む。山岡がさっそく口を開く。

「目撃証言があったことは、マスコミには隠しておけばいいんです」

「そいつはいくらなんでも極論だな」

渋井は厳しい表情で応じるが、山岡には臆《おく》する様子もない。

「そもそも三つ目の死体についてはまだこちらの推測で、存在しない可能性だってあるでしょう。なにかの事情でその日は犯行に及ばなかったとも考えられる。目撃されたカヤックのカップルが、犯人と被害者ではなかった可能性も排除できない」

「誰かが先に死体を見つけちまったらどうするんだ」

「そのときはやむを得ません。しかしこちらがいま敢えて動いて、せっかくの切り札を手放す必要はありません」

「浮かばれないホトケを一刻も早く見つけ出すのも、殺人捜査に携《たずさ》わる者の重要な使命だろう。放置して腐るに任せるというやり方は人の道にもとるとは思わんか」

苦い口調で渋井は応じる。山岡はそれでも押してゆく。

「考えうるいちばん有効な手段を自ら放棄して、人殺しをみすみす取り逃がしでもしたら、それこそ殺人捜査に携わる者の恥じゃないですか」

「しかしなあ、山岡。幸田正徳という男の線も浮上した。第三の死体には決め手になる物証があるかもしれん。いまはそっちの方面に主眼を置くのが殺人捜査の王道だとはいえないか」

渋井はさらに説得にかかるが、山岡も鋭いところを突いているから、決定的な反論にはなっていない。

「たしかに奇策かもしれませんが、ここは勝負どころじゃないですか」

山岡はいよいよ勢いづく。相手は泣く子も黙る捜査一課長。その執念がどこから湧いて出るのかと葛木は訝《いぶか》った。どんなプレッシャーにも動じない強靭《きょうじん》な精神力の持ち主なのか、それとも自分の考えにただ酔い痴れているだけの自己中なのか——。しかし渋井も負けてはいない。

「そもそも運河上での殺害という手口からして、想像のレベルに過ぎんわけだろう。目撃証言に従って捜索して、もし死体が出たらこちらの見立てが正解だったことになる。幸田を追い込むうえでも重要な状況証拠になるはずだ」

山岡は仏頂面で押し黙るが、退こうという気配はさらさらない。俊史も大原も黙って議論の行方を眺めている。西村は渋面《じゅうめん》をつくって迷惑だという気分を露わにしている。定年間近で署長の椅子を手に入れて、それを花道に波風を立てず引退し、好条件の民間企業に天下ることだけが望みの西村にとって、山岡の主張は地雷を抱え込むような話にちがいない。

やろうと思えば一課長の鶴の一声で決着はつくはずだが、渋井もこんな場合の采配の難しさは心得ているのだろう。実働部隊の精鋭を率いる山岡がへそを曲げれば、帳場の士気にどういう影響が出るかわからない。

「だったら、こういう手はどうでしょうか——」

俊史がやおら身を乗り出した。またなにか奇抜なことを思いついたかと、内心じわりと汗をかく。

「死体が出ても、マスコミには報道を控えてもらうんです」

「報道協定か。こういうケースでは前代未聞だな」

渋井は一つ唸って腕組みをする。俊史は続けた。

「誘拐捜査ではごく普通のことじゃないですか。人命に関わる事案という点では共通しています」

「しかしこれまでの事例は、ほぼ誘拐捜査に限られている。報道協定というのはマスコミも見返りがあるから応じるわけで、それは事件に関わる情報を包み隠さず提供するという条件だ。協定が解除されるまで報道されない代わりに、こちらの捜査状況は丸裸になるというわけだ」

渋井の指摘を意に介するでもなく、山岡は俊史の話に乗ってきた。

「いいじゃないですか。その線で行きましょうよ。それなら親水公園内での遺体の捜索にもすぐに取りかかれる。一般市民に先に見つけられたら、報道協定もへったくれもないですから」

「そう簡単な話じゃない。誘拐事件なら慣例化しているから話が早いが、この場合は異例なケースだ。話を持ちかけて拒否されれば、ネタだけ取られてメリットはなにもない」

渋井は消極的だが、そこは葛木も納得がいく。報道協定に法的な拘束力はない。警察はあくまでお願いする立場で、受諾するもしないも報道機関の自由なのだ。

「だったらこっちが秘匿しちまえばいいじゃないですか。捜索は内密にやって、遺体が出てもマスコミには公表しないんです」

山岡は大胆なことを言い出した。渋井は虚を衝《つ》かれたように目を剝いた。

「そんなこと、できるわけがないだろう」

「できますよ。例えば区から委託された作業員が園内を点検しているふりをしてはどうですか。区に対しては、親水公園内に死体があるかもしれないので捜索を行いたいが、捜査上の理由があって区による点検作業を装いたい。死体が出た場合も警察は当面公表しないので、区としてもぜひご協力をと申し入れれば？　ついでに区からの委託作業であることを示す腕章のようなものを貸してもらうんです」

「そもそも区役所というところが機密保持の点で信用できるのか」

「公務員には守秘義務があり、違反すれば罰則があります。そこはマスコミと大いに違う。然るべき責任者と交渉すれば協力は得られるんじゃないですか。事件そのものが区内の治安に関わる重大事案ですから」

「どうかね。区役所にパイプがあるのはあんただと思うが」

　渋井が問いかけると、署長の西村は身を乗り出す。

「おれは区長とも副区長とも親しいから、さっそく話を持ちかけてみるよ。区としても、園内に腐乱死体が転がっているのは迷惑な話だろうし、横十間川で最初の死体が出たときも、公園のイメージが悪くなると気にしていたから、快く協力してもらえると思うんだが」

「しかし記者連中は抜け目がないですよ。狙いどおりにいきますかね」

　大原は首を傾《かし》げるが、当面の落としどころはそのあたりしかないだろう。運河上での犯人検挙にこだわっているのは山岡だけなのだ。葛木たちの考えでいえば、マスコミに感づかれてもさほど大きな損失にはならない。逆に山岡の思惑が当たれば本部にとってはホームランで、せいぜい当人が鼻高々になるのを我慢すればいいだけだ。渋井はさっそくまとめに入る。

「区と話がついたら本庁にはおれから指示を出しておく。死体が出たら検視も鑑識も隠密でやらなきゃいかん。その場合、なにか危険物でも出たように装う手もあるな。それなら現場から人を遠ざけるいい口実になるだろう」

　当初は気乗りしない様子だった渋井が、こんどは馬鹿に張り切っている。

4

運河上での捕捉作戦と第三の死体の件については、まだ本部内部にも秘匿しておくべきだと山岡は主張したが、俊史は彼らしい理屈でそこを押し切った。

「これから動きは流動的になりそうです。人の配置も柔軟にできるようにしておかないと、事態の急変に即応できません。本部内に秘密の特命部隊をつくれば、その人員を固定せざるを得ない。運河での監視チームに加えて第三の遺体の捜索チームまで特命部隊にしたら、組織の運用面での支障のほうがはるかに大きくなります。それに本部内に秘密の壁をいくつもつくると疑心暗鬼も生まれやすい。むしろ全員が情報を共有することで組織は一丸となるはずです。機密が流出する危険性については、個々の捜査員を信じる以外にないでしょう。そういう信頼関係すらつくれないのなら、すでに組織は荒廃しているというしかない」

渋井も反対はしなかった。秘密の壁があれば覗きたいのが人間の習性で、捜査員たちは本筋の仕事よりそっちに興味を奪われる。彼らは筋読みが本業だから、いくら隠してもいずれは気取られる。蚊《か》帳《や》の外に置かれた恨みから、マスコミにリークする者も出かねない。本部内では情報をオープンにして、外部に対しては徹底した緘口令を敷く――。それは渋井自身が長い刑事人生を通じて学んだ組織運営の鉄則だという。

渋井の承認を受けて、引き続いて開かれた全体捜査会議では、昨夜の親子の目撃証言を含め、俊史が現状を包み隠さず報告した。

事情を知らなかった捜査員たちからはどよめきの声が上がったが、それはここまでのデスクのやり方への怒りというより、それを改めて、以後秘密の壁はつくらないと約束した俊史への驚きと賞賛が半ばしたもののように葛木の耳には聞こえた、
そんな姿勢への好感もあったのか、人選に難航するだろうと思われた第三の死体の捜索チームには想定人員を上回る志願者が集まった。

そちらは署長が区役所に出向いて協力を要請することになっている。会議が始まる前に副区長から面談のアポをとっており、そのときの感触では前向きの回答が得られそうだという。

幸田の実家を張り込む上尾のチームは、会議終了後、すぐに現地へ飛んだ。まずは挨拶がてら地元の県警本部を訪ね、実家周辺の環境や、もしあれば幸田本人や両親に関わる情報を事前に得ておこうという目算だ。

ナシ割り担当の捜査員たちは、身元不明の二つの遺体の着衣、および東京湾マリーナの死体遺棄現場で採取されたデッキシューズの足跡から、それらの購買経路を探っている。

この日の報告では、遺体の着衣のワンピースやブラウス、スカート、下着類、犯人のものと考えられるデッキシューズについてはメーカーおよび販路の把握ができたという。ただしいずれも安価な量産品で、そこから購入者を絞り込むのは困難なようだった。

しかしデッキシューズの足跡からは重要な情報が得られた。犯罪捜査では足跡は情報の宝庫で、靴のサイズや歩長、歩幅、左右の足の開き具合、靴底の減り具合などから性別や身長や体重、場合によっては職業さえ特定できることがある。

鑑識の専門家の所見では、靴の持ち主は男性で、身長は一メートル七〇センチ前後、体重は約六〇

キロ。靴底の減り具合が不均等なため、過去に骨折する等で片方の足にわずかな不自由があるという。その報告を受けて、倉橋が市川のスポーツショップの店長に確認したところ、身長と体重は幸田とほぼ一致した。さらに外見で足が不自由な印象はなかったが、学生時代にスキーで右足を骨折したという話は聞いているらしい。

足を骨折した場合、完治しても左右の長さがわずかに変わることがあり、それは靴底の減り具合に必ず現れるものらしい。そうだとすればデッキ上の足跡が幸田のものである可能性は極めて高いといえる。

犯人が使用したとみられるインフレータブルカヤックについては、幸田の件での行きがかり上、敷鑑担当の倉橋が販路の絞り込みに入っている。カヌーやカヤックを扱う都内のスポーツ用品店は約三十店舗あり、そこにインターネット通販の業者が五社ほど加わる。

それはこうした事件での販路特定では極めて絞り込まれた数字といえる。二十数万円という高額商品のためクレジットカードで支払われた可能性が高く、現金払いなら逆に店員の記憶に残るはずだ。そこから幸田らしい人物が浮上すれば、いまはまだ筋読みにすぎない幸田への容疑がより強い輪郭をもつことになる。

横十間川のボート乗り場と東京湾マリーナ周辺の地取り捜査にはあまり意味がなくなるため、そちらの人員は大幅に縮小し、重要度を増してきたナシ割り捜査と、市川市内の旧住居を基点とする幸田の足取り捜査に人員を振り向けられる。

成果についてはまだ予断を許さないが、葛木の目から見ても、現状ではこれが最善のシフトと言えそうだ。

5

捜査会議が終えた午前十時には、連絡担当を除く捜査員たちが出払って、本部はふたたび閑散《かんさん》とした。

山岡も大原もデスク番には慣れていて、退屈するのも仕事のうちと割り切ってでもいるように、新聞を読んだり茶を淹れたりして上手に暇を潰している。しかし初めてデスクを経験する葛木はなかなか慣れない。体のなかを虫が這《は》いずり回るように、時間とともに苛立ちが募る。

俊史も似たような気分のようで、パソコンに向かってなにか書き物をしているが、急を要する書類仕事はいまはとくにないはずで、その冴えない表情から、同じような苛立ちの虫の攻撃を受けているらしいと想像がつく。

自ら現場を歩き回っていたころは、デスクに陣取るお偉方を、給料つきで新聞を読みお茶を飲むだけの有閑階級だと笑っていたが、彼らも好きでやっていたわけではなかったことが、自分がその立場に置かれて初めてわかった。

気分が高揚するような報告がそう頻繁に届くものではないことは、これまで参加してきた数々の帳場の経験で知っている。膠着しているのが普通の状態で、状況に動きが感じられる瞬間は、何ヵ月にも及ぶ捜査期間中にせいぜい数回ある程度のものなのだ。

外回りの連中もそこは同様だ。ひたすら靴を履き潰して成果のない聞き込みを繰り返していると、そのうち自分が馬鹿にみえてくる。それでも犯人検挙に至る道はほかにない。事件解決に結びつく情報を得る仕事は、藁《わら》の山から針を探すのに似たようなものなのだ。

小説やドラマのように、推理やインスピレーションで犯人を見つけられるなら刑事も楽しい仕事かもしれないが、実際にはひたすら愚直な努力の末に運がよければ大ネタが拾えるくらいで、百名を優に超す本部の人員のなかで、総監賞や部長賞にありつけるのはわずか数名。それも優秀だからというより、運よくネタに出くわしただけなのだ。

かといって残りの全員の努力が無駄というわけではない。そんな総力としての分厚いパワーがあってこそ、蟻《あり》の一穴から難攻不落の事件が一気に崩れることもある。

俊史がこれから歩む道は叩き上げの自分とは大きく異なる。最初は困ったことになったと頭を抱えていたが、いまになってみればこの帳場で一緒に仕事が出来ることが僥倖《ぎょうこう》のようにさえ思えてくる。現場の平刑事の心を知ってもらえる唯一無二の機会がいまなのではないか。そしておそらくそれが俊史に教えてやれる唯一のことなのだ。同じ帳場の空気を吸い、怒りや苛立ちや喜びを共有しながら、ここでならたくさんのことを教えてやれる。これから親父の頭上高く飛翔して、キャリアとしての栄達の道を駆け上るであろう俊史に、なにかを与えられるときがあるとしたらたぶんいまだけだ。

そんな思いが電波になって伝わりでもしたように、俊史がこちらを向いて微笑みかける。ここでは私的な会話がなかなかできないが、それがむしろ甘えのない心の触れ合いを生み出している。普段の会話には照れもある。互いの心に届く言葉がそうは出てこないものなのだ。

父親と息子の関係は奇妙なものだとふと思う。葛木が望むのは俊史が自分を超えてくれることだ。言い換えれば息子との関係において敗者となることだ。それは父親と息子の関係でしか起こりえない。クラスメートであれ同僚であれ、葛木の人生のなかではつねに負けられないライバルでしかありえなかった。葛木自身は熾烈な競争を勝ち抜いたわけでもないし、競争を好んだわけでもなかったが、だからといって負けて嬉しいと思ったことは一度もない。

妻は俊史の成長になにを託していたのかと考える。この子のためならいつでも死ねると冗談めかして言っていた若き日の妻の顔を思い出す。

その妻は息子と葛木を残して世を去った。それから息子は家庭を持ったが、まだ子供はいない。息子の妻は賢く明るく美しい。いずれ妻の願いは叶《かな》えられ、温かく希望に満ちた家庭ができるだろう。これから自分が老境を迎え、やがて命尽きるとき、不幸ではなく死ねるとしたら、それは俊史がいてくれるからだろう。

そんな俊史を残してくれた亡き妻への感謝の気持ちがふと湧いて、唐突に目頭《めがしら》が熱くなる。そんな様子を気取られまいと、葛木は慌てて読み直していた捜査日報の束に目を落とした。

6

午後二時を過ぎたが、相変わらず本部にはこれといった動きがない。

署長の西村はつい一時間前に帰ってきて、区が協力要請に応じたと伝えてきた。会ったのは着任以来の付き合いの副区長で、会った時間が時間だから、亀戸あたりの気の利いた店で一緒に昼飯でも食ったらしい。

話を切り出すとその場で区長の了解をとってくれて、区役所のマーク入りの腕章も貸してくれるという。頭の固い役所にしては融通の利く対応だが、叩くドアが違えば鬼にも仏にもなるのが役所というものの習性だ。官官接待の付き合いを通じて西村は叩くべきドアを正しく承知していたわけだろう。そのあたりはおそらくお互い様で、警察も区からのイレギュラーな要請に日ごろから融通の利く対応をしているらしいことが窺える。

その面での実務手続きは警視庁のほうがはるかに厄介で、下手に進めて記者クラブとの関係がこじれてはまずいと刑事部の参事官が難色を示しているらしい。そのため刑事部長の決裁を待たなければならないが、その部長が地方出張できょうは帰らず、決裁が下りるのはあすの朝になると俊史に連絡があった。

そのときは一課長が自ら出向いて説明するから、ＯＫが出るのは間違いないという。それなら準備だけは進めておこうと、先ほどデスク担当の職員が変装用の作業着を仕入れに出かけていった。この日も朝から晴れていて遺体の状況が気になるが、こういう対応に出くわすと、警察も役所だということをつくづく思い知らされる。

携帯の着信音が鳴って、ディスプレイを見ると宇都宮に向かった上尾からだった。

「ついいましがた県警の捜査一課に挨拶をしてきたところだよ。これから予約していたビジネスホテルにチェックインするところなんだが」

「先方は歓迎してくれたか？」

「本庁の理事官が仁義を切っておいてくれたようで、手伝えることがあればなんでも言ってくれと、まずまずの応対だったな」

「幸田の実家はもう見たのか」

「まだなんだよ。せっかく県警に挨拶に出向くんだから、そのまえに土地柄やら地元の噂話やら、情報があれば仕入れておこうと思ってな。そしたら——」

「なにか耳寄りな話でもあったのか」

「事件と関係があるかどうかは、まだなんとも言えないんだが」

「幸田とは関わりのある話なんだな」

「ああ、応対してくれた一課の主任から聞いたんだが——」

上尾はわずかに声を落とした。

「幸田正徳には二歳上の姉がいたらしい。それが三年前に宇都宮市内のビルの屋上から飛び降り自殺した。その主任は当時は所轄の刑事課にいて、一報を受けて初動で駆けつけたそうなんだ。他殺の形跡はなく、遺書もあったため、その時点で事件性なしと認めて一件落着ということになった」

「その事件と幸田正徳と、いったいどういう関係が？」

「そのときの家族の警察に対する対応に、なんていうか敵意のようなものを感じたというんだよ。それが引っかかって幸田紗江子《さえこ》という死んだ女性の名前が頭に張り付いていたんだそうだ」

興味を引かれる話だった。覚えず携帯を握りなおした。

「それで？」

「それから何ヵ月後かに、ある新聞の記事で幸田紗江子という名前を見かけたらしい。ストーカー被害を特集したもので、記事の内容は怠慢な動きで結果的に娘を自殺に向かわせた警察を告発するものだった。インタビューを受けたのは父親だった。そういう記事では仮名を使うことが多いんだが、父親は警察に対する告発の意思を明確にするため、実名で扱うことを希望したようだ」

「どういう事件だったんだ」

「東京都内で会社勤めをしていたその女性は、独身でマンション暮らしをしていた。それが死ぬ一年ほど前からある男に付きまとわれるようになった。会社関係のパーティで会って、その場で五分ほど言葉を交わしただけだったが、翌日会社から帰ると、マンションの前で花束を抱えて待っていたというんだよ。名刺を渡した覚えも住所を教えた覚えもないのに、誰かに訊いたか会社に問い合わせたか、いずれにしても勝手に調べ上げて、それから毎日のように付きまとうようになった」

「よくある話だが、警察に届ければストーカー規制法に則《のっと》って対処してくれるはずだろう」

「建前はそうでもザルみたいな法律だからな。まずストーカー行為だと証明するだけでも大変だ。対応することになったとしても、最初は警告を出すだけだ。それに従わないと公安委員会が禁止命令を出し、それにも従わなかった場合、ようやく罰金や実刑が科される。自分で告訴する手もあるが、勝訴しても軽微な罰金で済んでしまうことが多い。煩雑《はんざつ》な手続きを踏んでいるうちに相手が極端な行動に出てしまえば、けっきょく取り返しがつかないことになる」

上尾の声に憤りが滲む。言われてみればたしかにそうで、住居侵入や傷害、殺人など刑事罰の対象になる行為に出るまでは、警察は実質的になにもできない。

「それで、その女性の身になにが起きたんだ」

「ある日、自宅へ侵入してきたその男にレイプされた」

「そういう事態に至るまで、警察はなにをしていたんだ」

「男の行為が付きまといだとはなかなか認めなかった。男女の関係ではその辺の線引きが微妙だからな。相手も自分に好意を持っていると主張されれば、警察もそれ以上は突っ込めない。逮捕して取り調べる法的な根拠もない。その女性の場合はなんとか認めてもらえて、男に対して警告文が送られたらしいが、そんなもの蛙の面に小便だった。男に襲われたのは公安委員会に禁止命令を出してもらおうとしていた矢先だった」

「男のほうは？」

「女性が勇気を奮って告訴して、懲役三年の実刑を食らったらしいが、受けてしまった被害は消しようがない。女性はトラウマを引きずって、やがて深刻な精神障害を引き起こし、会社を辞めて故郷へ帰り、その一ヵ月後に自殺した」

「両親が表明したのはストーカー規制法というおざなりな法律でしか対応しない国や警察への怒りということか」

「そういうことだろうな。警察の対応が法的にみて適切だったかどうかは記事からは読みとれないようだが、いずれにせよ警察の手で女性を救えなかったのは間違いなさそうだ」

「幸田正徳がその女性の弟だということを、主任は知っていたのか？」

「いや、今回こちらの照会を受けて初めてわかったらしい」

「幸田にしても、警察に対していい感情をもっているとは思えないな」

背筋に薄ら寒いものを覚えながら葛木は言った。上尾は電話の向こうでため息を吐いた。

「おそらくな。今回の事件、あんたもなにか感じていたんだろう」

「単なる変質者の連続殺人とは考えにくい。警察を挑発しているようなところがある」

「幸田の犯行の動機は、案外そっちじゃないかという気もしてくるな」

「ああ、被害者が裸足というのは、靴フェチという特殊な性向によるものとも考えられるが、同時に警察へのなんらかのメッセージのような気もしてくる」

「自分が運河を使って犯行を重ねていることを、わざわざ警察に教えようとしているとも受けとれるな」

上尾は微妙なところを突いている。いまこちらが運河上での捕捉作戦に期待をかけているのは、犯人に意図的に導かれた結果とも言える。操られているのはこちらかもしれないのだ。

「その情報、これから大きな意味を持ってきそうだな」

かすかな慄きを覚えながら葛木は言った。幸田がもし犯人で、警察への報復という意図を持って犯行を重ねているのなら、ここまでの事件の見立てをとことん洗い直す必要がある。

「その女性の事件を扱った所轄はどこなんだ。まさか城東署じゃないだろうな」

「その記事では特定していなかったそうだ。両親の怒りの矛先は警察そのものに向けられていたわけだから」

上尾は残念そうに言う。しかし幸田が犯人なら、その間抜けが城東署である可能性は高い。

「ありがとう。こちらで確認してみるよ。なにか新しい情報が出てきたら知らせてくれ」

そう応じて通話を終えた。会話の内容にただならぬものがあるのを感じたのだろう。俊史も山岡も大原も物問いたげな視線を向けている。

「上尾からですよ。さっそく気になるネタを仕入れたようです――」

葛木は会話の内容をかいつまんで説明した。

「ここまでまったく見当違いの筋読みで動いていたのかもしれないね。だったら犯人の本当の標的は警察ということになる」

俊史は驚きを隠さない。大原は不快感を露わにする。

「城東署管内ではそういう事件はなかったぞ。起きていれば担当はおれの部署だ。いくら健忘症がひどくても忘れない。つまり警察ならどこでも報復の対象ということか。どこの署なんだ、そういうはた迷惑なことをしてくれたのは」

場を静めるように山岡が言う。

「それもあり得なくもないが、考えすぎても自縄自縛《じじょうじばく》に陥るぞ。幸田が犯人だとしても、わざわざ自分の手口に気づかせて、逮捕してくださいとばかりに犯行を重ねるというのは犯罪者心理として理解に苦しむ。そういう伝聞情報に振り回されていたら、帳場の士気ががたがたになる。いまここで見直すことはなにもない」

たしかに山岡の言うとおり、いまのところは伝聞情報にすぎないし、そもそも幸田が犯人だという確証もない。当面は既定の路線を進むしかないのだが、そういう理性レベルの判断とはうらはらに、心の奥底から湧いてくる不快な慄きが抑えがたい。

「しかし幸田についてはその辺のバックグラウンドもしっかり押さえるべきでしょう。こちらで調べることはできますか」

俊史が問いかけると、山岡は頷いた。

「被害者の名前をキーワードにして犯歴データベースを検索すれば、事件の記録は簡単に引っ張り出せます。当時の新聞記事を当たる手もあるでしょう。あとで倉橋にやらせますよ。事件を扱った間抜けな署がどこか判明したら、こちらから話を聞きにいってもいいでしょう」

「しかしいまの話を聞く限り、幸田がホシという線がいよいよ濃厚だな」

大原はいつになく気合いの入った表情だ。そこは葛木も同感だ。運河上での捕捉作戦が成功の確率が高いことはもちろん認めるが、決め手がそれだけではやはり心もとない。犯人に至る道筋はいくつあっても多すぎることはない。

そのとき、遺体捜索に使う変装用の作業着を買いに出ていた警務の職員が戻ってきた。

「いかにもそれらしいのを二十着仕入れてきました。新品のままじゃ不自然ですので、いま近場のコインランドリーで洗濯しているところです」

よく気のつく男で、葛木たちデスクスタッフにとってはすこぶる重宝な人材だ。

「それから、夕刊がもう届いていたので――」

職員は腕に抱えてきた新聞の束をテーブルに置く。本部では主要全国紙の朝夕刊を購読している。事件に関連した記事をチェックするのもデスクの大事な任務なのだ。

「もうそんな時間か」

大原は壁にかかった時計を見上げながら、いちばん上の新聞を手にとった。時刻はすでに午後三時を過ぎている。これから捜査員たちが戻る時間まで、隅《すみ》から隅まで新聞を眺めて暇を潰すことになる。

湯飲みの茶をひと啜りして、大原は新聞をめくっていく。商売柄、最初にチェックするのは社会面だ。葛木も別の新聞を手にとった。そのとき大原が頓狂《とんきよう》な声を上げた。

「おい、こりゃどういうことなんだ?」

大原がテーブルに置いた紙面を葛木も横から覗き込む。その中段に躍っている三段抜きの大見出しに葛木の目は釘づけになった。

〈江東区連続殺人事件、手口は運河上での絞殺か〉

俊史と山岡もテーブルに覆い被さるようにして紙面を覗き込む。記事を走り読みするうちに、憤りに膝頭《ひざがしら》が震えだす。

記事は犯行がアウトドア用の小型ボートを使い、区内を走る運河上で行われた可能性が高いと報じる一方で、にもかかわらず警察がそれを秘匿し続け、注意喚起もしていないことは、いたずらに市民を危険に晒すものだと非難する内容だ。

「いったいだれがリークを?」

問いかける俊史の顔からは血の気が引いている。その情報はまだ本部内と本庁の一部だけの機密事項だ。署長が副区長に協力要請したのは親水公園内にあるかもしれない第三の遺体に関してだけで、警察官である以上、それ以外のことで口を滑らせたとは思えない。

運河上での捕捉作戦は、きのうまでは運河の監視を担当する特命部隊だけに限られたトップシークレットだった。そうした機密の壁を取り払うことにしたのは俊史だった。けさの捜査会議からは、あらゆる情報が本部に参加する捜査員全員で共有されている。

もし漏らしたのが本部に所属する誰かだとしたら、その責任のすべてが俊史にのしかかってくる。俊史は本部の捜査員を信頼し、それを決断した。それが本部を団結させ、コミュニケーションを円滑にさせると主張して――。山岡は反対したが、葛木も大原も渋井も俊史に賛同した。

いずれにしてもこれで山岡が強硬に主導してきた作戦が水泡に帰すことになる。下手をすれば犯人を永遠に取り逃がす大失策に繋がるかもしれない。手足の先から血の気が引いてゆく。

「どこのくそ馬鹿野郎だ、捜査をぶち壊しにしやがったのは？」

傍らで怒声が飛んで、続いて大きな音がした。山岡がパイプ椅子を蹴飛ばしている。その顔はまさしく渾名《あだな》の鬼のように赤みを帯びてぎらついていた。

第七章

1

「だから言ったんだよ。内輪の人間だからって安易に信用すると煮え湯を飲まされる。漏らした野郎は必ず見つけ出して、おれが落とし前をつけてやる。二度と警察手帳を使って商売できないようにしてやろうじゃないか」

山岡は吠え立てる。その鋭い視線はあからさまに俊史に向けられている。俊史は唇を一文字に結び、山岡が放射する怒りの熱波に堪えている。

「本部の人間が漏らしたとは限らないだろう。機密扱いの情報をオープンにしたのはけさの全体会議で、それがさっそく夕刊の記事になるというのは、いくらなんでも早すぎる」

大原は反駁するが、その声にも力がない。山岡は小馬鹿にするように鼻を鳴らす。

「新聞記者だって生き馬の目を抜くような商売してるんだ。どんなに美味《うま》いネタだって、半日遅れただけでライバルにすっぱ抜かれる。そうなりゃ首が飛びかねない。親方日の丸のだらけた刑事なんか足元にも及ばないくらいの真剣勝負をしてるんだ」

「そうは言ってもなあ、山岡。警察と新聞記者はある意味で持ちつ持たれつの関係だ。なんでもすっぱ抜きゃいいってもんじゃない。連中も捜査妨害になりそうなネタには慎重になる。おれの経験でも、まともな記者は記事にするまえに必ずこっちの感触を探りにくる。ガセだったらえらいことだし、それを記事にしたらこちらがどのくらい機嫌を損じるか、事前に見極めようとするんだよ。そこを踏み越えると、その記者だけじゃなく新聞社そのものが以後村八分の憂《う》き目に遭うからな」

「そいつが誰だかわかったら、もちろんそういう目に遭わせてやるよ。しかし漏れた情報は元に戻せない。ホシに脳味噌がついているんなら、あんな記事を読めば運河を使った犯行は手控える。ところがこっちは万一のことを考えて運河の監視はやめられない。ここまでの捜査がすべて水の泡。このヤマはもうお宮入り確定だよ」

山岡の怒りは収まりそうにない。それなら子分を引き連れていますぐ桜田門へ帰れと言いたいところだが、俊史が置かれた立場を考えれば、ここは我慢のしどころだ。

運河上での犯行の可能性という点では、必ずしもマイナスばかりではないだろう。逮捕のチャンスは逸したものの、次の犯行の抑止という面からみれば、新聞の報道はむしろ願ったりと言っていい。スクープを受けてあすは記者会見を余儀なくされるだろうが、悲観するばかりでは能がない。肝心なのはそれを次のチャンスに変えることなのだ。

あすから予定している仙台堀川と横十間川の捜索で第三の死体が出る可能性は極めて高く、ここに至って隠蔽《いんぺい》するのは難しいうえに、発覚したときに本部が蒙《こうむ》る打撃を考えれば、事実関係をすべて公表し、第三の死体の捜索についても、マスコミに予告していいくらいのものだろう。山岡がこだわる運河上でのドラマチックな逮捕劇に、葛木も後ろ髪を引かれるのはたしかだが、大向こうを唸らせることが警察の本務ではない。殺人捜査の常道からいえばそれはあくまで奇手なのだ。

「いまさらじたばたするのはやめませんか、山岡さん」

葛木は言った。自分でも当惑するほど自然に声が出た。

「なんだと？　たかが所轄の係長ふぜいが、おれを誰だと思ってそういう思い上がった口を利く？」

山岡はぎろりと充血した目を向ける。葛木は動じなかった。

「べつに思い上がっちゃいませんよ。状況を考えてください。いまここであれこれ責任をあげつらったり、迷宮入りだなんだと言い立てて帳場の足並みを乱すのは、この道のベテランの山岡さんらしくないと言いたいだけですよ」

覚えず荒らげた葛木の声に、デスク番の職員や講堂のあちこちに居残っている連絡番の捜査員がどよめいた。葛木は慌てて声を落とした。

「落ち着いて考えればわかることでしょう。なべて物事には裏と表がある。視点を変えれば新しい希望も見えてきます。こうなれば逆にマスコミの力を利用してホシに圧力をかけ、運河上での犯行を徹底的に抑止する。そうしたうえで幸田をじっくり仕留めればいいんです」

「利いたふうな楽観論で煙に巻いて、親子ともども失策の責任を逃れようという魂胆か。それが盗人《ぬすっと》猛々しいと言うんだよ。せっかく目の前にホシがぶら下がっていたというのに、これで捜査は百歩も二百歩も後退した。上に立つ人間の出処進退が問われる場面じゃないのかね」

俊史に身を引けというあからさまな注文だ。しかし情報が漏れたルートはまだ確認されていない。事実を知っていた人間は本庁サイドにもいる。

それに山岡は自分の部下は疑惑の埒外《らちがい》だという口ぶりだが、彼らはきのうのうちからすべてを知っていた。言い換えればいちばん漏らしやすい立場にいたわけで、流出元がそこだとしたら、俊史に直接の責任はない。むしろ監督責任を問われるべきは山岡だ。

きょうまでの人生で一度も味わったことのない重圧に、いまは堪えるだけだとでもいうように、俊史は体をこわばらせて押し黙る。その胸中が葛木には痛いほどわかる。しかしここで非を認めれば、今後の俊史のキャリア人生に大きなマイナスが付いて回ることになるだろう。

親馬鹿の身贔屓《みびいき》でそう思っているわけではない。けさの会議で俊史が信じたように、葛木もこの帳場に参集している捜査員たちを信じているからだ。

理屈で説明することは難しいが、全体会議の壇上で俊史が機密の壁を取り払うと宣言したときの彼らの表情に、これまで関わった帳場ではついぞ目にしたことのない輝きを感じとったのだ。自分に全幅の信頼を寄せてくれる人間を裏切るのは難しい。俊史が示したのはすべての捜査員への愚直なまでの信頼だった。山岡の顔に視線を据えて葛木は言った。

「どう解釈されてもけっこうです。お宮入りと見定めて戦線離脱されるというのなら、それもけっこう。あとは我々の手でホシを追い詰めます。いま大事なのはこの帳場を信じることです。不信や猜疑《さいぎ》からはなにも生まれません」

山岡は見下すような態度で言葉を返した。

「口だけは達者だな。まあいいだろう。管理官が無能でも、おれたちの手できっちり結果を出してきた帳場はいくつもあるんだよ。だから今後は十三係が帳場を仕切る。学歴だけが取柄の尻の青い管理官殿には黙って神棚に鎮座願って、あんたたち所轄の人間にも捜査方針に口を挟むのは控えてもらう。現場の捜査指揮はおれたちが引き受ける。あんたたちは手足として働いてくれればいい。それがこのヤマをお宮入りにしない唯一の方策だ」

いよいよ噂に聞いた本性を現したかと葛木は歯噛《はが》みした。これまで俊史や葛木たちに協調的な態度をとってきたのは、単にチャンスを窺っていただけなのかもしれない。それにまんまと騙されて付け入る隙《すき》を与えてしまったとしたら、葛木も大原もあまりにお人好しだった。そのとき俊史が意を決したように口を開いた。

「山岡さん。僕が無能な管理官だという点についてはあえて反論しません。情報がどこからどのようにリークしたにせよ、それによって本部が壊滅的なダメージを蒙ったというのなら、その責任は現場を指揮する立場にある僕が負うべきでしょう。一課長を含む上層部が僕を不適格だというのなら、黙って身を引くにやぶさかではありませんが、だからといってあなたに本部の指揮命令権が委譲されることにはならない。それを引き継ぐのは後任の管理官であって、あなたじゃない」

その強い口調に葛木は驚いた。さっきまでは自責の重さに押し潰されそうだった俊史が、いまは毅然と背筋を伸ばし、ひるむことなく山岡を見据えている。言っていることはまさしく正論だ。山岡の図に乗りすぎた物言いが俊史のなにかに火を点《つ》けてしまったらしい。

「そういう高飛車な態度に出ていいのかね、管理官。能力の低い所轄や機捜の捜査員をいくら掻き集めても、烏合《うごう》の衆にまともな捜査はできない。しかしおれたちがどうしても邪魔だというんなら、こっちは高みの見物を決め込んで、お手並み拝見ということでもいいんだよ」

山岡は厭味たっぷりだが、その膝頭が小刻みに揺れている。俊史の真っ向からの反撃に内心動揺しているのは明らかだ。

「だったらそうしてもらおうか。烏合の衆がない知恵を絞って、必ずホシを挙げてやるから」

大原がどすの利いた声で言う。山岡の貧乏揺すりが止まった。普段は温和な大原が、ここまで凄《すご》みを利かせるのを見るのは葛木も初めてだ。

「まあ待てよ。そう向きになることはないだろう。たしかにおれも言葉が過ぎた。しかし良かれと思って言ったことだ。帳場には自ずと秩序ってものがある。本来なら所轄に任せておけばいいものを、わざわざおれたちが出張ることには理由がある。殺しの捜査にはプロのノウハウが必要だ。おれたちが頭脳になって取り仕切って初めて帳場は回っていく。ベテランのあんたならそんなことは百も承知のはずだろう」

山岡は慌てて言い繕う。ついさっきまでは懐の深い名刑事かと錯覚していた自分が恥ずかしい。噂は馬鹿にできないものらしい。大原はさらに攻め立てる。

「いいか、山岡。よく聞けよ。あちこちの帳場で悪名を轟かせ、それをできる刑事の勲章と勘違いしてきたようだが、どっこいここはおれのショバだ。勝手な真似をされちゃ困るんだよ」

声は抑えているが、ただならぬ気配が感じとれる。大原なりに思うところがあるのだろう。年齢も階級も同列とはいうものの、片や本庁捜査一課の係長、片や所轄の万年課長。格の違いを見せつける山岡の言動に、それでも帳場を壊すまいと大原は隠忍《いんにん》自重《じちょう》してきた。腹に溜め込んだ鬱屈《うっくつ》は葛木の比ではなかっただろう。

「おれに喧嘩を売ろうっていうのか」

押し殺した声で山岡が応じる。しかし大原は動じない。

「喧嘩なんか売っちゃいないよ。当たり前のことを言っているだけだ。十三係だけで帳場が成り立つわけじゃない。たかだか十人の手勢でなにができる。あんたに言わせりゃ無能なカスばかりかもしれないが、おれにとってはこの帳場に参集した捜査員全員がかけがえのない仲間なんだ。その一人ひとりが、切れば血の出る生身の人間なんだ」

山岡が見下す所轄や機捜の捜査員たちのために、いま大原は我が身を賭して闘っている――。葛木は心のなかで喝采《かっさい》した。

そのとき大テーブルの上の警察電話が鳴った。デスク付きの職員が応答する。二こと三ことやりとりをしたあと、職員は送話口を手で覆って俊史に声をかけた。

「本庁の庶務担当管理官からです」

いまこのタイミングで庶務担当管理官からの電話となれば、用件は言わずもがなだ。俊史はテーブルを回って受話器を受けとり、緊張した表情で応答する。

「はい。すでに承知しております。いま善後策を話し合っていたところです。それではこれから伺います」

そんな短い会話を終えて、俊史は葛木たちを振り向いた。

「お呼びがかかりましたよ。一課長と理事官を交えて対応を検討したいとのことです」

「だから言わないこっちゃない。本庁のお偉方も神経を尖《とが》らせているということだ。しかしこういう場合は一課長がこっちに飛んでくるのが普通なんだが」

山岡は首を捻る。たしかに言うとおりで、捜査指揮に忙殺される現場の管理官を本庁に呼びつけるのは珍しい。自ら専用車に乗ってあらゆる帳場を駆け巡るのが一課長の職務の大半とも言える。

山岡としては一課長との話し合いの場に自分も身を置いて、俊史の判断ミスをあげつらいたいところだろう。しかしそれなら一課長も俊史と同罪ということになるわけで、そこを見越して一課長が山岡のいない場所を選んだとすれば、まだ俊史にも目があると言えそうだ。

俊史自身も相手の口ぶりからそんな気配を察知したのか、とくに消沈した様子もない。しかしいまは気を張っているということもあるだろう。一言声をかけてやりたいが、下手に自分が動けば、親子の情実をまた新たな攻撃材料に利用されかねない。心配ないよというように葛木に視線を投げて、俊史は一人で出かけていった。

2

「少し早いが、たまには外で晩飯でも食わないか」

大原が歩み寄り、耳元で誘いをかけてくる。時計を見るとすでに午後五時近い。

帳場が開設されて以来、昼飯も晩飯も仕出し弁当で済ませてきた。古くから署に出入りしている割烹屋のもので、味はまずまずだが、毎日似たような献立ではさすがに食傷気味になる。

むろん大原が誘った理由はそれだけではないはずだ。どこか腹を括ったようなその表情には、ここを勝負の場と見定めているような節がある。

「そうしましょう。たまには気分転換も必要ですから」

山岡に聞こえよがしに葛木は応じた。大原はデスク付きの職員に、近場にいるからなにかあったら携帯で呼び出すように指示をする。山岡は勝手にしろとばかりに新聞に目を落とす。

署の玄関を出たところで、大原がさっそく訊いてくる。

「野郎、仕掛けてきたとは思わんか」

「仕掛けてきた?」

葛木は問い返した。大原は苦い表情で頷いた。

「俊史君がけさの会議で情報をすべてオープンにした。その直後に誰かがリークしたとしても、裏をとるのに多少の時間がかかる。夕刊までに間に合うとはとても思えない」

「ということは？」

「情報源が裏を取る必要もない権威ある筋だということじゃないのかね」

「まさか」

「そのまさかが野郎のことだとしたら、たぶん当たりだよ」

大原は自信ありげだ。言われてみれば葛木も思い当たる。つい先ほどまでのやりとりで、山岡は鬼の首でも取ったように俊史を追及し、帳場の主導権を掌握することへの飽くなき意欲を覗《のぞ》かせた。そこにはリークされたことがむしろ幸いであるかのような内心が透けて見えた。

「まあいい、続きは店で話そう」

署の関係者に聞かれることを惧れるように、大原は周囲に目を配る。

署の前の信号で明治通りを渡り、亀戸方向に少し歩いたところにある鮨屋《すしや》の暖簾《のれん》を潜った。晩飯どきにはまだ早く、店内は閑散としている。顔馴《なじ》染みの親父が「久しぶりだね」と声をかけてくる。いつもならカウンターで四方山話をしながらネタを物色するところだが、きょうはややこしい話になりそうで、大原は親父に目配せし、いちばん奥のテーブル席に陣どった。

握りの上を注文し、追加はなしと誓い合って、さらにビールも二本注文する。届いたビールでとりあえずの乾杯をしたところで、大原は声を落として身を乗り出した。

「そもそも所轄の平刑事にマスコミの人間が接触するというのが考えにくい。連中にとってはネタ元の信頼性こそが命だろう」

葛木は頷いて言った。

「かといって本庁の上層部の人間じゃ、こまごまとした情報までは掌握していない」

「あんたも本庁時代に経験があるだろう。夜討ち朝駆けを受けたこともあるはずだ」

「ええ。連中が接触するようになったのは、主任を拝命したころからですよ。彼らにすればいちばん美味《おい》しいところなんでしょう。現場に近くて、それなりに権威がある。記者クラブの連中とはたまに飲んだりすることもありました。もちろん口にチャックはしておきましたが」

「つまりマスコミと接触したければ、いつでもできる立場にある」

「そういうことになりますね」

「十三係のだれかが漏らした。しかもそこに山岡のお墨付きがあったとしたら」

「それ以上の裏づけは必要ないと判断するかもしれません」

「だったら午前中に情報を入手して、夕刊ですっぱ抜くくらいわけないはずだ」

「しかし、どうしてそんなことを」

「俊史君がよほど扱いにくいんじゃないのかね。これまであいつが付き合ってきた管理官とはまるっきり肌合いが違うから」

「たしかに捜査一課じゃああいうタイプは珍しいでしょう。だからといって取り立てて変わったことをやっているわけではないと思いますが」

「それは甘いな。あいつは根っからのお山の大将だ。大方の管理官はあいつにやり込められて恥をかくのを嫌って、やりたいようにやらせていると聞いている。あいつの班の担当になったのが運の尽きで、へたに逆らって暴れられて、帳場を壊されれば累は我が身に及んでくる」

「幸か不幸か、俊史にはそういう打算が一切ありません」

「だからといって、ただ山岡に楯突《たてつ》いているわけじゃない。あくまで是々非々の態度を貫いて、私心を感じさせるところがないんだよ。そのあたりが一課長の目にも覚えがいいようだ」

「そういう姿勢のどこが気に入らないんでしょうね」

「あいつにとってはまさしくそこが扱いにくいところだよ。現場の全権を掌握しないと居心地が悪い性分なんだ。帳場が立って以来、俊史君の正論に押され気味だが、かといって決定的な対立には至らない。常識のある人間なら良好な関係と考えるだろうが、山岡の感覚だとそこが目の上のたんこぶということになるわけだ」

「そのたんこぶを取り除くために荒療治に出たということですか」

「そんなところじゃないのかね」

大原は半分ほどに減ったビールをちびりと啜る。あくまで憶測に過ぎないが、ついさきほどの山岡の態度から察すれば当たっているような気がしないでもない。

「しかしここまでこだわってきた運河上での犯人逮捕の可能性を自ら潰してしまった。そこはどう理解したらいいんでしょう」

「なあに、難しい問題じゃない。もし第三の死体が出ちまったら、いまさら隠し通せるとは山岡も思っていない。しかし一貫して主張してきた手前、いまさら矛を収めにくい。一方で幸田のラインが太くなってきた。そっちを突っ込んでいけば手柄は転がり込む。情報漏れの責任者として俊史君が更迭《こうてつ》されれば、手柄を独り占めできるというわけだ」

「当たりだとしたら、見苦しい話じゃないですか」

「そのとおり。所轄魂に懸けて許しちゃおけないね」

大原はきっぱり頷いて、残りのビールを美味そうに喉に流し込む。葛木は問い返した。

「所轄魂？」

「そうだよ。能無しだ烏合の衆だと馬鹿にされて、さすがのおれもむかついた。所轄の人間にも意地がある。いいか。おれはなにがあっても俊史君を支えるぞ」

大原の勢いに、葛木は当惑した。

「俊史をですか。まだ至らない若造ですよ」

「そんなことはない。さっきの山岡に対する骨のある物言いには感心したよ。うちの署の連中だって、ことが起これば全員が俊史君のサイドにつくはずだ。あの山岡の言い草をうちの池田に聞かせてやったら、とっつかまえて半殺しにしかねないぞ」

大原はいかにも愉快そうにテーブルに届いた握りを頬張った。葛木もさっそくトロを口に放り込む。久しぶりの弁当以外の食い物だ。

「まあ、なるべく穏便にいきましょう。けっきょく一課長の判断次第になりますが」

葛木が言うと、大原は苦々しい表情で首を振る。

「いやいや、あいつが汚い手を使ったんなら、こっちも大人しくしてはいられない。このままやりたい放題やらせたら、壊されるのはこっちのほうだ。それになあ、葛木さん。うちの連中の俊史君への人望は厚いぞ。けさの会議での話はおれだって聞いていてぐっときた。本庁からの人間は所轄を馬鹿にするしか能がないと思っていたら、それを全面的に信頼すると言ってきた。応援の連中も含め、あれで気合いが入ったのがおれにはわかったよ」

「親馬鹿と笑われそうですが、私も感じるところがありました。それを裏切られたらあいつも立つ瀬がないでしょうが、それでも信じ続けろと言ってやりたい気分です」

「そうだよ。そういう気持ちに報いてやらなきゃ、おれたちも山岡やあいつの手下と大差ないことになる。これは断言するが、うちの連中は絶対にリークなんかしていない。おれもとことん信じてるんだよ。所轄の人間はあいつらほどは腐っていないとね。それが信じられなくなったときは警察手帳を返上するしかない」

大原のそんな言葉から不思議な熱が伝わってくる。山岡ほどではないにせよ、捜査一課にいたころは、葛木も所轄の刑事たちに対してある種の優越意識を持っていた。警察という職場のしがらみによって自分にもその種の毒が回っていたというわけだった。

しかしいまの俊史にはそれがない。いずれキャリアとしてそれを上回る毒に晒《さら》されることになるかもしれないが、大原のような人間に出会えたことで、そんな毒への抗体が生まれてくれれば、この帳場での経験も、今後の彼の人生にとって貴重なものになるはずだった。

3

三十分ほどで食事を終えて署に戻ると、玄関の前にたむろする男たちの姿が見えた。身なりや物腰から葛木はぴんときた。

「裏口から入ろう。ブン屋さんたち、さっそく情報取りに動き出したようだ」

同じ気配を感じたようで、大原も耳元で囁いた。

犯人が逮捕でもされればマスコミは本部のある所轄に押し寄せるが、捜査段階で張り付くことはあまりない。犯罪担当の事件記者といっても、普通は本庁の記者クラブを拠点に動いているだけで、都内十数ヵ所に設置されている捜査本部のすべてに出向く余裕はない。

彼らが足を運ぶのは本部で記者会見が行われるときくらいで、それ以外の局面で張り付いたところで、捜査員の大半は出払っているし、帳場へは出入り禁止で、得られる情報は高が知れている。それがこの時期に姿を見せているということは、あのスクープへの各社のリアクションも大きいということだ。

「ここはうまく立ち回らないとな。他社にはすっぱ抜かれた恨みもあるだろう。捜査情報を秘匿してきたことを逆手にとって、束になって本部へのバッシングに走りかねない」

大原はいかにも気鬱そうに言う。そうなれば本部にとってはむろん痛手だが、批判の矢面に立たされるのは現場トップの俊史だ。仕掛けたのが山岡なら、それで俊史が更迭されれば、まさに思惑どおりということだ。

「夕刊の記事にもそういう論調が出ていますからね。捜査情報の秘匿が批判されるのなら、それをいちばん熱心に主張したのが山岡さんで、責任はむしろ彼にあるわけなんですが」

「だからといって、それが本部の方針だった点については言い訳のしようがない。母屋《おもや》がどんな対応をとるつもりか知らないが、これから幸田の線をきっちり詰めるためにも、記者クラブとのパイプを使って、うまく押さえ込んでくれることを期待するしかないな」

そんな話をしながら玄関を避けて通用口に回ったところで、背後から唐突に声をかけられた。

「ご無沙汰してます、葛木さん。ちょっとお話を聞かせて欲しいんですがね」

振り向くと、捜査一課時代に馴染みのあった男がそこにいた。こういうデリケートな状況で、できれば会いたくない人物だ。

「大原課長ですね。初めまして。私、中央通信の西口《にしぐち》と申します」

男は大原に名刺を差し出した。国内最大手の通信社の警視庁番記者で、刑事事件にはことのほか鼻が利く。捜査一課内に情報網を張り巡らしているという噂で、葛木もしつこく誘われて、やむなく虎ノ門の焼鳥屋で一献傾けたことがある。

そのときはとくに情報を探られたわけでもなく、情報提供者になってくれと要請されたわけでもない。むしろ葛木が知らなかった他班の動向について、記事にするほどでもない面白おかしいネタを向こうから耳に入れてくれたくらいだった。

しかしそこが油断ならないと葛木は感じた。西口は狷介なタイプの多い事件記者のなかで、特異ともいえるほど人好きのする男で、知らないうちにこちらの胸襟《きょうきん》を開かせる天性の才がある。これまで彼がものにしてきた数々のスクープは、その日のような気のおけない雑談のなかで、関係者がポロリと漏らしたネタではなかったか。そんな魅力的な人物であるがゆえに、逆に用心せざるを得ない。

以後、葛木は西口の誘いには応じないことにした。

「夕刊の記事についてなら、話せることはなにもないよ」

葛木は通用口の脇に立つ警衛の耳に入るように大きめの声で言った。いまこの状況で、マスコミとの接触を疑われる行動は極力避けなければならない。

「そりゃそうでしょう。あのスクープはちょっと常識を欠いている。我々記者だって市民社会の一員ですから、警察の捜査に支障をきたすような報道には慎重にならざるを得ない。事実関係だけを記事にするならまだしも、警察批判を煽《あお》るような主観的なコメントまで入れている。ネタ元もはっきりしない。為にする記事じゃないかという印象を私も感じてるんですよ」

西口の親身な口ぶりについ心が動く。そこがこの男の得意技で、その言葉へのこちらの反応から、あのスクープの裏を取ろうとしているのは明らかだ。慌てて気持ちを引き締める。

「気を遣ってもらうのは有難いが、いまは一切のコメントを控えたいんだよ、西口さん」

「しかし情報の出どころには興味がおありじゃないですか」

西口はさりげなく歩み寄り、耳元で声を落とす。その言葉に抵抗するのは難しかった。手にした西口の名刺の裏側をちらつかせ、大原が意味ありげに目配せする。そこに書かれた文言を一瞥《いちべつ》し、葛木は大原の目配せの意味を理解した。

「残念だが、その手には乗らないよ。美味そうな餌《えさ》を見せて裏を取ろうという作戦だろう。繰り返すが、この件についてはー切ノーコメントだ。わざわざお越し願って申し訳ないがね」

素っ気ない口調でそう言って、大原と連れ立って通用口から署内に入る。帳場のある講堂には戻らず、裏手の非常口に向かう。そこから外に出て、署の裏道をたどってふたたび明治通りに戻り、タクシーを拾って亀戸駅前に出た。

指定された喫茶店に入ると、奥まったテーブル席で、西口がこちらに手を振った。

「どういう魂胆か知らないが、手の込んだお誘いだね」

軽い嫌味で探りを入れながら、大原とともに西口の前に腰を下ろし、寄ってきたウェイトレスにコーヒーを注文する。西口は躊躇なく本題を切り出した。

「下心がないといったら嘘になりますがね。ただ記者クラブのなかでも、あのスクープに関しては反感を持っている連中が多いんです」

「どういう理由で？」

「フェアじゃないでしょう」

西口は当然だという口ぶりだ。

「フェアじゃない？」

「情報がどこから漏れたか、葛木さんはご存じないんでしょう」

「記事の内容からして、身内からなのは間違いないが、身内といってもいろいろあるからな」

そう応じて葛木はしまったと思った。いまの答えであの記事が当たらずとも遠からずだという心証を与えたことになる。案の定、西口はにんまり笑った。

「あのスクープは当たりだということですね。じつはガセじゃないかと心配してましてね」

葛木は苦笑いをした。引っ掛けられたといえなくもないが、そうされたことにことさら腹が立たないのはこの男の人柄ゆえだろう。傍らから大原が身を乗り出す。

「それなら駆け引きはいらないな、西口さん。あんたが知っていることを教えてくれないか。こちらからはあの記事ではまだ触れられていない情報をいくつか提供する用意がある」

大胆な提案に慌てて顔を覗き込むと、大原は任せておけというように頷いた。思惑ありげな気配だが、その腹のうちがいまは読めない。西口は頷いて切り出した。

「こちらの帳場に出張《でば》っている十三係の大林《おおばやし》という刑事ですがね。虎ノ門界隈《かいわい》の飲み屋で毎朝新聞の警視庁番の記者と会っているのを、同じ記者クラブの同業者が見かけてるんですよ。夕刊に載った記事はその毎朝の記者のスクープです」

大原は勢い込んで問いかける。

「いつの話だね？」

「昨夜です」

葛木は大原と顔を見合わせた。言われてみれば大林という刑事は、私用ができたからと昨夜は自宅に帰っていた。

普通ならやる気がないといってどやしつけるのが十三係の流儀のはずなのに、山岡が鷹揚に帰宅を認めるのを見て、所轄の刑事たちが不快感を隠さなかったのを覚えている。西口の話が本当なら、大林は山岡の意を受けて毎朝の記者と会った可能性が高い。葛木は問いかけた。

「情報を漏らしたのは大林だと言いたいわけか」

「断言はできません。会っているのを見かけたといっても、話の中身を聞いたわけじゃありませんから。しかしあのスクープは同じ記者クラブにいる我々には寝耳に水だった。そのときに漏れた情報だと考えるほうが理に適《かな》っているじゃないですか」

西口は当然だという顔で言う。そういう点では記者という商売の人間は人一倍勘が働くはずで、信憑性は高いといえそうだ。

情報が漏れたのが昨夜なら、俊史が機密の壁を取り払う以前の話だ。そのうえ漏れた情報そのものは十三係の連中にとっては機密でもなんでもなかったわけで、そう考えれば今回の情報漏洩《ろうえい》に関して俊史に落ち度はなかったことになる。

だからといって山岡や大林がしらばくれれば、すべては藪のなかだ。情報漏洩の事実そのものに対しては管理官である俊史が責任を被るのは避けられない。運河上での犯行の可能性を秘匿していた点に関しても、世論の風当たりが強まるのは避けられない。けさの会議での俊史の宣言があろうがなかろうが、山岡たちは所期の目的を達成できると踏んだわけだろう。

「どういう意図にせよ、毎朝一社にだけリークしたのは、我々の感覚からすれば非常にアンフェアなんですよ。場合によっては記者クラブとして抗議しなきゃいけない。リークの大元は山岡十三係長と断定していいですか」

西口は勢いに乗って言質《げんち》を取りにくる。そうだと断言してやりたいところだが、ここはデリケートな状況だ。その話のネタ元が葛木たちだという話が出てしまえば、帳場を真っ二つにしての泥仕合に発展する。いまはさらなる犯行に及ぶかもしれない連続殺人犯を捕捉するための捜査の真っ只中だ。そんな内輪揉めに時間と労力を費《つい》やせば、結果的においてそれを幇助することにも繋がりかねない。

「そこまでは言い切れないが、じつはこういう事情があってね――」

葛木は俊史の提案による本部内における機密解除の決定と、スクープ記事を目にしてからの山岡の言動について語ってやった。話の流れで、当然ここまでの捜査の経緯にも触れざるを得ない。話を聞き終えて、西口は呻くように言った。

「それなら、間違いはないじゃないですか。けさの会議以前にスクープされた事実を知っていたのは、運河の監視を担当した特命チームと本部デスクのスタッフ、あとは本庁の上層部だけなわけでしょう。しかし山岡さんとの繋がりで十三係の連中も当然それを知っていた。特命チームは当初から保秘を徹底していたから、そこから漏れた可能性は低い。そういう事実と昨晩の大林刑事と毎朝の記者の密会を繋げれば、自ずと答えは導かれる」

「そこでだよ。ここはおたくに協力してもらえると助かるんだが」

大原は気合いを入れて身を乗り出す。西口は大きく頷いた。

「運河上での犯行の可能性を秘匿していたのは、それが次の犯行の前に犯人を逮捕する最良の作戦だったからで、本部としては徹底した監視態勢をとり、新たな被害者を出さないことを最重要課題としていた。今回のスクープでその作戦が無効になったことは、本部にとって痛手だっただけではなく、市民の安全を守るという観点からも大きな後退だった――。そういう論調の記事を書けということですね」

「さすがプロの記者さんだ。もう頭のなかに原稿ができてるじゃないか」

大原はテーブルを叩いた。西口は力強く請け合った。

「毎朝の汚いやり口に一矢報いてやるのは当然のことじゃないですか。ああいう報道が罷《まか》り通ると、警察とマスコミの関係もぎくしゃくする。不祥事がらみの報道なら話は別ですが、犯罪報道に関しては捜査を妨害するようなスクープは社会にとって害悪です。ここはマスコミの一員として自浄機能を発揮する義務がありますよ」

「ありがとう。マスコミと世論に捜査本部が押し潰されて、凶悪事件のホシがのうのうと生き延びるようなことになれば、まさに本末転倒だからね」

胸のつかえが下りたとでもいうように大原が応じる。西口が怪訝《けげん》な表情で問いかける。

「しかし秘匿捜査で運河上の犯行現場を押さえる作戦については、山岡さんがいちばんこだわっていたわけでしょう。それをリークして潰したとしたら、文字どおりの自殺行為じゃないですか。どうしてそんな馬鹿な行動に出たんでしょうかね」

担当管理官が葛木の息子だとまで西口は把握していない様子だが、まさか山岡がリークの責任を取らせて管理官の更迭を画策しているという疑惑は聞かせられない。そうなれば本来の捜査活動を無視した本部内の内輪揉めとして告発記事を書かれかねない。こちらとしても歯痒《はがゆ》いが、なんとか曖昧な話で逃げておくしかないだろう。葛木は言った。

「その作戦に関しては山岡さんは自信満々だったから、早手回しに情報を流しておこうと思ったんじゃないのかね。記事にするのは犯人を逮捕した直後という約束で。ところがなにかの手違いで、あのタイミングで記事が出ちまった。本人も大いに慌てたんじゃないのかね」

「わからないでもないですね。あの人とはいろいろな事件でこれまでも付き合いがありますが、なにかと自己顕示欲の強い人ですから。しかしそうだとしたら、今回は山岡さんの大失態ですよ。いまは書くのは控えますが、事件解決の暁《あかつき》にはその辺も記事にしていいですか」

「ああ、かまわない。現役の警察官の話だから実名を避けてくれればね。そういう記事が警察とマスコミの関係を見直すいい機会になってくれれば、おれとしても本望だよ」

大原はけろりと言ってのける。記事のネタ元が発覚したら、彼もまた出処進退を問われることになりかねないが、恬淡としたその表情からはすでに腹を括っている気配さえ窺える。

ついさっき口にした「所轄魂」という言葉を想起する。大原はそんな心のありように殉じようとしているのか――。定年待ちの枯淡《こたん》の境地にいると思っていた大原が、とたんに一回り大きく見えてきた。

4

西口と別れ、タクシーで署まで戻ると、玄関前の記者たちの数はさらに増えていた。テレビの取材クルーも来ているようだ。予期していた以上に大ごとになりそうだった。

そろそろ外回りの捜査員が戻り始める時間で、それを当て込んで待機しているのだろうが、彼らにはすでにスクープの件は伝えてあり、マスコミとは接触しないように指示してある。

西口が約束した記事を配信するのは、早ければあすの朝刊に間に合うタイミングだというが、テレビ関係が動き始めた以上、夜にかけての報道番組で取り上げられるのは避けられない。

その点に関してはもう手遅れで、それならいっそ大々的に騒ぎ立て、ホシに犯行を断念させる圧力になってくれるのを期待するしかない。

俊史からはまだ連絡が入らず、本庁サイドがどんな対応を考えているのかはわからない。

帳場のデスクに戻ると、山岡の姿が見えない。デスク付きの職員に訊ねると、つい先ほど大林と連れ立って食事に出たという。

「さっきはえらく強気だったが、じつはケツに火が点いているのはあいつじゃないのか」

大原が耳打ちする。記者クラブとの連絡調整は、捜査一課なら強行犯捜査第二係が担当する。その上に立つ庶務担当管理官が動いているのなら、すでにクラブとの接触がもたれているはずで、そちらのルートからも大林と毎朝の記者の密会の情報は入っているだろう。

「だとしたら桜田門の上層部がこの一件にどう始末をつけるのか。渋井一課長も頭を悩ますところでしょう」

「いま本部の態勢を組み替えるのは上策じゃない。俊史君に詰め腹を切らせて体面を取り繕おうと考える馬鹿もいそうだが、後任の管理官は払底している。そんなことをしたら引き継ぎにも時間をとられるし、現場にも混乱が起きる。渋井さんならそこは判っているはずだがな」

「山岡さんはお咎《とが》めなしですか」

俊史一人が責任を被るとしたらあまりに理不尽だ。それが官僚社会のしきたりだとはわかっている。自分の周囲にも組織防衛の人身御供《ひとみごくう》として更迭された上司が何人もいたが、宮仕えの身ではやむを得ないと見てみぬふりをしてきた。息子がその対象になるかもしれない立場に立って初めて本物の憤りが湧いてくる。そんな身勝手な自分にも忸怩《じくじ》たるものがあるが、それでもかまわない。いま感じている怒りは掛け値なしだった。

「リークの件が本当だとしたら、そういうわけにはいかないいな」

大原は不敵な笑みを浮かべる。なにを考えているのかわからないが、彼の怒りの導火線にも火が点いたのはたしかなようだ。そのとき耳に馴染んだだみ声が聞こえてきた。

「どこの馬鹿なんですか、リークしたのは」

振り向くと池田がこちらに歩み寄ってくる。いまはナシ割り担当で、被害者の衣服から身元を特定するために近隣の衣料品店やスーパーを回っているが、きょうは早めに切り上げてきたようだ。

「新聞は読んだのか？」

葛木が問いかけると、池田は苦い口調で吐き出した。

「もちろんです。テレビでもやってましたよ。馬鹿なレポーターがいかにもという調子で新聞記事を鵜呑《うの》みにしたコメントを垂れ流してます。ちょうど出向いていた衣料品問屋で店主がテレビを観ていて、それまで親身に聞き込みに応じていたのが、ニュースが流れたとたんに無愛想になって、疫病神みたいに追い返されましたよ」

慌ててデスクのテレビを点けてみる。報道番組の時間帯で、あちこちチャンネルを変えていくと、ちょうどそのニュースを扱っている局があった。

池田が言うように、マイクを握ったレポーターが城東署のまえの路上をそれらしく行き来しながら、作り物のような深刻顔で、本部の秘密体質が市民に危険をもたらしたというようなコメントをまくし立てている。独自取材をしたような口ぶりだが、本部は取材には一切応じていない。新聞記事を右から左へ垂れ流しているだけなのは明らかだ。

「今夜はどの局も大袈裟にこのニュースを扱うでしょうよ。あすの朝刊もこの論調でやられたら目も当てられませんよ」

池田は天を仰ぐ。西口が書いてくれる記事が沈静化の方向に作用してくれればいいが、いったん火が点くと鎮火が難しいのがメディアの習性だ。日中のワイドショーにでも飛び火してしまえば、ろくな取材もしていないネタをまな板に載せて、無責任なコメンテーターがこぞって警察バッシングに走るのは請け合いだ。

大原が池田に耳打ちする。

「漏らしたのは大林らしいな」

西口から聞いた話を説明してやると、池田は思い当たるところがあるように頷いた。

「やっぱりね」

「なにか知ってるのか」

葛木は問いかけた。池田は場所を変えようというように顎をしゃくる。講堂を出て廊下を少し歩き、空いている会議室に入ってドアを閉める。テーブルに就くと、池田は切り出した。

「八年くらいまえに別の所轄で一緒だったことがありますよ。野郎は生活安全課にいたんですがね。えらく悪い評判が立っていたのを覚えてますよ」

「どういう評判だったんだ」

「風俗店やパチンコ店からの賄賂《わいろ》です。見返りに警察の立ち入り検査の日程を教えてやったり、許認可を受けやすいように裏から口を利いてやったり、まあやくざのミカジメみたいなもんですよ。生安という部署じゃとくに珍しい話でもないんですが、あいつの場合は度を越しているという噂でしてね」

「そんな野郎が、どうして捜査一課に抜擢されたんだ」

「さあ、所轄じゃ七不思議のひとつだと言われていたようですがね。ただ、いまの話を聞いて思い当たることがありましてね。そのさらにまえにいた所轄で、大林は山岡さんと同じ部署に所属していた時期があるんですよ」

「そのころから山岡の子飼いだったというわけか」

「子飼いというほどの関係かどうか知りませんが、当時は山岡さんが生活安全課の係長で、大林はその配下にいたんです。そのころから大林の癖が悪かったとしたら、山岡さんはそれを承知で本庁に引っ張り上げたことになりますね」

「つまり大林は、山岡に尻尾を握られている可能性があるということか」

「あるいは大林の昔の悪い癖が出ちまったのかもしれません。そういうリークには金銭の授受が伴う場合もあるわけでしょう。大林の野郎、刑事の給料のわりに着ているものがばりっとしてるとは思いませんか」

池田は興味津々という顔だ。山岡が関与しているかどうかは別として、大林がリークの実行犯である可能性はいよいよ強まった。葛木は言った。

「そこまでいくと、ただの不祥事じゃない。明らかな犯罪だな」

「そこははっきりさせなきゃいけませんよ。曖昧にしておくと、現場の責任者として葛木管理官が詰め腹を切らされて、一件落着ということになりかねない」

池田の言葉を受けて、大原が力を込めて頷いた。

「山岡の関与も含めてな。必要なら毎朝の記者とじかに話して、がっちり証言をとる手もある。状況証拠が揃えば、警務の監察に通報して大林を締め上げてもらう。山岡のような人間の屑にこれ以上大手を振って歩かれたんじゃ、警視庁全体の士気にも悪影響が出る」

池田は我が意を得たりというように身を乗り出す。

「だったらあすから大林と組ませてくださいよ。あいつもナシ割り担当だから、とくに問題はないでしょう。一日じゅうぴったり張り付けば、うっかりボロを出すこともあるでしょう」

「そりゃいいアイデアだな。適当な口実を考えてみよう。山岡が難色を示すようなら、容疑はさらに濃厚ということだ」

大原は膝を叩く。そのとき葛木のポケットで携帯が鳴った。取り出してディスプレイを覗くと、俊史からの着信だった。通話ボタンを押すと、意外に元気な俊史の声が流れてきた。

「あすの朝いちばんで記者会見を開くことになったよ。一課長も出席する。こうなれば捜査の経緯をすべて明らかにして、それがいちばん早く犯人を検挙し、かつ市民の安全を守る最善の方法だったことを説明する。スクープ自体は、こちらからはあからさまに非難しない。火に油を注ぐことになっては元も子もないからね」

「リーク元について、本庁のほうは当たりをつけているのか」

「二係が記者クラブと接触したそうだ。記事を書いた毎朝の記者は、情報源の秘匿を楯にリークしたのが誰かを明かさない。いまはデリケートな状況だから、マスコミの反発を招くような追及は差し控えているようだね」

「そうなのか。本庁のお偉方はずいぶん及び腰だな」

皮肉な口調で葛木が言うと、俊史はさっそく反応した。

「そっちはなにか摑んだの？」

「確証があるわけじゃないんだが、信憑性の高い情報だ――」

葛木は西口から得た情報に、さきほどの池田の話も交えて語って聞かせた。電話の向こうで俊史は重苦しい息を吐いた。

「本当だとしたら絶望的な気分だね。山岡さんは付き合うのが難しい人だけど、犯罪を憎む点では筋金入りのプロだと思っていたよ。ところが本筋の捜査を台無しにしてまで自分の権勢を誇示したいわけなんだね。でもその話、信憑性は高いんじゃないの」

「おれもそこまでとは想像していなかった。現場責任者としてのおまえの出処進退については話は出なかったのか」

「おれのほうからはその覚悟はあると言っておいたよ。リークしたのがだれであれ、責任を負う立場にあるのは間違いないから」

「だからといってあっさり言いなりになるなよ。山岡の狙い目はたぶんそこだから。とにかくおまえを追い飛ばして、扱いやすい管理官を後釜に据えて、好きなように帳場を仕切って、手柄を独り占めにする――。それが狙いだとしか思えない。一種の病気と考えるしかないな」

「はた迷惑な病気だね」

「血税で養われながらそんなくだらないことに現《うつつ》を抜かしているとなると、まさに泥棒だな」

「いずれにせよ、まずはマスコミの沈静化だよ。そっちは本庁サイドで対応するから、おれたちは本業の捜査のほうに全力投球して欲しいというのが一課長の意向だった。いずれ責任問題も出てくると思うけど、そんなことより事件の解決が先だから。その西口という記者が好意的な記事を書いてくれたら、多少はこちらにとって追い風になるかもしれないね」

「ああ、ただしおれや大原さんが仕掛けたという話はまだ腹に仕舞っておいてくれよ。今後のことがなにかとやりにくくなるから」

「今後のことというと?」

俊史は怪訝そうに訊いてくる。力づけるように葛木は応じた。

「責任をとるべき人間を決して逃がさないということだ。絶対におまえを生贄《いけにえ》にはさせない」

5

俊史との通話が終わるのを待ってでもいたように、また携帯が鳴り出した。こんどは上尾《あげお》からだった。新聞やテレビの報道をみたのだろう。上尾はさっそく訊いてくる。

「どうなんだ、そっちはえらい騒ぎになっているようだな」

「ああ、ことのほか厄介なことになりそうだ。じつは――」

ここまでの経緯をかいつまんで説明すると、上尾は吐き捨てるように言った。

「あの野郎が出張ってくると聞いたときから、悪い予感がしていたんだよ。根性が腐っているのは知っていたが、まさかそこまでやるとはな」

「マスコミへの対応は本庁に任せるしかない。おれたちはせいぜい本業で結果を出すことだ。で、そっちはどうなんだ」

「ああ、本題はそれなんだよ。さっそく現れたんだよ、幸田が」

「本当に？」

「間違いない。犯歴データベースにあった顔写真と瓜《うり》二つだし、背丈や体格も現場にあった足跡から割り出したものとほぼ一致している」

「いまは実家にいるのか」

「ああ、ついいましがたやってきて家のなかにいる。金に困っているはずだと思っていたんだが、身なりはそれほど貧相じゃない。実家にはタクシーで来たから、まずまずの懐具合とみてよさそうだ」

「警戒している様子は？」

「とくにない。ところがちょっとやばそうな気配なんだ」

上尾は声をひそめた。

「なにがやばいんだ？」

「女連れなんだよ。若い女だ。二十四、五かな。白っぽいワンピースを着て、ヒールの高いサンダルを履いている」

「これまでのマル害とよく似たパターンじゃないか」

葛木は息を呑んだ。上尾が訊いてくる。

「どうする？　任意でしょっ引いて締め上げる手もあるし、このまま張り込みを続けて、また動き出したら尾行する手もある。ひょっとしたら犯行現場を押さえられるかもしれん」

「判断が難しいな。任意じゃ拒否されればそれまでだし、追い詰めるだけの証拠も揃っていない。警察が動いていることを知られれば、高飛びされる危険性もある」

「おれもここは慎重に動いたほうがいいと思うんだよ。帳場のほうも、いまはまともな判断ができる状況ではなさそうだからな」

「いま息子は本庁へ出向いて、一課長とマスコミ対策を練っている。山岡は大林を連れて飯でも食いに出かけているようだ。すぐに本庁に連絡を入れて、上の判断を仰ぐことにするが、結論が出るまで時間がかかるかもしれん。それまでしっかり行動監視をしていてくれないか」

「了解した。なにか動きがあれば、また連絡を入れる」

上尾はそう応じて通話を切った。電話の内容を伝えると、苦りきった表情で大原は言った。

「また按配の悪いときに、でかい獲物がかかっちまったな」

第八章

1

　警視庁へ出向いていた俊史は、午後七時過ぎに本部へ戻ってきた。

　席を外していた山岡もころあいを見計らったように帰ってきたが、一緒に出かけた大林の姿が見えない。雲隠れさせたい理由が山岡にはあるのかもしれないが、いまここで問い質せばこちらの手の内を明かすことになる。葛木も大原も素知らぬ顔で俊史の報告を聞いた。

　幸田発見の一報を受けた渋井捜査一課長の決断は明快だったようだ。毎朝のスクープによって捜査方針の転換を余儀なくされたのは間違いないが、もう一つの手がかりだった幸田の行方が摑めた。それならあえて運河上での現行犯逮捕にこだわる必要はない。

　幸田が犯人の可能性は高く、いまは行動監視と物証による裏付け捜査に全力を尽くすべきだ。捜査上の機密が漏れたことは由々しい事態だが、その事実関係は捜査終了後に検証すべきで、いまいたずらに詮索することで本部の士気を低下させることになれば元も子もない。

つまり現段階で俊史の責任問題を議論する気は本庁サイドにはないということだ。スクープの背後で山岡が動いていたとしたら、その目算は外れたことになる。

「一課長は、マスコミへの対応をどう考えているんだ」

葛木は訊いた。いちばん心配なのがそこだった。いまのところこちらの手札は中央通信の西口が配信する予定の記事くらいで、それがどれだけ効果を発揮するかは予断を許さない。肝心な部分はやはり本庁側のマスコミ対策だ。俊史は軽く首をかしげた。

「奥の手があるそうなんだけど、教えてくれないんだよ」

「またぞろリークされることを惧れているんじゃないのかね」

当て付けるように大原が言っても、山岡は仏頂面《ぶっちょうづら》をしたままだ。

「信用してもらえないようで寂しい気はしますが、本庁サイドもそれだけ慎重になっているわけでしょう」

一課長との面談がどんな感触を与えたのかは知らないが、俊史は思いのほかさばさばした表情だ。結果をどう引き受けるにせよ、自分に過失があってのことではないと自信を深めた様子が窺える。葛木はとりあえず安堵した。

「おたくたち、なにか隠してるんじゃないのか。それじゃ、なんでわざわざ桜田門まで出向いたのかわからない」

山岡が胡散《うさん》臭げに目を向ける。大原や葛木の自分に接する態度が微妙に変わったことに気づいたらしい。応じる大原は楽しげだ。

「機密の壁を取っ払った管理官を口を極めて非難したのはあんたじゃないか。その理屈からいけば、本庁がおれたちとのあいだに壁をつくることにことさら文句は言えんだろう」

山岡は憎々しげに言い返す。

「言っとくがな。おれを蚊帳の外に置くような真似をしたら、半端なことじゃ済まないぞ」

山岡には一瞥もくれずに、大原は話題を切り替える。

「それで幸田の件について、一課長からはなにか具体的な指示が？」

「任意同行はやはり尚早だという考えです。当面は行動監視を続けながら、物証からの証拠固めに全力を傾けるべきだという判断でした」

「それなら宇都宮へおれの班の人間を出向かせよう。機捜と所轄の連中だけじゃ心もとない」

山岡がすかさず身を乗り出す。そもそも当初からそうすべきだったのに、運河作戦に勝機を見いだしていた山岡はそちらに手勢を割くことに消極的だった。ここへきて急に食指が動いたようだが、葛木にすればなにをいまさらといったところだ。上尾が十三係の連中と相性が悪いのは目に見えている。

葛木は遠慮なく言った。

「向こうはいまの人員で十分だそうですよ。行動監視は頭数が多ければいいってもんじゃないですから。上尾は張り込みの経験が豊富です。今回の任務にはうってつけでしょう」

その点について上尾と話し合ったわけではないが、とくに問題がある様子はなかった。多少の脚色はオーライだろう。

「そりゃそうだよ。地元に馴染みのない顔が大挙して押しかけたら、秘匿捜査もあったもんじゃない。ここはあくまで少数精鋭でいくべきだな」

大原はさらに大胆で、山岡の手勢が加われば少数精鋭の布陣が崩れるとでも言いたげだ。それが神経に障ったように山岡はテーブルを叩く。

「そんなこと、おたくたちが勝手に決める話じゃないだろう。おれは管理官に訊いている。ここはしっかり判断してくださいよ。もうこれ以上味噌をつけるわけにはいかんでしょう」

棘《とげ》を含んだその言い草に気後《きおく》れもせず、俊史はきっぱりと応じた。

「大原さんがおっしゃるように、秘匿による行動監視はいたずらに人員を投入すればいいというものではないでしょう。現状ではナシ割り捜査が極めて重要で、そちらは逆に人海戦術が有効です。十三係の高度な捜査能力は、そちらで生かしていただくのが妥当じゃないですか」

なかなかやるなと葛木は思った。今後のことも考えれば、山岡の手勢は目の届くところに置きたい。二手に分かれて引っ掻き回される事態は極力避けたい。そのあたりの呼吸を俊史はしっかり理解しているらしい。それでも山岡は未練がましく食い下がる。

「それは一課長の意向かね」

「現場の配置に関しては、こちらの裁量に任せるということでした」

「だったら仙台堀川と横十間川の捜索はどうするね」

「それも予定どおり、あすから取りかからないとまずいでしょう。死体と一緒に新たな物証が出てくる可能性もありますから。こうなればもう秘匿する必要はないわけで、ある程度の人員を投入して、早急に答えを出したいところです」

淀《よど》みなく答える俊史の言葉には、もう山岡に主導権を渡すわけにはいかないという強い意志が感じられた。

2

翌日の朝刊を見て葛木たちは驚いた。一面に躍る大見出しは大田区のバラバラ殺人事件の容疑者逮捕を報じるものだった。

逮捕されたのは区内在住の無職の男で、本部は密《ひそ》かに内偵を進めていたようだった。その動きは電撃的で、自宅で就寝中だった容疑者を逮捕したのは午前一時三十分。朝刊に間に合うぎりぎりのタイミングだった。

一課長が言っていた奥の手とは、それだったかもしれないと思い当たった。自宅で寝ている容疑者をわざわざ深夜に逮捕する必要はない。逮捕時刻をあえて早めて、さらにマスコミに事前に情報を流しておいて、この日の朝刊をその記事で埋めてしまう作戦だったのではないか。記事は社会面にも詳報が載っていて、突発的な対応による報道とは到底考えにくかった。

もしそうなら桜田門のマスコミ対策も大したものだ。一部の主要紙には西口が配信したものと思われる記事も載っていた。内容は西口が約束したとおりだが、扱いは小さく、バラバラ殺人の容疑者逮捕というビッグニュースの前ではないも同然だった。

署の玄関から外を覗いてみたが、朝から押しかけるだろうと惧れていたマスコミ関係者の影もない。こちらの事件はいまや完全に忘れ去られたようだった。

本庁からは記者会見を行う話は聞こえてこない。一課長はバラバラ殺人事件への対応で手いっぱいで、マスコミの関心も当然そちらに集中しているはずだから、たぶんこのまま立ち消えになるだろう。

「なにはともあれ、風向きが変わって助かったよ。これで腰を落ち着けて幸田の線を追っていける。けっきょく大騒ぎするほどのことじゃなかったようだな、山岡さん」

大原は朝から山岡に皮肉な挨拶をする。山岡は不快げに鼻を鳴らす。

「たまたま運がよかっただけだ。ツキだけでうまくいくほど、この商売は甘くないぞ」

きのうの勢いと比べれば、きょうはどことなく力がない。リークを仕掛けたのが山岡だという確実な証拠はまだないが、その混乱に乗じて帳場の支配権を掌握しようとした目算が狂ったのは間違いない。


小さな勝利というべきだろうが、そもそも内輪の陣とり合戦で勝ったの負けたのと考えている自分が情けない。どんな思いを胸に秘めてか、俊史は恬淡とした様子で捜査情報に目を通している。

この日は署長の同意を得て地域課の警官も動員し、三十名ほどの人員で遺体の捜索を行うことになっている。暗渠の内部を捜索する必要もあるから、小型のゴムボートも用意した。

宇都宮の上尾からは少し前に連絡が入った。昨夜は一晩じゅう実家に張り付いたが、夜八時ごろに幸田が一人で近所のコンビニに出かけたくらいで、幸田にも連れの女にも目立った動きはなかったらしい。

幸田がきのうの夕刊のスクープを読んでいれば、運河での犯行が難しくなったことはわかっているはずだ。ほとぼりを冷まそうと実家に長逗留《ながとうりゅう》されたら、張り込みも長期化する。

秘匿捜査といっても長引けば近隣の住民にも幸田本人にも怪しまれる。感づかれて逃げを打たれるより、むしろ先手を打って、任意で事情聴取をしたほうがいいのではというのが上尾からの提案だった。

上尾が心配する理由はもう一つあった。実家へ戻ってきたときの様子にも、コンビニに買い物に出かけたときの様子にも、幸田には警戒したりおどおどしたりしている様子がまったくないという。あるいは本ボシではないのではないかという疑念が生じているようなのだ。

もしそうなら早めに事情聴取して感触を探るほうがいい。そうしないと、シロだった場合、無駄な捜査に時間を費やし、結果的に本ボシを取り逃がす惧れがあるという。その考えには頷けるが、一課長の考えは監視の継続ということなので、当面は慎重に張り込みを続けるようにと指示せざるを得なかった。

ほどなく本庁から記者会見はお流れになったとの連絡があった。マスコミの浮気性に助けられた恰好で、それ自体は喜ぶべきことかもしれないが、扱っている事案の重大さではこちらもほかの帳場に劣らない。そこまで等閑視《とうかんし》されたことには、正直なところ無念さも覚えた。

本庁の鑑識からは最新の分析結果が届いていた。二ヵ所の死体発見現場で採取された毛髪のうち何本かのDNA型が一致したという。DNA型が同一の毛髪は二つの現場のどちらにもあり、それは同一犯による犯行を強く裏付けるものだった。

八時からの全体会議には、昨夜行方をくらましていた大林も出席していた。大原はさっそく手を打って、大林と組んでいた城東署の捜査員を、地元の地理に詳しいという口実で急遽《きゅうきょ》死体捜索チームに編入し、代わりに池田を大林の相方に指名した。

池田は大林のお目付け役を兼ね、不審な挙動があれば葛木や大原に報告してくれる。山岡は気に入らない様子だったが、拒絶する理由も思いつかないらしく、あえて反対はしなかった。

リークの件について、俊史はそれによって捜査方針が変更になったことを淡々と説明しただけで、起きてしまったことは仕方がないと、捜査員に疑念を向けるような態度は極力避けた。

山岡や大林を槍玉に上げられる確証がいまはない。ここでこだわる姿勢をみせれば、本部内で犯人探しが始まりかねない。いまはそんなことにかまけてはいられないという意志を滲ませた俊史の姿勢は、本部内の動揺を鎮《しず》める方向に作用したようだった。

3

会議が終わり、捜査員は一斉に聞き込みに出かけていった。

死体捜索チームは約二十名。仙台堀川と横十間川の地図を広げて担当地域を決める。打ち合わせには十分もかからず、捜査員たちはパトカーに分乗して現地に赴いた。俊史を筆頭にデスクのスタッフも立ち会うことにした。

チームは二手に分かれ、一方は小名木川との合流点の水門橋から横十間川を南下し、もう一方は大横川と仙台堀川の合流点から仙台堀川を東に向かう。二つの運河は最初の死体が発見されたボート乗り場にほど近い豊砂橋《とよすなばし》付近で交差する。二つのチームの合流地点もそこにした。

ウィークデイの午前中で、いまは公園にはほとんど人がいないはずだった。なんとか人出の少ない午後早くに終了したいが、今回のように対象が存在するかどうか不明確な場合は厄介だ。簡単に見つかればいいのだが、捜索が難航した場合、どこで見切りをつけるかが重要なポイントになってくる。存在しないものを探し続けるのは徒労でしかないが、もし存在するとしたら、早めに見切りをつければ捜査上の失態に繋がりかねない。

捜索範囲は公園の地上部分と何ヵ所かある暗渠の内部にしてあるが、そこで見つからなければ運河の底に沈んでいることも考えられる。その場合の捜索は大掛かりにならざるを得ない。

捜査全体の効率を考えれば簡単に死体が出るのが望ましいが、気持ちとしては存在しないことを願いたい。殺しが飯の種の刑事でも、被害者の数は少ないほど気持ちの面で救われる。

大原と山岡は仙台堀川のチームに、葛木と俊史は横十間川のチームに合流することにした。

「例のリークに本当に山岡さんが関与しているとしたら、おれは情けなくて、いますぐ辞表を書きたいよ――」

現地に向かうパトカーのなかで、俊史は溜め込んだ思いを吐き出すように切り出した。

「いまおれたちがやっているのは殺人事件の捜査だよ。それも現在進行形で、さらに新しい被害者が出るかもしれない重大事案だ。それを自分の面子や権力欲を満たすために玩具《おもちゃ》のように扱う人間がいるということが信じられない」

運転席の警官の耳に入らないように声を落としてはいるが、その語尾のかすかな震えから、怒りの深さが察せられる。葛木は宥めるように言った。

「おれだってそこまでやるとは思わなかったよ。やり方は気に入らないが、刑事としてのプライドはある人間だと思っていた。むしろそれが強すぎて空回りしてきたのが、これまでのあの人の悪評の原因だと思っていた。どうもその認識は甘かったようだな。しかしおれたちが生きている世界は決してきれいなものじゃない。警察という組織も例外じゃない」

「警察官としての仕事を全《まっと》うしようと思ったら、おれたちはそういう屑とも闘わなくちゃいけないのか」

俊史の物言いがいつになく過激だ。葛木にはそんな組織で三十年余りの歳月を過ごした自らへの非難にも聞こえる。そして自分はそんな屑どもと本気で闘ってきたのかと自問する。

「どんな人生を選ぶかは人それぞれだ。誰もが納得のいく人生を送れるわけじゃない。しかし人間には妥協しちゃいけない局面がつねにある。そこで逃げれば必ず悔いを残すことになる」

「親父にもそんなことがあったの。長いものに巻かれて自分のやり方を貫かなかったようなことが」

怪訝な表情で俊史が見つめる。それは逃れようのない問いだった。葛木は内心うろたえた。

「なかったとは言えないよ。そういう意味じゃ、おれの人生は後悔の集積所だ」

口をついて出たのはそんな弱々しい言葉だった。俊史は慌てたように応じた。

「おれの訊き方が悪かったよ。親父を責めようというわけじゃないんだ。おれだってこれから先、そういうややこしい世渡りを余儀なくされる可能性は大いにあるわけだから。ただ今回みたいにたちの悪いケースは、いくらなんでもそうざらにはないんだろ」

俊史がさりげなく質問の矛先を変えたのは、思いがけず露呈した父親の不甲斐《ふがい》なさへの哀れみからか。忸怩たるものを覚えながら葛木は言った。

「悪い警察官はいろいろいるが、自分が担当している帳場の捜査妨害をしたような話は聞いたことがないな」

「裏金やら賄賂やらの欲得がらみの悪事も許せないけど、これは明らかに性質が違うよね。一緒に働いている仲間を裏切ることだから」

「ああ、まさしく捜査そのものを私物化することで、警察官という職業の根幹に関わることだ。あいつは良かれと思ってやったのかもしれないが、そこが大きな間違いだ」

「良かれと思って？」

「自分が全権を掌握することが、あいつの考えではベストの捜査態勢ということになるんだろう。そういう人間にとっては、おまえのように物事に是々非々で対応し、正しいことは正しいと主張するタイプの上司がいちばん目障りで、それが捜査の足並みを乱す元凶だと勝手に思い込む。はなはだしい勘違いというしかないが」

「それでおれを排除しようと、リーク騒動を画策したわけか」

「情けない話だが、そのあたりが事実のようだな」

「このまま大人しく引っ込んでくれるだろうか」

「できればそう願いたいところだが、簡単にこっちの注文には応じてくれんだろう」

「そこが頭の痛いところだよ。なんだかんだ言っても、捜査能力で十三係が際立っているのは間違いないからね。今後の捜査でその力は当然必要になる。だからといって彼らが現場を仕切るようになったら、こんどは帳場全体の士気に影響が出てくると思うんだ」

「そういう点なら悪い噂にこと欠かないからな。やりたい放題やられて帳場を壊されちゃかなわない。そこはおまえのコントロールの手腕にかかってくるわけだが、やり方はこれまでと変える必要があるかもしれないな」

不安を隠さずに葛木は言った。俊史は臆する様子もなく頷いた。

「足を掬《すく》われないようくれぐれも慎重にということだね。でも原則は変える必要はないと思うよ。相手の考えが正しいと思えば受け容《い》れるし、違うと思ったら遠慮なくこちらの考えを主張する。そのあたりのめりはりをこれまで以上にはっきりつけて、安易な妥協はしない。そういうことじゃないのかな」

その言葉は葛木の杞憂《きゆう》を氷解させた。そのとおりだ。焦って馬脚を露《あら》わしたのは向こうなのだ。俊史が親の贔屓目ではなく一回り大きくなった気がした。山岡の迂闊《うかつ》なちょっかいがそうさせたのなら、それは敵に塩を送ったことになる。

4

横十間川と小名木川は、六日前に女性を乗せたカヤックが目撃されたクローバー橋の下で交差する。そのすぐ南に水位調整の堰《せき》を兼ねた水門橋があり、横十間川親水公園はそこから南に向かって延びる細長い公園だ。かつての運河の両岸は埋め立てられ、緑地や遊歩道、ボート乗り場などを配置して、運河自体は川幅を狭めてその中央を流れている。

現地に着くと、先着していた捜査員と応援の地域課の警官が両岸に分かれて作業を開始していた。予想したとおり、ウィークデイの午前中とあって公園内に人出はほとんどない。捜索チームはベンチや四阿《あずまや》の陰、木立、花壇や植え込みの土のなかまでくまなく探している。葛木と俊史も捜索に加わったが、園内はきれいに清掃されていて、不審な臭気も漂ってこない。

死体があるとしたら殺害されてすでに六日目だ。初夏のいまなら腐敗はかなり進んでおり、ひどい腐臭が発生しているはずなのだ。しかし捜索エリアの三分の一ほど進んでも、死体は出ないし、悪臭もほとんど感じない。

「いまのところ不審なものは見当たりません。これは空振りかもしれませんねえ」

顔馴染みの地域課の巡査長が声をかけてくる。この一帯が彼の担当で、地域の事情に詳しいことから、現地の案内役を任せていた。

ここ数日のあいだに周辺住民から悪臭についての苦情はなく、死体が出るとは思えないと巡査長は言うが、そこには希望的観測も含まれるだろう。いかに仕事とはいえ、死後六日経《た》った死体との対面はできれば避けたいというのが誰しも偽らざる心情のはずだ。

仙台堀川の捜索チームの様子を聞こうと携帯で大原を呼び出すと、応答した声はやはり意気が上がらない。

「いま豊住《とよずみ》魚釣場のすぐ手前なんだが、まだ出てこないよ。これからゴムボートを下ろして、魚釣場の下の暗渠を捜索してみるが、たぶんなにも出ないいんじゃないのかな。もしあるんなら、このあたりでもかなり臭《にお》っているはずだから」

「山岡さんはどんな調子です?」

「口喧《くちやかま》しく指図しては、現場の連中に煙ったがられているようだ。いまのところへこんでいるような様子はとくにないな」

「そうですか。元気なのはなによりです。扱いにくい相手ではあっても、大きな戦力なのは間違いないですから」

「そうだな。しっかり手綱をとりながら、せいぜいこき使ってやるのが上策というもんだ。で、そっちはどうなんだ」

「似たようなもんです。遺留物らしいものもなければ臭いもありません。このまま死体が出ないのがいちばんいいんですが、園内で見つからないとなると、運河の底を浚《さら》うことにもなりかねません。腐臭が出ていないということは、水中にある可能性が無きにしも非ずですから」

厭戦気分を隠せない葛木の言葉に、大原も重いため息で応じる。

「そうなると大仕事だな。区役所と相談して園内を一時立ち入り禁止にして、大動員をかける必要があるだろう。ボート乗り場や水上レクリエーション施設も閉鎖しなきゃならん」

お互いこのまま前進し、運河の交差地点で落ち合って、その時点でまだ死体が出ないなら、そこで次の対策を考えることにして通話を終えた。

状況を報告すると、俊史は力強い口調で言った。

「全力を尽くそうよ、親父。これはおれたちの仕事なんだから」

「そうだな。ここで気張らないと、山岡の言うとおりのグズ集団に成り下がる。このヤマはおれたちの手できっちり仕上げよう。所轄魂に懸けてもな」

「所轄魂？」

俊史が怪訝な表情で訊いてくる。どこか楽しい気分で葛木は言った。

「大原課長の造語らしいが、聞いたとたんに腑に落ちた。十三係と角突き合わせようというわけじゃないが、所轄には所轄の意地がある。これはおれたちの土俵で起きたヤマだ。連中の実力がどれだけのものか知らないが、後れをとるようなことがあれば所轄刑事の名折れだよ」

5

きのうまではあれだけマスコミへの発覚を惧れていた死体の捜索も、状況が変わったいまとなっては、その点で大いに拍子抜けだった。

記者発表をしたわけではないが、本庁サイドにはきょう捜索を行うことは伝えてある。本庁詰めの記者に興味があれば知ることは容易《たやす》いはずだが、きのう署の玄関前にあれだけ集まっていたマスコミ関係者の姿が一人も見えない。

しかしそれも束の間だろう。大田区のバラバラ殺人事件への世間の興味はもって数日だ。ここで三つ目の死体が出るようなら、マスコミの食指がこちらに動くのは確実だ。その意味でいまは貴重な時間といえる。

園内をくまなく捜索しながら五〇〇メートルほど進んだところで、葛木の携帯が鳴った。宇都宮の上尾からだった。

「状況はどうだ？」

訊くと上尾は、浮かない声で切り出した。

「いま宇都宮駅前の大型スーパーにいるんだよ。いましがた幸田が家を出たもんでね。尾《つ》けてきたらここに入ったわけなんだ」

「女連れでか」

「そうだ。きのう帰ってきたときはタクシーだったが、きょうは実家の車を使っている。万一のことを考えてレンタカーを用意していてよかったよ」

「なにをしに街へ出たんだ」

「単なる買い物だな。それがどうもしっくりこないんだよ」

「というと？」

「妙に屈託がない」

上尾はいかにも不審げだ。状況がもう一つ理解できない。苛立《いらだ》ちを抑えて問いかけた。

「つまり、どういうことなんだ」

「単に直感レベルの話なんだが、複数の人間を殺して行方をくらましている犯人の挙動とは思えないんだよ」

「警戒している気配がないんだな」

「それどころじゃない。なんとも浮かれた様子でね。婚約中とか新婚のカップルが水入らずのデートを楽しんでいるという風情だな」

いかにも率直な感想だが、上尾は素人ではない。長年にわたって犯罪者を見てきた眼力というものがあるはずだ。その上尾が矛盾めいたものを感じているらしい。落ち着きの悪い思いで葛木は言った。

「偽装ということもあるだろう。もしその女性が次のターゲットだとしたら、犯行に及ぶまでは自分の本性に感づかれないように芝居を打つはずだからな」

「そう考えるのが妥当かもしれんがな。しかしなにか変なんだよ。どうしても本ボシの臭いがしないんだ」

けさの連絡でも、昨晩コンビニに買い物に出たときの幸田の挙動について上尾はそんなふうなことを言っていた。だからといって、いまはまだ任意で事情聴取を求めるわけにはいかない。一課長が示した方針は、当面は行動監視の継続だ。困惑を隠さずに葛木は言った。

「ここはあんたの勘が外れることを願いたいな。幸田がホシじゃないとなるとすべてが仕切り直しになっちまう。むろん誤認逮捕というようなことになれば、こちらのダメージも大きいから、慎重にことを運ぶ必要はあるだろうがな」

「捜査の方向としてみれば、幸田の線はそう狂っちゃいないと思うんだよ。しかし一本調子で突っ走ると、思わぬ落し穴があるかもしれない。おれはそこを心配しているんだよ。また山岡に突っ込まれて、あんたの息子さんが窮地に立たされたら気の毒だからな」

そう言われると葛木も心配になるが、いまぐらついていても始まらない。

「状況証拠は幸田の線を示している。あとは確実な物証だな。これから死体が見つかれば、そこから新たな材料が出てくるかもしれない。いまはそこに期待するしかないだろう。指紋さえ出てくれれば決定的なんだが」

「難しいだろうな。これまでの二件でホシは現場に指紋を残さなかった。幸田の指紋は犯歴データベースに登録されているから、あれば簡単に照合できる。そこまで慎重に指紋を消しているということは、やつがホシだという読みを補強する材料でもあるわけなんだが」

「幸田がホシであるにせよないにせよ、指紋が出れば大きな前進だ。こういう変質的な犯行に走るような人間は、過去に予兆になるような事件を起こしているケースが多い。その場合は一発でホシを突き止められる」

「こちらにとって幸運なドジを、ホシがやらかしてくれるかだな」

「神ならぬ人間に完全犯罪は不可能だ。だれでも必ずぼろを出す。必要なのはそれを見逃さない捜査をすることだ。決して難しいことじゃない。ただし根気と馬力の勝負だがな」

自らに活を入れるように、力を込めて葛木は言った。上尾は当然だという調子で応じた。

「そうだな。おれたちの商売じゃ愚直な正攻法がいちばんだ。そうやって攻めてこそ思わぬ突破口が見つかるもんだ。そういう捜査の基本に戻してくれたという意味で、今回のスクープ騒動は必ずしもマイナスだったわけじゃない」

そこには俊史の立場を擁護するニュアンスが感じとれた。けさの電話では近くに山岡がいたので、スクープの裏事情については上尾にはまだ話していなかった。じつは山岡の差し金で、直接関与したのは大林の可能性が高いと教えてやると、上尾は苦い怒りを吐き出した。

「あいつならやりそうだよ。自分の我を通すためなら死体をひとつつくることだってやりかねない。なんとか尻尾を摑まえて、捜査一課から追い飛ばせれば御《おん》の字なんだがな」

「その辺も含めて、抜かりなく動くことにするよ。状況が変わったらまた知らせてくれ。そちらは尾行や張り込みの最中だろうから、こっちから電話をするのは控えるから」

「ああ、そうするよ。連れの女が次のターゲットだとしたら、犯行に及ぶ場所や殺害の手口を変えてこられたら目も当てられない」

上尾はため息を吐いて通話を終えた。話の内容を伝えると、俊史は落ち着いた口調で応じた。

「たしかにデリケートなところがあるね。もう少し確実な証拠が出揃わないと一気呵成には動けない。でも幸田についてはいつでも身柄を確保できる状態にあるんだから、その点はだいぶゆとりがあると思うけど」

俊史は父親以上に腹が据わっているようだった。官僚としての出世に汲々《きゅうきゅう》とするなら、いまは我が身を守ることに気をとられているはずだが、言動にはいまのところその気配すらない。本人が日ごろから言っていたように、警察が真の悪党は放置して、自分を更迭して事態の収拾を図るような腐った組織なら、自ら辞表を叩きつけるくらいの覚悟はあるのだろう。

「そういうことだな。それにおれはもちろんのこと、大原課長も上尾も池田もみんなおまえの味方だよ。このヤマに決着をつけるのはおれたちだ。舞台から立ち去るべき人間がいるとしたら山岡だ」

唐突な話だとは感じたが、それでも葛木は思いのたけを口にした。俊史はわかっているよというように穏やかな笑みを返した。

「おれは大船に乗ったつもりでいるよ。本庁一課の人間なんて、おれを含めてこの帳場の人員の一割にも満たない。主役はあくまで所轄や機捜の捜査員で、おれたちは応援部隊に過ぎない。おれの仕事は、せいぜい親父たちが存分に働ける環境をつくることくらいだから」

6

全員で入念な捜索を続けながら、第一の死体が発見されたボート乗り場に達したときは、すでに正午に近い時間だった。

捜査員たちはここで食事にしたいという。近隣のスーパーまでパトカーを走らせて弁当でも買ってくるつもりらしい。

その気持ちは十分わかる。いまここで食事のタイミングを逃し、そのあとすぐに死体が出たら、並の神経の人間なら食欲は失《う》せるに決まっている。予想どおりの腐乱死体なら、その後数日間はまともな食欲が戻らないだろう。

葛木も俊史もその提案に乗ることにして、買い出しの担当者を決め、希望者から弁当代を集め始めたところへ携帯が鳴り出した。大原からの着信だった。

「いまどの辺りだ」

「例のボート乗り場にいます」

「だったら急いでこっちへ来てくれないか」

「そちらはいまどこに？」

「すぐ近くだよ。豊砂橋の下の緑地だ」

そこは仙台堀川と横十間川の交差地点のすぐ南側で、横十間川親水公園の一部になっている。二つの捜索チームはそこで合流することになっていた。横十間川は五〇メートルほどの暗渠となってその緑地の下をくぐっている。

「なにか出たんですか」

「まだはっきりはしないんだが、そっちはもう食事は済んだのか」

「これからと思っていたところですが、それがなにか？」

不安を覚えながら問いかけた。大原は惧れていた答えを返した。

「腐敗臭がするんだよ。残念だな。出てきちまったら、しばらく断食になるかもしれん」

「どこから臭っているんです？」

「緑地の下の暗渠からだよ。それほど強いわけじゃないんだが、これからボートを下ろして調べてみようと思ってる」

「了解しました。さっそくそちらへ向かいます」

そう応じて通話を終え、事情を説明すると、チームの全員に緊張が走った。食事を摂り損ねたことに不満を漏らす者はいない。想像していた以上に士気は高い。俊史の顔にも意欲が漲る。心強いものを感じながら、葛木は先頭に立って大原たちのいる現場に向かった。

親水公園の遊歩道は交差地点のほとりの高層マンションを回り込んで、仙台堀川に架かる小橋を渡る。そこからさらに遊歩道を進むと、緑地の北端の木立のなかに大原たちの姿が見えた。交差地点の水路には二名の捜査員が乗ったゴムボートが浮かんでいて、暗渠の入口に向かうところだった。

大原たちのところに近づくと、たしかにかすかな腐臭が漂ってくるが、鼻が曲がりそうにひどくはない。この程度なら近隣から苦情が出ていないというのも納得できる。大原が振り向いて声をかけてくる。

「暗くてよくわからんのだが、暗渠の奥になにか見えるそうだ。小さなボートのようだと言っている」

緑地の端から見下ろすと、ちょうどゴムボートが暗渠のなかに入ったところだった。葛木は問い返した。

「ボートのようなもの？」

「ああ。カヤックかカヌーのようだ。とりあえずそこへ近づいて、外へ引っ張り出すしかなさそうだ。暗渠のなかでは無線も携帯も通じないから、お楽しみはしばらくお預けだな」

思い描いていた状況とどこか違う。冗談めかす大原の表情にも当惑の色が浮かんでいる。大原とまた鞘当《さやあ》てでもあったのか、山岡は居心地悪そうに離れた場所で運河の水面を眺めている。

「死体があるとしたら、このくらいの臭いじゃ済まないんじゃないの」

俊史が問いかける。カヤックが目撃された六日前の犯行だとしたら、状態は相当ひどいはずなのだ。暗渠のなかならなおさら臭いがこもっているだろう。

そういう腐乱死体に遭遇したことは葛木も何度かあるが、もちろん臭気はこの程度のものではない。思惑と違う結果になりそうで、葛木も気持ちが落ち着かない。

「たしかに予想していたより臭いは薄いが、間違いなく動物性の腐臭だよ。死体が水中に没しているとしたら、大気中に臭気が発散していない可能性があるし、水温は大気温よりも低いから、腐敗がそれほど進行していないとも考えられる」

「でも予想より新しい死体だったら、ことは厄介だね」

俊史が指摘する。たしかにそのとおりで、死亡推定日時が六日前より新しければ、悪臭が少ない理由はそれで説明がつくが、その場合はこちらが想定していた第三の死体とは別物の可能性が浮上する。つまり死体が四つ存在することも考えざるを得なくなる。

そんな話をしていると、傍らから大原が声をかける。

「そこまで難しく考えることもないだろう。そもそも死体があると確認されたわけじゃないからね。短期間のうちにそれだけの数の死体をつくるとしたら、いくらなんでもホシが忙しすぎる。ターゲットの女性を誘惑するにしたって、そうそう簡単にはいかんだろうし」

そのとき運河の水面を覗き込んでいた捜査員たちのあいだにどよめきが広がった。

「出てきたな。どんなお土産を拾ってきたもんだか」

大原も身を乗り出して暗渠の入口を覗き込む。捜索チームが用意した小型のゴムボートが姿を現した。そこに乗っている捜査員が興奮した様子で報告する。

「浮かんでいたのはホシが使ったのと同じタイプの二人乗りのカヤックです。そこに女性の死体がありました」

「どんな状態だ？」

葛木はすかさず問いかけた。怪訝な表情で捜査員が答える。

「死後、それほど時間が経過しているようには見えません。腐臭も思ったほどじゃありません。カヤックの前の座席に座った状態です。着衣に乱れはなく、暴行をうけたような様子もありません。それから靴は履いていません――」

厄介な方向へと事態は向かうようだった。俊史が危惧したとおり、存在していたのは予想していた死体ではなかったらしい。

ではそれは第四の死体で、もう一つの死体がいまもどこかに眠っているということなのか。六日前に目撃された男女の乗ったカヤックは、事件とは無関係だったのか。あるいは犯人はそのときはなにかの理由で犯行を断念し、再度この近辺で犯行に及んだということか。

死体とともに残されていたのが目撃されたカヤックだとしたら、犯人はこの犯行によって一連の事件に終止符を打つつもりなのか、あるいは単に運河上での殺害という手口を今後は使わないということなのか。考えるほどに頭が混乱してくる。

連絡担当の捜査員が無線で本庁に一報を入れている。通信指令本部とのやりとりが現場に緊迫感を漂わせる。

その交信は本庁一課の庶務担当部署や鑑識課、所轄の鑑識係にも傍受されている。関連各部署はそれを受けて一斉に動き出す。そんな機動力の点では、携帯電話の時代でも、警察にとって無線は欠かせない通信手段だ。

「カヤックはどうしましょうか。アンカーを使って停めてあるようですが、いますぐ暗渠から引っ張り出しますか」

ゴムボートの上から捜査員が大原に問いかける。

「そのままでいい。鑑識が来るまで現状保存だ。写真は撮ったか」

「はい。デジカメで撮ってあります」

「だったら、それを見せてくれ」

捜査員はオールを操ってゴムボートを緑地のへりに接舷する。近くにいた捜査員がデジカメを受け取って、大原のところへ駆けてくる。

大原はそれを手にとって、画像をモニター画面に表示する。山岡も寄ってきて、葛木や俊史とともに覗き込む。映し出された画像は、暗い場所での撮影にしてはよく撮れている。

カヤックは舳先と艫にブルーのストライプがあり、全体が黄色で、赤い背もたれのついたシートが二つ。間違いない。六日前に目撃されたものと同型だ。後部からロープが伸びて水中に没している。その先にあるアンカーが効いて、カヤックは暗渠のなかに留《とど》まっていたのだろう。

遺体はシートの背もたれに寄りかかり、首は前方にうなだれている。垂れ下がった長めの髪に隠れて顔は見えない。衣服から覗く腕はやや黒ずんでいるが、死後の時間経過による変色か、撮影条件によるものかは判断しにくい。いずれにせよ、腐敗がひどく進行している様子はない。わずかに発散している臭気から考えれば、死後二、三日といったところだろう。

六日前に目撃されたカヤックに乗っていた女性の着衣は花柄のワンピースだった。写真に写っている遺体は黒っぽいTシャツにジーンズ。目撃された女性とは別人の可能性が高いが、なにかの理由でそのときは犯行を断念し、日を変えて実行したということも考えられるから、まだ簡単に結論は下せない。捜査員が言ったとおり、着衣に乱れはなく、肉体的な損傷もとくにないように見える。

犯人が後部のシートにいたとしたら、背後から首を絞めて殺害することは造作もないだろう。パドルで漕いでいたのが男のほうなら、この季節に手袋をしていたとしても怪しまれない。これまでの二つの死体にも、遺棄された現場にも、犯人のものと認められる指紋がなかった理由はそれで説明がつくだろう。

被害者はやはり裸足だ。過去の二つの死体と同様のメッセージを残すことを犯人は忘れなかった。カヤック上に目に留《と》まる遺留物はない。被害者もとくに持ち物は所持していない。

あとは検視と鑑識の結果を待つしかないが、今回も犯人を特定できる材料が出るかどうかは心もとない。これまでの犯行と同様、犯人が周到に被害者の所持品を持ち去っているとしたら、その身元を特定することも難しい。

犯行に使われたカヤックが今回の最大の物証といえそうだが、国内でも相当数が出回っている人気商品らしいから、これも犯人特定に簡単に結びつくかどうかはわからない。むしろ思いがけないその置き土産が、今後の捜査の行方をより複雑なものにする可能性が否めない。傍らで俊史が緊張を帯びた声を上げる。

「どういうことなんだろう、これは。犯人からの新たな挑戦なんだろうか。それとも犯行終了宣言なんだろうか」

山岡が吐き捨てるように言う。

「要するに舐《な》められてるんだよ、おれたちは。捕まえられるもんなら捕まえてみろという挑戦状だよ。ホシはもうカヤックを使って仕事はしない。だからといって犯行自体を手仕舞《てじま》いするかどうかはわからない。次の動きが予測できないまま、こっちは手を拱いているしかない」

「しかし犯行に使ったカヤックはでかい物証だろう。どこかに製造番号でも書いてあれば、購入ルートを一気に絞り込めるだろう」

大原が言う。山岡は鼻で笑う。

「馬鹿を言うんじゃないよ。これまで徹底して証拠を残さなかったホシが、そんな間抜けなことをするわけがない。あったとしても判読できないように細工しているに決まってる」

「しかしこういう工業製品は、同一モデルでもロットが異なれば微妙な違いがあるもんだ。輸入代理店に持ち込んで調べてもらえば、入荷時期や販路が判明するかもしれんだろう」

大原が反論する。山岡は鋭い口調で言い返す。

「そのくらいはわかってるよ。それより重要なのは、このマル害が殺された時期だろう。どう考えたって二日以内だ。つまり連続殺人だと気づきながら、おれたちがぐずぐずしているあいだの犯行だ。

三番目か四番目か知らないが、おれたちはそれを防げなかった。これはとんでもない失態だ」

俊史に当て付けるように薄笑いを浮かべているのが気に入らないが、言っていることは当たっている。避けたかった事態が起きてしまったのは間違いない。俊史はこれで苦境に立たされる。山岡はそれに乗じて主導権を奪いにくるだろう。

「たしかにそうだな。鬼の十三係も今回ばかりはなすすべがなかったようだな」

そんな山岡の腹のうちを見透かしたように、辛らつな口調で大原が言う。受けて立つように山岡は肩をそびやかす。

「まともな筋読みもできない烏合の衆と一緒じゃな。宝の持ち腐れというもんだろう」

「そういうでかい口が叩けるのか。当初の地取り中心の捜査方針も、そのあとの運河作戦も、ぜんぶあんたが押しとおした。第二の死体が出たときに、すぐ犯人にメッセージを送って犯行を抑止するのが最善だったんじゃなかったか」

大原は嵩《かさ》にかかる。これはまずいと葛木は焦った。年の功でいちばんの重石《おもし》になってもらいたい大原が山岡の挑発に乗ってしまっては、このまま帳場が壊れかねない。

「責任は僕にもあります。運河作戦に関しては僕も賛成したわけですから――」

傍らから俊史が思い詰めたように割って入る。

「それだけではなく、僕は今回の事態を招いた捜査指揮全体に責任がある立場です。そこから逃れようという気はありません。しかしいまは犯人検挙に全力を尽くすべきです。帳場が一つにまとまらないと、さらに犯人に翻弄《ほんろう》されることになる。ここは僕に力を貸してください。十三係も所轄の皆さんも分け隔てなく、全員の力を結集してことに当たってください」

その言葉を逆手《さかて》に取るように山岡はしたり顔で応じる。

「そりゃ当然ですよ。こういう重大事案の帳場には自ずから秩序が必要だ。我々がわざわざ本庁から出張っていることには理由がある。つまり殺人捜査のプロが仕切るのが順当だってことですよ。半人前の所轄の人員は黙っておれたちの指揮下で動けばいい。それがいちばん強力な態勢だってことです」

「半人前の所轄の人員ってのは、おれたちのことですか、山岡さん」

唐突に声がして振り向くと、山岡のすぐうしろに、山岡より頭一つ高い大柄な捜査員が立っている。城東署刑事課のマル暴担当の坂下《さかした》というベテラン巡査長。根は温厚だが、商売柄、物腰態度には剣呑な気配が付きまとう。

その背後には捜索チームの捜査員たちの人垣ができている。城東署の職員や近隣の所轄からの応援部隊だ。全員の視線が山岡に集まっている。殺人捜査のプロを自任する十三係の面々も、腐乱した死体は好みではないようで、急遽決まった捜索チームに志願したものはいなかった。

「な、なんだよ。どういうつもりなんだ、その態度は？」

山岡はうろたえる。周囲の空気が張り詰めた。大原は腕組みをして模様眺めを決め込んでいる。坂下はさらににじり寄る。

「そんなにおれたちが頼りないんなら、ぜんぶ自分たちでやったらどうなんです。半人前のおれたちは、今後はせいぜい油を売らせてもらいます。十三係のプロの仕事ぶりを、お茶でも飲みながら拝見させてもらいますよ」

「そういう口の利き方をして、後で後悔することになっても知らないぞ」

「あいにく、おれは所轄が好きなんです。いまさら本庁に引っ張り挙げられて、あんたのような権柄《けんぺい》ずくな糞《くそ》上司に媚《こ》びへつらって生きようという気はありません」

「言いやがったな。減らず口を叩けるのもいまのうちだぞ。おまえみたいな屑は、いつでもこの帳場からつまみ出してやる。都下の離れ小島の駐在所で定年を迎えさせてやる」

「けっこうじゃないですか。それなら定年まで釣り三昧《ざんまい》で月給泥棒に励ませてもらいます。ただしそのまえに、あんたがこの帳場にいられないようにしてあげますよ。あんたのところの大林っていう刑事、ずいぶん新聞記者と仲がいいようで」

「どういうことだ？」

山岡は平然とした顔で問い返す。足元を見透かしたように坂下は応じる。

「おれはきのうまではナシ割り担当で、あの人と組んでたんですよ。けさになってうちの課長からこっちのチームに参加するように言われてね――」

それは池田を大林のお目付け役にするために仕組んだものだったが、リークの件については坂下にはなにも言っていないはずだった。坂下は続ける。

「あれは三日前だったね。一緒に昼飯を食っていたとき、あの人、だれかに電話でもかけようとしたんだか、ポケットから名刺入れを取り出してね。うっかりそれを床に落としちゃったんだよ。中身がばらけて散らばったもんだから、おれも手伝って拾ってやったんですよ」

思いがけない話が飛び出した。葛木は山岡の表情を窺った。口元に冷笑を浮かべてはいるが、こめかみが引き攣《つ》っているのがわかる。坂下はさらに続けた。

「本人はえらく慌てていたけどね。そのなかに新聞記者の名刺が何枚もあったんですよ。そのときはおれもただ変だと思っただけだった。ところがそのあと例のリーク騒ぎがあったわけですよ。その名刺のなかには毎朝の記者のも混ざっていたね。捜査一課の刑事というのは、新聞記者とそれほど昵懇《じっこん》なんですか」

「ふざけた言いがかりだな。情報を漏らしたのが大林だと言いたいわけか」

山岡は吐き捨てる。大原は表情を変えずに山岡の顔色を窺っている。傍らで俊史は困惑を隠さない。捜査員のあいだにどよめきが起こる。彼らのなかにも十三係とコンビを組んで、不愉快な思いをした者がいるだろう。坂下の出方によっては、燻《くすぶ》っていた火種を掻き起こすことになりかねない。さすがに見かねたのか、大原がおもむろに声をかける。

「まあまあ、坂下。桜田門の刑事さんともなれば、記者連中と名刺を交換する機会くらいはあるだろう。鬼の異名で通っている山岡さんの配下に、そんな不心得者がいるわけがない」

言いながら大原は、山岡に見えないように坂下に目配せする。大所帯の捜査一課と比べれば所轄の刑事課は小さな職場で、坂下も大原とは気心の知れた間柄だ。口元にかすかに浮かんだ大原の微笑の意味を理解したように、坂下は黙って一歩身を引いた。大原は泰然として山岡を振り向いた。

「おれも言いすぎたよ、山岡さん。お互い、口の利き方には気をつけようや。いまは内輪揉めしているときじゃない。これ以上被害者を増やさないために、ここは帳場の総力を挙げて頑張るしかないだろう」

言葉とは裏腹に、大原の態度には敵将の首は取ったも同然だと言いたげな自信が窺える。片や山岡は痛いところでも突かれたようにトーンを落とす。

「そ、そりゃ当然だよ。どんな帳場も所轄の協力があってのもんだ。言いたかったのもそういうことで、おれたちも所轄や応援の部隊も、それぞれの立場で全力でことに当たろうという話だよ。気に障る言い方だったら謝るよ」

突然の豹変《ひょうへん》ぶりに呆れるが、さすがにここで吊るし上げに遭っては形勢不利と判断したわけだろう。毅然とした表情で俊史が声をかける。

「さあ、鑑識が来るまで遊んではいられない。遺留物の捜索に取りかかろう。暗渠の周辺になにか落ちていないとも限らない。帳場の名誉に懸けて、このヤマは必ず解決しよう」

その張りのある声を聞いて葛木は安堵した。俊史は早くも気を取り直したようだ。百の失敗のあとのたった一つの成功がすべてを逆転することもある。刑事捜査とはそもそもそういうものなのだ。

捜査員たちは周辺の木立や叢に散っていく。遠くからサイレンの音が近づいてくる。機捜や自動車警ら隊のパトカーだ。鑑識もまもなく到着するだろう。

予想外の新しい死体と犯行に使われたカヤック——。捜査の局面は大きく転換した。ここでめげてはいられない。犯人が残した置き土産に込められたメッセージを読み誤ることはもはや許されない。

第九章

1

　検視の結果、死体は死後三日と結論づけられた。死因は絞殺。背後から手で首を絞められたものと推測された。

　指紋は被害者のものしか出てこなかった。所持品もなかった。履物もやはり見つからなかった。カヤックの中から採取された毛髪は二種類。一方は被害者のもので、もう一方は血液型が前の二つの現場から発見された毛髪と一致するが、ＤＮＡ鑑定の結果が出るのはあすになるとのことだった。

　死体が乗せてあったカヤックは、目撃されたものと同じモデルだが、予想どおり製造番号の書かれたステッカーは剝《は》ぎ取られ、購入ルートの特定は難航しそうだった。

　死後三日という検視結果は、捜査本部に多少の安堵を与えた。第一の死体は九日前に殺害され、八日前に発見されている。第二の死体は殺害されたのが四日前で、発見されたのは三日前。第三の死体は三日前に殺害されていた。本部が運河の監視に入ったのは一昨日だから、第三の死体はその前日にすでに殺害されており、監視態勢に遺漏はなかったことになる。

三つ目の死体発見で、城東署の本部はふたたびマスコミの注目の的になった。夕刻、急遽開かれた記者会見には報道各社が大挙してやってきた。渋井一課長は大田区の事件で忙殺されていて、こちらには担当理事官が出席したが、会見を事実上取り仕切ったのは俊史だった。

記者の質問は運河上での犯行の可能性が十分推測できながら、どうしてきょうまでその事実を公にしなかったのかという点に集中した。いずれもきのうの毎朝のリーク記事を念頭に置いたもので、本部の対応への鋭い批判を含んでいた。俊史は忍耐強く説明した。

第二の死体発見で搬送に小型ボートが使われた可能性が強く浮上したが、その時点で運河上での犯行という見方はあくまで仮定にすぎなかった。いずれの死体も裸足だったという事実から、むしろ室内での犯行とみるほうが妥当で、憶測に基づいてそれを記者発表することはあらぬ不安を社会に与えることにつながり、尚早だという判断があった。

しかしながら本部としてはその可能性も否定しきれないとして、死体発見の翌日夜から区内の運河上での監視行動をとっていた。第三の被害者が殺害されたのはその前日であり、その点において捜査態勢に不備はなかったと考える。

犯行に際して使用されたと思われるカヤックが発見されたことで、犯人が犯行の継続を断念したとの考え方もあるが、本部としては運河での監視態勢は今後も緩めず、一方で陸上での犯行を含め、あらゆる可能性を想定して捜査を進めていく――。

そんな理詰めの説明にも記者たちは不満げな声を上げたが、突き崩せるような論点もとくに見つけられないようだった。いまも被害者の身元が特定できないことにも鋭い質問が投げかけられたが、それについては率直に批判を受け入れて、そちらの捜査にも今後さらに力を入れると強い口調で断言した。

記者たちにすれば消化不良の会見だろう。大きな記事になるネタを与えず、かといってぼろも出さず。それがこういう局面での会見のコツだということを、渋井一課長が出席したこれまでの会見から俊史は学んだようだった。会見場を出ると、中央通信の西口が声をかけてきた。

「葛木さん。やるじゃないですか、おたくの息子さん」

「知ってたのか」

「そりゃもちろん知ってます。というより、記者クラブでも話題になってますよ」

「ろくな話題じゃないんだろ」

「いやいや、息子さん、一課長の覚えがめでたいようですよ。ほかの帳場でこっちの事件のことを訊《たず》ねると、えらく機嫌よく答えるんですよ。あそこは若い管理官がしっかりしているから安心して任せておけるって。刑事の息子というのが気に入っているようです。あの人も叩き上げで、普通なら若手のキャリアなんて歯牙《しが》にもかけないはずですがね」

「きょうの会見の採点は？」

「記者の感想としたらせいぜい六十点ですよ。しかしそちらサイドの観点に立てば、九十点あげてもいいんじゃないですか。ぎりぎり及第点の会見というのが、こういう場合の帳場のトップとしての腕の見せどころですから。受けを狙っちゃいけないんです」

「あいつは、どこでそういうコツを覚えたんだろうな」

まんざらでもない気分で葛木は訊いた。考える様子もなく西口は答える。

「生まれついてのセンスってのがあるんじゃないですか。記者というのは相手のガードを崩すためにわざと辛らつな質問をぶつけるもんですが、売られた喧嘩を買うようじゃしようがない。どれだけ自分を殺せるか、渋井一課長のように修羅場をくぐってきた人ならわかることでも、若い人にはそこがなかなか難しい。そういう勘どころを葛木管理官はすでに摑んでいるわけで、これからが楽しみですよ」

真っ正直で融通の利かないところが取り柄だと思っていた俊史に、そういう才覚があるとは葛木も驚いたが、それも彼の性格のある種のバリエーションと理解すべきだろう。要は自分の役回りに糞真面目なほど忠実なのだ。だから職務上必要だと思えば狸にもなれる。

2

第三の死体発見から三日経った。今回も身元は判明しない。

現場に落ちていた髪の毛の一本は、ＤＮＡ鑑定の結果、第一と第二の現場のものと一致した。犯行に使用されたと思われるカヤックが残されていた点を除けば、現場の状況は他の二つのケースとまったく同じで、捜査員にとっては単に仕事が三倍に増えたようなものだった。

ようやく朗報が届いたのはその日の昼過ぎだった。電話を受けたのは大原で、一しきりやりとりして振り向いた顔に喜色が宿っていた。

「赤羽警察署からの通報だ。第二の被害者の身元についてだが、ある会社から失踪届けが出たらしい。受理した担当者が配布したチラシを見ていたようだ。思い当たるところがあって、じっくり話を聞いたそうなんだ」

第一の死体発見時と同様に、本部ではすぐに似顔絵を入れたチラシを用意して、警視庁管内の各所轄にも配布していた。それが功を奏したかたちだった。

「間違いないんですね」

葛木は勢い込んで問い返した。大原は力強く頷いた。

「おそらくな。人相特徴はきわめて近いらしい。急いで指紋を照合したいそうなんだ」

「指紋があるんですか?」

俊史が身を乗り出す。大原は微笑んだ。

「その女性は一週間前から旅行に出かけるといって会社を休んでいたそうなんだ。行き先はシンガポールで、期間は五日の予定だったらしい――」

ところが六日目になっても出社しない、自宅に電話を入れても出ない。旅程が変更にでもなったかと、とりあえずは様子をみたが、翌日になってもやはり出社しない。

社長が心配になって、社宅として借り上げている賃貸アパートに出向いてみたが、人がいる気配がしなかった。新聞はとっていなかったが、郵便受けには手紙やＤＭの類《たぐい》がかなりたまっていた。不審に思って不動産会社に連絡し、事情を話して鍵を開けてもらった。

なかはきれいに整頓《せいとん》されていたが、長期にわたって密閉された部屋特有の饐《す》えた臭いがした。旅行後に体調を崩して臥《ふ》せっているのではと思っていたから、社長は慌てて警察に届けを出したという。

「死体はきれいな状態で残ってるんだから、面通ししてもらったほうが手っとり早いだろう」

山岡が口を挟む。大原は首を振った。

「おれもそう思ったんだが、間違いだったら、社長としては見たくもない他人の死体を見ることになるわけでね。当人の机はそのままにしてあるから指紋は採取できる。できればそっちで確認して欲しいと言っているそうなんだ。もちろん間違いなければ、実家と連絡をとって、遺体を引きとる手配をしてくれるそうだ。人違いであって欲しいというのが偽らざる気持ちのようだがね」

「いまどきにしては、親身ないい社長じゃないですか」

葛木のそんな言葉に、大原は複雑な感想を漏らした。

「赤羽で町工場を経営しているらしいんだがね。小さな所帯だから、社員が子供のように可愛いんだろう。そういう話を聞くと、外れであって欲しい気もしてくるが、それじゃこっちも商売上がったりだしな」

「だったらすぐに鑑識を向かわせましょう。指紋の照合ならその場でできます。被害者のものと一致したら、その社長からも話を聞く必要があるかもしれません。我々も同行しませんか」

俊史の提案に山岡も同意した。

「そうしましょう。いま捜査員はみんな出払っているから、わざわざ呼び戻すより、おれたちが出向いたほうが早いでしょう」

むろん葛木も大原も異存はない。葛木が鑑識に連絡をとり、状況を説明して、手の空いている人間を二名ほど寄越すように依頼した。

まだその女性が被害者と決まったわけではないから、大袈裟にすれば会社にとっても迷惑だろうという配慮からだが、当たりなら住んでいたアパートは本格的な鑑識の対象になる。とりあえず準備をして待機していてくれるように頼むのも忘れなかった。

葛木たちは覆面パトカー二台に分乗し、鑑識の二名も同乗した。仕事は指紋の採取と照合だけだから荷物も少ない。京葉道路、靖国通り、本郷通りと繋いで到着したのは赤羽駅に近い北区西が丘二丁目の住宅街の一角にある縫製《ほうせい》工場だった。

会社には赤羽署の刑事が先着していた。社長は五十がらみの骨ばった人物で、浅黒くやや皺《しわ》の多い顔が辛酸《しんさん》を舐めた人生を想起させるが、気弱げに浮かべた微笑からは、苦労人特有の優しさが感じられた。立ち入った話は後にして、まずは指紋の採取にとりかかった。

事務所には机が五つ並んでいる。普通の会社なら定年を過ぎていそうな年配の男性を、経理課長だと社長は紹介した。ほかに中年の女性が二名、机に向かって仕事をしている。窓を背にしたやや大振りな机が社長のものだろう。空いている机は二つ。社長はそのうちの一つを指差して、それが失踪した女性の机だという。

資料やカタログが几帳面《きちょうめん》に並び、ノートパソコンも開いた状態で、いつ会社に復帰してもいいように同僚たちが配慮していた様子が窺える。

鑑識の二人はものの五分もかからずにパソコンの上蓋《うわぶた》や机から指紋を採取した。一人が葛木を手招きする。歩み寄ると、いま採取したばかりの指紋とコピーしてきた被害者の指紋を並べて見せる。指紋照合が専門ではない葛木の目にも、疑いもなくそれは同一人物のものだった。

「社長さん」

葛木が声をかけると、社長は静電気にでも触れたようにびくりと体を痙攣《けいれん》させた。切ないものを噛み締めながら葛木は言った。

「被害者と同一の指紋が出ました。お気持ち、お察し申し上げます」

社長はその場に立ち尽くした。従業員が顔を見合わせる。事務所に重い沈黙が充満する。

「本当に間違いないんですね、杉田《すぎた》君に？」

信じたくないという表情で社長が問いかける。葛木は頷いた。

「間違いありません。まことに残念な事態ですが」

社長の眦《まなじり》が光る。二人の女性の喉から合唱でもするように嗚咽《おえつ》が漏れる。経理課長は皺の多い顔をしかめて洟《はな》をかむ。

「いい娘だったんです。仕事ぶりは真面目で、悪い遊びに走ったこともないし、なにより明るく気立てのいい娘でした」

社長は声を震わせた。近親者に訃報《ふほう》を告げる役回りが刑事に回ってくることはしばしばある。葛木も何度かそれを経験している。普通の人間なら悔やみを言って終わりでも、刑事の場合はそこから先が本業だ。できれば逃げたい仕事でも、けっきょく天命と諦めるしかない。

「社長さんの知っていることをお聞かせ願えませんか。犯人に繋がる糸口をなにかご存知かもしれません」

葛木は穏やかに言った。社長は悲痛な声を上げた。

「知っているもなにも、こんな小さな会社ですから、社員は家族同然です。気持ちはなんでも通じているつもりでした。それがあんな死に方をするなんて——」

3

杉田友美《ともみ》、昭和六十一年生まれ、二十四歳、独身、北区赤羽台一丁目在住、同区内西が丘二丁目の榊原《さかきばら》産業勤務。出身は北海道の函館で、首都圏の短大を卒業し、榊原産業に就職して四年目だという。

社長の榊原靖男《やすお》からは会社の応接室で事情聴取した。彼が知るところでは、友美は勤務態度は至って真面目で、男遊びをするでもなく、生活に乱れたところは感じられなかったという。

趣味は旅行だったが、一人で行くことはほとんどなかったようだった。そう頻繁に休みがとれるわけではなかったが、月に一度は友人と週末旅行をし、連休や夏休みには海外にも出かけていたらしい。

会社の社員旅行にも欠かさず参加していたが、普段の旅の仲間は短大時代の友人が大半で、すべて女性のようだった。同僚たちは旅行中のスナップをよく見せられていて、彼女の友だちの顔はほとんど憶《おぼ》えてしまったという。

仕事は営業や仕入れ管理のサポートで、ときには取引先に出向くこともあった。先方の担当者は好感を持ったようで、社長の耳に聞こえてくるのもいい評判がほとんどだったらしい。

「旅行はたしかに好きだったんですが、連休でもない時期に、わざわざ休暇をとって海外に出かけるようなことはこれまでなかったんです。格安のツアーがあったのでぜひ参加したいというもんですから。そのときもう少し立ち入って話を訊いていれば、こんなことにならなかったのかもしれませんが、仕事もとくに忙しい時期ではなかったし、プライベートなことにはとやかく言いたくなかったので――」

社長は無念そうに言った。こういう事態に直面した近親者や知人は、ああすればよかった、こうすればよかったと思い悩むものなのだ。そんな相手に酷だとは知りながら、葛木としては踏み込んで質問するしかない。

「ここ最近、彼女の行動や態度、言葉などに、変わったところはありませんでしたか」

「さあ、とくに思い当たりませんが、以前より明るくなったような気がしていました。それまでも暗い性格というわけじゃなかったんですがね。同僚のおばさんたちに、彼氏でもできたんじゃないかとからかわれていましたよ」

「彼女の反応は？」

「笑って誤魔化していましたが、強く否定するふうでもなかった。歳も二十四だから、そろそろ結婚を考えさせないとと心配していたものですから、それならけっこうな話だと安心していたくらいで」

その話に穏やかではないものを感じた。想起したのは上尾の話だった。幸田と連れの女性は、婚約中とか新婚のカップルが水入らずのデートを楽しんでいる風情だという。

犯人は結婚を餌に被害者に近づいたのではないか。そんな関係なら女性は警戒心を抱かず、いくらでも隙を見せるはずだ。カヤックで夜の運河をクルーズするという一風変わったレジャーにも不安なく付き合うかもしれない。もし幸田が犯人なら、現在の連れの女性が次のターゲットである可能性は否定できない。葛木は問いかけた。

「身辺に男の気配のようなものは」

「さあ、私どもはとくに感じませんでした。机を並べている同僚の一人が家が近くで、ときどき料理をつくって持っていってやったりしていたようなんですが、やはり男と暮らしているような様子はなかったそうで。きょう私が部屋を覗いたときも、そんな気配はまったく感じませんでした」

「実家のご家族には？」

「なんと連絡したらいいやら。辛《つら》い役回りですよ」

「失踪したことについては？」

「もう知らせてあります。いまごろ心配していることでしょう」

「ご両親からは、なにか変わった話は聞いていませんか」

「いなくなる数日前に電話で話をしたそうですが、とくに不審な様子はなかったようです。ただ変なのは、ご両親には旅行に出かける話はしていなかったそうなんです」

「その話が、そもそも嘘だったとも考えられますね」

「いまとなってはそうも考えたくなりますね。裏表のない娘だと思っていたんですが、人間というのはそう単純なものじゃないんでしょう。私の目配りが足りなかったのかもしれません」

「ご自分を責めないでください。こういう事件の場合、犯罪者は被害者のわずかな隙をついて狡猾《こうかつ》に目的を達するものです。周囲の目配りでどうにかなるものではありません」

「刑事さんにそう言ってもらえると救われます。しかしどうしてこんなことを。人から恨みを買うような娘じゃなかったんです。面白半分で人を殺す人間がこの国にもいるんですね」

「残念ながらそういうことです。そんな事件に遭遇するたびに、我々も人間が信じられなくなります」

「犯人を捕まえていただけますね」

悲しみに打ちひしがれていた社長の顔に怒りの色が重なった。葛木は力を込めて頷いた。

「もちろんです。必ず逮捕します。失われた命は戻ってはきませんが、犯人に然《しか》るべく罪を償わせることはできます。それが我々がやらなければならない最低限のことですから」

失われた命は戻らない——。そう口にしながら、刑事という商売がいかに因果なものであるかを葛木はあらためて噛み締めた。殺人刑事が手がける仕事にハッピーエンドはあり得ない。なぜなら自分たちが動くとき、すでに悲劇は起きてしまっているのだから。

4

社長は北海道の実家に連絡をとり、沈痛な声で判明した事実を告げた。

相手は母親のようで、電話の向こうから悲鳴に近い驚愕《きょうがく》の声と、それに続く号泣が漏れて聞こえた。

途中で葛木が電話を代わり、ここまでの捜査の経緯と遺体の引き取り手続きについて説明した。母親は社長からの電話を受けたときは動転した様子だったが、葛木には気丈に対応した。

あすの朝には父親とともに上京するというので、そのとき被害者の交友関係やここ最近の言動の変化などについて質問させて欲しいと申し出ると、それが犯人検挙に結びつくならどんな協力もすると応じた。

大原は家宅捜索の手配を終え、いま本部の捜査員と城東署の鑑識が被害者の自宅に向かっているという。山岡も十三係の主だったメンバーをじかに携帯で呼び出して、急いで現場に向かうように指示を出している。

俊史は本庁の理事官に電話を入れて状況を報告した。理事官はバラバラ殺人事件の本部にいる渋井一課長にさっそく話を取り次ぎ、折り返し連絡を寄越した。そちらの本部もいま容疑者の取り調べが佳境だが、それはとりあえず現場に任せて、夕刻開く予定の臨時捜査会議には一課長自ら出席するという。

葛木は宇都宮の上尾に電話を入れた。張り込み中にこちらからかけるのは控えていたが、この場合はそうも言っていられない。上尾は押し殺した声で応答し、かいつまんで状況を説明すると、少し待ってくれと言っていったん通話を切った。

しばらくすると上尾のほうから電話が入った。どこか話のしやすい場所に移動したらしい。

「なんにせよ、大きな進展だな。問題は被害者の周辺に幸田の影を感じとれるかだよ。結婚を餌にターゲットに近づくという、あんたの見立てがまんざら外れているとも思えない。だとしたら幸田の連れの女性は、いま危険な状態にあるということだ」

上尾は嘆息する。葛木は問いかけた。

「いま幸田はなにをしている？」

「きょうはいまのところずっと家にいるよ。女性のほうは三時過ぎに幸田の母親と近所に買い物に出かけたよ。晩飯の材料の仕込みだろう。近所の商店街で肉やら野菜やらを買っていた。今夜は鍋物のようだな」

「雰囲気は？」

「上々だよ。結婚すれば人もうらやむ嫁姑関係になりそうだな。それまで生きていればだが」

上尾は深刻な口調で言う。葛木も穏やかではない気分で応じた。

「あんたがしっかり張り付いている限り、その心配はないと思うがな」

「いや、なにごとも完全ということはない。うっかり出し抜かれて犯行に至らせてしまったら、おれが辞表を書くくらいじゃ済まないからな」

「今夜一課長がこちらに出向いて臨時会議を開くことになっている。この状況を踏まえてどう対応するかはそこで決まるだろう。いまのところ逮捕状を請求して身柄を押さえるまでの証拠はない。できるとしたら任意の事情聴取だが、向こうが応じなければそれまでの話だからな」

「難しい局面だな」

「ああ、これから被害者のアパートの捜索に入る。そこで目ぼしい証拠が出るといいんだが」

「おれも期待しているんだよ。結婚を前提とするような親しい仲になってから犯行に及ぶという手口なら、被害者のアパートに立ち寄ることは十分想定できる。指紋が残っていれば完璧なんだが」

「しかし犯人はこれまで現場に指紋を一切残さなかった。そこまで慎重なら、そういうどじは踏まないんじゃないのか」

「そうも言えないぞ。カヤックに乗るときは、パドルを握るから手袋をしていても不自然じゃないが、この季節に室内で手袋をしている理由はないからな」

「あとは幸田との交際を示す手紙や写真だな。交際相手を実家に連れて行くほど深い仲になるのが手口なら、残っている可能性はあるだろう」

「犯行のあとで始末していなければな。合鍵があれば、そうしたかもしれない」

「室内に残った指紋を拭《ふ》きとることもできるわけだ」

「そういうことだ。いずれにせよ一筋縄ではいかないホシだと思うよ。なんだか悲観的な話に向かっていくな。おれたちもヤキが回ったということか」

上尾は自嘲するように笑ったが、思いは葛木も同様だ。これを突破口に一気に犯人検挙に至る道筋が、頭のなかにうまく描けない。その一方で胸を焼くような焦燥《しょうそう》が湧き起こる。

これまで三つの死体には名前がなく、身元も性格もわからなかった。そのなかの一つがいま名前や性格や生前の生活まで明らかになった。ナンバーでしか呼べなかった記号のような死体が一人の人間として立ち現れた。

これまでの捜査で手を抜いてきたつもりはないが、抽象的な存在であるが故の心理的なクッションがあったことも否めない。それが取り払われたように、突然生々しい現実と直面させられた気分だった。

葛木は自分に言い聞かせた。かつて希望と喜びに満ちて生きていた死者のために、その死者を思い涙する社長や従業員や両親のために、絶対にやらなければならないことがある。真犯人が幸田であれ誰であれ、必ず検挙して罪を償わせなければならない。被害者の命がもう帰らないのなら、せめて生きている人々の魂を救うためにも——。

5

立ち会いのために社長にも同乗してもらい、葛木たちは杉田友美が暮らしていた赤羽台の賃貸アパートへ向かった。

現場にはすでに城東署の鑑識係と本部の捜査員が合わせて十数名到着し、アパートの前はごった返していた。それを近隣の住民が遠巻きにして、普段は人通りのなさそうな住宅街の路地が縁日のような賑《にぎ》わいだった。

友美の部屋は二階にある。不動産屋から部屋の鍵を預かっていた社長がドアを開けると、手持ち無沙汰にしていた鑑識課員が一斉に踏み込んだ。鑑識作業が終わるまで、こちらはアパート前の路上で待つしかない。俊史が傍らに歩み寄る。

「これでようやく一歩前進だね」

「ああ、ここまで来て、犯人を取り逃がしていたんじゃ目も当てられない」

「もし幸田が犯人だとしたら、動機は警察への復讐なんだろうか」

「本人はそう主張するかもしれないな。しかしそんな言い訳は通用しない。お姉さんを自殺に追いやった警察が憎いのなら、報復の方法はほかにいくらでもあったはずだ。罪のない女性を立て続けに三人も殺害することが、どれだけ周囲の人々に大きな悲しみを与えるか、お姉さんの死が自分にとってそれほど悲しい体験だったのなら、それをいちばんわかっているのが幸田自身のはずだろう」

「こういう事件を起こす人間はすでにどこかが壊れちゃってるから、そういう点に矛盾は感じないのかもしれないけど、でも著《いちじる》しく合理性を欠く話ではあるね」

「すぱっと割り算できて余りが出ないような事件はなかなかないんだよ。犯人を送検するまでがおれたちの仕事だが、動機の面で割り切れない部分は、どんな事件でも残るもんなんだ」

「動機は人の心のなかにしかないからね。物証や他人の証言では決して立証できない」

「幸田が犯人じゃないと感じているのか」

「そうじゃないけど、どうもすっきりしないものが残ってね」

「それはおれも同じだよ。上尾も連れの女性や家族と仲よくやっている幸田の姿を見て、似たような感触を持ったようなんだ。それで任意でもなんでもいいから、まず取り調べをしたらどうだと何度か言ってきている」

「きょうの捜索でなにも出ないようだったら、そうすべきかもしれないね。おれたちが幸田に張りついているあいだに、本ボシが次の犯行に走ったらえらいことだよ」

「しかしいまはその糸口にすがるしかない。ここで手綱を緩めて幸田が真犯人だったとしたら、それこそ致命的なミステイクだ」

「このあいだ親父が言ってたよね。不安こそが現実の手触りで、その感触を忘れたら、人間はひたすら虚構の世界を生きることになるって」

「ああ。なにごとにせよ一〇〇パーセントの確信があるときがいちばん怖い。捜査中の見立ての足元には大なり小なり落とし穴が隠れている。それが普通だと思わなくちゃな。これだけ長く刑事をやっていても、現実はいつも得体《えたい》の知れない怪物だ。若いころはわかったつもりでいたことが、まるで見当違いだったことに気づかされる。自分の愚かさを知ることが、歳をとることの唯一のメリットかもしれないな」

「駆け出し人生のおれとしては、しっかり拝聴しておくべき意見だね」

言いながら俊史は山岡を見やる。所轄の捜査員たちから離れたところで十三係の連中だけで輪をつくり、なにやら話し合っている様子だが、そちらにも警戒を怠らないほうがいい。捜査上のミスとは別の落とし穴が掘られていないとも限らない。葛木は俊史に耳打ちした。

「あっちの旦那にも気をつけないとな」

「ああ、まだ矛を収めたとは思えないからね。人生というのはなかなか骨が折れるもんだね」

「そこで骨惜しみしないことが安全運転する秘訣だな。これからのお前の人生を考えてもな」

生き馬の目を抜く出世争いに汲々とするエリート官僚の世界と比べれば、葛木が生きてきた世界などはまだ安全なほうだろう。しかし先日の記者会見を仕切った俊史の手際を見れば、地雷の埋まった高速道路を、彼なりの機転で飄々《ひょうひょう》と走り抜けてしまいそうな気がしてくる。親を追い越すことが息子にしてもらえるいちばんの親孝行なのだと、葛木はあらためて感じていた。

一時間ほどで、段ボール箱を抱えた鑑識係が部屋から出てきた。入れ替わるように下で待っていた捜査員たちが階段に駆け寄った。

「おい、ちょっと待て。大勢がいっぺんに駆け込んだら現場が乱れる。おれたちが最初に踏み込むから、ほかの連中は外で待機だ」

声を上げたのは山岡だった。所轄の捜査員たちのあいだに不平のどよめきが湧き起こる。ここで現場を牛耳られては堪らないというように、大原はちらりとこちらに視線を向けて、山岡を尻目にさっさと階段を上っていく。

葛木も俊史を促してそれに続いた。面目を潰された山岡を先頭に、十三係のお歴々も慌ててあとを追ってくる。

大原に続いて足を踏み入れたその部屋は、いま流行のロフト付きというのだろう。板張りの八畳ほどのリビング兼ダイニングの上に二畳ほどの中二階があり、そこを寝室に使うようになっている。

指紋や足紋を採取した際のアルミ粉があちこちに残っているが、室内はきれいに整頓されていて、不審者が押し入ったり室内で争いがあったような形跡はない。居残っていた鑑識係の主任が報告をする。

「指紋は複数発見されました。本人のものが大半でしたが、ほかに四名分の異なる指紋がありました。うち二つは参考指紋として採取させていただいた勤め先の社長さんと同僚の女性のものと判明しました。どちらもこの部屋を訪れているという証言があるとのことなので、今回の捜査では除外できます。別の二名分は署に戻って犯歴データベースで照合してみますが、幸田正徳のものでないのは間違いありません」

案の定、犯人はそう簡単に決め手を与えてはくれない。ほかの二名分の指紋も、たぶん彼女の友達が遊びにきたときのものだろう。データベースでヒットする可能性は低い。山岡が訳知り顔で言う。

「予想はできたことだよ。これまでホシはどこにも指紋を残さなかった。ほかに遺留物は出ていないのか？」

「玄関に踏み重ねられた靴跡が多数ありましたが、下駄箱の靴と照合したところ、大半が本人のものでした。あと比較的新しいものが二つ。これはどちらも男性のもので、一つはビジネスシューズ、もう一つはスニーカーでした。社長さんに確認したところ、ビジネスシューズのほうは、けさこの部屋を訪れたときのものだろうということです」

主任は立ち会いのためにその場に居残っている榊原社長に目を向けた。社長は頷いて言った。

「間違いないです。いま履いている靴と同じものです」

主任が付け加える。

「室内にも上がられたそうですが、その足跡も社長さんのものと確認できました」

「問題はもう一つのほうだな。スニーカーのメーカーは特定できそうか」

山岡が問いかける。主任が答える。

「そこは問題ないと思います。たぶんごくありふれた品物ですから。ただそういうタイプの商品は日本じゅうに溢れていますので、販路から持ち主を突き止めるのは困難ではないかと」

「それはこっちが考えることだ。余計な口を挟むんじゃない」

山岡は鋭く言い捨てる。この人物の扱い方をまだ知らない様子の主任は狼狽《ろうばい》した。

「余計なことを申し上げ、失礼致しました。おそらく国内の大手メーカーの製品で、出回っているのは相当の数に上ることを指摘させていただきたかっただけで」

「それが犯人のものだとしたら、日本じゅうをしらみ潰しにしても持ち主を特定しなきゃいけないんだよ、それがおれたちの商売だ。以後は口の利き方に気をつけろ」

山岡は凄《すご》みを利かせるが、さしたることでもないというように大原がとりなす。

「そう権柄ずくに決めつけることはないだろう。意見を言ってくれるのはいいことだ。あんたみたいなベテラン刑事でも、見落としが絶対にないとは言えんだろう。現場の意見に耳を傾けないようになっちゃ、本庁捜査一課の凄腕刑事が裸の王様になりかねないぞ」

その遠慮のない言い方からして、大原はいまも山岡に対する戦闘モードを解除していないらしい。かといって言っていることは正論だから、山岡も反論はしづらいようだ。不快げに鼻を鳴らして話を切り替える。

「物入れや抽斗《ひきだし》のなかは触っちゃいないんだろうな」

「はい。指紋と足紋、髪の毛等の遺留物を中心に採取しろとのお話でしたので」

「よかろう。あとはおれたちが検分する。わからないことがあればあとで電話で訊くから、早く帰って分析を進めろ」

「はい。それでは失礼致します」

主任は一礼してから、山岡には見えないように大原に目配せし、そそくさとその場を去った。

十三係の面々が一斉に動き出す。床やダイニングテーブルの上は瞬《また》く間に雑多な品物の集積場になった。クロゼットからは外出着から下着類まですべての衣類が引っ張り出され、小机や箪笥《たんす》の抽斗の中身もすべて床にぶちまけられ、食器棚の中身も取り出された。

いくら実家の親が承諾したからといって、犯罪の容疑者の家宅捜索とは話が違う。もう少し丁寧なやり方があるはずだが、十三係の頭の配線はそういう配慮とは無縁にできているらしい。手紙類、日記、アドレス帳、写真アルバム——。死者にプライバシーなどないとでもいうように、あらゆる秘密が丸裸にされていく。

しかし独身女性の部屋の物の量は決して多くはなく、捜索は小一時間で終了した。期待した携帯電話も見つからず、幸田との交際を示唆するような手紙や写真の類はなにもなかった。

十三係の面々は落胆を隠さない。山岡は負け惜しみのように言う。

「こういう結果は十分想定できた。犯人にだって脳味噌はあるわけだからな。マル害と親しい仲になってからの犯行なら合鍵だって持っているだろう。犯行のあとでやってきて、証拠を隠滅した可能性だってある」

「これで一気呵成というわけには行かなくなったな。幸田の線を示す証拠が一つでも出れば、いますぐにでも逮捕状を請求して訊問に取りかかれるんだが」

大原も苦い表情だ。沈滞しそうな雰囲気を破るように俊史が言う。

「悲観する必要はないでしょう。不審な男物のスニーカーの靴跡は出ている。さっき山岡さんが仰ったように、日本じゅうをしらみ潰しにしてもその持ち主を特定すればいい。被害者の両親や友人にこれから話を聞くことにもなるでしょう。そこからの敷鑑で犯人にたどり着けるかもしれない。幸田の線だって消えたわけじゃない。きょうの成果は小さくはない。ゴールは決して遠くないはずです」

大原は慌てて姿勢を正した。

「管理官の仰るとおりだよ。いまは悲観なんかしている場合じゃない。きのうまでの状況と比べれば一歩も二歩も前進だ。あすからナシ割りと敷鑑に全力を傾けよう。そこから幸田に繋がる証拠が出れば勝負は決まりだ。身柄は上尾がすでに押さえているようなもんだからな」

6

渋井捜査一課長は、臨時捜査会議が始まる午後六時よりも三十分早く城東署の捜査本部に姿を見せた。

副本部長の城東署長も加わって、会議前のミーティングが始まった。俊史が勤め先での事情聴取と被害者宅の捜索結果を報告すると、渋井は満足げに言った。

「死体の身元確認が普通は殺人捜査のスタートラインなんだが、きょうまではそこにさえたどり着けなかった。やっと大きな足がかりができてきたな」

被害者宅で採取された身元不明の二名分の指紋はさっそく犯歴データベースで照合したが、該当する者はいなかった。足跡が見つかったスニーカーはやはり大量生産品だった。日本のメーカーの製品だが、製造されたのは中国で、靴底のパターンの微妙な差異から販路を特定するのは難しそうだった。

一方でナシ割り担当チームのリーダーからは有力な情報が入っていた。遺体発見現場に残されていたカヤックを販売元のスポーツ用品輸入会社に持ち込んで調べてもらったところ、その製品のロットナンバーが特定できたという。

製造番号のステッカーは剝がされていたが、販売元は現物の特徴的な部分を詳細に撮影し、アメリカの製造元に送ってくれたらしい。その結果、そのロットだけに見られるある特徴が確認された。

今年に入って舳先のプラスチック部品の金型を作り直し、それに伴って形状が若干変わったというのだ。メーカーサイドでしか判別できない微妙な違いだが、その金型が使われるようになってからの製造ロットは確認できた。

その一部が日本へ輸入されたのは今年の四月で、数量は二百ほど。すべてがその販売元を通じて輸入されており、卸した先もわかっているという。ただし人気商品のため並行輸入品も入ってきており、そちらについては把握できないという。

扱っている販売店は全国で二十店ほど。その八割が首都圏にあるが、なかには通販を行っている店もあり、購入者は全国に散らばっているだろうという。

ナシ割りチームはすでに動き出し、各販売店を総当たりして購入者の特定を目指すという。山岡は存在感をアピールする。

「ナシ割りのほうも期待できますが、あすから敷鑑も集中的に動きます。被害者の両親から話が聞けるでしょうし、自宅にあった住所録も大きな手がかりです。それをもとにチーム総がかりで話を聞いて回ります。必ずなにか出てきます。そこから幸田に繋がる線が見えてきたら、一気に逮捕に進めますよ。どちらもうちの配下の連中が指揮をとります。これまでもきっちり結果を出してきた腕利き揃いですから、取りこぼしはありませんよ」

「ナシ割りや敷鑑ならうちの捜査員だって百戦錬磨だよ。世の中、殺しだけが犯罪じゃないからな、窃盗だろうが傷害だろうが、そういう捜査はついて回る。踏んだ場数じゃ所轄が上だ」

大原も負けじとアピールする。十三係と所轄の対抗戦の趣《おもむき》だ。渋井もさすがに諫《いさ》めに入る。

「張り合うのもけっこうだが、捜査の基本はチームワークだ。お互い、足を引っ張り合うようなことだけはしないでくれよ」

例のリークが念頭にあるような物言いだが、山岡は意に介さない。

「チームワークを無視するわけじゃありません。要は然るべき人間がきちっとリーダーシップを取らなきゃまずいってことですよ。うちの帳場としても、もうこれ以上は停滞していられない。あすからはまさに総力戦になりますよ」

その厚顔さに辟易《へきえき》するような苦笑いを浮かべて、渋井は言った。

「それならいいが、まずは足元を固めることだ。幸田サイドにもデリケートな事情がある。姉の自殺に関しては、両親も警察に対して遺恨をもっているようだからな。こちらの見立てが外れだったときは手痛いしっぺ返しを食らいかねん。名誉毀損《きそん》で訴えられでもしたら、その後の捜査全体に悪影響が及ぶ」

「及び腰になることはありませんよ、一課長。幸田の線はすこぶる固い。必ず仕留めてみせます。なあに、尻尾のないホシはいません。短期間に三件も殺しをやらかせば、かならずどこかでぼろを出しています。包囲の網はできあがった。あとは絞り込んでいくだけです」

自信満々の山岡の言い草を聞いていると、魔法をかけられたように楽観的になってもくるが、葛木の心にはやはりわだかまるものが残る。かといっていまは幸田以外に狙いを定めて追及できる被疑者はいないのだ。

7

杉田友美の両親は、翌日の朝の便で函館から飛んできた。葛木は大原とともに羽田空港で二人を出迎え、司法解剖を委嘱《いしょく》した大学病院へ案内した。

榊原社長とはそこで落ち合った。遺体については、季節が季節な上に、函館までの搬送費用も馬鹿にならない。東京で仮通夜を行なったのち荼毘《だび》に付し、函館へは遺骨を持ち帰ることにしてはどうかと社長は提案し、仮通夜のための葬儀場も会社で手配すると申し出た。両親は感謝してそれを受け容れた。

大学病院の霊安室で娘の遺体と対面した母親は、変わり果てた姿を見て泣き崩れた。父親は気丈に堪えていたが、拳を骨が透けて見えるほどに握り締め、膝をかすかに震わせている姿を見れば、その胸中が葛木には十分に推《お》し量《はか》れた。

突然逝った妻の亡骸《なきがら》を前にして、頭のなかになんの言葉も思い浮かばなかったのを覚えている。あまりに大きな悲しみは、言葉も思考も一瞬にして蒸発させてしまうものらしい。葛木も大原もかける言葉もなく、寄り添うように傍らに佇《たたず》むだけだった。

社長が手配した葬儀場の霊安室に遺体を運び終えたところで、両親は事情聴取に応じてくれた。遺体と対面したときの悲嘆の様子を見て、あすに延期してもかまわないとこちらから申し出たが、心配することはないと父親はしっかりした口調で応じた。

ちょうど昼食時だったので、葬儀場近くのレストランで食事をしながら話を聞くことにした。父親も母親もすでに落ち着きを取り戻していた。

父親は五十代前半くらいで、函館市内の海産物卸売会社に勤めているという。大柄な体格と短く刈り上げた髪が精悍《せいかん》な印象を与えるが、表情は柔和で、顔立ちには被害者の似顔絵と共通するところがあった。母親も同年輩の小柄で華奢な印象の女性だが、こちらは被害者の母親だということが疑いようもないほど娘に似ている。

犯人への怒りがそうさせるのか、あるいは訃報を聞いて、すでにそれを受け容れる心の準備ができていたのか、父親はきっぱりとした口調で言った。

「娘の命はもう戻ってきません。親思いのいい娘でした。子供のころから近所の人に好かれていました。東京で就職してからも会社のみなさんに可愛がってもらっていたと聞いています。そんな娘がどうしてあんな理不尽な運命に巡り合わなければならなかったのか、神がいるものなら呪いたくなります。必ず犯人を捕まえてください。そして罪を償わせてください。そのために私たちにできることがあれば、なんでもご協力します」

葛木は慇懃《いんぎん》に礼を言い、二人にとって辛いことを訊かなければならないかもしれないが、それでもいいかと確認した。父親は気にしないでなんでも訊いて欲しいと応じる。その言葉に意を強くして、葛木は質問を始めた。

「恋人ができた、あるいは結婚するかもしれないというような話を、ここ最近、娘さんからお聞きでしたか」

「聞いておりません。正月休みで帰省したときも、そんな話は聞いていないし、月に一、二度は電話でも話をしていましたが、そういう話題が出たことはありませんでした」

「ご両親に隠しごとをされるようなことのある娘さんでしたか」

「そういうことはないと信じていました。小さいころから、学校であったことや友だちのことをなんでも喋る娘でした。一人っ子でしたから、私たちも目配りが行き届いていたと思います。東京に出てからも、電話で連絡は頻繁に寄越していましたから」

それまで黙っていた妻が口を開く。

「娘にはちょっと奥手なところがあって、本人から浮いた話を聞くようなことがそもそもなかったんですが、もしあれば私には話してくれると思っていました。娘も結婚を考えるような相手ができたらいちばんに知らせるといつも言っていました。私はそれを信じていました。親の勝手な思い込みだったのかもしれませんが」

「最近の態度になにか変化を感じられたようなことは？」

「とくに思い当たるところはありませんでしたが、明るくなったような気がしていました。いえ、以前が暗かったというわけじゃないんです。ただ性格的には少しひ弱さを感じさせるところがあって、自分に自信のないようなことを口にすることが多かったんです――」

母親は確認するように夫の顔に視線を向ける。父親は頷いた。母親は続けた。

「それが最近の電話では、人生に前向きな姿勢のようなものを感じていました。具体的な話ではないんですが、将来どんな家庭をつくりたいというようなことを自分から話題にしたりもしました。以前はこちらが結婚の話を持ち出すと、はぐらかすようなところがあったんですが」

その話に小さな手応えを感じながら葛木は言った。

「会社の同僚のみなさんも、似たような変化を感じておられたようです。恋人でもできたのかとからかうと、笑って誤魔化していたそうで」

「だったら、やはりなにかあったのかもしれません。もし付き合っている相手がいたとしたら、それが犯人だと？」

父親が身を乗り出す。まだ疑わしい人物の一人に過ぎず、内偵を進めている段階で、身元を明かすわけにはいかないことを断った上で、葛木は幸田についての捜査の経緯を説明した。

「いまは別の女性と結婚を前提にしたような交際をしているということですね。もしその男が犯人なら、友美は騙されていたということですね」

父親はテーブルの上で拳を握り締める。抑えてはいるが、その声には深い憤りが滲んでいる。母親が言葉を続ける。

「昔からなにごとも信じやすい娘でした。中学生のとき、ちょっとしたいじめに遭ったことがあるんです。でも本人はそれが自分への親愛の表現だと思っていたようで、先生からそれとなく注意されて、私たちもやっと気がついたんです」

俊史と共通するところのある話だった。つねに善意の目で人を見る者がいる一方で、それを利用して彼らを弄《もてあそ》ぶ者もいる。善良な人間が餌食《えじき》になるような事件に直面するたびに、葛木は強い怒りを覚えるが、実際にはそういう事件が凶悪犯罪の大半なのだ。

「もしそんな事実があって、ご両親にも会社のみなさんにも黙っていたとしたら、その相手から口止めされていたとも考えられますね」

葛木の言葉に父親は深く頷いた。

「考えられます。約束は守るようにと小さいころから言ってきたんです。でも考えてみれば、約束というのはときに矛盾をきたすものなんですね。私たちには包み隠さずなんでも話すと言っていたのに、そんな男との約束を優先した結果、こんなことになったのなら嘆いても嘆ききれません。いったいどこでそんな男と知り合ったのか」

「娘さんは旅行がご趣味だったと社長さんから伺《うかが》っていますが」

「ええ。旅先で知り合ったんでしょうか」

「そういうこともあるかもしれません。娘さんにカヌーとかカヤックのご趣味は？」

「ありません。中学や高校のクラブ活動ではテニスをやっていました。生まれ育った土地が土地ですから、スキーは人並みにできましたが。中学や高校時代に知り合ったということは？」

「ないと思います。その人物は生まれも育ちも宇都宮で、東京へ出たのは大学に入ってからのようですから」

「合コンとかいうのがあるそうですから、そういう場所で知り合ったということは？」

「年齢差から言うと、そういう機会に知り合った可能性はありません。いまのところ接点が見つからないんです」

「短大生だったころ、娘は居酒屋でアルバイトをしたことがあります。そこで知り合ったかもしれません」

葛木は身を乗り出した。

「なんという店だったか、ご記憶はないでしょうか」

「たしかチェーン系の店で、山里庵《やまさとあん》と聞いています。短大があった千葉県の市川の店だそうで」

市川と聞いて葛木は心に響くものを感じた。幸田の前歴については、大学を卒業して以来定職についていないことと、最後に勤めた市川のスポーツ用品店の前には都内のディスカウントストアで働いていたというところまでしか把握していない。

「その店で働いていたときのことで、娘さんからなにか聞いていますか」

葛木の問いに母親が反応した。

「店長さんが優しい人だというような話をよく聞かされました。個人的なお付き合いがあった様子はないんですが、部下思いの方で、アルバイトのあいだでも人望が厚かったようです」

「名前は聞いていますか」

「聞いたと思うんですが、はっきりと記憶していないんです」

「幸田ではないですね」

「幸田――。それが容疑者の名前なんですか？」

今度は父親が敏感に反応する。葛木は慌てて言い添えた。

「そうです。しかし犯人かどうかはまだ微妙な状況なものですから、口外はしないでいただけますか」

「わかりました。私は娘とそういう会話はしていないので、妻の記憶が頼りです」

父親は妻の顔を覗き込む。妻は胸の前で軽く手を打った。

「ああ、思い出しました。たしか北原《きたはら》さんでした」

「北原――」

落胆を覚えながらも、葛木は問いを重ねた。

「その店長さん以外のスタッフの名前は出ませんでしたか。そのなかに幸田という名前はありませんでしたか」

「なかったと記憶しています。曖昧で申しわけありませんが」

「お気になさらないでください。幸田という人物は過去にそういう店で働いた経験があるようなので、確認させていただいた次第です」

そう言って葛木は話を引き取ったが、当然その店は敷鑑捜査の対象になる。被害者は今回の事件よりだいぶ以前に、幸田とその店で知り合っている可能性がある。従業員でなければ店の客ということもあり得る。

父親が訊いてくる。

「娘の部屋からもなにも？」

「はい。その人物と結びつくような材料はなにも」

「それでは、まだ逮捕は無理ですね」

「もう一つ踏み込んだ証拠が必要なんですが、犯人と特定できる材料がなかなか揃いません」

「その男は、いまも別の女性と交際してるんでしょう。さらに新しい被害者が出たら――」

「身辺を監視しています。新しい被害者は絶対に出しません。我々にできるのは娘さんの無念を晴らすことだけです。もちろんほかの二名の被害者のためにも、捜査には全力を尽くす所存です」

胸の奥に鋭い焦燥を感じながら葛木は言った。父親は強い感情を秘めた口調で応じた。

「ぜひお願いします。私どもの話はあまりお役に立たなかったかもしれませんが、犯人を憎む気持ちは言葉にできません。たとえ犯人が検挙されても、娘を失った悲しみが癒《い》えることは永遠にないでしょうけれど」

第十章

1

上尾から緊急の連絡があったのは、杉田友美の身元が判明して三日後のことだった。

「幸田が動き始めたぞ」

その声が切迫している。葛木はただならぬ思いで問いかけた。

「実家を出たのか」

「そうじゃない。きょう女と二人で外出したんだが、問題は行き先だ」

「いったいどこへ？」

「まず最初に出向いたのが宇都宮市役所なんだよ」

「市役所へ？　なにかの手続きをしに行ったわけか？」

「市民課だよ。窓口の職員が書類の書き方を説明していたんだが、声の大きい男でね。近くのベンチに座っているだけでやりとりが聞きとれた。プライバシーもへったくれもない」

「要するに、幸田はなにをしていたんだ」

「婚姻届と転入届の手続きだよ」

「婚姻届と転入届？」

覚えず鸚鵡《おうむ》返しに問い返す。俊史、大原、山岡の三人が同時に葛木の顔を覗き込む。上尾は困惑気味に続けた。

「問題はそのあとだよ。手続きを終えて向かった先がパスポートセンターだった」

「本当なのか？」

葛木は嫌な展開を予感しながら問いかけた。上尾はその予感と呼応するように、複雑な心境を滲《にじ》ませた。

「ああ。途中、写真館に寄ったから、必要な顔写真はそのとき撮影したんだろう」

「こちらで調べたときは、幸田の住民票は市川市にあった。転出の手続きはいつしたんだ」

「そのあとだろうな。転出届は郵送でもできるし、代理人に頼むこともできる。わざわざ市川に舞い戻る必要はない。さらに問題なのは、そのあと立ち寄った先だよ」

「まさか、旅行代理店とかじゃないんだろうな」

「当たりだよ。海外航空券のカウンターでチケットを買っていたようだ」

「行き先は？」

「残念ながら、そこの女性職員は普通の声で喋る人間でね。やりとりまでは聞こえなかった。そのあと二人はデパートで旅行バッグやら旅行用の身の回り品を買い込んで家に帰った」

「新婚旅行に出かけるわけか。いまどきは式は挙げずに、婚姻届だけで済ますカップルも多いようだからな」

　上尾は重いため息を吐く。

「そうなると問題はややこしい。相手の女性が次のターゲットだとしたら、わざわざ婚姻手続きをして海外にハネムーンに出かけたりするか」

　その指摘には頷けるところがあるが、いま追っているような種類の罪を犯す人間にこちらの常識を当てはめるのも危険な気がする。

「単なるハネムーンかどうかはわからない。それを装って高飛びしようとしているのかもしれないし、海外で犯行に及ぶ可能性だってないわけじゃないだろう」

「ああ。行き先がわかればいいんだがな。そのあとすぐに旅行代理店に戻って、購入したチケットの行き先を訊《き》いてみたんだよ。やはりだめだった。個人情報保護の規定があって、たとえ警察でも情報は開示できないと言いやがる。おれはいまその代理店にいるんだが、課長に頼んでフダを一枚切ってファックスで送ってくれないか」

　上尾が言っているフダとは捜査関係事項照会書のことだ。捜査上必要な事柄についての情報開示を民間企業に要請する公式文書で、警視庁の内規では警部以上の警察官が作成することになっている。裁判所が発付する捜査令状のような強制力はないが、よほど無茶な注文でない限り、応じてくれる企業が最近は多い。

「わかった。これから課長に事情を話すよ。折り返し携帯に電話を入れるから」

「ああ、頼むよ。幸田の実家は若い連中に任せてあるから心配ない。しかし宮原《みやはら》という男は役に立つな。幸田が市内のどこへ移動しても、先読みしてぴったり張り付いてくれる。知らない土地での行動監視は土地鑑のある人間が加わるかどうかで雲泥の差が出る。その点は課長のクリーンヒットだとおだてておいてくれよ」

宮原は近隣署からの応援要員で、宇都宮出身だったことから、大原が気を利《き》かせて上尾のチームに参加させた。上尾を含め彼以外に現地に土地鑑のあるものはなく、徒歩でも車でも尾行となれば大いに力を発揮しているはずだ。

「了解した。すぐ連絡を入れる」

そう言って通話を終え、葛木は話の内容をデスクの全員に報告した。苦々しげに山岡が言う。

「野郎、予想もしない動きに出やがったな。このまま国外に高飛びされたらえらく難しいことになる。日本と犯罪人引渡し条約を結んでいる国はアメリカと韓国だけだ。それ以外の国に飛ばれたらこっちは手も足も出ない」

大原はさっそく書類箱から各種書式の入ったフォルダーを取り出した。

「いますぐフダを書くよ。行き先と出発の日時は早急に押えておかないと」

「待ってくれ。そいつはおれが書く。失礼な言い方かもしれないが、所轄の刑事課より警視庁捜査一課のほうがネームバリューは上だ。おフダのご利益もそれだけ違う」

大原はむっとした様子でフォルダーを山岡に手渡した。悲しいかな、それはたしかに言えることだ。刑事もののドラマにはまず捜査一課しか出てこない。知名度は国民的で、任意の捜査協力要請に箔《はく》がつくのは間違いない。

「パスポートは申請して発給されるまで一週間くらいかかる。出国がそれよりあとなのは間違いない。しかしおれたちもいよいよ尻に火がついたな――」

老眼鏡をかけて忙しなくボールペンを走らせる山岡を横目で見ながら大原が言う。

「幸田がホシなら、それまでに逮捕状請求にこぎつけないと永久に取り逃がすことになりかねない。

しかし――」

葛木にも言いたいことは感じとれた。それを代弁するように俊史が口を開く。

「僕は幸田の行動に違和感を覚えるんです。犯人が結婚を餌に被害者に近づいた可能性は否定できない。しかし今回の幸田の行動には、そういう視点からでは理解できないところがある」

上尾と似たような感想だ。葛木は問いかけた。

「たとえばどういう点が？」

まずは自分の影響を受けない俊史の生の考えを聞きたかった。俊史は葛木に向き直った。

「女性を騙すためだといっても、いくらなんでもそこまではやりすぎじゃないのかな。市役所もパスポートセンターも公的な場所だし、旅行代理店だってそれに準じると思うんだ。そういう場所にその女性を伴って出向いて、婚姻届を提出したりパスポートを申請したりすることは、まさに二人の関係を公に宣言することだ。その女性がもし殺害されるようなことがあったら、自分が犯人だとあらかじめ宣伝しておくに等しい行為だと思うんだよ」

「たしかにね。婚姻届だってパスポートの申請書だって公文書なわけだから、それはほとんど自白調書に等しいな」

我が意を得たりというように大原は頷く。走らせていたペンを止め、山岡が目を剝《む》いた。

「だからといって幸田がこれまでの三件のホシじゃないという話にはならない。その女も共犯だということだって考えられる。いま幸田に対する追及の手を緩《ゆる》める理由にはならないよ」

共犯者うんぬんは飛躍しすぎな気もするが、山岡の言い分も理屈としては正しい。しかし葛木にも不安はよぎるのだ。もし幸田が犯人ではないとしたら、自分たちは真犯人をまだ一度も射程に捉《とら》えていない。幸田を追うことで費やす時間がすべて無駄ということになりかねない。

真犯人はそのあいだに自分に繋がる痕跡をすべて消し去って、葛木たちの視野から消失しようとしているかもしれない。そうなればこの帳場は前代未聞の間抜け集団になりかねない。その非難を一身に受けるのは俊史だ。

ここまでくれば幸田がホシであることを願いたくもなるが、そんな願望が冤罪をつくる原因にもなるわけで、刑事捜査に携わる者としてまさに戒めなければならないのもそこだった。

「書いたよ。どうすりゃいいんだい」

山岡が作成し終えた照会書をかざして問いかける。葛木はそれを受けとり、上尾に電話を入れた。

「照会書はつくったよ。どこへ送ればいいんだ」

「面倒なことを言いやがるんだよ。ここに送られても決裁はできないから、本社の総務に送ってくれと言うんだ。おれのほうから電話を入れておいたから、これから言う番号にファックスしてくれないか。宛先は木村という部長だそうだ――」

上尾が言う番号をメモしていったん通話を終え、宛て先欄に総務部長の名前を書き込んで送信した。十分ほどで上尾から連絡があった。

「なんとか話がついて、部長から指示が出た。購入した航空券は成田発リオデジャネイロ行きの片道切符だ」

「片道？　つまり行きっぱなしということか？」

「その可能性があるな。きょうパスポートを申請したのは幸田だけらしい。妻のほうはすでに持っていたようなんだ。航空券はパスポートなしでも買えるが、そこに記載された名前とパスポートの名前の綴りが一文字でも違うと搭乗できなくなるもんだから、代理店ではできるだけ提示を求めて確認しているそうなんだ」

「つまり、どういうことなんだ」

葛木はじれったい思いで問い返した。上尾は渋い口ぶりで続けた。

「てっきり日本人だと思っていたが、かみさんの国籍はじつはブラジルなんだよ。パスポートの名義はマリア・ナガハラ。日系人のようだな」

「それで、買ったのが片道切符ということになると――」

葛木は不安を覚えた。上尾はその不安を裏付けた。

「ふと思い当たって代理店の責任者に訊いてみたんだよ。ブラジルの場合、配偶者がブラジル国籍を有していれば、無条件で永住権が与えられるそうだ」

「もし犯人なら、永久にとんずらできるというわけか」

「そういうことになるな。まだ犯人と決めつけられる段階じゃないが、ブラジルに永住されちまったら身柄は拘束できなくなる。どうする。事情聴取だけはしておくか。それとも確実な証拠が出揃うまで待って、そこで一気に逮捕という作戦で行くか――」

「あとの作戦の場合には、きっちり期限があるわけだ。チケットの搭乗日はいつなんだ」

「オープンチケットで未定のようだ。しかし幸田がホシなら急いでいるのは間違いない。チケットがあるのなら、パスポートが発給され次第、いつ出国してもおかしくない」

「だったら相手の女はターゲットじゃなく、高飛びのための踏み台だった可能性が高いな」

「そうだとしたらずる賢い野郎だが、まだ犯人だと断定できないから厄介だ。逮捕状が出れば、入管に手配して空港で足止めを食わせられるんだが」

こちらの捜査が進展しないことを非難されているようで辛いものを感じるが、そんな焦りもわからないではない。上尾は絶えず幸田を目の前にして、なすすべもなくただ監視を続けているだけなのだ。

「いずれにしても重大な局面の変化だ。本庁とも相談しなけりゃいかんだろう。決して見通しが立っていないわけじゃない。いま総がかりで敷鑑とナシ割りの線を追っている。犯人に結びつく手がかりが必ず出てくるはずだ」

「本部が遊んでいると言っているわけじゃないんだよ。しかしいま進んでいる方向が正しいという確信がなかなか持てない。それでついつい苛立ってしまう。おれのほうで幸田に触らせてもらえれば、シロかクロかの感触は得られると思うんだが」

葛木も内心それを期待したい。しかし上尾の感触だけで帳場の方針は変えられない。そのうえ触った結果は予測できない。任意の事情聴取というのは一か八かの賭けなのだ。相手は拒否できるし、同行を求めた時点で、捜査対象になっていることを相手に知らせることになる。

「とにかく焦りは禁物だよ。しかしこれで時間は限定された。帳場としては早急に答えを出さないとまずいことになるな」

自身も胃壁がただれるような焦燥を感じながら、葛木はそう言うしかない。自分が現場の捜査員なら、ここはリスクを承知の勇み足も辞さなかったかもしれない。しかしいまは帳場のデスクに陣どって息子をサポートする立場にある。たとえ情実とみられようが、いやがうえにも慎重にならざるを得ない。しかしその慎重さが裏目に出る可能性も無きにしも非ずだ。

「パスポートの発給に要する日数は、土、日、祝日を除いて六日だそうだ。それはパスポートセンターで確認してきた」

上尾が付け加える。葛木は壁に貼られたカレンダーを振り返った。幸田がパスポートを手に入れるのは六月二十四日。つまりタイムリミットは最短で実質八日と考えておくしかない。

「了解した。なんとかそれまでに、逮捕状が請求できるだけの証拠を揃えたい」

そう応じると、上尾はやり場のない怒りをかみ締めるように言った。

「証拠の品揃えは多少悪くたって、山岡の旦那になんとか名文を書き上げてもらって、力ずくでも逮捕に踏み切るしかないだろう。そういうやりかたならあの人のお手のものだ。幸田を国内に引き止めておくにはそれしかない。外れの可能性も大いにあるが、そのときはそのときと考えるしかないだろう」

上尾の言うとおり逮捕に踏み切っても、強力な証拠が得られず、自白も引き出せなければ、送検は断念せざるを得ない。冤罪をつくるよりはましだが、それは本部の敗北を意味する。そのとき非難は俊史の一身に集中する。それは葛木にとってあってはは困る最悪の事態だ。

「それも一理あるが、上がゴーサインを出すかどうか。近ごろは強引な捜査手法への世間の目が厳しいからな。とにかく母屋と相談して早急に結論を出すから、もうしばらく秘匿での監視を続けてくれ」

そう言って通話を終えてデスクの三人に状況を説明すると、一様にその表情が険しくなった。

「そりゃ幸田がホシだと白状したようなもんだ。いまどきの若い連中は外国になんか興味がない。ましてやブラジルに渡って一旗揚げようなんて根性のあるやつはいない。高飛びしようとしているに決まっている」

山岡はいきり立つ。大原が水を差す。

「しかし現状でそれを阻止する手立てはないだろう。あんたの自慢の十三係の精鋭がもう少し気の利いた仕事をしてくれていりゃ、こういう事態にならずに済んだのに」

山岡はあざけるように胸を反らす。

「所轄のグズどもに足を引っ張られてたんじゃ、出るはずの結果も出せなくなるさ」

「そのグズどもの上に立ってリーダーシップを発揮するのが、自分たちの役割だと偉そうに抜かしていたのは誰だったかな」

大原も引こうとしない。俊史が強い調子で割って入る。

「二人ともやめてくださいよ。いまは内輪揉《も》めをしている状況じゃないでしょう」

「所轄のグズ課長が突っかかるからですよ。なに心配は要りません。八日も余裕があれば、うちの連中が目星をつけますよ。材料は揃っているわけだから、あとはどう料理するかだけです」

大原に煽られて逆に頭が冷えたのか、山岡は自信のあるところを見せつける。

たしかに材料はある。第三の死体の遺棄現場にあったカヤックのロットが判明し、輸入代理店の記録から卸先のショップがリストアップされた。ナシ割りチームの捜査員の大半がそれをしらみ潰しに当たっている。

杉田友美の交友関係についても敷鑑チームが聞き込みに入っている。目ぼしい成果はまだ上がっていないが、捜査員たちは手応えを感じているようだ。結果が出るのは時間の問題だと見ていたが、まさかその時間がこんなかたちで重要になるとは思ってもみなかった。

「現状では、逮捕状の請求はやはり無理ですか」

俊史が問いかける。上尾と同じ考えに傾いているようだ。山岡はあっさり首を振る。

「残念ながら事件と結び付けられる直接証拠がない。別件逮捕という手もありますが、どうも幸田はいまのところ品行方正で、立小便も万引きもやらかしそうにない。下手に引っ掛けてバラすことにでもなれば、帳場の信用ががた落ちになりますから」

山岡が心配しているのは帳場の信用より自分たちの体面のはずだが、さすがにそこは抑制が利いている。しかし俊史は言い募《つの》る。

「証拠の面では弱いかもしれませんが、海外に逃亡する惧れがあるというのは十分な逮捕事由になるでしょう」

「ならんこともないでしょうが、裁判所もそこは総合的に判断します。なにぶん証拠が弱いのがいまは致命的でしょう。なに一両日中の辛抱です。ここは拙速《せっそく》は禁物です」

山岡の予想外の慎重さが葛木にはむしろ薄気味悪い。腹の底ではなにを考えているのかわからない。とはいえここは山岡の言うことが正論だから、葛木も大原も頷くしかない。

「そうですね。やはり無茶かもしれません。ただ僕は幸田が犯人じゃないという考えも捨てきれないんです。だったらできるだけ早く身柄を拘束して、白黒をつけてやったほうがお互いにとっていいのではないかと――」

俊史はかすかに苛立ちを滲ませた。ここで息子に墓穴を掘るような真似はさせたくない。葛木は穏やかに言った。

「捜査というのは進んでいないように見えて、じつは薄皮一枚のところまで肉薄しているようなことがよくあるものなんだ。突破口さえ見つかれば、あとは一気呵成に追い詰められる。ここは現場で汗を流してくれている捜査員たちを信じようじゃないか」

2

全体捜査会議前のミーティングで示した渋井捜査一課長の判断も、いま強引な逮捕に踏み切るのは時期尚早というものだった。

　パスポートが発給されるまで八日という日数は、ある側面から見ればタイムリミットだが、べつの見方をすれば八日間の猶予《ゆうよ》があるということだ。

　本部が全力で捜査に乗り出しているいま、それまでに事態の進展がないとは想定しにくい。あえて強行策に出るのなら、逮捕状請求はその一日か二日前でも十分で、そんなタイミングのほうが裁判所に切迫した印象を与えるから逮捕状も取りやすい――。

　それが一課長の判断のポイントで、いかにも腰の据わったものの考え方だった。それでも本部スタッフにかかってくる重圧は半端ではない。

　夜八時に開かれた全体会議には一課長も参加して、不退転の意志を表明した。そこはさすがにベテランで、会議前のミーティングで示した楽観的な見通しはおくびにも出さず、八日間というタイムリミットをひたすら強調した。

　捜査員の緊張は高まった。容疑者を逮捕できずに海外に高飛びさせる醜態だけは避けたい。それが所轄側、本庁側を問わず、この帳場に参集した刑事たちの偽らざる思いのはずだった。

　待ち望んだ朗報が届いたのは翌日の午後早くだった。

　連絡を寄越したのは、市川のスポーツショップとの関係でカヤック繋がりの糸口を調べ始め、そのままナシ割りチームのリーダーに納まっていた倉橋だ。電話を受けて山岡は色めき立った。

「そうか、でかした。これでようやくおまえの面子も立ったな」

　聞こえよがしにそういって通話を終え、山岡は葛木たちを振り向いた。

「例のカヤックを売った店が判明したぞ。上野にあるスポーツ用品店だ」

「購入者は幸田なんですか」

「名前は違うようなんだ。しかしこれから犯行に使おうというカヤックを、本名で買う馬鹿はいないだろう――」

山岡は倉橋から聞いた話の内容を詳しく語った。

その店はインターネットによる通信販売も手がけており、注文は全国から来るという。店の人間が購入者を特定できたのは、倉橋が持ち込んだカヤックの写真からだった。

鑑識も本部も輸入会社も、使用中にできたものと見ていた胴体側面のわずかな擦り傷に、店長は見覚えがあった。

その商品は店内展示用として使っていたもので、五月の連休を前に模様替えをした際に、誤ってつけた傷らしい。問題は見かけだけで、実用上はなんの支障もない。そこでインターネットショップ上の訳あり品コーナーに、傷についての情報を記載した上で掲載した。値段は定価の五〇パーセント引きだった。

すると掲載直後の五月十日に注文が来た。客の名前は川村知之《かわむらともゆき》。住所は江東区深川二丁目のハイム深川二〇一号室。名前からして賃貸マンションかアパートのようだった。

幸田が市川のスポーツ用品店を辞めたのが五月六日で、住んでいたアパートを引き払ったのもその直後らしいと聞いているから、もし幸田だとしたら時期的に矛盾はない。

支払いは代引きで、ほどなく運送会社から代金が振り込まれたから、川村を名乗る人物が商品を受けとったのは間違いないようだった。

倉橋はいまそのアパートへ向かっているところで、到着したらまた連絡を寄越すという。

「深川二丁目なら横十間川や仙台堀川の現場まで歩いていける距離だ。川村を名乗るその男が幸田かどうかは別にしても、犯人なのはまず間違いないな」

大原が勢い込む。しかしその人物が幸田なら、もうその場所には住んでいないわけで、そこから幸田に繋がる線を導き出せない限り捜査はまたも袋小路に入り込みかねない。あるいは幸田とは別の容疑者が浮上する可能性もある。

倉橋は三十分後に電話を寄越した。危惧していたとおり、ハイム深川二〇一号室には川村知之と名乗る人物はもう住んでいなかった。そこはマンスリーマンションで、月単位の短期賃貸のため人の出入りが激しく、運営会社も川村の転居先までは承知していないという。

契約期間は一ヵ月で、入居したのが五月九日、引き払ったのが六月八日。幸田が宇都宮の実家に現れたのが六月九日だった。最後の犯行と見られる第三の死体の死亡推定日時は六月七日。ここでも時間の辻褄《つじつま》は合っている。

「その部屋には、いまはだれか住んでいるのかね」

大原の問いに山岡は首を振る。

「予約は入っているが、いまは空いているそうだ」

「だったら鑑識を入れれば指紋や足紋が採れるんじゃないのか」

「難しいだろうな。退去するとすぐにクリーニング業者を入れるそうなんだ。しかしなにごとも完璧ということはない。倉橋に運営会社と掛け合ってもらおう。埒《らち》が明かなきゃフダ（捜索令状）をとってガサ入れすると言えば、すんなり応じると思うがね」

山岡は携帯を手にしてダイヤルする。倉橋はすぐに出たようだ。さっそく鑑識投入の件を指図する。

「いいか。相手につべこべ言わせるな。これは凶悪な連続殺人事件だ。協力しないということは犯罪に加担するということだ。言うことを聞かなきゃマスコミに発表して、会社の評判をがた落ちにしてやるぞと言ってやればいい。こっちも悠長にフダをとってる暇はないからな」

ほとんど恐喝に近いやり口だが、そこが山岡の真骨頂だ。この局面では好きにやらせるのが得策というものだ。葛木は鑑識に連絡を入れて出動の準備を要請した。

「おれたちもいくか？」

大原が言うと、山岡も俊史も頷いた。むろん葛木も異存はない。

3

「おれの頭のなかじゃ、ますます違和感が大きくなるんだよ」

同乗した覆面パトカーの中で俊史が切り出した。

「幸田が真犯人かどうかという話だな」

「そうなんだ。担当管理官がここでぐらついちゃまずいのかもしれないけど、すべてが思い込みだったんじゃないかって気がしてきてね」

葛木は率直な気持ちで頷いた。

「きょう飛び出した糸口は、犯人に繋がるものではあっても、必ずしも幸田に繋がるものではないかな」

「川村知之という男は幸田とは別人かもしれない。だとしたらそちらが犯人の可能性が高い。慌てて幸田を逮捕しなくてよかったという答えに落ち着くのかもしれない」

「そういう成り行きだってあっておかしくはない。捜査というのはなかなか計算ずくでは進まないもんだ」

「それはそうかもしれないけど、幸田への容疑の言いだしっぺはおれだからね。へたをすると冤罪に陥れることになったかもしれない。三人も人を殺せば極刑は間違いない。それを考えると、やはり自信がなくなってくるんだよ」

その言葉は葛木にとっても重かった。冤罪をつくろうと奔走する刑事はいない。しかしその危険は神ならぬ身の刑事には絶えず付きまとう。とくに葛木たちが担当する殺人がらみの冤罪は人の一生を破壊する。しかし過ちを惧れていては捜査は前に進まない。

「人間は過ちを犯すように出来ている。そのことで自分を卑下する必要はないが、大事なのは、つねにそれを自覚することなんだろうな。幸い冤罪で人を刑務所に送ったことはまだないが、誤認逮捕に途中で気づいて、平謝りしたことは何度もあるよ」

「失敗を惧れちゃいけない。でも一つの失敗が招く結果は謝って済むようなものじゃない場合がある。捜査に携わったもの全員が一生をかけて償わなきゃならないような冤罪もある。それでもおれたちは、いまここから逃げだすわけにはいかない。要するにそういうことなんだね」

俊史は真剣な表情で確認する。葛木は気圧《けお》されるような気分で答えを返した。

「ああ、おれたちが逃げたら犯罪者が喜ぶだけだ。それが公権力を与えられたおれたち警察官の宿命なのかもしれないな」

「拳銃を貸与されているというのは象徴的だね。誰だってそんなものは使いたくないだろうけど、使わなくちゃいけない局面もある。でもそれは殺傷能力のある武器なんだ」

俊史が指摘したことは意外だった。警察官と拳銃は一般市民のイメージとしては分かちがたいかもしれないが、刑事になってこのかた、葛木は拳銃を携行したことがない。だから警察官が拳銃を使う職業だという実感が希薄だ。葛木に限らず刑事というのはそういうものだ。

しかし言われてみれば俊史の言葉のとおりで、警察官にとっての拳銃は、用いようによっては人の一生を、あるいは命そのものを奪いかねない、まさに警察官に付与された公権力の象徴と言っていいだろう。

「犯人を憎む気持ちがあってこそ刑事には執念が生まれる。しかし被疑者イコール犯人じゃない。そのバランスをどうとるか、いまだにおれは正しい答えが見つからない。そこでうっかり考え違いをすると、おまえが惧れるような事態に陥りかねない。おまえに指摘されて、改めておれも身が引き締まる気分だよ」

葛木は率直な思いを口にした。俊史はわずかに居住まいを正した。

「そんなつもりで言ったんじゃないけど、刑事捜査って奥が深いよ。半端な気持ちでやれる商売じゃないことがよくわかったよ。おれはいつまでも現場にいられるわけじゃないけど、ここで学ぶことは一生の宝になりそうな気がしてね」

「そうかもしれないな。おれが教えてやれるのはせいぜい爪の垢《あか》くらいのものだが、自分で学ぼうと思えば現場は人生の学校だ。被疑者が素晴らしい教師になることだってある」

「それはどういうことなの？」

俊史が顔を覗き込む。葛木は言った。

「罪を犯した者を賞賛するわけじゃないが、取り調べをしていて感じることがあるんだよ。人生の崖っぷちからジャンプしてしまった人間は、おれたちには想像のつかない魂の経験をしていることがある。そして犯した罪を認め、それを悔いるとき、人は思いがけない輝きをみせるものなんだ。そんな被疑者に触れるにつけて、人間には奥があるんだなあとつくづく思う」

「犯罪捜査も、最後は魂と魂の触れ合いで終わるということだろうな。おれたちに与えられている公権力も、けっきょくは道具に過ぎない。本当に大事なのは人間としての実力、魂の底力だという気がするね」

「魂の底力か。いい言葉じゃないか」

葛木は感慨を覚えながら言った。現場は息子を鍛えてくれている。難航する捜査にしても、山岡との軋轢《あつれき》にしても、いまの俊史にとってはかけがえのない養分のようだった。

4

深川二丁目は、同じ江東区内でも深川警察署の管轄になる。

仙台堀川に沿った一角で、西に五〇〇メートルほどで隅田川に出る。第三の死体のあった仙台堀川と横十間川の交差地点までは東に一キロ強で、歩いても二十分ほどの距離だ。一帯にはなぜか寺院が多く、墓地と住宅が入り混じった不思議な街並みだ。

ハイム深川はマンスリーマンションと銘打ってはいるが、実態は木造二階建ての安アパートだ。一見若者に受けそうな外観だが、外壁や屋根の材料からは素人目にも安普請《やすぶしん》だと見てとれる。

建物の前には倉橋と相方の所轄の刑事が立っていた。鑑識を入れる話は本社の了解が得られたそうで、いま近くの営業所の人間がこちらへ向かっているようだ。

葛木はさっそく待機中の鑑識チームに連絡を入れた。これからすぐに署を出るから、十五分もあれば到着するという。

二〇一号室は二階の角部屋だが、隣の家屋と隣接しているため、とくに日当たりがいいわけでもなさそうだ。

「隣近所の聞き込みはしたのか」

山岡が問いかけると、倉橋は当然だとばかりに頷いた。

「アパートは一階と二階に五部屋ずつ、合わせて十部屋ですが、そのうち三部屋が空き室です。表札の出ている七部屋のうち、いま人がいるのは三部屋のみでした。とりあえず話を聞きましたが、そのうち二人はつい最近の入居で、二〇一号室の住人とはまったく面識がないようです。残り一人が二ヵ月前からですが、そちらも付き合いはまったくなく、夜中にゴミを出しているところを一度見かけた程度だそうです。一階の住人です」

「幸田の写真は見せたのか」

「見せましたが、夜間の上に離れた場所からだったので、顔まではわからなかったそうです。二〇一号室から出てくるのが見えたので、そこに住んでいる人間だとわかったくらいだそうで」

「鑑識の結果次第だが、場合によっては幸田の写真を持って近隣一帯を聞き込む必要があるだろうな。地取りのチームを全員こちらに振り向けよう」

山岡は勝手に現場を仕切るが、それは当然の手順だからだれも異論は挟まない。

まもなく営業所の従業員がやってきた。鑑識作業が終わるのを待つあいだ、従業員から話を聞いてみたが、けっきょく役には立たなかった。

その会社の場合、入居申し込みも契約もすべてファックスかメールで行っているという。身分証明書の写しは添付してもらうが、その真偽までは確認のしようがない。

支払いは銀行振込み、クレジットカード、コンビニ決済の三種類から選択でき、部屋の錠は暗証番号による電子ロック式のため、鍵の受け渡しも不要だ。つまり入居者と会社の人間がじかに接する機会はまったくないわけだった。

従業員はパンフレットを手に、申し込み内容に虚偽があった場合は即刻契約を解除する仕組になっていると強調するが、虚偽かどうかを調べるシステムはないようで、空念仏に過ぎないことはすぐにわかる。

「まさしく犯罪の温床だよ。こういう業界にも今後はしっかり規制をかけないとな」

山岡がぼやいているところへ鑑識が到着した。一時間ほどかけて指紋や足紋、毛髪などを採取したが、部屋のクリーニングは行き届いていたようだ。辛うじて採取できた数個の指紋は幸田のものではなく、おそらく清掃業者のものだろう。毛髪は一本も見つからなかった。

鑑識を終えたあと室内を覗いてみたが、八畳ほどの家具付きのワンルームに、つい最近まで人が住んでいた気配は感じられなかった。

川村知之名義の入居申込書や契約書は本社が管理しているというので、帳場へファックスを入れてもらうことにして、従業員には帰ってもらった。

幸田に結びつく材料が出なかった点については山岡も落胆したようだった。期待したのは幸田の指紋、もしくは目撃証言が出ることだった。それなら一気に逮捕に踏み切れた。このままでは捜査の方向を幸田の線と川村知之の線に二分せざるを得ない。

5

本部に戻ると、マンスリーマンション会社からファックスが届いていた。申し込み時点での住所、携帯電話番号が記入されており、身分証明書として添付されていたのは運転免許証の写しだった。家賃の支払いは銀行振込みだったという。

携帯の番号に電話を入れると、その番号は現在使われていないというメッセージが返ってきた。現在は解約しているのか、それとも記載されていたのが嘘の電話番号だったのか、あるいはプリペイド式を悪用した飛ばしの携帯で、使用期限が過ぎたものかもしれない。

運転免許証は偽物だった。名前と住所の一致する登録者は存在しなかった。鑑識が分析した結果、スキャナーで取り込んだものに細工を加え、それをカラープリンターで印刷したもののようだった。写真はファックスでやりとりしているせいで画像が潰れていて、幸田かどうかの確認はできなかった。

匿名性《とくめいせい》の高いマンスリーマンションを一時的な拠点として利用した点を含め、極めて計画的な犯行であることが窺《うかが》えた。しかしそこで一ヵ月生活していた以上、近隣住民のなかに目撃者がいないとは考えにくい。深川署の了解を得た上で地取りチーム十数名を現地に向かわせ、一帯での聞き込みを開始した。

最初の死体が発見された横十間川の現場周辺と違って近隣に大規模マンションはなく、戸建ての民家が密集しているため、聞き込み捜査ははかどった。

夕刻には早くも近くのコンビニの店員から有力な目撃証言が出てきた。先月上旬から今月上旬にかけて、買い物によく訪れた不審な客がいるという。

やってくるのはほとんど深夜なのに、いつも大き目のキャップを目深に被っているのが気になって、店員の記憶に残っていたらしい。店内の防犯カメラはどれも俯瞰する位置にあり、キャップを被りうつむき加減にしていれば顔は映らない。

現にＤＶＤに記録されたカメラの映像でも、その男の顔はキャップの庇《ひさし》に隠れてほとんど確認できなかった。

店員はコンビニ強盗かもしれないと警戒したらしいが、とくに店内で万引きなどの犯罪行為をするわけでもなく、買っていくのは弁当やカップ麵、スナックや飲み物類だったという。

捜査員が提示した写真は市川での窃盗事件の際に撮影されたものだった。そちらは髭《ひげ》は剃《そ》っていたが、店に現れた男は濃い髭を生やしており、黒縁の眼鏡をかけていたため、直感的には似ているという印象は受けるものの、断定はできないと店員はいう。

ただし第二の死体の遺棄現場で採取された靴跡から鑑識が割り出した幸田の身体特徴——身長一メートル七〇センチ前後、体重は約六〇キロ、右足にわずかな不自由があるという点では一致した。それについては上尾たちも幸田本人を見て確認しており、川村知之イコール幸田正徳の等式が成立する可能性は濃くなった。

しかし幸田に対する逮捕状請求はまだ早いと山岡は慎重だった。目撃証言が曖昧なため、裁判所に却下される惧れがある。出国へのタイムリミットがより迫ったときに再請求しても、一度却下されたのと同じ請求理由では通りにくい。それならここはもう少し辛抱し、さらに有利な証拠を積み上げて、より切迫した状況で請求したほうが確実だという。

俊史はまた別の理由で逮捕状請求に慎重だった。いまは川村知之なる人物を徹底追及すべきで、その正体がだれであれ真犯人なのは間違いない。いま見込みで幸田を逮捕して、取り調べにエネルギーを費やして、その結果シロだと判明したとき、失った時間と労力は取り返しがつかない。むしろ幸田は現状のまま監視下に置き、いまは川村の線を追うことが喫緊《きっきん》の課題だ。ようやく手に入れた犯人に直接繋がる糸口にこそ全精力を注ぎ込むべきだ——。

その考えには渋井一課長も異論を挟まなかった。いざというときは検察を介して裁判所に働きかけてもらう手もある。一課長自ら話を持ちかければ、検察もそうそう無視はできない。検察が積極的なら裁判所もむげには扱えない。そのあたりの政治的調整は任せろと自信を示した。

捜査本部の動きは加速した。捜査員たちはナシ割り、敷鑑、地取りの区別なく、渾然《こんぜん》一体となって川村知之の消息を追った。

マンスリーマンションの申込書にあった携帯の番号を携帯電話会社に当たったところ、四月二十日に錦糸町の家電ショップが販売したプリペイド式の携帯電話だと判明した。申し込みに際して提示した身元証明書類は運転免許証で、名義は川村知之。さっそく捜査員がその店に飛んで、販売を担当した店員から事情を訊いた。

免許証の写真には髭がなかったが、本人は顔を覆うように髭を蓄えていた。しかしそういうことはよくあることで、印象としては似ているような気がしたので、店員はあまり気にしなかったという。そこはコンビニの店員の話とも共通している。

免許証は本物そっくりに見えたという。最近は精巧な偽造免許証を使って携帯を入手する飛ばし屋が多いので、免許証による身元確認の際には警察に問い合わせるように指導しているが、業界ではそれが徹底していないのが実情のようだ。

幸田の写真も見せたが、日数も経っているうえに髭の問題があり、似ているとも似ていないとも言えないという答えだった。

浮き彫りになったのは、犯人がその偽免許証を使って犯行のための下準備を周到に行っていた点だった。もし犯人が幸田だとしても、いまのところは川村と自らを結ぶラインを完全に断ち切ることに成功しているわけだった。

本部ではコンビニと家電ショップの店員の協力を得て川村知之の似顔絵を作成した。結果は幸田とよく似たものだった。しかし二人の店員はそのまえに幸田の写真を見せられている。それが先入観となって、似顔絵作成の際、幸田の顔に似るように誘導されている惧れもあるから、それだけで川村がすなわち幸田だと断定するのは早計だと本部は判断した。

しかし男の特徴を捉えていたのは確かだったようで、それを携えての聞き込みで、新たな目撃証言がいくつも出てきた。

いずれも似顔絵とよく似た男が、重そうなバッグを提げて仙台堀川や大横川沿いの道路を歩いていたというもので、そのバッグの特徴を訊くと、犯行に使われたインフレータブルカヤックの搬送用バッグの形状と一致した。

目撃された日時は三つの死体の死亡推定日時とは異なっていたが、犯行当日以外にも下見などの理由でカヤックを漕いでいたことは十分考えられる。

髭の男が犯人だという心証は確信に近いところまで高まったが、その正体にはいまも手が届かない。男はまるで現実世界とのあらゆる繋がりを断ち切った架空の国の住人のようだった。タイムリミットまであと五日となっていた。珍しく山岡が弱音を吐く。

「おれたちはとんでもなく手強いホシに当たってしまったのかもしれないな。三人も人を殺して、ここまでぼろを出さないやつも珍しい。犯罪者なんてのはおれたちの目から見れば素人で、頭隠して尻隠さずというようなのが多いんだが」

「幸田ってのはそんなに切れ者なのか。市川のスポーツクラブに忍び込んで女物の靴を盗んだときの手口は素人もいいとこだ。髭男が幸田だとしたら、突然変異でも起きて知能指数が大幅アップしたようなもんだ。これは犯罪のプロのやり口だよ」

大原もお手上げという口ぶりだ。俊史も焦燥を隠さない。

「リミットは迫っています。このままじゃなにもできずに帳場をたたむことになりかねない。見落としている点があるはずです。あるいは別の切り口が――」

「池田《いけだ》がなにかいいネタを見つけてくれるといいんだが」

葛木は呼応するように言った。いま期待しているのはそこだった。身元が判明した被害者の杉田友美が短大時代にアルバイトをしていた市川の居酒屋のルート――。友美はそのころ店長の北原という人物の話題をよくしていたという。

葛木は友美の母親から聞いたその話に惹かれるものを感じた。被害者のプライバシーにも関わる話で、できれば気心の通じた者に担当させたいと思い、ナシ割りで膠着状態にいた池田巡査部長にもちかけた。池田はすぐに乗ってきた。

池田がナシ割りで動いていたのはリーク騒動の火元と目される十三係の大林の目付け役も兼ねてだったが、状況が動き始めれば内輪の揉め事にかまけてはいられない。大林には別の所轄の捜査員をあてがい、池田は子飼いの山井巡査を相方に選び、葛木の意を汲んで、目立たず騒がず捜査を進めていた。

居酒屋チェーンの本部に問い合わせると、北原という店長はだいぶ前に辞めており、いまは消息が摑めないとの話だったが、それで諦めるようでは刑事という商売は勤まらない。

本部から北原と同期の社員の名前と連絡先をわかる範囲で聞き出して、池田はその全員を対象に聞き込みを進めていた。そこに北原といまも交流のある人間がいるのではないかという目算だった。具体的な成果はまだ出ていないが、池田は手応えを感じているようで、報告のたびに期待を持たせるような話をしていた。

「遠回りすれば拾い物があるってわけじゃないだろう。いまはそんなところに人手を割いている場合じゃないと思うがな」

山岡は厭味な調子で言う。それについては俊史の承認を得ているから山岡もとくに横車は押さないが、はっきりした成果が出ていないいまは、葛木もそう声高には反論はできない。

しかし川村と幸田を結ぶラインがまるで見えず、その幸田が国外への片道切符を手にしているいま、突破口があるとしたらそこしかないという思いもまた捨てきれない。

「空振り覚悟でもバットを振らなきゃヒットは生まれない。おれはいけると思うんだがな」

大原のエールは嬉しいが、とってつけたような気配がなくもない。しかし俊史は真剣に応じた。

「そこから犯人に結びつく証言が出てくるかもしれない。幸田に繫がれば一気に逮捕に進める。そうじゃないとしても、川村の正体を突き止める上で重要な鍵になる。おれは大いに期待しているよ」

6

翌日の午後になって緊迫感がさらに高まった。幸田が搭乗予約を入れたと宇都宮の旅行代理店から連絡があった。

利用する便は六月二十五日十五時二十分、成田発アトランタ経由のリオデジャネイロ行きで、搭乗するのは幸田と妻の二人だという。

パスポートが発給される日の翌日で、想定していたタイムリミットが一日延びたかたちだが、こちらの気持ちとしてはもうしばらく先を期待していた。いよいよ状況は切迫した。

「なに、そこは十分想定していたことだ。逮捕状が間に合わなければ、空港に捜査員を張り込ませて、力ずくで任意同行させればいいだろう。数で押してきゃ向こうは従うしかない。暴れてくれれば公務執行妨害罪が適用できるしな」

山岡は余裕のあるところをみせるが、力ずくの任意同行というのがそもそも矛盾した言い方だ。強引に同行させて事情聴取をしても、罪状を否認されれば勾留《こうりゅう》はできない。せいぜい出発を一日遅らせる程度の効果しかないだろう。

一課長は検察に相談してみたが、現状ではやはり逮捕状請求は無理との判断だった。最近の世論の風圧を受けて、検察は誤認逮捕にもとづく冤罪を極端に惧れるようになった。裁判所も同様で、逮捕状発付の要件をより厳しくする傾向にあるという。大原は慨嘆《がいたん》する。

「五日で仕上げるのは厳しいな。近隣一帯で聞き込みできるところはもうほとんど済んでいる。犯行に使ったカヤックという立派な物証があって、目撃証言がいくつもあって、ヤサまで突き止めた。普通ならとっくの昔に逮捕だよ。ところがこのヤマのホシときたら——」

「それまでに捜査を一歩でも進めないと——。出発直前でも、逮捕状さえとれれば入管に通報して出国を停止できます。幸田がシロだという答えが出ればそれでいい。とにかく川村の正体を突き止めるのが先決です」

俊史は腹を括っているようで、いかにも毅然とした口ぶりだ。

「池田のルートはどうなっているんだ。なにか情報は来ていないのか」

大原が苛立った声で訊く。ゆうべの報告だと、きょうは朝から厚木《あつぎ》に直行するという。北原という元店長の友人がそこに住んでいて、いまも交流があるという情報を得たらしい。そんな報告をすると、山岡も身を乗り出してきた。

「その北原という男と幸田に接点があると、あんたは見ているわけだな」

「あり得なくはないという程度です。しかしそういうところに突破口が隠れているケースは意外に多いものですから」

池田は内輪ではしばしば骨っぽいところをみせるが、外では人当たりがよく、世間話をしているうちに相手の内懐《うちぶところ》にするりと入ってしまう。人と会うのを苦にしないから敷鑑捜査はもともと得意で、複雑に絡《から》み合った人間関係の糸をたどって貴重な証言を探り出し、葛木が着任してからも所轄レベルのいくつかの事案を解決に導いた。打つ手が尽きたいまの状況では、葛木としてもついそこに頼りたくなる。

「だったら幸田のほうはどうなんだ」

続けて山岡が訊いてくる。きょうはまだ上尾から新しい情報は入っていない。連絡がないということは、幸田にはいまのところ動きがなく、搭乗予約はたぶん電話で済ませたわけだろう。

「じっとしているということでしょう。まだパスポートを手に入れていませんから」

葛木は素っ気なく答えた。山岡も渋い表情で頷いた。鬼の十三係長も、内心では強い焦燥を感じているようだった。

そのときデスクの電話が鳴った。大原が受話器をとり、しばらく相手の話に耳を傾ける。通話を終えて振り向いたその顔に喜色が浮かんでいる。

「やったぞ。幸田と川村が繋がった」

「新しい材料が出たんですか?」

俊史が問いかける。大原は弾んだ声で報告した。

「ついいましがた、うちの捜査員が深川二丁目のクリーニング店を訪れたそうなんです。そこは宅配便の取り扱いもやっていて、店員が川村とおぼしい男を見ているらしい。六月五日に宅配便を持ち込んだそうです。段ボール箱入りの荷物で、梱包《こんぽう》が不十分だったのか、カウンターに置いたときに箱が開いて中身が見えたというんですよ」

ただならぬ予感を感じながら葛木は問いかけた。

「まさか――」

「そのまさかだよ。女物の靴が何足も詰め込んであったらしい」

「送り先は?」

「自分の出身地と同じだったので、店員の記憶に残っていたらしいんだよ。なんと宇都宮だそうだ」

「宇都宮?」

「市内の山本一丁目で、幸田の実家の住所と一致する。相手の名前までは記憶にないようだが、幸田じゃないかと確認すると、そんな名前だったような気もするという返事だったらしい。伝票は宅配便業者に渡してしまうため手元にはないが、業者に問い合わせればわかるだろうと言っている。いま照会書を書くから、すぐに確認してくれないか」

大原はフォルダーから書式を引き抜いてボールペンを走らせる。五分もかけずに書き上げた捜査関係事項照会書を葛木は受けとって、そのあいだに俊史がインターネットで調べておいた宅配便会社の本社に電話を入れた。総務に繋いでもらって事情を話し、続けてファックスを入れると、先方は迅速に対応してくれた。

取り扱った店のコードと日時を入力すれば、配送センターに保存されている伝票の内容が確認できるようになっているらしい。三十分ほどして返事が来た。答えは予想したとおりだった。

「宛先は宇都宮市山本一丁目の幸田輝昭《てるあき》。父親の名前ですよ。送ったのは川村知之です。これで間違いない。幸田と川村は完全に重なりました」

「やったな。これで捜査は一気に進むぞ」

大原は興奮を隠さない。それが所轄の捜査員の手柄という点でも、大原としては鼻高々だろう。

こんどは葛木の携帯が鳴った。池田からの着信だった。耳に当てると興奮気味の池田の声が流れてきた。

「係長。驚かないでください」

こちらも重要な事実を摑んだらしい。葛木は勢い込んで問いかけた。

「元店長の消息がわかったのか」

「ええ、午前中に出向いて話を聞いた厚木在住の友人が、二ヵ月ほどまえにその人から電話をもらったそうでしてね。ここ数年音信不通だったらしいんですが、本人の話だとずっと外国へいっていたそうなんです。いま住んでいるのが川崎だというんで、さっそく飛んでみたんです。事情を話すとえらく心を痛めた様子でしてね。当時の話をいろいろ聞かせてくれました」

前置きが長いのが池田の悪い癖で、重要な話になるほどその傾向が強まる。葛木は強い調子で促《うなが》した。

「それで、肝心の結論はどうなんだ」

「幸田正徳と被害者の接点が出てきたんですよ――」

池田は得意げに続けた。

「その人物が市川の店で店長をやっていたのは五年前なんだそうです。母親の証言どおり、被害者の杉田友美はそのときアルバイトとして店で働いていたそうです。ところが、掘り出し物のネタはここからなんですよ。同じ時期に幸田正徳もその店で働いていました。期間雇用の準正社員で、副店長をやっていたようです」

「本当なのか?」

葛木は覚えず声を上げていた。きょうは特異日というしかない大入りだ。捜査というのはこれがあるからやめられない。池田は声を落としてさらに続けた。

「じつはそれどころじゃないんですよ。三つの死体の似顔絵を見せたんです。すると――」

「その三人とも?」

「同時期に働いていたアルバイトの女の子だそうです。死体から作成した似顔絵ですから一〇〇パーセント確実とはいえませんが。記憶のいい人で、名前も覚えていました。一人は秋山佑子《あきやまゆうこ》、もう一人は木下香《きのしたかおり》。そしてもう一人が杉田友美。いずれも市川市内の大学もしくは短大の学生だったようです。秋山、木下の二名は、大学で卒業者名簿を当たってもらえば身元が判明するでしょう」

「やったな、池田。これでようやく幸田の逮捕状が請求できる。警察功績章は間違いないな」

興奮を隠さず葛木は言った。それは警視総監賞などとは別格の、警察官にとってはまさに本物の勲章だ。この功績は十分それに値する。しかし池田は言い放った。

「そんなもの要りません。おれは係長の言うとおり動いただけですから。それより所轄の意地を見せられたのが嬉しいですよ。やっと十三係の薄ら馬鹿どもの鼻を明かしてやれましたね」

第十一章

1

本部からの報告を受けて、渋井捜査一課長はさっそく城東署に飛んできた。

川村知之と名乗る人物が、女物の靴の入った段ボール箱を幸田正徳の実家に宅配便で送ったというクリーニング店の従業員の証言、さらに被害者の杉田友美がかつて働いていた市川のチェーン系居酒屋の元店長の証言は、一連の事件と幸田を強力に結びつけるものだった。

元店長の証言を得た池田も川崎から急遽戻ってきて、幹部だけの緊急会議に加わった。

幸田の犯行を裏付ける直接的な証拠はまだないが、状況証拠がここまでそろえば逮捕状請求は十分可能だと葛木は踏んでいたが、渋井一課長はなお慎重な姿勢をみせた。

「まだ証拠が足りない。近ごろは自供だけじゃ公判維持が難しいうえに、いまの段階でとことん否認されれば攻め手を失う。勾留期限を過ぎて釈放ということになれば、同一事由による再逮捕はよほどの新証拠が出ないかぎり難しい。時間にはまだ余裕があるし、幸田本人も監視下にある。状況証拠だけでもいいから、なんとか幸田の逃げ場がなくなるところまで積み上げたいところだな」

「なあに、身柄さえ取っちまえばいくらでも締め上げられますよ。幸田は間違いなくやっている。多少強硬な訊問をしても、それが冤罪に繋がる心配はありません。証拠固めは取り調べと並行して進めりゃいいじゃないですか」

山岡は積極的な姿勢をみせる。葛木も、果たして一気に起訴に持ち込めるかとなると確信が持てない。それでも逮捕は急ぐべきだと感じている。幸田がシロならシロでかまわない。ここでいったん決着をつけておかないと、その先の捜査が後手に回り、真犯人を取り逃がす惧れがあるからだ。

しかし一課長の慎重姿勢は別のところにあるようだ。心配しているのは山岡率いる十三係の暴走ではないかと思い当たる。自白偏重の結果としての冤罪が次々と明らかになり、強引な捜査手法への批判が高まって、取り調べの可視化も取りざたされる時代になっている。十三係がこれまで看板にしてきたやりかたが、場合によっては落とし穴になる。警察や検察の作文による供述調書が、法廷で証拠能力を否定されるケースは最近とみに多い。

山岡の気炎をいなすように、渋井は冷静に話を進めた。

「とりあえずここまでの事実認識を整理しよう。まず居酒屋の元店長の証言だが――」

渋井は促すように池田に視線を向けた。池田は緊張した面持《おもも》ちで切り出した。

「元店長は北原《きたはら》隆《たかし》という人物で、現在は川崎市内の配管設備会社に勤めています。ここ三年ほどタイに進出した日本料理店の現地責任者としてバンコクに滞在していて、最近その会社が倒産し、今年の三月に日本へ帰ってきたとのことです。彼が似顔絵を見た印象では、秋山という女性は最初に見つかった遺体と、木下という女性は三番目の遺体と酷似しているということです」

「ガセネタじゃないだろうな。こういう事件の場合、面白がってでまかせを言う馬鹿がよく出てくるからな」

山岡がさっそく突っ込む。物は言いようで、もう少し穏やかな口のきき方がありそうなものだが、質問自体は当を得ている。池田もそこはわきまえていて、ことさら不快感も示さずに応じる。

「幸田の生い立ちや身体特徴について、確認のためにいろいろ質問したんです。宇都宮に実家があることやら、片足が少し不自由なことやら、まだ世間に公表していない事実を向こうから喋りました。信憑性は高いんじゃないでしょうか」

「その人物が名前を挙げた二人の女性の身元は確認できたのか」

渋井の問いに、大原が代わって答える。

「池田から連絡をもらってすぐに、市川市内にある大学と短大に捜査関係事項照会書を提示して問い合わせました。どちらも当時在学していました。秋山佑子という女性は市内にある四年制の私立大学、もう一人の木下香という女性は、やはり市内の短期大学の卒業者名簿に名前がありました」

「所在の確認は？」

「まだそこまでは。いま大学側に調べてもらっているんですが、卒業後の学生の住所まではなかなか管理ができていないようです。就職先や実家の住所を調べて、そこから追跡するしかないとのことです」

「大学から情報を出してもらって、こっちで調べたほうが早いんじゃないのか」

渋井は苛立ちを隠さない。大原は慎重な口ぶりで説明する。

「そうしようかとも思ったんですが、プライバシーに関わることで、向こうが渋っているんです。大学側で早急に確認をとると言っていますんで、それ以上無理押しはしにくい状況です」

「個人情報保護法なんてくだらない法律をつくったのがそもそも間違いだったんだ。犯罪捜査の現場のことをなにも考えていない悪法だよ。大学がわけのわからないことを言うんなら、令状を取るぞと脅《おど》してやればいいんだよ」

山岡がテーブルを叩く。渋井はとりなすように言う。

「まあ、向こうなりに協力してくれているんだ。いたずらに市民感情を逆《さか》なでするようなことは慎むべきだろう。川村を名乗る男が幸田の実家に宅配便を送ったという話はどうなんだ」

「店員の証言では、女物の靴が何足か箱のなかに入っているのが見えたとのことで、中身はほかにもあったそうです。一緒に行動している女の持ち物だとも考えられます」

「それだけでは幸田の特異な性癖と結びつけることはできないな。しかし川村と幸田が同一人物だということを強く示唆する証言ではある」

「任意同行で事情聴取という段階までは進めていいんじゃないですか。そこで感触は十分摑めると思いますが」

俊史が身を乗り出す。渋井は思案げな顔で応じる。

「難しいところはあるが、とりあえずその線でいくべきかもしれんな。やるとしたら、宇都宮の人員でことは足りるのか」

「機捜の上尾警部補が指揮をとっていますが、彼は殺しを扱う部署にいたことがありません。事情聴取ということなら、こちらから人員を派遣するほうがいいでしょう」

葛木は言った。上尾の能力を見くびるわけではないが、餅屋は餅屋という言葉もある。この状況での事情聴取は捜査上の重大局面だ。上尾にこれ以上の負担はかけられない。

「そうか。だったら葛木君の助言に従おう。適任者は誰だ？」

渋井が周囲を見渡す。山岡がさっそく手を上げる。

「うちの連中しかいませんよ。だてに殺しの帳場の場数を踏んじゃいませんから」

「場数を踏んでいる人間はうちにもいますよ」

大原が張り合うように口を出す。渋井は興味深げに問いかけた。

「誰だ、それは？」

「葛木警部補ですよ。二年前までは捜査一課殺人犯の主任で、落としの実績はぴか一だったと聞いています」

上げ底気味の推薦《すいせん》の弁は嬉しいが、十三係を差しおいて自分がそんな大任につけば、せっかく小康状態にある山岡との軋轢がまた生じかねない。本庁時代に葛木が経験した帳場でも、被疑者の取り調べは捜査一課の主任以上と相場が決まっていた。案の定、山岡がいきり立つ。

「ふざけるな。なんのためにおれたちが出張っていると思うんだ。いまは一気呵成に攻めなきゃいけない局面だ。桜田門の精鋭部隊を宝の持ち腐れにしようというのか」

「その桜田門の精鋭が、ここまでどれだけの働きをしたというんだよ。今回の池田にしてもそうだが、大きな局面を切り開いたのはいつもうちの連中だ。そうやって美味しいところだけを横取りするのが十三係のやり方なのか」

鬱積していた思いが爆発したかのように大原も負けじと声を上げる。先日大原が口にした「所轄魂」という言葉をまた思い出す。所轄の人間にも意地があると大原は言った。警察官としてのキャリアの大半を所轄で過ごしてきた大原の偽らざる思いなのだろう。

「だったら、おれが決めていいか」

渋井が割って入る。山岡と大原は渋井を注視した。葛木も続く言葉を待った。自分が指名されるなら逃げるわけにはいかないが、中をとって十三係の連中とチームを組まされるのは願い下げだった。

全員の顔を見渡してから渋井は口を開いた。

「ここは葛木君に任せよう。捜査一課時代の仕事ぶりはおれも知っている。現地にいる上尾警部補とも付き合いが長いそうじゃないか。まさに適任だと思うがな」

渋井とは彼が管理官だった時代に何度か仕事をしたことがある。葛木は当時はまだ平刑事で、じかに言葉を交わせるような間柄ではなかった。その時期に特段の手柄を上げた記憶はないが、社交辞令でなければ、以来目をかけてくれていたことになる。面映ゆいものを感じながら葛木は言った。

「過分なお言葉に恐縮します。ご指名とあれば喜んでお受けします」

「そうしゃちほこばるなよ。おれたちの仕事は犯人をとっ捕まえることで、本庁だ所轄だと言って張り合うことじゃない。そのためには適材適所で汗をかいてもらうのがいちばんいい。十三係にしたって、これから大きな仕事をする局面はいくらでもあるだろう」

砕けた調子の言葉のなかに、葛木は渋井の意図を汲みとった。良くも悪くも彼ら一流の苛烈《かれつ》なやり方で事件が壊れるのをやはり惧れているようだ。

任意同行での事情聴取は刑事捜査の手法として難しい部類に属する。法的な強制力がないから、拒否されればお終いだし、逮捕勾留しての取り調べと比べて時間的な制約も大きい。

一日で決着がつかなければ、いったん帰して翌日も出頭を求めることになるが、そのときまた応じてくれるとは限らない。逆に自分に嫌疑がかかったことを知って逃走を図られる惧れもある。金のある人間なら弁護士を雇って捜査にクレームをつけ、名誉毀損の訴えを逆に起こしてくることもある。

それでもあえて任意同行というかたちをとるには、それなりの理由がある。証拠に乏しく、確実に送検できる見込みがないとき、真犯人か否かの心証をなんとか得たいような場合だ。今回がほぼそれに該当する。

現状でも逮捕状はとれるはずだが、渋井はもう一歩の確信が欲しいのだ。逮捕してしまえば山岡は面子にかけて送検しようとするだろう。歯止めが利かなくなって力ずくで自白させ、公判で覆《くつがえ》されるケースを惧れているのだ。

山岡は過去にそんな失策を何度かやってきた。ある強姦殺人事件で、真犯人だと誰もが確信していた被疑者から強引な取り調べで自白を引き出した。しかし裁判ではそれが証拠不採用になって敗訴した。検察は控訴したが、二審も敗訴して無罪が確定した。マスコミは強引な取り調べが生んだ冤罪だと書き立てた。

ところが釈放された男は半年後に強姦未遂事件でまた逮捕された。男は前回の強姦殺人事件も自分の犯行だったと自供した。山岡の面目は回復できたが、一事不再理の原則によってそちらの事件は起訴できなかった。自分のやり方が正しくて、間違っていたのは裁判所だというのが山岡の言い分で、その後もやり方を改めようとはしなかった。その再来を渋井が惧れるのはよくわかる。

「だったら、逮捕した場合の取り調べはこちらに任せてくださいよ」

山岡は不平満々の顔で念を押す。渋井はそれでも色よい答えは返さない。

「それもケースバイケースだな。被疑者と刑事の相性も大きな要素になるからな。それより、まずはしっかりと幸田についての心証を得ることだ。いつ出かけられるかね、葛木君？」

「これからすぐにでも」

葛木は躊躇なく応じた。

「そう急ぐこともない。いろいろ段取りが必要だ。葛木管理官――」

渋井は俊史を振り向いた。

「庶務担当管理官に連絡を入れて、栃木県警に協力要請をしてもらってくれ。まず事情聴取する場所の確保だ。県警本部の取調室を借りられるようにすればいいだろう。それから――」

渋井はさらに続けた。

「念のために逮捕状を請求してくれ。これから疎明資料を準備すれば、朝一番で裁判所に請求できる。場合によっては現地で逮捕ということもあり得るから、葛木君にはそれをもって飛んでもらう。必要がなければ破棄すればいい。一時的に留置場を拝借することになるかもしれんから、それも県警に頼んでおいてくれ」

山岡は目を丸くする。

「逮捕まで所轄の人間に？　それじゃ本庁捜査一課の看板が泣きますよ」

「本庁捜査一課の看板はおれだよ、山岡君。おれが決めたことだ」

渋井はたしなめるように言った。傍らで大原がほくそ笑んだ。

2

「一課長、よほど腹に据えかねていたようだな」

大原はいかにも美味そうにビールのグラスを傾ける。

葛木が疎明資料を作成し、せめて顔を立ててやろうと山岡に請求書面を書かせ、あすの朝一番で逮捕状が請求できるように準備を整えた。軽く夜食でもとろうと、俊史と大原と葛木の三人で署の近くの中華料理屋にやってきたところだった。

かたちだけは山岡も誘ってみたが、拗《す》ねたような顔で断って、講堂の一角にたむろしている十三係の酒盛りに加わった。

「なにかあったんですか」

葛木が問いかけると、大原はにんまり笑う。

「会議が始まる前に一課長がおれに耳打ちしたんだよ。庶務担当管理官が例のすっぱ抜きをやった記者を摑まえて、じっくり事情を聞いたそうなんだ。洗いざらい喋らないと、今後おたくには情報が出せないと脅しをちらつかせてね」

「吐いたんですか」

「ああ。漏らしたのはやはり大林だそうだ。その記者もやばい話だから確認だけはしたそうなんだ。上の了解はとっているのかとね。そしたら山岡が承認しているという話だったらしい」

「噂は事実だったわけですね」

「その言い草がふざけていた。捜査が停滞しているのは上の人間がぐずだからで、それを動かすには外圧が必要だと言いやがったらしい。それが山岡の意向だと」

「上の人間というと、僕のことですか」

俊史は憤りを滲ませてビールを呷る。大原はなだめるように言う。

「その言い方だと当てはまるのは管理官だけじゃないですよ、あの時点で渋井さんと管理官の考えに隔《へだ》たりはなかったわけだから、捜査一課長から理事官から庶務担当管理官まで、十把《じっぱ》ひとからげでぐず呼ばわりしたようなもんでしょう」

「それで山岡を懲らしめてやろうと、私に白羽の矢を?」

葛木が問いかけると、大原は団扇《うちわ》のように手を左右に振った。

「それはあんたの実力を見込んでの抜擢だよ。十三係なんて虚勢を張ってるだけのおつむのできの悪いやつばかりだから。しかしまあ、渋井さんにかなりの不快感を与えたのは確かだな。『本庁捜査一課の看板はおれだ』とまで言わせちまったんだからね。あの人は山岡と違って、普通はそういう嵩にかかった物言いをしない人だよ」

「そこを根にもたれて、また帳場を壊すような動きに出られても困りますがね」

葛木はため息を吐いた。渋井の信任を得たのはいいが、本来の任務に加えて山岡を刺激しないような気配りまでするとなると、肩にかかる重さが倍になる。そんな心のうちを見透かしたように、大原は力強く請け合った。

「そっちのほうはおれたちに任せて、あんたは幸田の件に全力を注いでくれればいいんだよ。ここは正念場だ。あんたにしかできない仕事だと思ったから、おれもひとくさり推薦の弁をぶち上げたわけだ」

「そうだよ。帳場をまとめるのはおれの仕事だ。もう山岡さんの好きにはさせないから、親父は安心していい仕事をしてきてくれよ」

俊史も気負いなく言う。確かにそのとおりで、宇都宮での仕事は容易《たやす》くはない。やり直しの利かない一発勝負で、空振りすれば次の打席はないとさえいえる。

川村知之を名乗る男が犯人なのは間違いない。しかし川村イコール幸田の等式はまだ成り立たない。有り余るほどの状況証拠を突きつけて自白を迫ったとしても、幸田が否認する限り、立証はできないというジレンマが存在する。

けっきょく山岡の言う力ずくの取り調べで自供を引き出す以外にないのではという思いも心をよぎ

る。しかしもしかすると、幸田は犯人ではないかもしれないのだ。

　過去に生み出された数々の冤罪事件が証明しているのは、被疑者の立場に立たされた人間がいかに弱いかだ。葛木たちには権力があり、被疑者はそれに対して無力だ。数日前、俊史と交わした会話を思い出す。俊史は拳銃を公権力の象徴だと言った。どちらも使い方一つで人の人生を奪い、生命さえ奪う。しかしそれを使うことをためらえば、犯罪者を世にはびこらせるだけだ。

「しかし歯痒いな。これだけ状況証拠が揃いながら、幸田を真犯人と特定する直接証拠が見事なほど出てこない――」

　テーブルに届いた冷やし中華を一口啜って、大原が呻く。

「検事の冒頭陳述を聞けば、判事や裁判員は間違いなく幸田の犯行だという心証を持つはずだ。ところがそれを裏付ける物証がなに一つない点を弁護側が突いてくる。『疑わしきは被告人の利益』の原則に従って検察の主張する被疑事実はことごとく退けられる。もちろん幸田は供述をすべて否認する。弁護側は不当な取り調べがあったと主張して供述調書は証拠採用されない――。これから逮捕にこぎつけても、法廷でのそういう光景が頭に浮かんで、なかなかすっきりした気分になれないんだよ」

「私もそうなんですよ。この事件、なにか一筋縄ではいかないところがある。すべてがきれいに収まりすぎて、それでいて決定的ななにかを欠いている。池田の報告を受けたときはこれで決まりだと思ったんですが、よく考えればけっきょくあの証言も、幸田の犯行を直接示唆するものじゃない」

　葛木は胸につかえているものを吐き出すように言った。犯罪に手を染めるというそのこと自体がそもそも人間の行為として不合理なわけで、その捜査の過程でも合理的な筋読みが通じないことのほうが多いものだ。事件が解決しても割り切れない部分は必ず残る。

　しかしこの事件の場合、割り切れない部分があまりに少ない。幸田を犯行に結びつける直接証拠が欠けているだけで、すべての状況証拠はぴたりと符合する。そこが完璧すぎてなにか気味が悪い。

「けっきょく親父の直感に頼るしかないね。大任を託す以上、おれは親父の判断を最大限尊重するよ。心中してもいいと思っている」

強い口調で俊史が言う。励まされているようでむしろプレッシャーを感じるが、俊史にしても覚悟を決めての物言いだろう。そこで大きな判断ミスを犯せば、背負い込む責任の重さは葛木の比ではない。

「幸田が真犯人なら、それほど心配することはないんだよ。がっちりこちらの監視下にあるわけだし、ブラジルへの渡航を考えている以上、新たな犯行に及ぶ可能性はほとんどない。しかし――」

重い口調で大原が言う。葛木はその先を引きとった。

「そうじゃないとしたら、真犯人は我々の視界から遠く離れたところで、次の犯行の準備をしているのかもしれない。あるいはすでに犯行が行われている可能性だってある。例のカヤックを現場に残したのは、警察の捜査を攪乱《かくらん》するためだったのかもしれない。犯行の場所だって江東区内である必然性はない。まったく手口を変えてくることだって考えられる」

「そこが大きなポイントだな。そのへんのことを考えだすと、おれも胃が痛くなってくるよ」

大原はそう言いながら、冷やし中華を威勢よく啜る。

そのとき大原の携帯が鳴った。ディスプレイを見て、かしこまった調子で大原は応答した。

「大原です。いろいろお世話になっています。いかがでしょうか。所在は判明しましたか」

被害者の所在確認を依頼している大学か短大からの連絡のようだ。相手の声に耳を傾ける大原の眉《み》間《けん》に皺《しわ》が寄る。

「そうですか。親御さんにはお気の毒なことで。遺体は司法解剖を行った大学病院に安置してあります。ご両親は上京されるご意向ですか。はい。それでしたら、こちらからご実家のほうに連絡を入れます。よろしくお願いします。ご協力ありがとうございました」

丁寧な調子で言って通話を終え、大原は葛木たちに向き直った。

「木下香という女性の実家と連絡がとれたそうだ。北原という人の証言だと、三番目の遺体にあたる人だな——」

母親の話ではここ二週間ほど音信がなかったが、普段から電話で話をするのは月に一度程度で、とくに心配はしていなかったという。本部からファックスした似顔絵を教務課が実家に転送し、それを見て母親は娘の可能性が高いと判断したらしい。北原という店長の噂はとくに聞いていないが、在学中に市川市内の居酒屋でアルバイトしていたことは知っていたという。

被害者の実家は静岡県の浜松市で、暮らしていたのは江戸川区の小松川《こまつがわ》。独身でフリーターのようなことをやっており、定職には就いていなかったらしい。

肉親が遺体と対面し、間違いないと判断するまでは絶対とはいえないが、北原の証言の信憑性はかなり高いとみてよさそうだ。

「両親はまだ半信半疑だそうだよ。葛木さんはあすは宇都宮だから、今回は遺体との対面やら状況説明やらはおれがやることになるな。つらい仕事になりそうだよ」

大原は重い口調だ。葛木は頷いて言った。

「我々の宿命ですよ。私だっていまだにそういうとき、どう言葉をかけていいかわからない」

「ああ、何度やっても慣れない仕事だよ。もっともそんなことに慣れちまったら、殺人担当刑事としては堕落もいいとこだからな」

大原は力なく言う。俊史が声をかける。

直に応じた。


「ぼくも同行しますよ。あすは親父からの報告を待つくらいで、やることはなさそうだから」

本来なら管理官がわざわざ出向く用事ではないが、俊史はそこで殺人捜査に携わる者の心のありようを身をもって感じようとしているのかもしれない。そんな思いを言外に理解したように、大原は率直に応じた。

「それじゃお願いします。この歳になって情けない話だが、どうも一人じゃ心細いもんで」

「しかしこんな遅い時間に、短大のほうはよく動いてくれましたね」

葛木はそこに救いを感じた。凶悪な殺人犯の餌食になったかもしれない卒業生の安否の確認に、担当者は夜の十時過ぎまで仕事をしてくれたわけだった。

「事件の概要は捜査関係事項照会書に書いておいたんだが、ずいぶん親身に動いてくれたよ。実家の住所や電話番号は本部にファックスしてくれるそうだ。これからすぐに戻ろう。のんびり冷やし中華も食っていられない」

三分の一ほど残っている皿を恨めしげに見ながら、大原は立ち上がる。葛木と俊史も料理を残したまま席を立った。

本部に戻ると、短大の教務課からファックスが届いていた。それを手にして、大原は被害者の実家に電話を入れた。

状況を説明する大原の口調は重かったが、それでも言葉の端々には毅然としたものが感じられた。そこには必ず犯人を検挙して、罪を償わせるという強い意志が滲んでいた。

電話を終えて葛木たちに向き直った大原の顔には疲労の色が張りついていた。講堂の一角で十三係の子飼いの宴に加わっていた山岡を手招きし、状況を説明した。俊史は本庁に連絡を入れた。

3

翌朝八時からの全体会議を済ませ、葛木は城東署の覆面パトカーで宇都宮へ向かった。

運転手兼現地での相棒として、気心の知れた山井清昭巡査を指名した。山井は几帳面な性格のため事情聴取や取り調べの際の記録係に適任で、調書を作成するような場面では、葛木も重宝に使ってきた。

逮捕状のほうは朝一番で若い捜査員を走らせて、請求書面と疎明資料を東京簡裁に提出した。簡裁の処理は迅速で、逮捕状は二時間ほどで発付された。途中簡裁に立ち寄ってそれを受けとり、川口から東北自動車道に出て、葛木たちは一路宇都宮を目指した。上尾には自分が出向くことをきのうのうちに知らせておいた。

上尾はようやく事態が動き出したことを歓迎した。きのうは幸田にとくに変わった動きはなく、妻とショッピングセンターに出かけて食事をしたり、ゲームセンターに立ち寄ったりと相変わらず仲睦《なかむつ》まじいところをみせていたという。車中から電話を入れると、上尾はすぐに応答した。

「おう、いまどこだ」

「川口から東北道に入ったところだ。とくに混んではいないから、一時間ほどで着くだろう。そっちの状況は?」

「まだ朝の十時だ。この時間じゃ動きはないよ。逮捕状はとれたのか」

「とれたよ。使うことになるかどうかはまだわからんが」

「そうか。難しい判断になりそうだな。いや、二週間近く間近に接していると、だんだん情が移ってきてな。あんたが出張ってくれて、本音を言えば助かったよ」

「ああ、その辺はわかるよ」

葛木は言った。それは取り調べのときにもよくあることだ。人間というのはお互いに引き合う磁力のようなものを持っているようで、相手がどんな凶悪犯でも、一週間、二週間と付き合ううちに、抗《あらが》いがたく親しみを感じるようになる。

犯行については頑なに口を閉ざす被疑者も、世間話や身の上話をしているうちに思わぬ真情を吐露することがある。訊問する側も生身の人間で、覚えず自分の心の裡《うち》をさらけ出す。

そんなふうに生まれた心の交わりが、被疑者のガードを知らぬ間に融かしていることがある。唐突に訪れる改悛《かいしゅん》と自白――。いくら理詰めに攻めても開かなかった扉が、理屈では説明できないなにかによって突然開く。

しかし他方でそれが判断を狂わせることもある。シロであってほしいと願うような不合理な願望が生まれ、自分でも制御できなくなるときがある。それが刑事としての経験に裏打ちされた心証なのか、情にほだされての反応なのかわからなくなって、自ら申し出て取り調べの担当を外してもらったこともあった。上尾がいま危惧しているのもそこだろう。葛木は問いかけた。

「率直なところを聞かせてくれないか。あんたから見て、幸田というのはどういう人間なんだ」

「素人みたいな言い方をすれば、要するにいい人だな。いわゆる毒気のようなものを感じさせない、もって生まれた気立ての良さみたいなものがあるんだよ。それがごく自然で、つくったようなところがまったくない」

「たとえば？」

「きのうはショッピングセンターで迷子の子供を見つけてね。泣いているのをあやしながらサービスカウンターまで連れて行ったんだよ。普通ならそこに預けて終わりだけど、アナウンスを聞いた母親が姿を見せるまで、自分の責任だとでも言うように子供に付き添っていたよ」

「なかなかできないことだな」

「あるいは、かみさんがときどきごねたりするんだが、幸田は声を荒らげるようなこともなく、弱りきったような顔で穏やかに話しかけているうちに、かみさんの機嫌が勝手に直っちまう。たくまざる説得力というかなんというか――」

「周りが善人だと太鼓判《たいこばん》を押すような人間が、じつは凶悪な犯罪者だったというようなことは、おれたちの商売では珍しくない話だけどな」

「たしかにそうだが、いまどきの若いのってそういうのが多いと思わないか。おれたちのころは、どっちかというと世間に対して悪ぶって粋がってたけど、不思議にそういうひねくれたところがない」

「たしかに、そんなふうに感じることはあるな」

そう応じながら、葛木は俊史のことを思った。裏表のない素直な性格を息子の美質だと思ってきたが、それは時代の気質とでもいうべきものなのかもしれない。そしてそんな若者が、なにかの弾みで無差別殺人のような凶悪犯罪に走る。穿《うが》った見方をすれば、悪に対する免疫がない世代ともいえる。だから心のなかの鬱屈したものが閾値《いきち》を超えたとき、一気に極端な犯罪に走ることになる。

所轄に移ってから、窃盗や暴行事件を起こした若者を取り調べたことが何度かあった。じっくり話し込んでみれば拍子抜けするほど心根の優しい連中だった。だから幸田についての上尾の心証が正しいとしても、それが必ずしも犯行の可能性を否定するものではないことになる。

「まあ、そんな幸田も、すでに女物の靴の窃盗という罪を犯しているわけだからな。それがエスカレートして凶悪犯罪の領域まで突っ走ったとしても、さほど不思議はないかもしれないが――」

上尾は嘆息して続ける。

「あんたは人を殺す人間の心を読む点ではプロだから、その辺の見立ては任せることにするよ」

「おれだってそれほど自信はないよ」

「しかしその見極めで今回の帳場の帰趨《きすう》が決まる。すべてがあんたの眼力にかかっている。誤認逮捕で時間を無駄にすれば、真犯人を野放しにしたまま迷宮入りになりかねない。かといって幸田が真犯人なら、見かけに惑わされて放免しちまったら結果は同じことだ」

「そうプレッシャーをかけるなよ。かえって眼力が狂うから」

冗談めかして応じはしたものの、上尾の言うことは間違っていない。自分を信頼してくれた渋井にしても、心中する覚悟だといってくれた俊史にしても、求めているのは周囲の雑音に惑わされない曇りのない判断なのだ。

上尾との通話を終えて携帯を閉じたとたんに着信音が鳴った。開き直すと大原からの着信だった。応答すると、憔悴したような大原の声が流れてきた。

「いまご両親に遺体を確認してもらったところだ。低温保存していたんで、顔もまだきれいだったよ」

「それで、どうでした?」

「娘さんに間違いないそうだ。母親はその場で泣き崩れた。父親のほうも動転して、とても話が聞ける状況じゃなかった。遺体を引きとって、きょうのうちに静岡に帰ると言っている。落ち着いたところで捜査員を出向かせて話を聞く約束をとりつけるくらいしかできなかった」

「そうですか。ご両親の気持ちを思えば辛いですが、被害者はこれでやっと成仏できる。我々にできるのはその無念を晴らしてやることだけですね」

「そうだな。ホシが幸田であれ別人であれ、絶対にとっ捕まえて裁きを受けさせないとな。おれたちのシマで殺されたホトケだ。所轄の意地にかけても取り逃がすわけにはいかないな」

大原は死者に誓うように強い口調で言った。

4

宇都宮に到着したのは午前十一時半を回ったところだった。

上尾とは県警本部のロビーで落ち合った。本庁捜査一課の庶務担当部署はすでに県警から捜査協力を取り付けていて、取調室の使用も、逮捕に至った場合の留置場の使用も可能だという。必要なら警察車両や人員も提供してくれるとのことだった。

挨拶に出向いた刑事部で応対したのは、上尾が張り込みを始めるに際して挨拶に出向いたとき、幸田の姉の自殺の話を聞かせてくれた捜査一課の主任だった。葛木は丁重に礼を言った。

「ありがとうございます。本部としては重要な局面を迎えておりまして、ご協力いただけてたいへん心強く思っています」

主任は鷹揚な調子で手を左右に振った。

「いやいや、そこはお互い様で、当然のことをしているまでですよ。それに被疑者が宇都宮出身ということで、あの事件はこちらでも注目しているんです。お役に立てればうちの株も上がりますから。もっとも宇都宮市民としてはあまり名誉な話じゃありませんがね。それで見通しはいかがですか」

「あと一歩というところで決め手を欠いています。とりあえず逮捕状は用意したんですが、執行するかどうかは事情聴取をしてみての判断ということで」

「しかし姉の自殺は、幸田の犯行の動機として注目すべきじゃありませんか」

その情報を提供したのが自分だということを強調するように、主任は誘い水をかけてくる。乗せられて口を滑らせてまた情報が漏れても困るから、葛木は慎重に応じた。

「そうかもしれません。ただ、それだけでは説明できない部分が多々ありまして」

「しかし海外に逃亡する惧れがあるなら、のんびりしてはおれませんな」

「そのとおりです。幸田が本ボシなら、ここで逮捕して一気に事件解決ということにしたいんですが」

「そうそう、ご参考までに。自殺した幸田のお姉さんなんですがね――」

主任はとっておきのネタだとでもいうように声を落とした。

「高校時代にカヤックをやっていたようなんです」

「カヤックを？」

葛木は身を乗り出した。

「ええ。私も気になって、手の空いているときにいろいろ調べていたんですよ。過去の記録によると、県大会で上位に食い込む実力者だったようです」

「それは貴重な情報です。幸田とカヤックを繋ぐ線がこれまであまり見えてこなかったんです。わかっているのは、事件のまえに勤めていたスポーツ用品店でカヤックの売り場を担当していたことくらいで。だとしたらお姉さんから手ほどきを受けていた可能性はありますね」

「あるでしょうね。それに自殺したお姉さんのことで警察を恨んでいたとしたら、犯行の道具としてカヤックを使うというのも理屈に合いませんか」

「たしかに合います。貴重な情報です」

葛木は高揚を感じながら応じた。しかし必ずしもそれが偶然ではないと断言できるわけではない。いまここで主観の色眼鏡を濃くすることは極力慎むべきだ――。そう自分に言い聞かせても、幸田がクロとの心証が高まるのに葛木はなかなか抗えない。主任は付け加える。

「それからもう一つ。幸田には虚言癖があるようなんです――」

「というと？」

「じつは署内に幸田の高校時代の同級生がおりましてね。何年かまえに同窓会で会ったことがあって、そのとき幸田は東京の大手商社に勤めていると言っていたそうなんです。彼は大学を卒業後、定職にはついていなかったはずでは」

「ええ、ずっと不定期雇用で、あちこちの職場を渡り歩いていたようです」

「いまは係長だが、上司からは将来を嘱望《しょくぼう》されており、ゆくゆくは取締役も夢じゃないというような大風呂敷を広げていたそうです。その警官も、それをずっと信じていたようでしてね」

上尾が受けている印象とはだいぶ異なるが、それが矛盾だというわけではない。人間は誰しも場面によって異なる顔を持つものだ。同窓会という場での話なら、酒の勢いの悪意のない法螺《ほら》ということもあるだろう。

「それも予備情報として留意すべきかもしれません。ああいう罪を犯す人間は、得てして多面的で複雑な性格を持つ傾向がありますから」

そう応じながら葛木は、幸田がクロだとの心証がさらに強まる一方で、反比例するように心の一部が醒《さ》めていくのを感じた。その不思議な感覚を敢《あ》えて言葉にすれば、やはりあまりに辻褄が合っているのが気に入らないということか。

捜査線上に浮上して以来、あらゆる状況証拠が磁力に引き寄せられでもするように幸田一人に向かっていく。それを出来すぎだと感じるのは自分がひねくれ者だからか。揺れ動く心を抑えながら葛木は立ち上がった。

「ありがとうございます。これからいろいろご協力いただく上に、貴重な情報を提供していただきまして。こちらも早急に動きたいと思いますので、とりあえずお暇《いとま》を」

「いやいや、くだらないお話を聞かせて、捜査に支障が出なければ幸いです」

主任も立ち上がり如才なく応じた。連絡要員として部下の刑事を一人付けたいと主任は言ったが、人員は十分だからと葛木は丁重に断った。上尾以下の宇都宮派遣組はいまいいチームワークで動いている。そこに外部の人間が加われば、せっかくのスムーズな連携が損なわれると思えたからだ。警察署を出て確認すると、いい判断だったと上尾も賛成した。

「幸田には不利な話が次々出てくるな」

実家のある山本一丁目に向かう車中で、上尾は苦りきった顔をみせる。葛木は言った。

「こうなると、十中八九、幸田で決まりのようだな。ただ――」

「ただ、なんだ?」

「おれとしては、あの主任の話、いまの時点で聞きたくはなかったよ」

わかるというように上尾は頷いた。

「あんたがこっちに来たのは、幸田がシロかクロか予断なしに見極めるためだったわけで、ああいう話を聞けばどうしても考えがぶれるからな」

「それもあるが、聞いた以上は本部に報告しないわけにはいかない。それじゃ山岡の旦那《だんな》を抑えられない」

「あんたは幸田がシロだという結論もありと見ているわけだな」

上尾は敏感に反応する。抑えた口調で葛木は続けた。

「それも予断になるから答えにくいが、いまはあらゆる可能性を想定してことに当たらなきゃいかんということだ。いちばん怖いのは山岡の暴走だよ」

「よくわかるよ。そもそもが、あいつはあんたや息子さんのことを根にもっているようだから」

「仕事熱心なのは頭が下がるが、ホシを挙げることが自己目的化しているきらいがある」

「被疑者をつくることがおれたちの仕事じゃないからな」

「ああ、そこを勘違いすると、警察はなんのための存在かわからなくなる。冤罪をつくるということは、別の見方をすれば真犯人を取り逃がすということだ。過去の冤罪事件のほとんどで、真犯人は見つかっていない。要するに無実の人間を罪に陥れるだけじゃなく、本物の悪党を野放しにすることでもある」

「二重の失態を犯すことになるわけだ。考えてみれば難しい仕事だな、おれたちのやっていることは」

上尾は渋い口調で言って窓の外に目を向ける。覆面パトカーは市街地を抜け、北西に日光連山を望みながら、しだいに家並みの立て込んだ住宅地域に入っていく。葛木は問いかけた。

「実家の周辺はどんな土地柄なんだ」

「碁盤《ごばん》目状《め》の区画にぎっしり住宅が並んでいて、路地は狭い」

「だとしたら、隣近所の目がうるさいな」

「そうなんだ。張り込みもしょっちゅう人員を交代して、移動しながらやっているんだが、近所の住民からけっこう胡散臭い目で見られているよ」

「楽な張り込みじゃなかったんだな」

「ここんとこ日差しが強いからな。体力的には限界かもしれん。なんとかきょうあたりで決着をつけたいところだよ」

　上尾は日焼けした顔に期待を滲ませる。葛木は力強く応じた。

「ああ、そうしよう。ポイントはどこがいい？」

　葛木が気にしているのは任意同行を求める場所だった。幸田が結果的にシロと確信できるなら、その人生に余計な波風は立てたくない。任意同行といっても、何人もの刑事に囲まれて覆面パトカーに乗せられる場面は、一般の人の目には逮捕と変わりない。近所の住民にも実家の両親にもできればそういうシーンは見せたくない。上尾もそのあたりの事情は察している。

「市街地のショッピングセンターがいいんじゃないか。実家の車でよく出かけるから、駐車場で呼び止めれば、見知っている人の目につくこともないだろう」

「そうか。きょうも出かけてくれればいいんだが」

「毎日が日曜日みたいなもんだから、家に居っぱなしということはないだろう。きのうもおとといも、かみさんと二人で外出しているよ」

「場所は？」

「市内には大きなショッピングセンターがいくつもあるから、行くところはいつも違っているな。何軒かはしごすることもある。一度入れば一時間以上はいるから、駐車場で待っていればいい。車に戻ったときがベストのタイミングだ。人員の配置は行き先を確認してから決めても間に合うだろう」

上尾はそちらについては任せろという口ぶりだ。そこは大船に乗った気でいることにした。

「そうなると、これから実家に向かっても意味がないわけだが、どうする。参考までに見ておくか?」

上尾が訊いてくる。幸田についての心証を得るという目的で来た以上、生まれ育った家や周囲の環境を見ておくのも無駄ではないだろう。葛木は頷いた。

「そうしよう。人は環境によってつくられるというからな。そういう周辺情報が、のちのち事件を解く意外な鍵になることもある」

そのときポケットで携帯が鳴った。取り出してディスプレイを見ると、俊史からの着信だった。

「ああ、親父。そっちはどんなぐあいだ?」

「ついさっき県警に挨拶に出向いて、いま幸田の実家に向かうところだ。じつはそこで耳にしたんだが──」

主任から聞いたカヤックの話を語って聞かせると、俊史は電話の向こうでため息を漏らす。

「本当だとしたら幸田の線はますます固いね。虚言癖というのも気になるところだよ」

「ああ。ここで逮捕状を執行しても、たぶんどこからも文句は出ないだろうな」

「どうするんだ、親父は。やはりいったんは任意で話を聞いてみるのか」

「そうしようと思う。偶然ということで退けられる話じゃないが、状況証拠といえるほどのものでもない」

「山岡さんの耳には入れたほうがいいかな」

迷うことなく葛木は言った。

「まだ伏せておいてくれないか。聞けば鬼の首を取ったように逮捕を主張するだろう。そうなると、わざわざ宇都宮に出張った意味がなくなる」

「そうだね。それじゃ闘牛に赤い布を見せるようなものだ」

「うまいことを言うな。おまえは聞かなかったことにしてくれればいい。まずは幸田との接触が重要で、いまはそこをかき回されたくない。その結果がなんであれ、山岡の旦那にはおれのほうから報告するから」

「わかった。おれは親父の判断を信じるから。それから、被害者の女性のご両親に会ってきたよ。遺体とも対面した」

俊史の声が翳《かげ》った。葛木は言った。

「課長からはさっき報告を受けたよ。きつい経験だったんじゃないのか」

「ああ。殺人を扱う仕事は厳しいね。遺族を慰められる言葉なんてなにもない。おれたちにできるのは、犯人を捕まえて罪を償わせることだけだ」

俊史は語尾を震わせた。胸に痛みを覚えながら葛木は言った。

「それでもだれかがやらなきゃならん。そうじゃないと、人殺しが大手を振って歩く世の中になる」

「しかしそれができたところで、遺族の悲しみが消えるわけじゃない」

「犯人逮捕に夢中になるとつい忘れがちだが、肝に銘じておくべきはそこだよ。おれたちはいつだって被害者や遺族の悲しみを背負っている。それを忘れると捜査が上滑りになる。自分の手柄のためだけに血道を上げるようになったら本末転倒だ」

「そうだね。自分の体面や組織の都合で捜査の方向が左右されちゃいけない。大事なのは、遺族の悲しみに、被害者の無念さに寄り添うことなんだね。それに対する自分の無力さを自覚し続けることなんだね」

自分を奮《ふる》い立たせようとするように、俊史は強い口調で言った。

「それで、もう一人の女性の所在は確認できたのか」

葛木は訊いた。俊史は苛立ちを覗かせた。

「まだだ。実家は群馬なんだけど、連絡がつかないらしい。大学側は引っ越したのかもしれないと言っている。就職先も当たったけど、一年以上前に辞めているそうで、その後の消息は掴めない。いま大原さんが戸籍謄本《とうほん》や住民票を取り寄せる準備をしている。転出していたとしても、除籍や除票があれば行き先はわかるから」

「もういちど辛い場面に立ち会うことになりそうだな」

「そうだね。そっちが人違いだとしても、被害者がもう一人いるのは間違いないわけだしね」

そう答える俊史の声には色濃い疲労が滲んでいた。

5

上尾が言ったとおり、幸田の実家のある山本一丁目は住宅の立て込んだ一帯で、日中でも人通りはそう多くはない。

覆面パトカーは表通りに停め、山井は車のなかで待機させた。住宅街の狭い道をしばらく進んだところで、上尾が一〇メートルほど先の家を指差した。

「あれが幸田の家だよ」

そう古くはなさそうな二階家の一戸建てで、狭い庭の半分ほどをカーポートが占めていて、そこに年式の古いクラウンが一台停まっていた。

街へ出るときは車を使うというから、幸田は在宅ということだろう。父親は公務員だからいまは出勤しているはずで、家にいるのは幸田と妻と母親の三人ということになる。

家の斜め向かいの路地の入口に、見覚えのあるポロシャツ姿の若い男が立っている。上尾とともに帳場に入った機捜の隊員だ。葛木の姿に気づいたらしく、こちらにちらりと目を向けたが、そのまま素知らぬ顔で路地を出て、家の前を通り過ぎ、別の路地の奥に姿を消した。

間をおかず、手にコンビニのレジ袋を持ったTシャツに短パンの男がやってくる。そちらも帳場で見た顔だ。捜査員たちは通行人を装って、頻繁に移動と交代を繰り返しながら監視をしているようだ。

こちらは日がな一日、エアコンの効いた帳場に陣どって、あれやこれや指図するだけの毎日を送っているわけで、それを思えば頭が下がる。ねぎらいの言葉の一つもかけたいが、ここではそれは許されない。上尾とは適当な距離を置いて、家の様子を横目で見ながらその前を通り過ぎる。

家のつくりはどこにでもあるようなツー・バイ・フォーで、並びの数軒とタイプが似ているところを見ると、同じ時期に売り出された建売住宅のようだ。

庭には母親の労作らしい花壇があり、色とりどりの初夏の花が咲き競っている。二階のベランダには洗濯物が干してあり、両親のものと思われる渋めの衣類のなかに、幸田と妻のものらしい若向きのTシャツやポロシャツも混じっている。

家のなかからテレビの音声がかすかに聞こえ、女性の明るい笑い声がそこに混じる。煮物でもしているような香ばしい匂いが漂ってくる。上を望むわけでも見栄を張るわけでもなく、身の丈《たけ》に合った幸せを大切に生きている――。そんな家族の情景が眼に浮かぶ。

不幸なめぐり合わせによる長女の自殺という悲しい事件を、三年の時はどんなふうに癒《いや》したのだろう。もし幸田が逮捕されるようなことになれば、その幸せはふたたび破壊されることになるだろう。無意識にそうならないことを願っている自分に葛木は気づく。

「どうだ。妙な気分になってこないか」

そんな心を見透かしたように、上尾が傍らに寄ってきて囁く。

「ああ、まずいことにな」

葛木は気負わずに応じた。被疑者に対する心証というのはそもそもそういうものなのだ。この事件に限らず、刑事は周辺のあらゆる事象に心のアンテナを向け、そこから得たさまざまな感触によって心証を形成し、捜査の方向を決めていく。

それが思い込み捜査に繋がって冤罪の原因になることもあるが、刑事も生身の人間である以上、あらゆる主観から自由ではいられない。そこから生まれるいわゆる勘が、事件解決への突破口になることも少なくない。

上尾はポロシャツにジーンズ姿だが、葛木は刑事の制服ともいうべきグレーのスーツにネクタイで、いつまでもうろうろしていれば怪しまれる。そのまま家の前を離れ、路地を迂回《うかい》して山井が待つ覆面パトカーに戻った。

「中から聞こえた笑い声は幸田のかみさんと母親だよ。幸田がいるのはまず間違いないから、おれたちはここで待機しよう。外出したら張り込んでいる連中から連絡がある。追跡チームの乗ったレンタカーも近場にいる。そっちと合流して追尾して、出向いた先の駐車場で待機するという段取りだ。もちろん店内にいるあいだも人を張りつける。それで万全だと思うがな」

上尾が段取りを説明する。葛木としてはそこは任せるしかない。追跡チームのドライバーは宇都宮出身の宮原だから、見失う心配はないと上尾は自信を覗かせた。

監視チームから連絡が入ったのは、それから一時間ほどしたころだった。短い受け答えで通話を終え、上尾は運転席の山井に指示を出す。

「すぐ先の路地から紺のクラウンが出てくるはずだ。それが幸田の車だ。そのあと追跡チームのグレーのワンボックスが出てくる。面パトは感づかれる惧れがあるから、こっちはワンボックスの後ろにつけてくれ」

「了解。方角は?」

山井が緊張した声で確認する。上尾は迷いなく応じる。

「市街の中心部へ向かうはずだから、このまま一本道だ。土地鑑がなくても問題はない」

上尾の言うとおり、一〇メートルほど先の路地から紺のクラウンが走り出てきた。運転しているのは幸田だろう。助手席に妻とおぼしい若い女が乗っている。クラウンはそのまま右折して県道を南に進む。続いてグレーのワンボックスが路地から出てきて追尾を開始する。

十秒ほど間を置いて山井もアクセルを踏んだ。市街中心部に向かう県道は車の数も少なく、距離を置いても見失う心配はない。

ビルや商業施設が軒を連ねる市街地に入り、東武宇都宮駅とJR宇都宮駅を結ぶ大通りで左折して、幸田たちはJRの駅の方向に進む。

駅のすぐ手前でまた左折して、五〇メートルほど先にあるショッピングセンターの立体駐車場に幸田たちは入った。適当に間を置いてワンボックスが続く。幸田たちが二階に向かったという連絡が上尾の携帯に入る。山井も駐車場に進入する。

葛木たちが二階に着いたとき、幸田たちの姿はすでになかった。紺のクラウンの一つおいた並びに追跡チームのワンボックスが停まっている。捜査員が降りてきてこちらに手を振った。

そこから少し離れた空きスペースに車を入れると、捜査員が走りよって上尾に報告する。

「二人はすぐに店内に向かいました。いま捜査員二名が尾行しています」

「そうか。だったらおれたちはここで待っていればいい」

上尾はそう応じて面パトから降りた。葛木と山井も外に出た。買い物を終えて幸田がこちらに向かえば、尾行している捜査員から連絡が来るから、いまは慌てる必要はない。自販機から飲み物を買って、店内に向かう通路の入口近くのベンチで待機することにした。

尾行している捜査員からは頻繁に連絡が入る。とくに目当ての品物があるわけでもなく、二人はウィンドウショッピングを楽しんでいるらしい。挙動は落ち着いていて、こちらの動きを察知して逃走を図るような気配はまったくないという。

五日前に婚姻届を出したばかりの新婚夫婦だ。いまはただ二人で時間を過ごすのが楽しいのだろう。幸田にとってはそれが娑婆《しゃば》で過ごせる最後の時間になるかもしれない。そう思うと葛木の心も複雑だ。

一時間ほど待機したころ、幸田たちが駐車場に向かったという連絡が来た。葛木たちは急いで車に戻った。車内で様子を窺っていると、通路から出てくる二人の姿が見えた。尾行していた捜査員の姿も背後に見える。

けっきょくなにかを買ったらしく、幸田は店のロゴの入ったショッピングバッグを提《さ》げている。二人は楽しげに語らいながらこちらに向かってくる。捜査の対象になっていることに気づいている気配はやはりまるでない。

右足にわずかな障害があるというのが靴跡からの鑑識の見立てだったが、市川のスポーツ用品店の店長が言ったとおり、外見からはほとんどそれを感じさせない。

二人は車に戻り、幸田が後部に回ってトランクを開ける。妻は助手席の脇でその様子を見ている。葛木は隣に駐車している捜査員に小さく合図を送り、上尾とともに車を降りた。万一の際の追跡に備え、山井は運転席に残しておいた。

尾行チームの二人が追いついたのを確認すると、葛木は幸田に歩み寄り、警察手帳を提示して声をかけた。

「幸田正徳君だね。ちょっと話を聞きたいんだが、同行してもらえないかね」

人の気配を感じたのだろう。幸田は背後の二人の捜査員を振り向いた。隣のワンボックスからも捜査員が降りてくる。葛木の傍らには上尾がいる。幸田は完全に包囲されていた。

「マーくん。この人たち誰?」

妻の怯《おび》えた声が葛木の背後で響く。幸田の顔は青ざめている。

「ある事件のことで、少し話を聞きたいんだよ。逮捕するわけじゃない。難しく考えないで協力してくれないかね」

「あ、あの、おれ、やってませんよ」

恐怖に引き攣ったように顔を歪《ゆが》め、搾り出すような声で幸田は言った。

第十二章

1

「もうやめたんです。ああいうことは。マリアと結婚したし、両親には恥をかかせたくないし――」

幸田は背中を丸め、蚊の鳴くような声で言った。葛木は穏やかに問いかけた。

「ああいうことって？」

「靴のことでしょ、話を聞きたいって？」

その顔には怯えの色が貼りついていた。言葉どおりなら連続殺人について幸田は心当たりがないことになるが、とぼけている可能性はある。葛木は心の手綱を引き締めた。

宇都宮駅前にあるショッピングセンターの駐車場で任意同行を求めると、幸田はとくに抵抗することもなく応じた。一緒にいた妻に車のキーを渡し、すぐに帰るから両親の家に戻って待っているようにと言い、自分は上尾のチームのワンボックスカーに乗り込んで県警本部まで同行した。

葛木もワンボックスカーに同乗し、本題と関係のない四方山話で初見の印象を得ようとしたが、幸田は表情を硬くしてほとんど話に乗ってこなかった。

県警本部の取調室に入ったのは午後二時過ぎだった。昼食は済んだかと訊くと、実家を出る前に済ませてきたというので、筆記係の山井を伴ってさっそく事情聴取に入ったところだった。

短く刈った髪を栗色に染めてはいるものの、耳にピアスをしているわけでもなく、眉《まゆ》を剃り込んでいるわけでもない。髭はきれいに剃ってある。幸田は見かけの点では日本のどこにでもいそうな若者だった。

伏し目がちの瞳はいかにも優しく気弱そうで、自己を主張することに長《た》けているタイプとは思えない。大学卒業以来一度も定職に就けなかったのは、景気や雇用情勢によるものだけでなく、本人の性格に起因する部分も多そうな印象を受けた。日本の若者の多くが不本意なサバイバルレースを強いられているこの時代、上尾たちに垣間見せた幸田の優しさはむしろ躓《つまず》きの石になりかねない。

「まず聞きたいのは、先月、つまり五月の六日から今月の九日まで、君はどこにいたかなんだ」

「どうして言わなくちゃいけないんですか」

「理由はおいおい説明する。市川のスポーツ用品店を辞めたのが五月六日で、その直後にアパートを引き払った。そして宇都宮の実家にやってきたのが六月九日。そのあいだ、どこでなにをしていたんだね」

「言えません」

「どうして？」

「黙秘権というのがあるんでしょ」

「もちろんあるが、それは逮捕された上での取り調べや裁判での話だよ。まだ任意の事情聴取の段階だから、法的には意味がない」

「だったら黙秘は許されないんですか」

「そうじゃなくて、任意だから話すも話さないも君の自由だということだよ」

「じゃあ、言えません」

「ただし、それが君にとって大きなリスクになるということも言っておかないとな」

「リスクって？」

「喋ろうとしなければ、隠したい事情があるとみるのが常識的な感覚だ。つまり我々の見方が君にとって不利なほうに傾くのはやむをえないということだよ」

幸田は強張《こわば》った表情で釈明する。

「でも、本当にやってないんです。ああいう趣味は卒業したんです。あの事件で略式命令が出たとき誓ったんですよ。もう絶対にやらないって」

「市川のスポーツクラブで女物の靴を盗んだ件だね。訊きたいのはそれとは別の事件のことなんだよ。そちらに君が関与している疑いがあってね」

「なんですか、別の事件って？」

幸田はきょとんとする。その表情が妙に邪気《じゃき》を感じさせない。シロかも知れないと直感がささやく。しかし刑事の目を欺《あざむ》く演技力を備えた被疑者は珍しくない。幸田に虚言癖があるという県警の主任から聞いた話は、やはり心に留めておく必要があるだろう。

「江東区内で、若い女性が三人、連続して殺害された事件は知っているね」

決めつけるような調子にならないように葛木は言葉を選んだ。それでも幸田の顔には先ほどとは別の種類の恐怖が滲んだ。

「おれがあの事件の犯人だと言うんですか」

「そうは断言していない。ただ、君との関連を疑わせる材料がいくつか出ているんだよ。市川のスポーツ用品店では、君はたしかカヤックの売り場を担当していたね」

「ああ、そうなのか。だったらずっとおれに目をつけていたんですね。でもどうしておれが犯人だと？」

どこまで話すべきかは重要なポイントだ。被害者が靴を履いていなかった事実はマスコミには発表していない。それはいわゆる犯人しか知らない事実で、幸田が真犯人かどうかを見極める貴重なマーカーだ。こちらから切り出しては意味がない。葛木は攻め口を変えた。

「五年前、きみは市川市内にある山里庵という居酒屋チェーンで働いていたね」

幸田の顔に当惑の色が広がった。

「そんなことまで調べているんですか」

「働いていたんだね」

葛木は確認した。幸田は頷いた。

「働いてました。でもそれと江東区の連続殺人とどういう関係があるんですか」

幸田の質問は無視して葛木は問いかけた。

「だったら、杉田友美、秋山佑子、木下香という三人の女性を知っているはずなんだが」

幸田は記憶をまさぐるように天井に目を向けた。演技なら堂に入ったもので、とんでもない狸を相手にしているのかもしれないが、この程度の若造の芝居が見破れないほど自分の眼力が鈍っているとも思えない。

幸田の顔が青ざめる。額にかすかに汗が滲んでいるが、取調室はエアコンがよく効いて肌寒いほどだ。葛木は冷静に問い質した。

「知ってるんだね。その三人を」

「あの、まさか――」

幸田は唇をわななかせる。

「事件の被害者だよ。最近会ったことは？」

「ないですよ。あの店では半年くらい働いただけです。そのあと店の関係者とはだれとも会っていません」

「その三人とはとくに親しかったの」

「そういうわけじゃありません。向こうは学生アルバイトで、こっちは社会人だったし、正規雇用じゃないけど副店長を任されていたから、一応けじめみたいなものはあったわけです」

「けじめというと？」

「個人的なレベルの付き合いというか、友達付き合いみたいなのはないということです」

「しかしその三人の名前を君はいまも覚えている。記憶力がいいんだね」

「だって、お客さんの動きを見ながら彼女たちに指示をするのが仕事ですから、名前を覚えなきゃ仕事になりませんよ」

「なるほど。当時アルバイトはほかにもいたのかね」

「常時五、六人はいました。大きな店じゃないんですが、けっこう繁盛してたんです」

「学生アルバイト以外の店のスタッフは？」

「店長とおれだけです。料理は本部から来たものを温めたり解凍したりして盛り付けるだけで、アルバイトでもできますから」

「市川のスポーツ用品店を辞めた理由は？」

「それも言わなくちゃいけないんですか」

「ああ、最初に聞いた話にしてもそうだが、君が連続殺人事件と無関係なら、言っても差し支えないと思うんだがね」

「でも本当にその事件のことは知らないんですよ。偶然同じ時期にそこで働いていただけで犯人だって言うんなら、店長だって怪しいわけじゃないですか。おれが働いていた話は店長から聞いたんですか」

「ああ、確認はとったよ」

「おれが犯人だと言ったのは店長ですか？」

「いや、あくまで君が五年前にその店で働いていたという事実を確認しただけだ」

池田が元店長から証言を得た経緯はぼかしておくことにして、葛木は続けて訊いた。

「そのときの店長さんは北原という人だね。一緒に働いてたとき諍《いさか》いのようなことは？」

「とくにありませんでした。辞めてからも年賀状のやりとりもしてたし。契約社員や派遣社員として勤めた先の上司としては、どちらかといえば嫌なところのない人でしたよ。大体が人を人とも思わないようなひどいやつばかりだから」

幸田はかすかに憤りを滲ませるが、元店長とのあいだにとくに問題があったわけではないらしい。そこは北原の証言の信憑性を推《お》し量るうえで大事なポイントだ。さらにとぼけて問いかけた。

「マリアさんというのはさっき一緒にいた女性だね。結婚はいつしたの」

「五日前です。式とかは挙げていません。市役所に届けを出しただけです」

幸田のその話は正確だ。そこが胸襟《きょうきん》を開く糸口になるかもしれないと葛木は期待した。

「ご両親は喜んだだろうね」

「最初は反対したんです。彼女はブラジル人だから。でも会ってみて気に入ったんです。性格がいいし、考え方も日本人に近いし」

「日系人なのかね」

「三世です。祖父母が戦後の移民なんです」

「どこで知り合ったんだね」

「市川のジャズ系のライブハウスです。マリアはそこで歌ってたんです」

「彼女は歌手なのか」

「才能はあるんです。ただそれがなかなか認められなくて。歌手としての仕事は、週一回、木曜日にそこのステージに立つだけで、普段は地元の食堂で働いてたんです」

「知り合ったのはいつから？」

「三ヵ月前です。例の事件のすぐあと」

「靴を盗んだ事件か」

「あんなことをしでかして気が滅入《めい》ってたんです。自分みたいな人間はこの世のなかで生きていく資格がないんじゃないかって。両親は悲しんだし、またそういう衝動が起きたらもう止められないんじゃないかと思って――。そんな暗い気分でたまたまその店のまえを通ったとき、なかでやっている演奏がドアの外に漏れてきたんです。ジャズとか南米音楽にとくに興味があったわけじゃないんですが、そのとき聞こえてきた歌声に、突然胸を締めつけられたんです」

「いい音楽との出会いは人生を変える力があると聞いたことがあるよ。私はその手の感受性が鈍いから、まだそんな体験をしたことはないがね」

葛木は調子を合わせた。マリアとの出会いについて、幸田にはだれかに語りたい思いがあるらしい。被疑者が自ら喋りだした話題には重要なヒントが隠されている場合が多い。事前に描いていたシナリオを捨てて、相手が導く方向にあえて脱線することもときには必要だ。そのとおりだというように頷いて、幸田は先を続けた。

「それで引き寄せられるように店に入ったんです。有名なバンドじゃなかったようで、チャージも安かったし、店内には客もあまりいなかった。五人組で、日本人とブラジル人の混成でした。ステージの中央で歌っているマリアを見て、最初は日本人だと思ったんです。でも演奏しているのは日本でよく聴く音楽とはまったく別のものだった——」

そのときの様子を語る幸田の目には真摯《しんし》な光があった。幸田はシロだと、またも心の奥で直感がささやき出す。その直感に過度に引き寄せられないように自制しながら、葛木はさらに問いかけた。

「どういう音楽なんだね、彼女たちがやっていたのは」

「ボサノバとかサンバとかいま風のブラジルのポップスとか、そういったものみたいです。陽気で賑《にぎ》やかな一方で、それが切ない悲しみに裏打ちされているようで——。そんな音楽、初めて聴いたんです。歌詞はポルトガル語で意味はわからない。でもマリアの歌声が魔法のように心に沁《し》み込んで離れなくなったんです。その日はマリアと話すことはできなかったんですが、翌週の木曜の晩に、思い切って花束を買って出かけたんです——」

マリアにすれば、花束をもって来てくれた客は幸田が初めてだった。ステージが終わってから、マリアは幸田の誘いに応じ、別の店で食事に付き合ってくれた——。そんな馴《な》れ初《そ》めを語る幸田の表情には、控えめだが堅実な未来への希望が感じられた。

葛木の心証は幸田はシロという方向に傾いていた。しかしそれだけでは山岡を納得させられない。

いや山岡だけではない。警察が組織である以上、捜査の重大な転換点になるこの事情聴取を葛木の主観だけで落着させるわけにはやはりいかない。

　誰もを納得させられる無実の証明は、幸田が市川のアパートを引き払ってから宇都宮に現れるまでのアリバイだ。それさえ喋ってくれれば幸田への嫌疑は消えてなくなる。川村知之が幸田と別人だということさえ示せれば、捜査の焦点はすべて川村に集中できる。

　しかしなぜ幸田がそこを黙秘するのかがわからない。三人を殺害したとなれば求刑は間違いなく極刑だ。言うに言えない事情があるらしいとは察しがつくが、極刑と引き換えにしていいような話がざらにあるとは思えない。葛木は再び突破を試みた。

2

「最初の話に戻るが、五月六日から六月九日まで、君はどこにいたんだ」

「言えません」

　幸田は表情を硬くする。葛木は諭《さと》すように言った。

「なあ、幸田君。君にかかっている容疑は殺人だ。そこはわかってるよな」

「やっていません。ほかに答えようがありません」

「警察の捜査というのは、それだけで、はいわかりましたと言えるようなものじゃないんだよ。本当にやっていないんなら、それを証明できるものを我々に与えて欲しいんだ」

「つまり、おれがやったと立証できるだけの証拠を警察は持っていないんでしょう。そうじゃなかったらとっくに逮捕しているはずじゃないですか」

幸田は引き攣った笑みを浮かべる。葛木は手強い壁を感じた。このまま肝心な部分で黙秘を続けるようなら逮捕状を執行せざるを得ない。しかしいまの状況で、それは抜いてしまったら鞘《さや》に戻せない刀のようなものだ。

捜査の方向は幸田一人に集中するだろう。しかし幸田が本ボシでなければ、幸田にかまけているあいだに真犯人を見失うことになる。普通は被疑者に犯行を自供させるのが取り調べの目的だが、いまはそれが逆転している。葛木は焦燥が募るのを覚えた。

「そう頑なな態度をとるなよ。犯人をつくるのが警察の仕事じゃない。知りたいのは真実だ。君が犯人じゃないのなら、それを我々に納得させてくれないか。そうじゃないと、君は間接的に真犯人を助けることになる」

「警察は信用できないんです」

唐突に飛び出した言葉が胸に刺さった。その言葉自体は珍しくもない。長年の刑事人生で耳にたこができるほど聞いた台詞《せりふ》だ。しかし幸田の口からそれが出ることを内心惧れていたことに葛木は気づいた。ここまでの捜査の過程では、それを幸田の犯行の動機とみなしてきた。

「お姉さんの事件のことを言いたいのか」

不用意に口をついたその言葉に、幸田は敏感に反応した。

「知ってるの？」

頷くと、幸田は絞り出すように言った。

「あのとき警察がもっと早く動いてくれたら、姉さんは死なずに済んだ。それなのに犯人はいまものうのうと生きている。結果的に人を殺して懲役三年なんて人を馬鹿にしてる。警察も共犯じゃないか」

「お姉さんのことは残念だ。明らかに警察の失態だよ。しかしそれといま起きている事態は別物だ。その件を警察を振り回す道具に使って欲しくない。困るのは我々よりも君のほうだ。せっかくマリアさんと結婚して幸せな家庭を築こうとしているときに、どうしてそれを破壊するようなことをするんだ」

「なにもやっていないのに勝手に疑って、こんなところに引っ張ってきたのはそっちじゃないか。姉さんの人生を破壊した次はおれの番だというわけですか。だったらやればいいじゃない。逮捕したけりゃしたらいい」

幸田は複雑な内面を覗かせた。机の上に置いた両手を固く握り締め、大型犬を威嚇《いかく》する子犬のような顔で言い立てる。その目には薄っすらと涙が滲んでいる。

死んだ姉への強い思いが犯行の動機だという見立てはやはり正しかったのか。真犯人は幸田だったのか――。そんな思いが頭をよぎるが、目の前で切なく吠え立てる幸田からは、それを納得させるだけの強い心証はやはり得られない。

「だから訊いているんだよ。率直なところを言えば、君はシロだというのが私の感触だ。五月六日から六月九日までのアリバイさえ示してくれれば容疑は晴れる。我々は君のまえには二度と現れない」

「警察は姉さんを守ってくれなかった。自分や自分の大切な人間を守れるのは自分しかいないとそのときわかったんだ」

幸田のその言葉にひらめくものを感じた。

「自分の大切な人間？　それはマリアさんのことだね」

幸田は強く左右に首を振る。葛木にはそれが裏返しの肯定の表現にしか受けとれない。

「マリアさんにしたって、君と出会って幸せを見つけたんじゃないのかな。お姉さんのことで警察に憤りを持っているのはわかるが、マリアさんへの君の思いは、それと引き換えにできる程度のものなのか」

「大きなお世話です。警察はなにも証明できない。だからいますぐ逮捕したらいいんです。そうなれば、あんたたちの馬鹿さ加減を法廷で明らかにして、大恥をかかせてやれる」

「そういう問題じゃないんだよ。たとえ冤罪でも、刑事裁判というものは被疑者の人生を破壊しかねない。そのうえ君は結果として我々の捜査を妨害することになる。君が無罪を主張すれば、裁判にはたぶん何年もの時間がかかる。そのあいだに三人の女性を殺害した凶悪犯はまた新たな犯行に走る可能性がある。お姉さんのときのような悲しい事件を、君はこれからも繰り返させたいのか」

葛木は思いのたけを込めて言った。幸田の言葉は警察官としてのプライドをぐらつかせた。だからこそここで過ちは犯したくない。アリバイについての供述拒否を理由に逮捕状は執行できる。一課長も認めざるを得ないだろう。当然、山岡は勢いに乗るだろう。

しかし幸田は一筋縄ではいかない若者かもしれないと葛木は思い至った。連続殺人事件の犯人は別にいる。幸田が真犯人ではないとしたら、それをいちばん知っているのは彼自身なのだ。だとしたらそれは警察側の最大の弱点になりかねない。

捜査陣に迎合するような自供をして起訴に持ち込ませ、法廷で一転して供述を翻《ひるがえ》す。いまの時世で自白の強要を主張されれば、公判で検察側は不利な立場に立たされるし、弁護側がその点を突くに足る材料を、山岡率いる十三係はたっぷり与えてしまいかねない。警察に恥をかかせる——。そのための罠《わな》を仕掛けることが、いまの幸田には可能なのだ。

幸田が事前に任意同行を求められることを想定していたとは思えない。事情聴取中に思いついたアイデアかもしれないが、幸田はたぶんその作戦に興味を引かれている。極力避けなければいけないのはその罠にかかることだと、葛木は気持ちを引き締めた。

「冷静に考えてくれないか。捜査上の都合でいまは明かせないが、我々は君の犯行を疑わせる状況証拠をいくつも握っている。君がアリバイについての供述を拒否し続ければ、それ自体が強力な裏づけになる。今回の事件の捜査本部は百五十人を超す大組織で小回りが利かない。一度方向が決まれば押しとどめるのは難しい。君のことを考えて敢えて言うが、いまは私が唯一の防波堤なんだ。即刻逮捕を主張する声はすでに本部内に上がっている」

「だから逮捕されてもかまわないと言ってるんです。善人ぶるのはやめてください」

「善人ぶってなんかいないよ。警察も過ちを犯す。それでも我々はこれ以上の犠牲を出さないために精いっぱい頑張っている。繰り返すが、私の目が節穴じゃない限り君はシロだ。だから我々に協力して欲しい。君の無実を立証することが、真犯人を突き止めるための重要な転換点になるんだ」

葛木は祈る思いで言った。幸田は気のない様子で取調室の窓に目を向ける。葛木は続けた。

「被害者の遺族に私は会ったよ。杉田友美さんのご両親だ。彼女のことはよく覚えているだろう。遺体と対面したときは、こちらからは言葉もかけられないくらいの悲嘆ぶりだった。君がお姉さんの死を悲しむ思いと、その人たちの悲しみは同等だ。我々にしてやれることは真犯人を見つけ出して、然るべく罪を償わせることだけなんだ」

「マリアを――」

幸田の表情にわずかな変化が見えた。

「警察は、いやあなたは彼女を守ってくれますか?」

「それはどういうことなんだ」

葛木は身を乗り出した。幸田は射るような眼差《まなざ》しを向けてくる。

「約束してくれますか。どんな事情があってもマリアを守ってくれると？」

葛木は覚えず頷いていた。いまやそこが唯一の突破口だと直感した。警察にとって、いや自分個人にとって不利な条件を丸呑みさせられても、ここで躊躇することで被《こうむ》る不利益のほうが大きいと思えた。いざとなれば自分の首を差し出す覚悟で葛木は言った。

「約束するよ。さあ、話してくれ」

3

幸田は五月六日から六月九日までの自分の所在を明らかにした。暮らしていたのはマリアが住んでいたアパートだという。

四月の中旬まで、幸田はマリアがステージに上がる木曜日には必ずライブハウスへ出かけていた。マリアはいつも演奏が終わったあとで幸田と食事をともにした。バンドのメンバーとは仕事以外ではほとんど付き合っていない様子で、どちらかといえばよそよそしい関係のように見えた。

ライブハウスのギャラは雀の涙で、パートタイムで働いている食堂の賃金も物価の高い日本で生活するにはぎりぎりのようだった。幸田は不要不急の出費を減らして二人の会食に張り込んだ。幸田も正社員というわけではなかったが、勤めていたスポーツ用品店はそれまで働いていた派遣の職場よりはるかに待遇がよかった。

マリアと過ごす時間は楽しかった。祖父母に仕込まれたというマリアの日本語は癖はあるものの流暢《りゅうちょう》で、会話は弾んだ。あるレコード会社のプロデューサーがマリアのボーカルに注目してくれていて、近いうちにCDの録音が決まるかもしれないと語るマリアの表情には希望が溢れていた。そんなマリアの夢が感染したように、幸田も人生に向かう姿勢が前向きになるのを感じた。

しかしマリアはそれ以上踏み込んだ交際を婉曲《えんきょく》に拒絶した。幸田は寂しかった。マリアと知り合ってから女性の靴に対するフェティッシュな興味は失《う》せていた。それでも自分の変わった性癖がマリアに見抜かれているのではないかと惧れもした。

そんな思いで過ごしていた四月中旬の木曜日の夜、ライブハウスに出かけてみると、いつものバンドは出演していたが、マリアはいない。メンバーを紹介するボードにも名前がない。店のオーナーに訊いてみると、数日前から連絡がとれないという。それまで住んでいたアパートは引っ越して、いまはバンドのメンバーもどこにいるのか知らないとのことだった。

警察に捜索願を出したらと言うと、オーナーは小声で答えた。マリアはビザが切れて、いまはオーバーステイになっているらしい。警察に言えば不法滞在の事実がばれる。むろんマリアはそれを望まないという。オーナーにしてもそれを承知で就労させており、発覚するのは嫌なわけだろう。

それから二週間、マリアは姿を見せなかった。プリペイド式の携帯電話を持っているはずだが、有効期限が切れたのか、その番号へかけても応答がない。それまで向こうからかかってきたことは一度もなかったが、マリアには自分の携帯の番号は教えてある。幸田にできることはなにもなく、ただひたすら来る当てのない連絡を待つだけだった。

オーバーステイが発覚して入管の施設に収容されてしまったのかもしれない。病気になって動けなくなっているのかもしれない。あるいは歌手として成功する夢に挫折して、自殺でも図ったのではないか——。安否を思うほどに想像は悪い方向へ傾いていく。

マリアとの関係は片思いに過ぎなかったのか。別に好きな男がいて、そちらに走ったのではないか——。そんなふうにも考えた。

たしかに男女の関係というにはほど遠い付き合いだった。しかしマリアの言葉の端々に幸田は自分への思いを感じた。錯覚かもしれないが、幸田を嫌っているのではなく、愛しているがゆえに関係が深まるのを惧れているような、いわく言いがたい距離感を覚えた。

マリアから電話がきたのは、仕事を終えてアパートに帰っていた四月二十九日の夜だった。

「マーくん——」

マリアは幸田のことをそう呼んでいた。なにか愛称はないかと訊かれ、子供のころそう呼ばれていたと答えると、以後、マリアはそれを使うようになった。

「困ったことになっているの。これから会ってもらえない?」

マリアの声は緊張を帯びていた。

「いまどこに?」

連絡がついたことへの安堵と新たに湧き起こる不安に心を乱しながら、幸田は問い返した。

「中野。友達のアパートにいるの——」

そこはマリアのブラジル人の友人が借りていた部屋で、一時帰国しなければならない用事ができたため、そのあいだの家賃を負担して住まわせてもらっているという。

姿を消した理由を訊くと、マリアは怯えたような声で言った。

「オーバーステイがばれて、入管の人たちが私を探しているの。市川へ戻るとその連中に見つかるの。

それから危ない連中が私を追っていて、いまは怖くてうかうか外も出歩けないの。お願い。こっちへ来て」

ただならぬ事態が起きているようだった。詳しい事情は会って話すというので、幸田は慌てて駅へ走った。

指定された中野駅前の喫茶店にマリアはいた。顔を隠すようにつば広の帽子を被っている。ひどく瘦《や》せているのが気になった。いまは収入もなく、わずかな蓄えも底をつき、日々の食事にも不自由しているという。

マリアは興行ビザで入国していた。来日したのは昨年の二月で、在留許可の延長申請を何度か繰り返して滞在していたが、今年の三月に提出した申請が不許可になった。入管当局が就労実態に疑問を持ったのかもしれないが、理由はよくわからない。

帰国してビザの申請をし直すしかないが、マリアには帰りたくない事情があった。CDの企画が進んでいるというあの話だ。いったん帰国すればビザの新規取得には手間がかかる上に、再来日の費用を稼ぐにも時間がかかる。しかしチャンスは待ってくれない。

逡巡《しゅんじゅん》するうちに在留期間は過ぎた。オーバーステイが発覚すれば国外退去で、以後五年間は再入国できない。それは日本でのデビューを夢見るマリアにとって致命的だった。

それからしばらくして、興行ビザを取得するとき受け入れ先になってくれた芸能プロダクションから連絡があった。入国管理局の取締官が訪れてマリアの所在を訊ねていったという。行方がわからないとしらばくれておいたが、そのうち探し出して摘発に動くかもしれないから気をつけるようにと忠告された。

それから数日後、パートの仕事を終えてアパートに帰ると、たまたま通りかかった仲のいい隣人に耳打ちされた。入管の者だという男がやってきて、マリアのことを訊いていったという。隣人は機転を利かせて、マリアとはほとんど付き合いがなく、話せることはなにもないと言ってくれたらしい。

しかし目をつけられたことは間違いない。ブラジルへ一時帰国する友人から、いまのアパートを解約したくないので、その期間だけだれかに又貸しできないかと相談を受けていたことを思い出した。さっそく電話を入れると、出国は来週だが、そのあと二ヵ月分の家賃を負担してくれれば、それまでは居候していいと言ってくれた。

すぐに市川のアパートを引き払って、中野に移動した。家財道具はほとんどなかったから、引っ越しに手間はかからなかった。情報が流れるのを惧れて、店のオーナーにもバンドの仲間にも連絡しなかった。

とくに問題なのがバンドリーダーのリカルドというブラジル人だった。来日のために手を貸してくれた恩人でもあるが、彼がコカインの密輸に手を染めていることもマリアは知っていた。ブラジルを出国するとき、リカルドにプレゼントを届けて欲しいと、友人だという男から依頼された。品物はブラジルの最新ポップスのCDで、マリアは快く引き受けた。来日してからメンバーの一人がそのなかにコカインが仕込まれていたことを明かした。

量が少なかったためか税関の検査は通過したが、発見されればマリアの人生は破滅していた。以後マリアは、リカルドはもちろんバンドのほかのメンバーとも距離を置くようになった。

幸田との関係を踏み込んだものにしなかったのは、密輸の話が漏れるのを惧れ、マリアが日本人と付き合うのをリカルドが警戒したからだという。日本で仕事を続けるにはリカルドに嫌われるわけにはいかない。かといってコカインの密輸には関わりたくない。そんな立場が幸田との関係でも微妙な距離を保たせていたようだった。

中野に移ってから入管関係者は身辺に現れなかったが、リカルドが何度も電話を寄越し、戻ってこないと探し出してひどい目に遭《あ》わせると脅しをかけてきた。マリアが入管との取り引きでコカインのことを密告するのではないかと惧れているようだった。

コカインの密輸にはブラジル人やコロンビア人のネットワークが関わっており、それを通じて現在の居場所を彼らが突き止めるかもしれない。マリアにとっては思いもかけない二方向からの敵の出現だった。

国外退去処分になればCDデビューの話はご破算になるだろう。リカルドに捕まれば殺されるかもしれない。彼自身は小者だが、背後に控える組織は強大かつ凶悪だということをマリアは知っていた。

その晩はマリアが暮らすアパートに泊まった。危険なことは起こらなかったが、リカルドからはストーカー並みの頻度で電話がかかってきた。レコード会社からの連絡もあるから切っておくわけにもいかない。マナーモードに設定はしているが、それだけでもマリアは憔悴しているようだった。

その日から幸田は仕事を終えると、市川の自分のアパートではなく中野へ向かうようになった。マリアにとっては大変な時期だったが、幸田にすれば彼女のナイトの地位を得たことが嬉しかった。二人が肉体の面でも男女の関係になるのに時間は要しなかった。

しかし市川から中野に向かう電車のなかで、ときおりバンドのメンバーを見かけた。彼らに尾《つ》けられればマリアの居場所が発覚する。幸田は勤め先のスポーツ用品店を辞め、市川のアパートも引き払った。そしてマリアとの同棲生活が始まった。

しかしいつやってくるかわからない脅威に恐々としているばかりでは埒が明かない。幸田の乏しい蓄えもいずれは底を突く。マリアは幼いころに父を亡くした。経済的な庇護者《ひごしゃ》だった祖父母も他界し、いまは母一人が生きていくだけでも大変らしい。

本来ならマリアが稼ぎ手になっていなければならないのに、いまはなんの援助もしてやれない。その母に金を無心するなど、マリアには到底できない相談だった。

幸田はマリアに結婚を申し出た。移民関係の本を何冊か買って研究したところ、婚姻の事実があればオーバーステイでも特別在留許可が下りる可能性があるという。下りない場合でも、自主的に出国すれば一年後には再入国できる。結婚していればその面でも有利で、日本人の配偶者として在留資格認定証明書を取得した場合、ワーキングビザや興行ビザと違って活動の制限がなく、就労や転職が自由にできる。

逮捕拘束されずにこの状況を乗り切るにはほかに方法はなさそうだ。それに結婚するメリットはもう一つある。ブラジルでは自国民の配偶者にはほぼ無条件で永住権が与えられる。マリアと結婚すれば、幸田は好きなだけブラジルに滞在し、日本とのあいだも自由に行き来できる。

それは幸田にとっても新たな未来だった。日本での人生は最悪だった。自分で選んだわけではない、ただその時代に生まれたというだけで割を食ってきた。これから先、それが挽回できるとも思えない。だったらすべてをリセットしよう。ブラジルという新天地で出来損ないの人生をゼロから仕切り直すのだ――。

入管関係の事務を専門に扱う司法書士に電話で相談すると、婚姻を理由とする在留許可申請、いわゆる配偶者ビザの取得は、幸田が無職だという点が高いハードルになるという。

許可が下りなければマリアは施設に収容されたのち国外退去になる。もし許可が下りても、リカルドに付きまとわれる限り安心しては暮らせない。

それなら一年我慢して、幸田もブラジルで生活の基盤を建て直し、マリアは配偶者ビザを取得して、再来日して新たなチャレンジをするほうがいい。マリアの叔父がリオで和食レストランを経営していて、日本語のできるスタッフを欲しがっているという。マリアが幸田のことを伝えると、叔父は喜び、仕事の話はとんとん拍子に決まった。

マリアのCDを企画していたプロデューサーも賛成してくれた。そして嬉しいアイデアを披露してくれた。録音はブラジルで行いたいという。マリアの歌の魅力を最高に引き出すには現地のトップクラスのミュージシャンを起用すべきだというのが彼がたどり着いた結論のようだった。それならいったん離日することは、障害にならないばかりかむしろ好都合だ。

幸田の両親はその話を聞いて仰天し、最初は反対もしたが、幸田に伴われて宇都宮を訪れたマリアと過ごすうちに、息子の伴侶としてこれ以上の女性はいないと考えを変えたらしい。両親から見れば不甲斐なかった幸田が、マリアと出会ってからは一皮剝けたように人生に前向きになったことをなによりも喜んでくれたという。

4

そこまで語り終え、幸田は憑《つ》き物が落ちたようにさばさばした表情をみせた。

司法書士のアドバイスを受けて、マリアはあすにでも東京入管に出頭し、出国命令の手続きを踏んで、二十五日には幸田とともにリオデジャネイロに向かうという。

幸田が語ったアリバイは、証明できるのが妻だけという弱点はあったが、葛木の心証形成には十分だった。アパートの隣人や近隣の商店などから幸田の目撃証言が得られれば完璧だが、とりあえず事情聴取の目的は果たせたというのが率直な感想だった。

幸田の話には作り物とは思えない真情があった。刑事も人の子なら被疑者も人の子だ。互いに心が通い合うところがなければ真実を見逃すことになる。疑うも賭けなら信じるも賭け。それなら葛木は信じるほうを選ぶ。その賭けに負けない自信が葛木にはあった。

幸田がシロなら、捜査本部は川村知之を名乗る男に全力を投入しなければならない。幸田が本ボシという見立てで動いてきた遅れは小さくない。それでも標的が絞り込めたことはとりあえずの成果だろう。幸田は上尾の部下に自宅まで送ってもらうことにして、葛木は大原に報告の電話を入れた。

「たしかに感触はシロだな。結論は一課長の判断を仰いでからだが、なにはともあれ、ご苦労さん。こっちは遺族の承諾を得て木下香という被害者のアパートに鑑識を向かわせたところだ。犯人は周到だから、また大したものは出ないかもしれないが、髪の毛一本、爪《つめ》の垢一つでもいまは貴重な物証だ。もう一人の被害者はまだ所在が判明していない。ああ、いま管理官と替わるから」

続けて俊史の声が流れてきた。

「話はモニターで聞いてたよ。おれも親父の判断に賛成だ。冤罪をつくらずに済んだのは幸いだったよ。しかしここからは茨《いばら》の道だね。川村はおれたちの視野から完全に消えている。のんびり構えちゃいられない。次の犯行は絶対に阻止しなきゃいけないからね」

俊史は複雑な思いを滲ませる。幸田を網に捕らえたことで、新たな犯行に関して本部が気を緩めていたのは否めない。そのツケをいま俊史は一身に背負い込む思いだろう。葛木は励ますように言った。

「本部の捜査員を信じることだよ。手がかりがまったくないわけじゃない。人相風体はある程度把握しているし、被害者のアパートから新しい物証が出るかも知れない。世の中に完璧な人間がいないように、完璧な犯罪もありえない」

「そうだね。頭を抱え込んでいる暇があったら動くことだね。なんでもシナリオどおりに解決するんなら、こんな大所帯の帳場は必要ないわけだから」

俊史は頭を切り替えたように気合を入れる。葛木は言った。

「すぐに一課長に報告してくれないか。山岡さんにも意見はあるだろうし、おれは最終的な結論を聞いてから引き上げる。それまでは幸田の身辺にも人を配置しておくから」

「わかった。早急に答えを出すよ」

俊史はそそくさと電話を切った。彼が言うように、ここから先はたしかに茨の道だ。それでもなにかを達成できた喜びが葛木の心を満たしていた。少なくとも一人の若者の人生を権力の行使によって破壊せずに済んだのだ。それはささやかな心の勲章になるはずだった。

世話になった主任に礼を言い、葛木たちは宇都宮中央署をあとにした。時刻は午後七時を過ぎている。駅の付近で上尾の配下の捜査員を交えて食事をとることにした。

葛木の判断に上尾も納得した。ビールで乾杯して捜査員たちの労をねぎらいたいところだが、事件の決着はまだついていない。地元出身の宮原が薦《すす》める中華の店で、とりあえずコンビニ弁当よりましな食事をたっぷり腹に入れさせてやることにした。

ショッピングセンターの駐車場に車を停め、ビルの最上階のその店に向かおうとエレベーターのまえに立ったとき、葛木のポケットで携帯が鳴り出した。大原からの着信だった。思ったより早い結論だと思いながら耳に当てると、緊張を帯びた大原の声が飛び込んだ。

「すぐに幸田の身柄を取ってくれ」

葛木は慌てて問い返した。

「逮捕ですか。どうして？」

「状況が変わったんだよ。被害者のアパートから幸田の指紋が出た」

葛木は耳を疑った。

「まさか」

「出ちまったんだからしようがない。テーブルの上のマグカップに付着していた。幸田という野郎はとんでもない食わせ者だった。この道のベテランのあんたをまんまと騙したわけだからな」

大原は憤りを隠さない。葛木は頭がくらくらした。自分は警察人生で最大の過ちを犯そうとしていたのかもしれない。その指紋が見つからなかったら、幸田はまんまとブラジルへ高飛びし、永住権を得て、死ぬまで訴追を逃れられたかもしれない。

しかし葛木にはまだ信じられない。なにかの間違いだという理屈にもならない思いにとらわれる。つい先ほどまでの幸田とのやりとりが早送りのフィルムのように脳裏を流れる。

そこに葛木は真実の声を聞いた。長い刑事生活で培ってきた人を見る目には自信があった。それがあんな若造にまんまとしてやられた。自分の眼力はそこまで衰えていたのか――。

「わかりました。いまは実家に帰っているはずです。すぐに逮捕します」

波立つ心のままにそう応じ、通話を切って事情を伝えると、上尾の顔にも驚きの色が広がった。

「嘘だろう。まさか――」

刑事としての自分を支えてきた自負が音もなく崩れるのを感じながら、葛木は言った。

「鑑識が出した結果だ。間違いはないだろう。いよいよおれも焼きが回ったようだ」

5

食事は後回しにして幸田の実家へとって返し、逮捕状を執行したのが午後七時四十五分。休む間もなく東北道をひた走り、城東署の帳場には九時少し過ぎに到着した。

幸田の逮捕はすでにマスコミに発表されていて、署の玄関前にはテレビクルーが大挙して押し寄せていた。夜のニュースのトップネタになるのは間違いない。一課長自ら臨んだ記者会見もすでに行われ、あすの朝刊のトップもすでにとったも同然だった。

山岡は手ぐすね引いて待っていた。俊史は労をねぎらってくれたが、重大な見込み違いを犯した葛木に幸田の取り調べを担当させるわけにはやはりいかないようだった。そこは葛木もわかっていたが、決着はできれば自らの手でつけたかった。

幸田はまんまと自分を騙した。そう考えるとむらむらと怒りが湧いてくる。それは騙した幸田に対するものである以上に、騙された自分に向けられたものだった。

警察は、いやあなたはマリアを守ってくれるのか――。そう問いかけた幸田の切ない眼差しが思い浮かぶ。そんな田舎芝居に騙されたのかと思えば泣きたい気分になってくる。

その一方でいまも幸田を信じたい思いがわだかまる。自分のミスを素直に認められないおごりかと自省してみても、気持ちがどうにも割り切れない。

渋井一課長も、自ら取り調べを担当すると名乗りを上げた山岡を抑えるのは無理なようだった。逮捕から送検まで与えられた時間は四十八時間。それで埒が明かなければ勾留延長を請求することになるが、そこまで手間はかけないと山岡は息巻く。葛木の胸中を知らない捜査員たちは被疑者逮捕に沸《わ》き立った。十三係の連中は講堂の一角に車座になり、ビール片手に祝宴を始めている。

幸田の指紋は杉田友美のアパートでは一つも出なかった。もちろん三つの死体の発見現場でも出ていない。それがいかにも発見してくださいというように、木下香のアパートの、ダイニングテーブルに置かれたマグカップに付着していた。それがなんとも奇妙ではあった。そのマグカップ以外の物や場所からは幸田の指紋は見つからなかったという。

留置手続きが済むと、山岡はさっそく配下の刑事を伴って取調室に向かった。ほかの警察本部では、今回のような重大事案でも現場に強い巡査部長クラスに任せることが多いようだが、警視庁では警部ないし警部補が取り調べるのが伝統で、山岡が自ら乗り出すこと自体は異例ではない。

しかし噂に聞く苛烈な手法には一課長も不安があるようで、禍根《かこん》を残さない良識的な取り調べを心がけるよう婉曲に諭したが、山岡は笑って受け流すだけで、意に介している様子はまるでない。小用で取調室の前を通り過ぎたら、ドアの向こうから山岡の怒声が聞こえてきた。椅子や机を蹴飛ばす音がまだ聞こえないのが幸いだった。

渋井一課長が帰ったあと、俊史と大原と連れ立っていつもの中華料理屋へ遅い夕食をとりに出かけた。注文を終えビールで乾杯してから、葛木の胸中を察したように大原が口を開いた。

「腐ることはないよ。あんたから聞いた報告のとおりなら、おれだってシロだと考える。それに逮捕したのはあんたの手柄だ。これで一件落着ということになれば、警視総監賞が出てもおかしくない」

俊史もビールを一呷りして声をかける。

「そうだよ。親父の勘が狂っていたというより、幸田が一枚上手のワルだったということだよ。これで事件が解決するなら、むしろ喜ぶべきことじゃないかな」

「そういう考え方がまともなんだろうが、おれはどうにも腑に落ちないんだよ」

苦い思いで葛木は言った。怪訝な表情で俊史が身を乗り出す。

「どういうことなの」

「気がふれていると思われるかもしれんが、おれはいまでも幸田が嘘をついたとは思えない」

宇都宮からの護送中もそんな思いを抱き続けた。一課長を交えた会議の席でも、口にはできなかったがそれを払拭《ふっしょく》できないでいた。俊史は興味を引かれた様子だ。

「説明してくれないか」

「おれたちは幸田のアリバイの裏を取っていない。ところが指紋が出たことで、そちらは無視されそうな勢いだ。妻の証言だけじゃ信憑性は低いが、もし中野のアパートの周辺で幸田を目撃した人間が出たらどうする」

「マグカップに付着していた指紋と真っ向から対立するね」

「おれは幸田の話がどうしても嘘だと思えない。マリアとの馴れ初めから始まって、結婚に至るまでの話にあいつの人生の真実を感じたんだよ。言い逃れるためだけなら、あそこまで話をつくり込む必要はない」

「たしかにな。しかしあれだけ計画的な犯行をやってのけたとしたら、いずれ事情聴取されることを見越してストーリーを練り上げていたとも考えられるだろう」

大原は疑義を挟む。指紋は刑事捜査では絶対的ともいうべき物証だ。それが出てしまった以上、大原がそっちに引っ張られるのは無理もない。

しかし指紋はたしかに幸田のものでも、採取されたのは被害者のアパートで、遺体の発見現場ではない。そのアパートにしても、鑑識の結果では犯行があった形跡はないという。つまりその指紋もまた、幸田と被害者になんらかの繋がりがあったことを示唆するだけの状況証拠に過ぎない。

そんな考えを説明すると、俊史は勢い込んだ。

「だったら被害者のアパートに指紋の付いたマグカップがあった理由は？」

「そこだよ。これまでもあらゆる状況証拠が幸田を指さしていた。自分が犯人だと敢えて示唆するように、そういう証拠を惜しげもなく露呈させてきた。被害者が靴を履いていないこと、カヤックを犯行に使ったこと、川村知之を名乗る男が幸田の実家宛に送った宅配便。それも店の人間の目の前で段ボール箱が開いて、なかに入っていた女物の靴を見られている。果たしてそれは偶然だったのか。そして今回の指紋つきのマグカップ――」

「だれかが仕組んだと言いたいわけか」

腕組みをして大原が唸る。葛木は頷いた。

「人に納得してもらえる仮説じゃないことは承知しています。幸田にはたしかに変態的な趣味がある。だからといって、私にはああいう凶悪な殺人を犯せる人間にはとても思えない。いや、そういうふうに世間で見られている人間がおぞましい犯罪に走る事例はいくらでもあります。しかし今回の事件は、どこか作為的で不自然なところがあるんです」

「幸田を陥れようとして仕掛けたんだとしたら、いったい誰が？」

真剣な表情で俊史が身を乗り出す。葛木は慎重に答えた。

「当然、幸田をよく知る人物だな。変わった趣味のことを知っていた。市川の店でカヤックの売り場を担当していることも知っていた。あるいは彼の姉が高校時代にカヤックの選手だった話がヒントかもしれない。幸田の実家の住所を知っており、さらに幸田が使っていたマグカップを入手できた。そのうえ幸田に対して遺恨がある――」

「そんな人間というと？」

俊史の問いに葛木は首を振った。

「まだわからない。ただ、引っかかることが一つある。北原という、被害者が働いていた居酒屋の元店長なんだが」

「なにか問題が？」

「池田が見せたのは似顔絵だ。人間は死体になると顔が変わる。腐乱していなくても生きていたときの印象と違うから、近親者でも見間違えることがある。それを遺体から作成した似顔絵だけで特定している。それも三人まとめてだ。幸田がその店で働いていたこともあっさり証言している。なにか出来すぎという気がしてな。ほかにも思い当たることがいくつかあるんだよ。ちょっと池田に訊いてみよう」

葛木は池田の携帯に電話を入れた。池田は機嫌のいい声で応じた。

「ああ、係長。この帳場もやっと用済みになりそうですね。指紋が出たんじゃ幸田で決まりじゃないですか」

「そうかもしれんが、気になることがあってな。北原という男の身元は洗ったのか」

「いまのところはとくに。貴重な協力者ですから、根掘り葉掘り探って機嫌を損じられても困るんで、送検が確実になったところで正式に供述をとればいいと思ってたんですが」

「川村の似顔絵と似ていなかったか」

「どういうことですか」

池田は当惑を隠さない。

「ちょっと思い当たることがあってな」

「髭は生やしていなかったし、そういう関連は考えてもみなかったので――。言われてみれば似ていないとも言えないかもしれない」

「急いで当たってみてくれないか。どういう素性の人間なのか。外国に三年間いたというが、本当なのかどうか」

他聞をはばかるように池田は声を落とした。

「じかに当たっていいですか」

「いや、本人には知られないように頼む。いま勤めているところは配管設備の会社だと言ってたな」

「そうです。所在地と電話番号は聞いています」

「そっちのルートから当たってみてくれ。それから、その男は会社で鋼管の切断や切削のような仕事をしているかどうか」

「ひょっとしてそれ、第一の死体の現場で採取された――」

「ああ、微細な鋼《はがね》の粒子だ。そういう仕事なら、衣服に付着して現場に運ばれた可能性もある――」

続けて俊史と大原に話した内容を語って聞かせると、池田の声の調子が変わった。

「あす朝一番で動きます。相方に山井を使っていいですか」

気働きのある山井は引っ張りだこのようだ。

「ああ。十三係には気取《けど》られないようにしてくれ。どんな横槍が入るかわからないから」

「了解しました。急がないと山岡がとんでもない調書をでっちあげかねませんからね。しかし係長。いいところに目をつけましたね。このままじゃ十三係のトンビどもに油揚げを攫《さら》われかねないところでしたよ」

葛木はささやかな自負を感じながら応じた。

「いや、これもまた外れで、恥の上塗りになりかねないが、やっておかないと後悔しそうな気がしてな」

6

昨夜の山岡による取り調べは午前二時過ぎにまで及んだ。けさも午前八時には幸田を取調室に呼び出した。食事時間を除いてびっしり一日締め上げるつもりのようだった。

そろそろ六十に手が届く山岡にしては大した馬力だが、幸田もいまのところは屈することなく罪状を否認して、山岡のシナリオに沿った供述はしていないようだ。

葛木としては激励してやりたいところだが、幸田が山岡の手に落ちているいまはなにもできない。狙いを定めた以上、山岡は興奮した猛牛のように突っ走る。うかつに刺激すればいよいよ意固地になるだろう。たしかな事実が出てくるまでは、こちらの動きは秘匿する必要がある。

その考えは俊史も大原も同様だった。中野のアパート周辺の聞き込みには自ら出向きたかったが、十三係に感づかれれば山岡がどんな横槍を入れてくるかわからない。そちらは大原が口の堅い所轄の捜査員を選りすぐり、直接指示をして現地へ向かわせた。池田は山井を伴って朝一番で川崎へ出かけていった。

そんな動きを俊史はまだ一課長には報告していない。報告すればそれは公のものになる。しかし捜査方針をここで二分すれば帳場が混乱する。葛木の読みが必ず当たるという保証もない。それならこちらの責任で勝手に動き、具体的な事実が出たときに報告すればいいという結論に落ち着いた。

葛木にとっては辛い時間が経過する。山岡はときおり状況報告に戻ってくるが、表情はあまり冴《さ》えない。幸田は一貫して否認を続けているらしい。さすがの山岡も殴る蹴るの荒業に出るわけにはいかず、怒声の連発で心なしか声も嗄《か》れているようだ。

「なあに、自白がなくても送検は可能だよ。状況証拠はたっぷりある。おれももうじき定年だ。あの変態野郎を三尺高いところに上げてやることが、おれの刑事人生の花道だ」

三尺高いところとは警察の符丁で絞首台の意味だ。それが事実かどうかより、見立てどおりの罪科で被疑者を獄に送ることが、山岡の頭では刑事の最大の使命なのだろう。

送検されればどう扱うかの判断は検察が下すことになり、ひっくり返すのは厄介だ。本部の混乱ぶりを露呈してマスコミの揶揄《やゆ》の対象になる惧れもある。

いずれにせよ、山岡にとっても葛木たちにとっても送検までの四十八時間が当面のリミットだ。逮捕からすでに十五時間が経過して、残りは三十三時間しかない。

池田からは正午近くに連絡があった。北原の勤め先へ出向いてみたが、社長は朝から出かけているらしい。北原は仕事に出ていて姿を見かけないという。

社長が戻るのは午後三時だというので、なにか発見がないかと北原のアパートへ足を向けてみた。隣室の住人に評判を聞こうかとも思ったが、北原の耳に入るのもまずいので、とりあえずアパートの周囲を観察していると、外壁に不動産屋のプレートが貼ってあった。

場所は歩いてすぐだったので、直接出向いて話を聞いた。すると意外なことが判明したという。北原の部屋を借りているのは勝本《かつもと》隆という人物だった。表札が北原になっている理由を確認すると、本名が勝本で、北原というのはいわゆる通名らしい。詳しい理由は聞かなかったが、賃貸契約のおりにそれは承諾しているという。

字画がいいとか、結婚後も苗字を変えたくないなどの理由で、戸籍や住民票に記載されているのとは別の姓、いわゆる通名を使うケースは珍しくない。しかし北原の場合はその理由が気になった。

北原がそこを借りたのは四ヵ月前で、家賃はきちんと払っており、隣近所から苦情が出るわけでもなく、賃借人としては模範的なほうだという。社長が帰る時間にまた勤め先へ出向き、事情を聞いてみると言って池田は通話を終えた。

「なんだか臭ってきたね、その男――」

池田の話を聞かせると、俊史は眉間に皺を寄せた。大原も身を乗り出す。

「臭うどころじゃないかもな。しかし市川の居酒屋の店長をやっていたときも北原姓を名乗っていたんだろう。とりあえず勝本隆の名前で住民票を取り寄せてみるか」

ふとひらめくものを感じて葛木は言った。

「もっと手っ取り早い方法があるかもしれません。三年のあいだ外国にいたという話が気になるんです。犯歴データベースで当たってみては？」

大原はぴんと来たらしい。

「幸田の姉を強姦したストーカー野郎は、たしか三年の実刑だったな。事件を起こしたのも三年前――」

「あてずっぽうですが、試してみる価値はあるでしょう」

「アクセスしてみるよ。ヒットしたらでかい獲物だ」

俊史はさっそくパソコンに飛びついた。庁内ＬＡＮ経由で犯歴データベースに接続する。葛木と大原は肩越しにディスプレイを覗き込む。「勝本隆」のキーワードを入力し、検索ボタンをクリックすると、三件の登録情報が表示された。

「親父のあてずっほうが当たったよ」

呆然《ぼうぜん》とした表情で俊史はいちばん上の情報を指さした。

三年前の一月に港区で起きた強姦事件で、その年の五月に懲役三年の実刑が確定している。被害者の名は幸田紗江子。事件当時二十七歳――。

残りの二つの犯歴情報もただならぬものを感じさせた。その三年前にも暴行で逮捕され、略式起訴で三十万円の罰金刑を受けている。さらにその五年前には子猫五匹をビルの屋上から落として殺し、動物愛護管理法違反で二十万円の罰金刑を受けている。

「変態の格としては幸田なんか目じゃないかもしれないな」

大原が呻く。葛木は意を強くした。

「幸田は本ボシじゃありません。彼に嫌疑が向かうように仕組んだのは、たぶんこの男です。そしておそらく女性三人を殺害したのも――」

そのとき意気揚々とした表情で山岡がデスクに戻ってきた。

「おい、やったぞ。幸田がゲロしたぞ」

葛木は唖然《あぜん》としてその顔を見つめた。いったいどうして？　もう一息で容疑をひっくり返せるところだったのに。

山岡の威圧に屈したのか。それとも葛木が危惧していたあの作戦を幸田は敢行するつもりなのか。公判の場ですべてを否認し、警察に恥をかかせるというあの作戦――。

しかし状況は幸田が考えるほど甘くない。被害者のアパートに残っていた指紋は、場合によっては幸田にとって命取りだ。状況証拠だけで有罪判決が出るケースはこの国では珍しくない。

「自白調書はとったんですか」

覚えず強い口調で葛木は問いかけた。

「もちろんだ」

山岡は得意げにA4の用紙十枚ほどの調書の最後のページを開いて見せた。末尾に幸田の署名と黒の印肉を使った拇印が押してある。その上には取調官の山岡の署名と朱肉を使った立派な印がくっきり押されていた。

第十三章

1

幸田はその日のうちに送検された。

山岡が作成した自白調書は作文としては立派な出来だった。川村知之を名乗る髭の男が幸田本人であり、結婚話を持ちかけて被害者に近づき、夜のリバークルーズに誘ってはカヤックの上で殺害したというもので、動機についても、生来の変態的な趣味が高じ、自ら殺害した女性の靴の収集に異常な興奮を覚えるようになったという、当初の読みどおりの筋書きだった。

そのほとんどが立証も出来ない代わりに反証も不可能な話で、すべては幸田の自白に依存している。唯一、事件と幸田を結びつける物証が被害者のアパートにあったマグカップの指紋で、山岡はそれを決定的な証拠として公判を乗り切れると踏んでいる。

勝本の一件を耳に入れても、いまは幸田の自供を裏付ける証拠固めに全力を尽くすべきときなのに、そんなわけのわからない話にかかずらって人的パワーを浪費するのは愚の骨頂だと、穏便とは言いがたい言葉遣いで山岡は葛木や俊史をなじった。

幸田という獲物を手に入れた以上、それをどう料理しようが自分の自由だとでも言いたげな思い上がりには辟易したが、その過剰な自信をぐらつかせるほどの材料を、こちらもいまは提示できない。

幸田が語ったアリバイを検証するために中野のアパート周辺の聞き込みに回った捜査員も、さしたる成果もなく引き上げてきた。アパートや近隣の住人にも、商店や飲食店の従業員にも、幸田を目撃した者はいなかった。むろんそれだけでアリバイが崩れたとはいえない。マリアを追うリカルドの仲間を警戒してあまり外出せず、買い物に出るときも帽子やサングラスで顔を隠していた可能性もある。

勝本の勤務先へ出かけた池田もさほどの成果は得られなかった。勝本が使っていた北原姓が通名なのは社長も承知していた。十年ほど前に跡取りのいない母方の伯父の養子になり、そのとき姓が勝本に変わったが、本人はそれに馴染めず、現在に至るまで慣れ親しんだ北原で通してきたと説明され、とくに珍しい話でもないので、社内でも認めてきたという。

勝本が五ヵ月の刑期を残し、仮釈放で府中刑務所を出所したのが去年の十二月だということは調べがついた。その会社で働くようになったのは四ヵ月ほど前からで、現在のアパートを借りた時期と一致する。配管技術者募集の求人情報をハローワークに出したら応募してきたといい、配管技能士三級の資格を持っていたので即採用したという。

勤務態度は真面目で腕もよく、社長としては満足しているが、残業を嫌うのが難点で、そこが同僚たちのあいだで不評らしい。川村知之なる人物が深川のマンスリーマンションを借りていた五月九日から六月八日のあいだも、有給休暇を数日とった以外は普通に出勤しており、そのあいだ髭は蓄えていなかったという。それとなく探りを入れた感触では、勝本の前科のことを社長は知らないようだった。

会社もアパートも新川崎駅に近い幸区《さいわいく》にあり、JR横須賀線と地下鉄東西線を乗り継げば深川のマンスリーマンションとのあいだは一時間以内だ。犯行はすべて夜で、川村も目撃されているのはほとんど夜だったことと、普段から残業を嫌っていたという点を考え合わせれば、会社が終わってから深川に出かけ、朝はそこから出勤していた可能性も否定できないが、立証することは難しい。

最近はファッション感覚で身に着ける精巧な付け髭が簡単に買えるらしい。川村の髭はそれだったと主張はできるが、やはり強引な印象は否めない。第一の死体の発見現場から出た微細な鋼の粒子は勝本を事件と結びつけはするが、それも現状では不確実な状況証拠に過ぎない。けっきょく幸田本人の自白に加え、マグカップの指紋という強力な物証の壁を破るに足る材料は見つからなかった。

とはいえ勝本の前科の件は、葛木にすれば抜くに抜けない棘だった。自分が得た幸田本人の感触と相まって、そこには尋常ならざる手応えがあった。しかし一連の事件が幸田を凶悪な殺人犯に仕立てるための罠だったとしても、その動機はそれだけではうまく説明できない。まず思い浮かぶのは幸田に対するなんらかの遺恨という線だが、普通に考えれば、姉を自殺に至らしめた勝本を幸田が恨むことはあっても、その逆は筋が通りにくい。

幸田にしても、北原姓を名乗っていたかつての上司が姉を強姦した犯人だとは知らないようだった。しかしそれはありえないことではない。事件当時の報道は本名の勝本姓で行われただろうし、勝本は通名と本名の二つの姓を使い分け、姉との接触の際には勝本姓を使っていたとも考えられる。通名の北原ほどは世間に知られていない勝本姓は、ストーカーのような行為に走る場合にはカムフラージュとして格好だっただろう。

送検されたといっても、幸田の身柄が拘置所に移るわけではない。本来ならそうあるべきなのだが、日本には世界から顰蹙《ひんしゅく》を買っている代用監獄という制度があり、取り調べの便宜を考えて、送検後も勾留が決定してからも身柄は警察の留置場に預けられるケースが大半だ。幸田もその例に漏れず、翌日には十日間の勾留が決定し、そのまま城東署の留置場に戻ってきた。

山岡が作成した自白調書から勝訴に持ち込めそうだと判断したのなら、さらに強力な裏づけを得ようと検察もとことん幸田を追い詰めるだろう。世間の注目度の高いこの事件の場合、検察が起訴に消極的になる可能性は低い。そうした場合の不起訴は、弱腰との世間の指弾を受けかねず、それは間違いなく彼らの失点になるからだ。

すべては幸田の態度にかかっている。今後も担当検事や山岡の描く筋書きに迎合するような供述を続ければ、自白の任意性においても、裁判所の判断は幸田にとって不利な方向に傾く。

2

その晩の午後十一時、葛木は署内の留置場へ足を向けた。

十日間の勾留が認められたので、さすがの山岡もこの日の取り調べは午後八時過ぎで切り上げて、久々の骨休めだと言って自宅に帰っていった。検察の取り調べは日中のうちに終わっていた。大原は柔剣道場に設けられた仮眠室で高鼾《たかいびき》をかいている。

俊史は状況報告という口実で本庁に出向いていった。新しい動きがあれば逐一電話で連絡をしており、必要なら一課長や直属の理事官がこちらに飛んでくる。現場を預かる管理官がわざわざ本庁へ足を運ぶ必要はないのだが、俊史なりに心に秘めたものがあるらしく、勝本の件で理事官と直接話をし、本庁首脳部の内々の感触を探る気でいるようだった。

当直室にいたのは清田《きよた》という若い巡査で、葛木とは顔馴染みだが、生真面目で融通の利かないところがある。職務上あまり融通が利いても困る部署なので、適任といえば適任だが、今夜の用向きに関してはそこが不安だった。案の定、幸田から話を聞きたいので取調室へ連行して欲しいと言うと、清田は杓子定規《しゃくしじょうぎ》な答えを返した。

「取調官は山岡警部では？　担当が葛木さんに替わったという連絡は受けていませんが」

「山岡さんはきょうは自宅に帰っている。急遽、被疑者から聞きたい話が出てきてね。臨時に私が代わって取り調べることになったんだ」

葛木は肩の力を抜いて応じたが、清田は几帳面に付け加える。

「それにもう消灯時間を過ぎていますので、被疑者の健康管理面からも問題があるのでは」

「大して時間はかからない。捜査上重要なことで、あすまで待てないんだよ」

「それでしたら、山岡さんか、その上の方の承認を得ていただけませんか。のちのち問題になるとまずいので」

清田の声に怯えの色が滲む。山岡の逆鱗《げきりん》に触れるのを惧れているのだろう。すでに何度か雷を落とされているのかもしれない。さすがに葛木も苛立ちを覚えた。

「なあ、清田、少しは気を利かせろよ。おなじ所轄の仲間だろう。桜田門にこびへつらうだけがおれたちの仕事じゃないはずだ。所轄には所轄の意地がある」

「そう言われても規則は規則ですから」

「事件はおれたちが勝手につくった規則には合わせてくれないんだよ。おまえに迷惑がかかるようにはしないから、ここはちょっとだけ気を利かせてくれないか」

業《ごう》を煮やしかけたところへ、背後から声が聞こえた。

「上の人間ならここにいるよ。おれが承認したんだ。葛木警部補の指示に従ってくれ」

振り向くと、いつ帰ってきたのか俊史が立っていた。清田は直立不動の姿勢をとった。

「はい。承知いたしました、葛木管理官」

鍵の束を手にそそくさと留置場に向かう清田を見送って、俊史は葛木に耳打ちした。

「たぶんこんなことだろうと思って寄ってみたら、やっぱりね。どうしておれに相談してくれなかったんだ」

「ばれちまっちゃしようがないな。少々厄介な局面だから、だれにも迷惑をかけたくなかったんだよ。おれが勝手に動いたかたちなら、この首一つ差し出せば済むことだから」

「水臭いことを言うなよ。親父一人が責任を負うべき話じゃない。みすみす真犯人を取り逃がして、この帳場が無能のレッテルを貼られて終わるのはおれだって困る。末は警察庁長官という夢だってないわけじゃないんだから」

俊史は明るく笑った。どこか抜けきったような表情だった。葛木は訊いた。

「理事官の反応はどうだった」

「勝本の話に不安を感じてはくれたようだけど、指紋と自白がある以上、送検はやむをえない成り行きで、あとは検察の判断を待つしかないそうだ」

「それは一課長の意向でもあるのか」

「ああ。ざっと話を聞かせたら、その場で電話を入れてくれた。ここは幸田の線で押していくのがやはり捜査のセオリーで、いまの段階で方向転換するのは、いろいろな意味で不穏当だというのが一課長の考えらしい」

「いろいろな意味で不穏当か。たしかにな。ここで帳場が空中分解したら、警視庁捜査一課が天下に恥をさらすことになるからな」

「あの渋井さんでも、そこまでいくと判断に政治的なバイアスがかかってしまうみたいだよ」

「だからって、おれにはとても看過《かんか》はできない。外れなら外れでかまわない。もう先の短い刑事人生だ。失うものはなにもない」

「親父には確信があるんだね」

思いをこめた表情で俊史が問いかける。

「ある――」

葛木はためらいもなく言い切った。

「そのためにいまやるべきことがある。それにはおれが適任なんだ」

「あんた一人が泥を被る必要はないよ」

また別の声がした。振り向くとトレーナーの上下に着替えた大原が立っている。

「暑くて寝苦しいから、屋上で涼もうと思ってこの前を通りかかったら、あんたたちの声が聞こえたんだよ」

とぼけた顔で大原は言うが、俊史にも大原にも自分の腹のうちはお見通しだったらしい。

「あんたがやりにくくなかったら、おれが取り調べに立ち会うよ。山岡があとで暴れたときの押さえになる」

葛木は心強い思いでその言葉を聞いた。デスクを預かる葛木たちが厳に慎むべきは帳場を壊すことだ。はやる心を抑え、捜査方針を一本にまとめ、捜査員の足並みを整えて、最大限のマンパワーを発揮する。いまその職務に背《そむ》こうとしている自分に対し、処世の損得を抜きにして付き合ってくれる物好きが二人いる。

「本当にいいんですか。見て見ぬふりをしてくれれば、詰め腹を切るのは私一人で済みますよ」

「そういういい役回りを独り占めされちゃかなわんな――」

大原は泰然《たいぜん》と笑う。

「上に楯突こうというんじゃない。帳場を壊そうというつもりもない。しかし刑事という稼業には退くに退けない一線がある。それは本当の悪党を逃がさないことと、間違った罪を人に着せないことだ。このままじゃその二つの失策をいっぺんに犯すことになる。それじゃ、いくら組織に忠実でも刑事としては失格だ」

俊史も力強く指摘する。

「そうだよ、親父。大事なのは大原さんが言っていることで、それと比べたら帳場の体裁を保つことなんか些細なことだ。警察がそれができないほど硬直した官僚組織なら、なかからぶち壊してやるのもおれたちの仕事じゃないのか」

「わかったよ。だったら見せてやろうじゃないか。所轄刑事の心意気を」

葛木は頷いた。俊史は付け加える。

「ああ、ついでに新米管理官の意地もきっちりみせてやるさ」

3

取調室にやってきた幸田はひどく憔悴した印象だった。

呼び出したのが葛木だとわかっても硬い表情を崩さない。同席する大原には目を向けようともしない。

シロだという心証を告げた上で幸田の口を開かせ、その直後に掌《てのひら》を返すように逮捕した。その葛木に、いま幸田がいちばん不信感を抱いているとしても無理はない。言い訳がましい話は抜きにして、単刀直入に問いかけた。

「なあ、幸田君。あのとき君がシロだと言った気持ちはいまも変わらない。だから確認したくて君を呼んだんだ。あの自白内容は本当なのかね」

幸田は唇を真一文字に結んで答えない。葛木は辛抱強く語りかけた。

「被害者のアパートから見つかったマグカップの指紋はまちがいなく君のものだった。いまのところ、それが犯人と君を繋ぐ唯一の物証だ。どうしてそこにあったのか、説明してもらえないかね」

「いくら言っても信じてくれなかった」

「山岡警部のことか」

幸田はこくりと頷いた。

「おれがどんなにしらを切っても、存在したマグカップは消せないって。おれみたいな変態野郎はそもそも生まれてくる資格すらないんだって。無実を主張すること自体が犯罪なんだって」

「やっていないんなら、どうして抵抗しないんだ」

「堪《た》えられなくなっちゃったんだよ。そういうことを朝から晩までまくし立てられて、勝手に筋書きをつくられて、それを認めろって押し付けられて――。指紋の付いたマグカップがそこにあった理由なんておれは知らない。被害者のアパートだってどこにあるか知らない。でも、あったのは事実だって言う」

「証拠のマグカップの現物は?」

「写真を見せられたよ」

「間違いなく、君のものだったのか」

幸田は力なく頷いた。

「柄は同じだったし、取っ手の角が欠けていて、それで間違いないってわかったんだ」

「それを最後に見たのは?」

「市川のアパートを引き払った日だよ。もう要《い》らないと思って不燃ごみとして捨てたんだよ」

葛木は強いインスピレーションを感じた。立証する方法はいまのところないが、幸田の身辺にいた人間がそれを拾い、被害者のアパートに運んだという説明はつく。

「あんただって信じちゃいないんだろ。間違いなくおれを死刑台に送れるように供述を補強しようとしゃしゃり出てきたんだろう。あんたならおれが安心すると思って」

幸田はうつろな眼差しを向けてくる。葛木は踏み込んだ。

「もう一つ確認したいことがある。勝本隆という男を知っているかね」

「勝本――」

幸田は静電気に触れたようにびくりと体を震わせた。そして絞り出すような声で言った。

「そいつが目の前にいたら、おれは本気で殺しているよ」

「それが五年前に君が勤めていた市川の居酒屋の店長の本名なんだよ。三年前の一月に強姦事件を引き起こし、三年の実刑判決を受けている。そのときの被害者の名前は幸田紗江子――」

葛木は感情を抑えて言った。幸田は大きく左右に首を振った。

「信じられない。まさか――」

北原という姓が勝本の通名だったこと、その勝本が去年の十二月に出所していたことを説明してから、葛木は問いかけた。

「その人物から、最近接触を受けたことはないかね」

「今年、年賀状が来たよ。もちろん北原の名前で。市川の居酒屋に勤めていたときも、そこを辞めてからも二年くらいは向こうから寄越してた。おれはそういうことは億劫《おっくう》なほうで、いつも年が明けてから、もらった相手にだけ送るんです。そのあとしばらく来なかったんで、こっちからも出していない。なんでまた寄越すようになったのか不思議に思ったけど、一応おれのほうも送っといたんです」

「君はそのあいだ同じ住所だったわけか」

「居酒屋に勤めていたときは江戸川区の小岩で、そこを辞めてから市川に引っ越しました。その翌年の年賀状は旧《ふる》い住所から転送されてきたんです。郵便局に手続きしておいたので」

「だとすると、その年以降の君の住所を向こうは把握していたわけだね。そのときの勝本の住所は?」

「亀戸だった思います」

江東区内に住んでいた――。つまり勝本には土地鑑があった。区内を走る運河の経路や周辺の状況についても知識があったと考えていい。

「今年来た年賀状の住所は？」

「横浜の緑区だったと思います」

川崎のいまのアパートに転居するまえの住所だろう。手応えを感じながら、葛木はさらに訊いた。

「きみのお姉さんとその男とのあいだに、事件が起きる以前に面識は？」

「ないと思ってました。ただ――」

「ただ？」

「一度、姉が店に来たことがあるんです。会社の仲間を誘って、おれの働き振りをチェックするとか言って。父母参観みたいで嫌だから、おれのほうからは店長にもアルバイトの連中にも紹介はしなかったんです」

「そのとき二人が接触した可能性は？」

「わかりません。姉は飲食チェーン店向けのコンサルタント会社に勤めていたんです。だからおれの仕事ぶりを見たいというのも半分は口実で、知らないところで勝手に営業活動みたいなことをしたかもしれない」

「名刺を渡すようなことをした可能性があると」

「そのころの姉は仕事に意欲的で、営業成績も社内でトップクラスだったようですから」

「そのあと、お姉さんはあるパーティで勝本と会ったと聞いているが」

「セミナーの打ち上げパーティです」

「勝本が君が勤めていた店の店長だと、お姉さんは気づかなかったんだろうか」

「気づいたはずです。普通なら。でも――」

幸田は思い当たることがあるように顔を上げた。

「おれが店を辞める少し前から、あいつは髭を生やし始めたんです。顔全体を覆うように。一度会っただけなら、たぶん同一人物だとは見分けられないでしょう」

「そのときの勝本は、こんな感じじゃなかったかね」

コンビニと家電ショップの店員の目撃証言から作成した髭面の男の似顔絵を示すと、幸田は目を見開いて頷いた。

「間違いない。この顔です」

それが川村知之を名乗る不審な人物で、連続殺人事件の真犯人の可能性があることを説明し、葛木はさらに訊いた。

「宇都宮の実家に帰る数日前、お父さん宛に、差出人が川村知之の宅配便が届かなかったかね」

「ああ、そんなことを訊きました。その名前に心当たりがなくて、不審な感じがして受け取りを拒否したそうです」

勝本にすればそれは計算済みで、送った事実だけを誰かが証言してくれればよかったわけだろう。不退転の思いで葛木は続けた。

「なあ、幸田君。もう一度、私を信じてくれないか。捜査本部は一枚岩じゃない。君を頭から犯人と決め付けている人々もたしかにいるが、私やここにいる大原警部のように、真犯人は別にいるとみている人間もいる。しかし組織というのは、一度ある方向に走り出すと止めるのが難しい。だから、ここは君にいましばらく頑張って欲しいんだ。そのあいだに我々は必ず真犯人を突き止める。それが君の無実を証明する最短の道だから」

「北原店長が、いや勝本が連続殺人事件の真犯人だというんですか」

幸田の眼差しに生気が宿った。葛木は力を込めて頷いた。

「断言するよ。この首を懸けてでも」

幸田は机を叩き、肩を震わせる。葛木は祈るような思いで続けた。

「ここまでの自供が真実と違うんなら、今後の取り調べでは一切否認して欲しい。簡単じゃないことは私もわかっている。山岡警部も担当検事も君を犯人に仕立てあげるのに躍起になっている。しかしいま君が踏ん張らないと、殺された被害者の無念もお姉さんの無念も晴らせない。君だってとんでもない濡《ぬ》れ衣《ぎぬ》を着せられることになる。頼むから我々と一緒に闘ってくれないか」

幸田は大きく深く頷いた。

「葛木さんを信じるよ。信じるしかないよね。ほかに味方はいないんだもの。役立たずの屑の変態のおれなんて、この世の中から消えちまえばいいって、みんな思ってるんだもの」

「そんなことはない。マリアさんだってご両親だって君を信じている。君を愛してくれている人たちのために闘わなくちゃ。それは君の義務じゃないのか」

胸に熱いものがこみ上げるのを覚えながら葛木は言った。幸田はしゃくり上げながらもう一度深々と頷いた。

4

「どういうつもりだよ、おまえたち。幸田はおれのホシだ。なんで無断で手をつけた」

翌朝いちばんで山岡の怒声が轟いた。清田から話を聞いたようだが、どうせ隠し通せるとは思っていなかったので、こちらとしては想定内の反応だ。

「野郎にどういう入れ知恵をした。ついさっき取り調べを始めたら、突然否認に転じやがった。なにかおかしいと思って留置管理係に問い合わせたら、ゆうべおれが帰ったあと、取調室に幸田を連れ出したそうだな」

「申し訳ありません。どうしても確認したいことがあったもので」

葛木は穏やかに応じた。山岡は居丈高に言い募る。

「せっかく逮捕した変態野郎に情が移って、今度は勝本とかいう別の変態に罪をなすりつけようというわけか。いったいなに様だと思ってるんだ。おれがとった自白調書に難癖をつけようというんなら、一課長に談判して、いますぐこの帳場から叩き出してやるぞ」

「僕が承認したんです。問題がありますか」

いつになく鋭い口調で俊史が応じる。外回りに出ようとしていた捜査員が激しいやりとりに驚いて戸口で立ち止まる。

「管理官自ら帳場の秩序をぶち壊そうというわけか。親子揃っていい面《つら》の皮だ。そもそも最初から気に入らなかった。洟《はな》垂《た》れ小僧のくそキャリアと、捜査一課でまともに仕事もできなかった能無し刑事が、親子でつるんで、ことあるごとにおれに楯突いて」

山岡はいよいよいきり立つ。受けて立つように傍らで腰を浮かせる大原を押しとどめ、葛木は言った。

「幸田を送検した以上、そちらの取り調べや証拠集めに力を集中するのは当然です。しかし勝本の件はやはり気になります。公判のことを考えれば、保険と考えてそこもフォローしておくことが捜査の常道から外れるとは思いません」

「ふざけるな。おれのやり方に難癖をつけて、横から手柄を掠《かす》め取ろうという魂胆なのはわかっている。勝本なんて野郎の話はご都合主義のこじつけだ。幸田に不利な証言をしたからって、そいつが犯人だと勘《かん》ぐるのは論理の飛躍もいいとこだ」

「忘れちゃいませんか。幸田に注目するきっかけをつくったのは僕ですよ」

俊史が唐突に声を上げた。山岡は目を剝いた。

「だからどうだと言うんだよ。幸田を挙げたのはあんたの手柄だと言いたいのか。おれが野郎を検察送りにしたのが気に入らないわけか」

「そうじゃない。もし彼が真犯人じゃないとしたら、それを明らかにすることは僕の義務です。僕の思いつきのせいで彼が冤罪を蒙るとしたら、見て見ぬふりはできないということです」

「相変わらず口だけは達者だな。しかし心配は要らないよ。幸田の容疑はこちこちに固い。検察もやる気だよ。黙って任せておけば、太いロープの下がった特等席へ、おれが間違いなく送り届けてやるよ」

山岡は下卑《げび》た笑いを浮かべた。葛木がそこに感じたのは、犯罪を憎む警察官のあるべき心情とは別の種類の情念だった。俊史は食い下がる。

「自白だけで死刑台に送ろうというんですか」

「指紋という立派な物証がある」

「現場にあったわけじゃない。状況証拠に過ぎない」

「マル害と幸田の繫がりは証明できる。靴に対する変態趣味から、殺害と死体の搬送にカヤックを使った件から、あらゆる状況証拠が幸田が犯人だと言っている」

「それなら勝本も条件は同じでしょう。三人の被害者と繋がりがあった。そのうえ勝本には強姦と猫殺しの前科がある」

「なにか考え違いをしてないか。犯罪が割に合わないことを悪党どもに知らしめるのがおれたち警察官の本務だろう。本ボシかどうかなんてさして重要じゃない。肝心なのは、この世にいても害悪にしかならないようなごみを、見つけしだい片づけていくことだ」

「それはどういう意味です？」

俊史の声がただならぬ怒気を帯びている。そこまで感情をあらわにした俊史を見るのは葛木も初めてだ。山岡は見下すような口調で応じる。

「おれたちの現場はそれだけ厳しいということだよ。ほっときゃ悪党は蜘蛛《くも》の子のように湧《わ》いてくる。大事なのはそいつらをはびこらせないことだ。そういう仕事に百点満点の答えなんか必要ない。あんたのような点取り虫にはわかりにくい理屈だろうがな」

「そのためなら冤罪をつくってもかまわないということなのか？」

「そこまで言っちゃいないだろう。それを惧れて捜査に腰が引けちゃ本末転倒だということだ」

俊史は机を叩いて立ち上がった。

「山岡さん。あなたは危険な人間だ。悪いけどこの帳場にはいて欲しくない。できれば警察という組織にも――」

「言ってくれるじゃねえか。心配することはないよ。おれはもうじき定年だ。追っ払われなくてもいずれ消えていく。しかし桜田門に籍がある限り、あんたのような小僧っ子の指図に従うのは真っ平だ。所轄の無駄飯《むだめし》喰らいに横槍を入れられるのも真っ平だ」

「この帳場の責任者はおれだよ、山岡さん。あなたはおれの指揮下にあることを忘れてもらっちゃ困る」

　俊史は普段の敬語遣いをやめている。山岡も退く気配はない。

「検事はおれを全面的に支持してくれている。二度とおれたちのやり方に嘴《くちばし》を突っ込むな。こんどふざけた真似をしたら、おれがおまえたちをここにいられなくしてやるからな。十三係を舐めて痛い目に遭った奴は掃いて捨てるほどいるんだぞ」

　山岡はたっぷり凄みを利かせて立ち去ったが、その反応から表立って騒ぎ立てる気はなさそうだと見当はついた。

　内心は勝本の件が気になっていないはずはない。しかし今度のことでことを荒立てれば、いまは静観している本庁上層部まで刺激してしまう。このまま力ずくで幸田を追い込み、一挙に起訴まで駒《こま》を進めれば、有罪は間違いなくとれるという思惑があるのだろう。

　幸田が否認に転じてくれたことは当面としては幸いだったが、それが今後、吉と出るか凶と出るかはわからない。山岡と検察の執拗な取り調べにどこまで抵抗し続けられるかが鍵になる。こちらは可能な限り速《すみ》やかに勝本の犯行を立証する固い証拠を入手する必要がある。

　起訴されてしまえば捜査は終了し、帳場はたたまれる。以後のことはすべて法廷に委ねられる。幸田が無罪の確定判決を受けない限り、勝本に再捜査の手が伸びることはない。幸田が無罪を主張すれば、裁判は何年、あるいは何十年と続くこともある。

　それは彼の人生を破壊する。マリアと歩むはずだった幸福な人生は幻と化すだろう。一方で勝本は訴追を免れ、心に凶悪な牙を秘めながら、外見はまっとうな市民として生きながらえることになる。それは決してあってはならないことだ。

しかし勝本を洗うといってもあくまでゲリラ作戦だ。幸田が送検されているいま、別の被疑者を追うような動きは表立っては進められない。だとすれば手勢は限られる。

それ以上に、勝本の容疑がこれからさらに深まっても、検察が幸田の不起訴を決定しない限り、同一容疑では手続き上は逮捕状も家宅捜索令状も請求できない。それでも大原は気合いの入った顔で請け合った。

「人員はなんとか手当てする。会社と自宅の行動監視なら、そう人手はいらないだろう。もうじき定年なのはおれだって同じだ。これから先の長い余生を寝覚めの悪い思いで過ごすのはたくさんだ」

5

送検されてから四日が経った。幸田はいまも否認を貫いている。

山岡の表情は日に日に険しくなっている。担当検事と山岡による入れ替わり立ち替わりの取り調べで、幸田にかかるストレスは想像を絶するものだろう。しかしいまは堪えてくれることを願うばかりだ。

川崎の会社とアパートの監視には、大原がそこそこの人員を割り振ってくれたが、勝本に不審な動きはないようだった。

ようやくその日の午後になって、勝本の張り込みに入っていた池田から連絡があった。

「野郎、フケるつもりかも知れませんよ」

「フケる。どういうことだ」

「きょうも朝早くから張り込んでたんですが、いつまでたっても会社へ出かけないんです。それがついいましがた車でアパートを出て、出向いた先がこのあいだ話を聞いた不動産屋でした。そのあと近所のホームセンターへ立ち寄って、梱包《こんぽう》用の紐《ひも》やガムテープや段ボール箱を買い込んでアパートへ戻ったんです」

「引っ越しの準備ということだな」

「そのようです。不動産屋で確認したら、立ち寄ったのは解約の申し入れのためでした。部屋の引き渡しは明後日だそうで」

「馬鹿に急いでいるな。会社のほうはどうするんだ？」

「きょうとあすは休みをとると連絡が入っていて、辞めるような話は聞いていないそうですが、引っ越しの話もとくに聞いてはいないようで」

池田は不安げだ。葛木も嫌なものを感じた。深川のマンスリーマンションから、川村知之は痕跡も残さず姿を消している。

「どうします。ガサ入れするんなら、いましかないですよ」

池田が訊いてくる。たしかにいまなら犯人と特定できる物証が入手できる可能性は高い。しかし連続殺人の容疑では令状はとれない。そもそも勝本を容疑者とする疎明材料も現状では不十分だ。

「たしかにそうなんだが」

葛木は唸るしかない。池田も口惜《くや》しそうに言う。

「もうしばらく張り込みを続けて、別件逮捕のネタでも見つけるしかなさそうですね。過去にもなにかと悪事を働いているやつですから、美味しい材料を提供してくれるかもしれません」

よろしく頼むと応じて通話を終え、状況を説明すると、俊史は焦燥をあらわにした。

「このまま指を咥《くわ》えてはいられないよ。帳場を壊してもかまわない。外れなら親父と心中してもいい。なにか打つ手はないのか」

「たしかにいまガサを入れたら勝本の部屋は宝の山だろう。しかしどういう手があるかとなると
――」

大原にもさしたる知恵はなさそうだ。

そのときデスクの警察電話が鳴った。葛木が受話器をとると、留置管理係の清田の狼狽した声が流れてきた。

「山岡警部はいらっしゃいますか」

「席を外している。なにかあったのか」

「幸田が首を吊りました」

「首を吊った？」

覚えず上げた声に俊史と大原が身を乗り出す。講堂に居残っていた捜査員たちのあいだにもどよめきが起きる。

「つい先ほどまで山岡さんと十三係の若い刑事さんが取り調べをしていたんです。そのあと留置場に帰ってきて、ちょっと目を離した隙に――」

「そんなことより、死亡したのか？」

「いえ、発見が早かったのでまだ脈があります。救急車がもうじき到着するはずです。済みません。私の不注意です。済みません。済みません――」

清田の声に嗚咽が混じる。

「すぐ行く。現場はそのままに――」

受話器を叩きつけ、俊史と大原に手短かに状況を説明し、葛木は留置場に走った。

6

発見が早かったため、幸田は一命を取り留めた。あと十分も遅れれば死んでいたのは間違いないという。着ていたシャツの両袖を留置場の鉄格子に結び、そこに首を入れて一気に体重をかけたらしい。脳血流の停止時間は短く、頸骨《けいこつ》の損傷もなく、障害が残る心配はまずないが、きょう一日は入院させ、あす以降は医療設備のある東京拘置所に移送されることになった。

遺書の類はなかった。未遂に終わったことで留置管理の不備に対する批判はほとんど出なかった。一方で自殺を試《こころ》みたという事実は、幸田に対する捜査本部内部や検察の心証を著しく悪化させたようだった。

「まずいことをやってくれたもんだな――」

大原は険しい表情だ。

「あんたの勘を信じたいところだが、こうなるとおれも自信がなくなるよ」

「しかし冤罪を被った被疑者が自殺を図ったケースは過去にもありますよ」

葛木は言った。幸田の無実についての確信はいまも揺るがない。しかし山岡はすでに首を取った気でいる。自殺を図る前の取り調べで幸田とどんなやりとりがあったのか。葛木がいちばん知りたいのはそこだったが、山岡は一切明かそうとしない。掟破りを仕掛けたのがこちらであれば、山岡のそんな態度も甘んじて受け入れるしかない。

東京拘置所に移る幸田に葛木たちが接触することは、これでますます難しくなった。身柄はいまや検察のもので、取り調べに関してはこちらはその指揮下で動くしかない。山岡と担当検事はよほど息が合っているようで、さきほども地検に呼び出され、山岡は二つ返事で出かけていった。

本部の捜査員も大半は幸田の起訴が固いと踏んでか、日中の外回りをサボり、書類仕事にかこつけて帳場で油を売る者もいる。

葛木もいまは手を拱くだけだった。命は助かったものの、自殺を決意するまでに幸田を追い込んだのは自分なのではないか。そんな思いに苛《さいな》まれる。自供を翻した幸田に山岡は以前にも増して強引な訊問を行っただろう。マリアのオーバーステイやコカインの一件も恫喝の材料に使った可能性は高い。

警察は、いやあなたは彼女を守ってくれるかと問いかけた幸田の眼差しが目に浮かぶ。あのとき葛木は必ずそうすると約束した。それを反故《ほご》にしたわけではないが、結果的には自分はなにもできず、幸田をそこまで追い詰めてしまった。このまま勝本に対してなんの手も打てなければ、法の名の下に幸田の人生を完膚《かんぷ》なきまで蹂躙《じゅうりん》する結果に終わるだろう。

俊史は山岡に言った。もし幸田が真犯人ではないとしたら、それを明らかにすることは自分の義務だと——。靴フェチに着目して捜査の方向を幸田に導いた張本人として、彼の裡でも慚愧《ざんき》の重圧は高まるばかりだろう。

逃げられるものなら逃げ出したかった。事件発生以来きょうまでの時間をリセットしたかった。一生背負い込むことになるかもしれない自責の重みに、葛木はすでに打ちひしがれそうだった。

翌日の夕刻になって、池田から電話が入った。

「勝本はアパートにこもったきりで、外には出てきません。それで現場は山井に任せて、会社のほうに立ち寄ってみたんです。社長がいたんで、たまたま近場を通りかかったことにして四方山話を仕掛けたんですがね――」

妙に気を持たせる物言いは、いい話があるときの池田の癖だ。葛木は促した。

「なにかあったのか」

「配管技能士三級の資格のことですよ。いや、勝本にかかっている容疑のことはずっとぼやかしているんですが、さすがに気にはなるようで、向こうから話を持ちかけてきたんです。面接のとき証書の現物を見せてもらって、コピーもとっといたっていうんですがね」

「偽物《にせもの》だというのか」

「社長は現物を見慣れてますから、どうも感じが微妙に違ったって言うんです。仕事をやらせてみたら腕はよかったんで、けっきょくそのまま雇い続けているそうなんですが」

「交付の日付は？」

「二年前の七月です。つまり刑務所にいたときになります」

「その話を社長には？」

「していません」

「おれのほうで確認してみるよ」

葛木は高揚を覚えながら通話を終えた。さっそく電話を入れたのは、勝本が服役していた府中刑務所だった。答えは予想したとおりだった。

7

午後十時を過ぎ、勝本のアパートの周辺は人通りもなくひっそりと静まり返っていた。

現場に参集したのは葛木を筆頭とする刑事・組織犯罪対策課強行犯捜査係の六名の捜査員。現場を仕切るのはデカ長の池田だ。隠密作戦のため、課長の大原も俊史も素知らぬ顔で本部に居残っている。

逮捕状と家宅捜索令状は大原が請求した。容疑は公文書偽造並びに行使の罪で、連続殺人とは関係がない。申し分のない別件逮捕の罪状で、大原はその分野も管轄する立場だから、簡裁はなんの疑義も挟まずに令状を発布した。

刑務所では出所後の更生を目的として職業訓練を行い、入所者はそこでさまざまな国家資格を取得できる。勝本が社長に提示した配管技能士三級の証書が本物なら、それは収監中に取得したもののはずだった。

しかし問い合わせると、府中刑務所には配管技能の教育コースはなく、当然、勝本がその時期に資格を取得した事実もないとのことだった。つまり入所中の日付で交付されたその証書は偽物ということになる。本人が提出した身上書によると、勝本の実家は配管関係の会社を営んでおり、そこで仕事を手伝った時期があるとのことで、配管の技能があるのはそのためらしい。

川村知之名義で携帯電話を購入した際に使った運転免許証も偽物で、提示された家電販売店の店員が気づかないくらい精巧だった。その腕前があれば配管技能士三級の証書を偽造するくらいは朝飯前だっただろう。

偽造証書を行使した場所は神奈川県内だが、発行者は東京都知事になっているため、警視庁扱いの事案で問題はないという葛木たちの見解を裁判所も認めた。

そのついでに葛木はもう一つのことを確認した。刑務所には勝本の入所時の身体検査の記録が残っていた。そのとき右足に手術の跡が認められたため、担当医が質問すると、何年か前に車の自損事故で骨折し、足首にわずかな不自由があるとのことだった。鑑識がデッキシューズの靴跡から指摘した犯人の右足に障害があるという事実とはそれで整合した。


「野郎、部屋にいますよ。いまごろ引っ越しの準備でてんやわんやでしょう」

明かりの点いた勝本の部屋の窓を指さして池田はほくそ笑む。しかし葛木は薄氷《はくひょう》を踏む思いだった。公文書偽造並びに行使の罪は間違いなく当たりでも、連続殺人に結びつく物証が出なければ本命のほうは空振りだ。その場合はもはや葛木一人が首を差し出して済む問題ではなくなる。大原も俊史もたぶん無事ではいられない。

俊史は歩み始めたばかりのキャリア人生を棒に振ることになるだろう。大原もまもなく花道を飾れるはずの刑事人生を泥にまみれさせることになりかねない。それでも二人は逃げずに付き合ってくれている。そうはさせないと、葛木は気力を奮い立たせた。

部屋は二階だが、窓から逃走される惧れがあるから、二名の捜査員は駐車場のある裏手に配置する。踏み込むのは池田と山井。葛木ともう一名の捜査員は階段の下を固める。勝本がドアを開けない場合に備えて、山井はバールとチェーンカッターを携えている。

池田がドアの前に立ち、ドアフォンのチャイムを押す。援護するように山井が背後を固める。池田は何度もチャイムを押している。応答がないようだ。

「勝本さん。いらっしゃいますか。ドアを開けてくれませんか」

拳でドアを叩きながら池田が声を上げる。きょうも一日じゅう池田と山井が張り付いていたが、勝本は一度も外出していないらしい。なかにいるのは間違いない。このまま膠着するようならドアを壊して突入するしかない。

じりじりしながら一分待ち二分待つ。池田が大きな動きでドアを指さす。突入していいかと問うジェスチャーだ。葛木は頷いた。

山井がドアの隙間にバールを差し込む。そのとき建物の裏手から車のエンジン音が聞こえてきた。

「勝本！　停まれ！　警察だ！」

駐車場に張りついていた捜査員の叫ぶ声をかき消すように、エンジンが唸りタイヤが軋《きし》み、グレーのワンボックスカーが路上に飛び出した。

迂闊だった。社長か従業員の口から話が漏れて、自分の身辺で警察が動いていることを察知していたのかもしれない。慌てて引っ越しの準備を始めたのはたぶんそのせいだ。

葛木たちが到着するまで、池田たちが張り込んでいたのは部屋の戸口が見える側だけだった。勝本はその前に裏手の窓から駐車場に降り、万一の際にはそのまま逃走できるように車のなかに身を隠していたのではないか。

相方の捜査員が覆面パトカーに駆け込んでエンジンを始動する。葛木が助手席に滑り込むと同時に、捜査員はアクセルを踏み込んだ。葛木は赤色灯を出し、サイレンアンプのスイッチを入れる。パトカーは一気に加速する。

勝本の車は住宅街の狭い路上を猛スピードで駆け抜ける。背後から池田たちのパトカーも追尾してくる。事前に周囲の道路状況は頭に入れておいたが、それでも土地鑑では勝本が勝るだろう。携帯を片手にカーナビの画面を覗き込みながら、後続する池田たちに勝本の動きを伝える。

勝本のワンボックスカーは何度か右折左折を繰り返してから、県道鶴見溝ノ口《つるみみぞのくち》線に飛び出した。この時刻でも交通量は少なくない。大型のトラックも頻繁に行きかっている。

先行車両をごぼう抜きしながら北へ向かい、勝本は北加瀬《きたかせ》、矢上《やがみ》、石神橋の交差点を信号を無視して突っ切った。サイレンの音で通行中の車が徐行したので無事に済んだが、人身事故でも起こされれば、その責任もまた葛木たちに降りかかる。

そのうえここは神奈川県警の管轄だ。勝本の逮捕については大原がすでに話を通しているが、カーチェイスするところまでは想定していなかった。

あちこちでパトカーのサイレンが鳴り響く。県警の車両だろう。うまく加勢に回ってもらえればいいが、地元警察が事情を理解してくれるとは限らない。周波数を切り替えれば県警の無線とも交信できるが、いま厄介な事情を説明している暇はない。あとで揉めたらそのときはそのときと覚悟を決めて、ここは追尾に集中する。

勝本はさらにいくつか信号を突っ切ると、木月《きづき》四丁目で右折して綱島《つなしま》街道に入った。東京方面へ向かっているようにみえるが、行く当てがあって走っているとは思えない。できれば多摩川を渡って都内に入ってくれるのがありがたいが、そうは問屋が卸さないようで、勝本は市ノ坪《いちつぼ》交差点でまた右折して、府中街道に入り、平間《ひらま》方面へひた走る。

追い越しをかけて進路を塞《ふさ》ぎたいところだが、こちらも通行量はまだ多く、一般車両を巻き添えにする危険がある。

横手の道から県警のパトカーが現れて併走《へいそう》する。助手席の警官が停まれというように手振りで示す。

葛木は窓越しに警察手帳を提示した。それでも相手は併走を止めない。やむなく無線機の周波数を次々切り替える。県警の無線に繋がって、詰問する調子の声が飛び込んだ。

「こちら県警自動車警ら隊。おたくたちはどちらの車両ですか。停車して事情を説明してください」

「警視庁城東署の者です。逃走中の被疑者を追っています。県警の管内での逮捕状執行については本部のほうに連絡してあります。ご協力をお願いします」

「どういう事案ですか？」

相手は不審感もあらわに訊いてくる。世間で言われる神奈川県警と警視庁が犬猿の仲だという話は嘘ではない。自分の縄張りで警視庁の面パトがサイレンを鳴らして走り回れば、向こうは怒り心頭というところだろう。公文書偽造程度の話では面白がって邪魔をされかねない。葛木はとっさに応じた。

「江東区の連続殺人事件の本部の者です。逃走中の男はその被疑者です」

「すでに被疑者は送検されたのでは？」

「こちらが本ボシです。のちほど改めて上の者がご挨拶します。ここはなにとぞご協力を。追っているのは前方を飛ばしているグレーのワンボックスです」

「了解。他の車両も追尾に入らせます」

相手の声に緊張が走り、次いで周辺の各車両に追尾を指令する声が流れる。地元警察の土地鑑は侮《あなど》れない。勝本の行く手を塞ぐポイントに的確に移動の指示を出す。勝本を包囲するように、前後左右でパトカーのサイレンが湧き起こる。

それでも勝本は速度を緩めない。サイレンに驚いて徐行する一般車両のあいだを猛スピードですり抜ける。

横須賀線の線路に架かる市ノ坪跨線橋《こせんきょう》にさしかかるあたりで、前方から赤色灯を点滅させてパトカーがやってくる。パトカーは右にハンドルを切ってこちらの車線に入り、勝本の行く手を塞ぐように停車した。

勝本は左にハンドルを切ってガードレールとパトカーのあいだをすり抜けようとする。そのすぐ先でボディがガードレールに接触した。高速で走っていたためそのまま進路を立て直せず、車はボディの片側を大破させて停止した。

勝本が車内から出てきて走り出す。パトカーの乗員があとを追う。葛木もパトカーから飛び出した。前方から別のパトカーがやってきて、勝本の行く手を塞ぐように停車する。

勝本は前後から挟まれた。もう逃げられない。葛木はようやく安堵した。ここまで必死に逃走を図ったこと自体が、すでに本ボシであることを示唆していると言っていい。

「勝本。逮捕状が出ているんだ。もう観念しろ。これ以上抵抗するんじゃない」

葛木は声をかけながら歩み寄った。池田たちも覆面パトカーから飛び出してくる。そのときガードレール越しに横須賀線の下り電車が跨線橋の下に差しかかるのが見えた。

葛木は不安を覚えて足取りを速めた。勝本はなにかに弾《はじ》かれたようにガードレールの上に飛び乗った。悪い予感は的中した。

「待て、勝本、やめるんだ！」

懸命に叫びながら、葛木は駆け出した。県警の警官たちも慌てて駆け寄ったが、一瞬早く勝本の体が宙に躍り出た。

耳を劈《つんざ》く轟音が跨線橋の下を駆け抜けた。

8

勝本は通過中の電車に撥《は》ねられ、全身打撲で即死した。県警は速やかに自殺と断定し、簡単な検視のあとで遺体は警視庁に引き渡された。

捜査本部にとっては遺体も重要な証拠物件だ。ＤＮＡ型や血液型はもちろん、身体や衣服に付着している細かい粒子、身長、体重から足のサイズまで、死体遺棄現場に残されたすべての物証と照合すれば、犯人が勝本であることを特定する有力な手がかりになるはずだった。

しかしそうした詳細な鑑定の結果を待つまでもなく、勝本が真犯人であることはすでに明瞭で、家宅捜索で踏み込んだアパートの室内の状況がすべてを物語っていた。

室内はあらかた片付いていて、梱包済みの段ボール箱が部屋の一角に積み上げてあった。中身の大半は食器や衣類、書籍、ＣＤなどだったが、ほかに高性能のカラープリンターやイメージスキャナー、ノートパソコンも含まれており、パソコンのなかには川村知之名義の運転免許証や自身の名義の配管技能士三級の証書の画像データも残っていた。ベランダのゴミ袋からは、川村に成りすましたときに使ったと思われる精巧な付け髭も発見された。

しかし室内に足を踏み入れた葛木たちに最初におぞましい衝撃を与えたのは、それらとは別のものだった。壁に貼られた三人の女性の写真——。いやすでにその状況では三体と言うのがふさわしい。第三の死体の遺棄に使われたものと同タイプのカヤックの上で、一様に喉元に絞殺されたことを示す青黒い痣を滲ませて、大きく目を見開き、恐怖と苦悶の表情を浮かべている。それが連続殺人事件の三人の被害者であることは一目瞭然だった。

デジタルカメラで撮影し、カラープリンターでＡ４サイズにプリントしたものらしい。それぞれの写真の真下の床には、貴重な戦利品のように女物の靴が一足ずつ置かれている。引っ越しの準備はほとんど終えているのに、その一角だけが神聖な神殿でもあるかのように手付かずで残されていた。


幸田については、その夜のうちに不起訴処分の決定が下された。

翌朝早く、葛木は俊史とともに小菅《こすげ》の東京拘置所に車を走らせた。昨夜のうちに連絡を受けていたのだろう。拘置所の門の前には宇都宮から飛んできた両親とマリアも待機していた。

彼らの怒りを甘んじて受ける覚悟で、葛木は率直に詫《わ》びた。俊史も管理官としての立場から丁重に謝罪した。しかし三人の反応は予想外のものだった。父親は言った。

「こちらがお礼を言わなくちゃいけないんです。ゆうべ息子から電話で事情を聞きました。あなたの力がなかったら、息子は極刑の判決を受けていたかもしれません。結果的に娘の仇も討っていただけた。勝本という男を法廷で裁けなかったのは残念ですが、警察にもあなたのような刑事がいることを知って、積年の恨みが晴れた思いです」

母親も柔和な笑《え》みを湛《たた》えて言った。

「最後まで息子の潔白を信じてくださったそうですね。警察官にとっては自分の首を懸けるのと同じで、なかなかできることじゃないと検事さんも言っていたそうですよ。息子が自殺しようとしたと聞いたときは、親の私たちでさえ、もしやと思ったほどでした。息子もあなたのことは、恨むどころか感謝の気持ちでいっぱいだと思います」

「マーくんは私の恩人。そのマーくんの恩人が葛木さん。ありがとう。ほんとうにありがとう」

マリアは涙ぐみながら葛木の手を握った。

そこまで言われると面映《おもは》ゆい。あたりまえのことをしたという思いしか葛木にはなかった。やるべきことをやり切った――。あるのはそんな感慨だけだった。

傍らで俊史は誇らしげだ。そんな葛木が自分の父親であることが嬉しいとでも言うように。しかしそれもまた俊史や大原の身を擲《なげう》ってのサポートの賜物《たまもの》だ。そして彼らもまた、自分の職務を馬鹿正直にまっとうしただけだというのが正直な実感だろう。

それが特別なことのように受けとられるとしたら、世間から警察がそれだけ硬直した組織と見られていることになる。だとすれば問題はむしろそちらのほうだ。大原も自分ももうじき職場を去る身で、そんな体質を変えていくのは俊史のような若い世代だ。それを軽々とやってのけそうな息子を持った自分が、葛木はむしろ誇らしかった。

刑務官に付き添われて、正門脇の通用口から幸田が出てきた。喉に巻いた白い包帯が痛々しいが、表情は晴れ晴れとしていた。マリアが駆け寄って、泣きじゃくりながらその腕に飛び込んだ。長い抱擁のあとで、幸田は葛木に向き直った。

「おれ、根性なしだった。訊問に堪えられなくなってあんなことしちゃったけど、でも生きてて本当によかったと思ってるよ。担当の検事さんからゆうべ話を聞いたんだ。葛木さんは奇跡を起こしたって言っていた。大きな過ちを犯そうとしていた自分を救ってくれたのが葛木さんだとも言っていた。なにより葛木さんは失いかけていたおれの人生を取り戻してくれたんだ。これからはそれを大事に生きたいと思う。マリアと一緒に、本気で幸せになろうと思う。ありがとう、葛木さん」

「私一人の力じゃないよ――」

葛木は俊史に視線を向けながら応じた。

「ここにいる管理官も、城東署の私の上司も、部下たちも、みんなが君の無実を信じて、勝本を追い詰めるのに尽力してくれた。そして私もある意味で君やマリアさんに救われたんだ。君の無実を私に確信させてくれたのは、二人を結びつけている愛だった。それがなければあの山岡警部のように、私も君に無理やり濡れ衣を着せていたかもしれない」

「そんなふうに言ってもらえると嬉しいよ。それからね――」

幸田は満面の笑みで続けた。

「担当した検事さんがマリアの在留特別許可をとれるように入管に働きかけてくれるそうなんだ。同じ法務省の所管だから、そういうところは話が通じるらしい。今回はおれの誤認逮捕でマリアの出国が遅れたわけだから、それを特段の事情として考慮するように一筆書いてくれるって。そのあとで配偶者ビザを取得すれば、マリアは晴れて日本に永住できるって」

法の世界にはいろいろ裏口が用意されているらしい。しかしそういう使い方なら葛木が文句を言う筋合いはない。山岡の尻馬に乗って冤罪づくりに加担しかけた検事が、その埋め合わせをしたいほどの慙愧を感じているのなら、この国の司法にも多少は温かい血が通っていることになる。

DNA鑑定の結果は翌日に出た。三つの死体の遺棄現場で共通して採取された毛髪のDNA型は勝本のそれと一致した。

最後まで判明しなかった秋山佑子の身元は、勝本が所持していた携帯の電話帳から特定された。住んでいたのは足立区の西新井《にしあらい》で、実家は名古屋だった。母親が一昨年病死し、それから一年も経たないうちに父親が再婚。祐子は義母との折り合いが悪く、ここ一年ほどは実家と疎遠《そえん》になっていたらしい。

連絡を受けて上京した父親は、遺体を確認し、それを娘だと認めた。その悲嘆の場に葛木は再び立ち会うことになった。

勝本は杉田友美、秋山佑子、木下香の三名の殺害と死体遺棄の容疑で、被疑者死亡のまま書類送検された。

アパートから押収したパソコンのなかには、三人の被害者を含む十数人の女性の住所や生年月日から、好きな食べ物、ファッションの好み、履歴や家族構成に至る入念な記録が当人たちの写真とともに保存されており、いずれも彼が店長を勤めていた居酒屋で働いていたアルバイトだったことが判明した。

さらに幸田の姉に関する記録もそこにあり、彼女が勤めていた会社の概要や、高校時代にカヤックの県大会で上位入賞したときのニュースを掲載したウェブページも見つかった。姉とおぼしい女性の姿を隠し撮りした写真も大量に保存されていた。

どうやって調べたのか、宇都宮の実家の住所とともに、幸田と姉を含む家族構成を記録したファイルも残されていた。

地方版に載った幸田の靴窃盗事件の小さな記事も画像データとして記録されていた。勤めていたスポーツ用品店で接客中の幸田の写真や、彼のアパートの写真もあった。勝本は幸田の身辺にも出没し、その動向を子細にチェックしていたわけだった。指紋のついたマグカップも、おそらくそんな動きのなかで入手したものだろう。

それらが想起させるのは、勝本の偏執的かつ計画的な性格だった。狙った獲物に対する徹底した調査能力は、警察や私立探偵も顔色を失うものだった。

しかし本人が死んでしまった以上、動機の解明は困難だった。過去の猫殺しや強姦未遂、そして幸田の姉に対するストーカー行為と強姦事件のことを考えれば、連続殺人そのものは本来の変質的性格に由来するものとみることはできる。

不可解だったのは、幸田に罪を着せようとした周到な工作の意図だった。幸田が勝本に恨みを抱くならわかるが、姉に対する加害者の勝本が、なぜ幸田を陥れようとしたのか。

科捜研の心理分析官によれば、ストーカー行為に走るような人間なら、それは珍しくない心理だという。つまり自分の行為を相手への愛情の表現だと頑なに信じ、それを拒絶し、告訴までして罪を着せた被害者への逆恨みがその動機で、出所したときすでに姉は自殺していたため、その身代わりに狙われたのが幸田だという見解だった。

そうした真相のすべてを心の闇に仕舞い込んだまま、勝本は自ら命を絶った。それを法廷で明らかにできなかったことが、葛木にとってはいちばん悔やまれることだった。

城東署の帳場はたたまれ、俊史も山岡たち十三係の面々も桜田門へ帰っていった。定年まで三年を残して山岡が辞表を提出したと聞いたのは、それから半月ほどしてからだった。

「あいつにも多少は良心があったわけだ。危なく無実の人間を三尺高いところへ上げちまうところだったんだからな。しかしあんな野郎でも、いなくなるというのはちょっとな」

大原は感慨深げに渋茶を啜る。結果としては彼のいう所轄魂の全面勝利に終わったわけだが、その口ぶりには一抹《いちまつ》の寂しさが漂っている。

葛木も似たような思いを禁じえない。善《よ》かれ悪しかれ山岡は、捜査一課の一時代を体現した刑事だった。その退陣にある種のノスタルジーを感じるのは、自分も後進に道を譲るべき時期に近づいているということか。

9

七月に入って最初の日曜日、たっぷり朝寝坊をして、そろそろ昼食の用意でもしようかと起き出したところへ、俊史から電話が入った。

「親父、きょうは暇なんだろう」

のっけから無遠慮な質問だが、それは事実だから仕方がない。

「ついいましがた起きたところだよ。これから昼飯を食って、あとは一日、本でも読んで過ごそうかと思っていたんだ」

「そうか。じつは親父に報告したいことがあってね」

葛木は内心で身構えた。

「またうちの署に帳場を開く話じゃないだろうな」

「そうじゃないんだよ。じつはね――」

俊史は妙に気を持たせる。口ぶりからすれば悪い話ではなさそうだ。

「父親を置いてきぼりにして、また出世でもするつもりか」

冗談めかして問い返すと、俊史はさらりと答える。

「親父に孫ができる話だよ」

「本当なのか？」

「きょう由梨子から聞いたんだ。いま三ヵ月だから、生まれるのは来年の二月かな」

胸の奥を温かいものが流れる。葛木にすれば思いもかけない朗報だ。まだまだ先のことだと思っていた。

「おめでとう。母さんが生きてたら、飛び上がって喜んだだろうな」

俊史は怪訝そうに訊いてくる。

「親父はそれほど嬉しくないのか」

「そんなことはない。突然のことでうまい言葉が出てこないんだ。由梨子さんも喜んでいるんだろう」

「ああ。それできょう、報告がてら二人で遊びにいこうと思うんだ」

「それなら大歓迎だ。由梨子さんともずいぶん久しぶりだからな」

心を弾ませてそう応じると、生真面目な調子で俊史が言う。

「こんどは子育てについても、親父にいろいろ指導を仰がなくちゃいけないね」

「冗談じゃない。おれは父親失格だ。反面教師としてなら多少役に立つかもしれないが」

「そんなことはないよ。子供が親から学ぶことって、そんな単純なものじゃない。いちばん大きいのは生きる姿勢だよ。おれも親父みたいに子供が憧れるような親になりたいんだよ」

「本当にそんな気持ちで、おれを見ていてくれたのか」

「息子にすれば付き合いのいい親父じゃなかったけど、その代わり背中ですべてを教えてくれた」

「たとえばどういうことを?」

「正しいと信じることをまっすぐに追求する勇気かな」

俊史が憧れたという立派な背中がむず痒《がゆ》い。

「そういうのを世間じゃ馬鹿というんだよ」

「かもしれないね。でもあの帳場を経験して、そういうDNAがおれにも間違いなく流れているのがわかったんだ」

「だとしたら、三代続けて馬鹿のDNAが受け継がれることになりそうだな」

複雑な思いで葛木が言うと、屈託《くったく》のない調子で俊史は応じた。

「ああ、きっとそうなるよ。男の子だったらぜひ警察官にしたいね。いや、女の子だってなれないわけじゃない」

「ところで、ホウ酸団子は効果があるか」

「ああ、効いてるみたいだよ。ここのところ、ゴキブリ一家の姿をさっぱり見かけなくなったから」

「そりゃけっこうだ。しかしおれの孫が這い這いするようになったら、速やかに撤去してくれよ。うっかり口に入れたりされたら取り返しのつかないことになる」

「もちろん気をつけるよ。ホウ酸団子のせいで、貴重なDNAを途絶えさせるわけにはいかないからね」

俊史は朗らかに笑った。葛木は幸せを噛みしめた。そして思った。自分の人生もそう捨てたものではなかったと――。窓の向こうの夏空に、まだ見ぬ孫を抱く亡き妻の笑顔のような雲が浮かんでいた。

本書は「問題小説」（小社発行）２０１０年７月号～２０１１年７月号に掲載された作品を加筆訂正したものです。

笹本稜平（ささもと・りょうへい）

1951年、千葉県生まれ。立教大学社会学部社会学科卒業。出版社勤務を経て、海運分野を中心にフリーライターとして活躍。2001年、『時の渚』（文藝春秋）で第18回サントリーミステリー大賞と読者賞をダブル受賞。2004年には『太平洋の薔薇』（中央公論新社）で第6回大藪春彦賞を受賞。壮大なスケールで冒険・謀略小説を、重厚で緻密な警察小説を構築する実力作家。『グリズリー』『マングースの尻尾』『サハラ』（徳間文庫）、『還るべき場所』（文春文庫）、『素行調査官』シリーズ（光文社）、『駐在刑事』（講談社文庫）、『越境捜査』シリーズ（双葉社）、『未踏峰』（祥伝社）などの著作がある。

所轄魂《しょかつだましい》

2012年1月31日　初刷
2012年2月15日　3刷

著　者　笹本稜平

発行者　岩渕　徹
発行所　株式会社徳間書店
〒105-8055　東京都港区芝大門2-2-1
電話　03-5403-4349（編集）048-451-5960（販売）
振替　00140-0-44392

本文印刷　本郷印刷株式会社
カバー印刷　真生印刷株式会社
製　本　大口製本印刷株式会社

ISBN978-4-19-863321-9